I0685245

Mit der Hilfe seiner Lady

(Im Auftrag des Regenten, Buch 1)

Eine reizende Regency-Romanze. Der Krimi ist gut aufgebaut , die Liebesgeschichte ist bezaubernd und die Nebenfiguren sind ansprechend" 4 Sterne. – *Romantic Times*

Bolen ist eine großartige Geschichtenerzählerin, die uns entzückende Liebesgeschichten mitbringt, die eine frische Perspektive auf die Liebe bieten, während sie Humor und Geheimnis kombiniert. – *Regency Inkwell*

Dieses Buch ist witzig, süß, romantisch, voller Geheimnisse und historisch. Ich habe mich dabei ertappt, wie ich mehrmals laut auflachte. – *The Indie Bookshelf*

Bücher von Cheryl Bolen

Historische Regency-Liebesromane:

Reihe: Im Auftrag des Regenten
Mit der Hilfe seiner Lady
Eine äußerst diskrete Ermittlung
The Theft Before Christmas
An Egyptian Affair

Reihe: Beherzte Bräute
Die falsche Gräfin
Sein goldener Ring
Hochzeitsnacht mit Hindernissen
Miss Hastings abenteuerliche Fahrt nach London
Weihnachten mit den Birminghams

Reihe: *Die Bräute von Bath*
Die Braut in Blau
Mit seinem Ring
Das Geheimnis der Braut
Diesen Lord zu lieben
Liebe in der Bibliothek
Weihnachten in Bath

Reihe: Das Haus Haverstock
Zufällig eine Lady
Herzogin aus Versehen
Irrtümlich Gräfin
Zu Weihnachten verheiratet

Reihe: Pride and Prejudice Sequels
Miss Darcy's New Companion
Miss Darcy's Secret Love
The Liberation of Miss de Bourgh

The Earl's Bargain
My Lord Wicked
His Lordship's Vow
Christmas Brides (Three Regency Novellas)
A Duke Deceived

Romantic Suspense:
Falling For Frederick

Reihe: Texas Heroines in Peril
  Protecting Britannia
  Murder at Veranda House
  A Cry In The Night
  Capitol Offense

Liebesroman aus dem 2. Weltkrieg:
It Had to Be You (Previously titled *Nisei*)

Amerikanischer historischer Liebesroman:
A Summer To Remember (3 Amerikanische Liebesromane)

Mit der Hilfe seiner Lady

Cheryl Bolen

Übersetzung von Susanne Döring

Kapitel 1

Offensichtlich war da ein Fehler aufgetreten. Der Prinzregent musste dabei sein, ebenso geistesschwach zu werden wie sein armer Vater. Ja, beschloss Hauptmann Jack Dryden, das könnte die merkwürdige Einladung erklären, die er erhalten hatte. Der Regent hatte wohl nicht mehr alle Tassen im Schrank. Aber da ein niederer Hauptmann es sich schlecht erlauben konnte, eine königliche Einladung abzulehnen, war Jack gezwungen gewesen, eine wichtige Aufgabe in Portugal liegenzulassen, um eine scheußliche Seereise anzutreten und fand sich nun vor der üppig mit Säulen verzierten Residenz des Kronprinzen in London wieder, wo er - nicht ohne Groll - seine Papiere einem der beiden Leibgardisten vorlegte, die beidseitig des Eingangstors standen.

Während der Soldat die Dokumente überflog, trat Jack von einem Fuß auf den anderen und beäugte den anderen Gardisten, der in seiner auf drei Seiten geschlossenen Wachhütte auf der anderen Seite des Tors gerade aufgerichtet wie ein Ladestock stand. Jack erwartete jede Sekunde, dass man ihn beschuldigen würde, das königliche Siegel gefälscht zu haben. Aber nichts dergleichen geschah.

„Bitte hier entlang, Sir", sagte der Gardist und deutete auf den säulengeschmückten Eingang von Carlton House.

Als Jack durch den Hof zu der großen Vorhalle des Palais schritt, beschleunigte sich sein Herzschlag. Er war bei verdeckten Missionen hinter den feindlichen Linien weit weniger nervös gewesen als heute. Selbst im letzten Frühling, als er sich in ein französisches Lager nördlich von Madrid schleichen musste, war das trotz seiner nur rudimentären Beherrschung der Sprache des Feindes nicht so furchteinflößend gewesen wie dieser geheimnisvolle Befehl des britischen Herrschers.

Warum sollte der Regent Englands eine private Audienz mit Hauptmann Jack Dryden wünschen? Es war ja nicht so, dass ein bloßer Hauptmann der Armee königliche Aufmerksamkeit verdiente. Vielleicht war der Monarch schlecht beraten worden. Irgendjemand hatte zweifellos Jack für einen anderen Offizier gehalten, vielleicht einen, der eine besondere Heldentat verrichtet hatte. Oder vielleicht hatte jemand den Hauptmann mit einem Offizier verwechselt, der einen Verweis zu erhalten hatte.

Jack hatte sein bisher verlässliches Gedächtnis angestrengt, um festzustellen, ob ein anderer Offizier der Spanienarmee einen ähnlichen Namen wie Jack Dryden trug, aber er war nicht in der Lage gewesen, einen einzigen Namen zu finden, der seinem eigenen, eher gewöhnlichen ähnelte.

Dann hatte Jack sein Gehirn damit beschäftigt, sich theoretische Situationen vorzustellen, die den Wunsch des Regenten erklären könnten, eine private Unterhaltung mit Jack Dryden, Hauptmann bei den Vierzehnten Leichten Dragonern zu haben. Jede Theorie brachte ihn wieder zum gleichen Schluss: nur ein höherer Offizier - nicht der regierende Monarch - würde gutes Verhalten belohnen oder Missetaten bestrafen. Daher überzeugte jede widerlegte Theorie Jack nur mehr davon, dass der Regent wirklich verrückt geworden war.

In die Ausgehuniform seines Regiments gekleidet, seinen großen Zweispitz unter den Arm geklemmt, betrat Jack einen mit grünem Granit ausgelegten Korridor, der ihn in das eleganteste - und größte - Zimmer brachte, das er je gesehen hatte. Reihen marmorner Säulen stützen eine Decke, die zu einer Kuppel aus bemaltem Glas aufstieg. Unter dieser Kuppel - ein Stockwerk höher als Jacks Standort - befand sich ein achteckiges Vestibül mit vielen Türen, von denen er annahm, dass sie in Privaträume führten. Von dort aus, wo er stand, schwang sich eine Doppeltreppe aus Eisen und Messing zum nächsten Stock hinauf. Jack verstand sofort, warum es hieß, dass das Haus des Regenten dem Palast von Versailles Konkurrenz machte.

Jack hätte sich zwischen all diesen Soldaten, die sich in dem großen Versammlungsraum tummelten, wie zu Hause fühlen sollen. Aber das tat er nicht. Er legte seine Handfläche über den Griff seines glänzenden Schwertes, hielt die Ladung des Regenten in seiner weiß behandschuhten Hand und war sich noch nie so sehr wie ein Fisch auf dem Trockenen vorgekommen. Er verspürte großen Zweifel darüber, was genau er als Nächstes tun sollte.

Ein Leibgardist trat steif vor. „Sind sie Hauptmann Dryden?"

Überrascht nickte Jack und zeigte wieder seine Papiere vor.

Der Gardist schaute kurz darauf. „Seine Königliche Hoheit erwartet Sie. Erlauben Sie mir,

Ihnen den Weg zu zeigen."

Jack folgte dem Gardisten durch eine Reihe von Marmorfluren, die üppig vergoldet und mit Gemälden alter italienischer Meister geschmückt waren. Der Gardist hielt vor einer massiven, zweiflügligen Tür, im Stil der Renaissance bemalt, an, die aussah wie viele andere Türen, an denen sie vorbeigekommen waren. Der Gardist drehte sich zu Jack um, seine Augen reichten dem Hauptmann bis zur Brust. „Der Regent erwartet Sie im Thronsaal. Hier hinein, bitte, Sir."

Jack fragte sich, ob dies das berüchtigte blausamtene Zimmer war.

Er dankte dem Gardisten, trat vor und berührte den vergoldeten Türknauf mit der Hand. Er holte tief Atem und öffnete die Tür.

Der Raum, den er betrat, passte überhaupt nicht zu den klassischen Formen des übrigen Carlton House. Jack musterte die lebhaften Farben der orientalischen Tapete, die karmesinroten Quasten unter einer riesigen, goldenen Hängeampel und die vielen Möbelstücke, alle dekorativ mit Blumen, Weiden und Gittern bemalt. Jack war enttäuscht. Dies sah überhaupt nicht aus, wie eine königliche Residenz aussehen sollte. Jedenfalls keine englische königliche Residenz, eine, die sich klassischer griechischer und römischer Architektur rühmen konnte.

Jack hob seinen Blick zu dem Podium, wo ein vergoldeter Bambusthron auf einem dicken, kostbaren roten Teppich stand und erwartete halb, dort dem Blick eines orientalischen Potentaten zu begegnen, vielleicht eines Chinesen mit langem, schlangengleichen Bart. Aber auf diesen Thron gequetscht saß der Prinzregent persönlich, dessen beleibte Gestalt in einen Rock in militärischem Stil gezwängt war, fast wie die eines Gardisten, der eine Vorliebe für übertriebenen Schmuck hatte. Seine gestiefelten Füße ruhten auf einem zum Thron passenden Schemel.

Der Regent war wegen der vielen Karikaturen und Portraits, die fast täglich über ihn veröffentlicht wurden, leicht zu erkennen. Jacks Mutter hatte häufig erwähnt, dass seine Majestät in dem Jahr, als Jack geboren wurde, mündig geworden wäre. Eine schnelle Rechnung ergab, dass der Regent demnach fünfzig Jahre alt war.

Keines der Bildnisse des Prinzen hatten Jack jedoch auf den beträchtlichen Umfang des Mannes vorbereitet. War er erst kürzlich so fett geworden? Unfreundlich stellte Jack sich vor, wie Diener den korpulenten Prinzen mit einem Metallkeil aus dem Thron befreien mussten.

Niemand außer dem Prinzen war im Raum. Jacks Herz schlug wie ein Hammer. Guter Gott, was, wenn der Prinz einen Anfall von Wahnsinn bekam, wie es seinem Vater bisweilen passieren sollte?

Solche Zweifel ließen Jack doppelt froh darüber sein, dass der Regent mit klarer, angenehmer Stimme sprach. „Hauptmann Dryden, nehme ich an?"

Jack bewegte sich auf den Thron zu und versank in einer tiefen Verbeugung, wünschend, beim Teufel, dass er daran gedacht hätte, das korrekte Protokoll herauszufinden, wie man den Monarchen anzureden hatte. „Hauptmann Jack Dryden, zu Diensten Eurer Königlichen Hoheit."

Als er sich aufrichtete, sah er, wie die pummelige, juwelengeschmückte Hand des Regenten ihm einen Wink gab. „Nehmen Sie doch

Platz, guter Mann."

Pflegten die Leute nicht in der Gegenwart des Regenten zu knien oder sonst angemessen unterwürfig zu wirken? Jack hatte nie davon gehört, dass irgendjemand sich hinsetzte, um mit dem Herrscher zu plaudern, aber es lag diesem niederen Hauptmann der Armee fern, seine Königliche Hoheit in Frage zu stellen. Jacks Blick fiel auf die schlanken, vergoldeten Stühle zu beiden Seiten des Regenten, dann zu denen an der Wand am Fuße des Podiums. Jack war keineswegs so arrogant, dass er hinaufgestiegen und sich neben seine Hoheit gesetzt hätte, als ob sie Freunde wären, die sich lange nicht gesehen hatten. Er wählte den niedrigeren Weg.

„Nicht dort, Mann!", schrie der Regent. „Hier oben, neben mir."

Jacks Glieder waren etwas zittrig, er stieg die teppichbelegten Stufen hinauf und setzte sich auf den bezeichneten Platz, wobei er seinen Hut unter dem Stuhl ablegte. Würde er grob unhöflich wirken, wenn er dem Regenten ins Gesicht schaute, wie einem seiner Trinkkumpane?

„Ich nehme an, Sie wundern sich, warum Wir Sie von der Halbinsel zurückbeordert haben, Hauptmann?"

Jetzt begann er die Sache mit dem absolut Offensichtlichen! Jack raffte seinen Mut zusammen, um seine Königliche Hoheit anzusehen. „Ich bin überaus neugierig, Königliche Hoheit."

Der Regent lächelte. „Wellesley hat Sie empfohlen."

Wellesley? Der Oberkommandierende aller Streitkräfte auf der Halbinsel? In dem Moment, als Jack in Wellesley seinen obersten Befehlshaber erkannte, wurde ihm klar, dass der Regent das Wort *empfohlen* verwendet hatte. Ein Lächeln huschte über Jacks Lippen, seine starre Haltung löste sich etwas. Er war also doch nicht in Schwierigkeiten. Es war völlig nachvollziehbar, dass Generalleutnant Wellesley - mit dem Jack recht gut bekannt war - ihn empfehlen würde.

Aber zu welchem Zweck?

„Im Übrigen", sagte der Regent, „Sie sind der erste, der erfährt, dass Wellesley Herzog wird. Ich verleihe ihm den Titel des ersten Herzogs von Wellington. Zu Ehren seiner vielen Siege für die Krone." Der Regent beugte sich zu Jack hinüber und seine blauen Augen suchten den Blick des Hauptmanns. „Siege, von denen Wellesley mir erzählt, dass sie ohne ihre Kundschafterdienste nicht möglich gewesen wären."

Der Regent wusste von Jacks Tätigkeit als Spion?

„Ich habe Wellesley gesagt, dass ich den besten Mann für diese Aufgabe brauche."

Jetzt erwiderte Jack den Blick des Regenten fest. „Ich bin geschmeichelt, Königliche Hoheit, aber ich glaube kaum, dass das, was ich getan habe ...“

„Seien Sie nicht bescheiden, Hauptmann. Ich benötige dringend jemanden, der fähig ist, bestimmte Angelegenheiten heimlich zu untersuchen."

„Aber sicherlich ..."

Der Regent hob die Hand. „Ich kenne niemanden in den drei Königreichen, der die Fähigkeiten hat, von denen Wellesley mir sagt, dass Sie darüber verfügen."

Neue Szenarien huschten durch Jacks Kopf. War eines der *Flittchen* des Prinzen vor ihm geflohen und versteckte sich? Wollte der Prinz indiskrete Briefe wiederbekommen, die er geschrieben hatte? Oder vielleicht wollte der Regent, dass seine ihm entfremdete Frau beobachtet würde? Zum Teufel mit alledem, Jack hatte wichtige Aufgaben in Portugal liegen lassen, um hierherzukommen. Und wozu?

„Meinen Sie nicht auch, Hauptmann, dass es ziemlich ungewöhnlich ist, dass heute außer uns niemand im Raum ist?"

„Ja, es fiel mir als ungewöhnlich auf, Königliche Hoheit, obwohl meine Kenntnis von königlichen Residenzen bestenfalls minimal ist."

„Je weniger Leute etwas über Ihre Ermittlungen wissen, desto besser."

Jack räusperte sich und warf dem Prinzen einen Blick aus dem Augenwinkel zu. „Welche Art von Ermittlungen wären das, Königliche Hoheit?"

Der Prinz senkte seine Stimme. „Jemand versucht, mich zu töten."

Wie kann es jemand wagen, den englischen Herrscher ermorden zu wollen! „Wenn das der Fall ist, Königliche Hoheit", sagte Jack scharf, „wäre ich geehrt, eine so niederträchtige Kreatur zu ergreifen." Sein ernster Blick traf den des Regenten. „Es hat tatsächlich den Versuch eines Anschlags auf das Leben Eurer Hoheit gegeben?"

„Zwei, eigentlich."

„Darf ich sagen, dass ich sehr dankbar bin, dass sie nicht erfolgreich waren? Nun, wenn Königliche Hoheit so freundlich wären, mir über diese Attentatsversuche zu berichten."

„Sie müssen verstehen, dass ich den ersten Versuch nicht als das erkannte, was er war, bevor der zweite sich ereignete", sagte der Regent.

Jack nickte bestimmt. „Völlig verständlich. Sie -

oder er - wollten es wie einen harmlosen Unfall aussehen lassen."

„Ganz genau!"

„Verzeihen Sie die Unterbrechung, Königliche Hoheit. Bitte, fahren Sie doch fort."

Das Gesicht des Prinzen legte sich in Falten. „Müssen Sie sich das alles nicht aufschreiben?"

„Erste Regel für einen Spion, Eure Hoheit, ist es, NIEMALS etwas aufzuschreiben. Zum Glück bin ich mit einem recht guten Gedächtnis gesegnet."

„Dann haben Sie verdammtes Glück. Mein verfluchter Lehrer beklagte mein mangelhaftes Gedächtnis jahrelang. Aber ich erinnere mich deutlich an diese Anschläge auf mein Leben. Der erste ereignete sich Anfang Oktober. Ich war bei meinem Cousin Frankie auf Moorhuhnjagd."

„Und wo, wenn ich fragen darf, liegt das Jagdhaus ihres Cousins?"

„In Schottland. Tatsächlich in einer ziemlich abgelegenen Gegend."

Jack nickte. „Wie viele Teilnehmer hatte die Jagdgesellschaft Eurer Majestät?"

Der Regent schürzte die Lippen. „Mal sehen. Da waren Frankie und mein Bruder Freddie. Und Whitcombe, natürlich." Der Prinz sah Jack an. „Der Marquess von Whitcombe. Nur wir vier. Das waren alle."

„Keine Diener?"

Der Regent warf den Kopf zurück und lachte. „Natürlich waren Diener dabei! Wohin auch immer der Regent reist, sind mindestens ein Dutzend Kutschen dabei, die das notwendige Personal mitbringen."

Jack runzelte die Stirn. „Die Leibwache reiste auch mit Ihnen? Es ist ihre Pflicht, Eure

Königliche Hoheit zu schützen, nicht wahr?"

„Nun ja", sagte der Regent achselzuckend, „aber es war ja nicht so, dass wir dachten, ich wäre im fernen Schottlang irgendwie in Gefahr."

„Dann haben sie Sie nicht begleitet, als Sie auf die Jagd gingen?"

„Nicht mich direkt. Nein. Sie bewachten die Grenzen von Frankies Besitz. Jetzt natürlich würde ich nicht daran denken, ohne sie irgendwo hin zu gehen."

„Eine weise Entscheidung."

„Zurück zu dem Anschlag", sagte der Regent. „Wir gingen alle unserer verschiedenen Wege, aber wir konnten einander sehen, konnten die Gewehre der anderen hören. Ich war dabei, auf eine hohe Tanne zu kriechen, als ich plötzlich einen scharfen Schmerz in ... in meinen Lenden verspürte. Der verdammte Mörder hätte fast meine Kronjuwelen erwischt!"

Jack runzelte die Stirn. „Sie haben eine Gewehrkugel in die Leiste erhalten?"

Der Prinz nickte. „Verflucht unangenehm war das, kann ich Ihnen sagen!"

„Bitte, was taten Eure Hoheit dann?"

„Zuerst war mir nicht klar, dass ich angeschossen worden war. Ich sah nach unten und sah all das Blut und habe mich dann entschieden unfein ausgedrückt. Die anderen kamen gerannt, um mir zu helfen."

„Könnte einer der anderen Sie unabsichtlich angeschossen haben?"

„Völlig unmöglich. Ich konnte alle drei sehen und hätte es bemerkt, wenn einer von ihnen sein Gewehr auf mich gerichtet hätte. Zu dieser Zeit dachten wir alle, es wäre ein Wilderer gewesen. Wir schickten die Gardisten aus, aber der

Schuldige war entkommen."

„Die Gardisten haben niemanden gesehen?"

„Niemand. Verdammter Mörder muss direkt an ihnen vorbei geschlichen sein."

Jack wusste, wie leicht es für einen Feind war, sich einzuschleichen, wenn kein Verdacht bestand und wenn nachlässige Wachen unaufmerksam geworden waren. „Was ist mit Lord Whitcombe? Sie sind sich seiner Treue absolut sicher?"

„Völlig außer Frage."

„Erinnern sich Eure Majestät an das genaue Datum des Anschlags auf Ihr Leben?"

Der Regent schüttelte den Kopf, aber eine Sekunde später hellte sein Gesicht sich auf. „Beim Jupiter! Es war der erste Tag der Jagdsaison für Moorhühner!"

Jack nickte nachdenklich. „Der Chirurg konnte die Gewehrkugel entfernen?"

„Ja, aber es war verdammt schmerzhaft. Natürlich, das kennen sie alles. Wellesley erzählte mir, dass Sie wegen einer Gewehrkugel beinahe ein Bein verloren hätten."

„Eine scheußliche Erfahrung, das steht fest. Hätte dazu noch fast meine Stellung verloren. Es ist schwierig, unauffällig zu sein, wenn man hinkt."

„Nie darüber nachgedacht!" Der Regent warf Jack einen Seitenblick zu. „Aber jetzt hinken Sie nicht, oder?"

„Nein, Königliche Hoheit, ich konnte meine ... heimlichen Unternehmungen wieder aufnehmen. Jetzt, bitte, erzählen Sie mir von dem zweiten Vorfall."

„Wegen der Wunde in den Lenden habe ich viele Wochen gelegen. Zum Glück hatte die Kugel keine Knochen oder lebenswichtigen Organe verletzt. Trotzdem war es eine verdammt peinliche Verletzung. Und natürlich wollte ich nicht, dass sich das herumspricht. Als ich mich endlich wieder ohne Schmerzen bewegen konnte, ritt ich eines Morgens in Kew aus, als ohne ersichtlichen Grund - oder so dachte ich zu diesem Zeitpunkt - mein Pferd stolperte und mich abwarf. Zum Glück sind meine Knochen gut genug gepolstert, um geschützt zu sein, daher konnte ich aufstehen und weggehen. Aber bevor ich aufstand, sah ich etwas sehr Merkwürdiges. Dort am Boden lag ein dünner Draht, der zwischen zwei Baumstämmen gespannt gewesen war. Jemand hatte absichtlich versucht, mein Pferd zu Fall zu bringen, damit es mich abwarf."

So ernst die Sache war, konnte Jack das lächerliche Bild des gigantischen Prinzen, wie er auf einem Pferd saß, nicht abschütteln. Wie konnte jemand mit solchen Ausmaßen das schaffen? „Und wer hat Eure Königliche Hoheit auf diesem Ritt begleitet?", fragte Jack, die respektlose Vorstellung aus seinen Gedanken verbannend.

„Nur mein Reitknecht. Man sagte mir, dass das Reiten die reduzierenden Mechanismen des Körpers anrege und ich war entschlossen, täglich zu reiten. Hatte sogar eine spezielle Vorrichtung erfinden lassen, mit der ich leichter auf mein Pferd steigen konnte."

Jack konnte nur unter größten Schwierigkeiten sein Grinsen unterdrücken. „Ich muss Eure Königliche Hoheit ersuchen, nicht auszureiten, bevor der Schuldige nicht gefasst ist, und ich muss nicht erwähnen, dass der Feind bereit sein kann, zuzuschlagen, wenn Sie es am wenigsten erwarten."

„Sie können Ihre Messingknöpfe darauf verwetten, dass ich auf der Hut sein werde! Habe seit dem Vorfall Carlton House nicht verlassen."

„Gut. Und wann ereignete sich der Vorfall?"

„Vorletzten Donnerstag."

Jack legte die Hände zusammen. „Zehn Tage. Wer, meinen Sie, hätte einen Grund, den Tod Eurer Hoheit zu wünschen?"

„Die Franzosen natürlich!"

Die Naivität des Prinzen war fast komisch. „Nun, natürlich, ich würde unseren meist gehassten Feind nie außer Acht lassen, aber vielleicht sollten wir dies von allen Seiten betrachten."

Jack stand auf, stieg rückwärts vom Podium hinab, um seinem Monarchen nicht den Rücken zuzudrehen, und begann, auf dem scharlachroten Teppich des Zimmers hin und her zu gehen, wobei er auf sein Spiegelbild in den vielen großen Spiegeln des Zimmers achtete. „Es gibt zwei Motive für Mord", sagte er zum Prinzen. „Das erste ist Hass. Die Franzosen fallen in diese Kategorie. Das zweite ist Gewinn. Wir müssen Listen aufstellen - im Geiste - zunächst, wer Sie hasst, und zweitens, wer von Ihrem Tod profitieren würde."

„Ich bin sicher, dass die Franzosen mich am meisten hassen."

Der Prinz erinnerte einen wirklich an ein trotziges Kind. „Ich habe keinen Zweifel daran, dass Sie recht haben, Königliche Hoheit."

Der Regent riss die Augen auf. „Und meine ... die Frau, von der ich getrennt lebe, verabscheut mich ganz sicher."

„Prinzessin Caroline?"

Der Prinz spuckte auf den roten Teppich des

Podiums. „Oh ja, die hasst mich."

So, wie ihr Mann sie hasst. „Aber - korrigieren Sie mich bitte, wenn ich falsch liege, Eure Majestät. Steht Prinzessin Caroline nicht als Ihre entfremdete Frau besser da, als sie es als Ihre Witwe täte? Finanziell, meine ich?"

„Wage zu behaupten, dass sie mich so sehr hasst, dass sie ihre großzügige Apanage gerne aufgäbe, um mich tot zu sehen. Selbst, wenn das bedeutete, mit leeren Händen nach Deutschland zurückzukehren." Seine Stimme senkte sich wieder zu einem Murmeln. „Wünschte, sie hätte dieses verdammte Land nie verlassen." Zorn blitzte in seinen Augen auf. „Unterschätzen Sie diese Teufelin nicht! Ihr Hass könnte tödlich sein."

Während Jack seinen Herrscher beobachtete, fiel das Licht von zwei großen Stehkandelabern auf sein Gesicht. „Beim Jupiter!", sagte der Regent, „ich vergaß beinahe - damals in fünfundneunzig stimmte das Parlament dafür, ihr eine Abfindung von fünfzigtausend Pfund zu geben für den Fall, dass ich vor ihr stürbe! Da haben Sie Ihr verdammtes Motiv!"

„Das ist *wirklich* eine große Summe Geld. Bitte, Königliche Hoheit, wie viel erhält sie gegenwärtig?"

„Siebzehntausend im Jahr von mir." Der Prinz senkte seine Stimme und fügte hinzu: „Und weitere fünftausend über die *Liste.*"

Zwischen Jacks Augen entstand eine Falte. „Über die Liste?"

Der Regent zuckte mit den Schultern. „Das hat nichts zu bedeuten. Das kommt nur über eine Liste, die das Parlament aufstellt."

„Dann erhält sie zweiundzwanzigtausend jährlich." Mit Sicherheit würde die Frau nicht so dumm sein, dass sie auf zweiundzwanzigtausend im Jahr für den Rest ihres Lebens verzichtete, nur um schnell an fünfzigtausend zu kommen? „Zwar muss ich zugeben, dass die Prinzessin ein starkes Motiv hat", sagte Jack, „und doch müssen wir auch alle anderen berücksichtigen, die von Ihrem Tod profitieren würden. Können Sie sich vorstellen, wer sonst noch Ihren Tod wünschen könnte?"

Der Regent schien diese Frage zu überdenken, dann warf er Jack einen fröhlichen Blick zu. „Nein."

Jack wünschte, er müsste dem Regenten nicht diese unfeine Frage stellen. Er räusperte sich. „Mir wurde gesagt, dass Sie mit einer Mrs. Fitzherbert wie ein verheiratetes Paar zusammengelebt haben. Hegt diese Frau keine feindseligen Gefühle gegen Eure Königliche Hoheit, nachdem Sie eine andere geheiratet haben?"

„Guter Himmel, nein! Ich versichere Ihnen, dass wir beide immer auf bestem Fuße gestanden haben." Der Prinz beugte sich zu Jack, seine massige Gestalt verdeckte das Licht des riesigen Kandelabers auf seiner Linken. „Sie erhält eine außerordentlich großzügige Apanage von mir."

Da der Regent Prinzessin Caroline 1795 geheiratet hatte und jetzt das Jahr 1813 war, müssten Kinder, wenn der Prinz und Mrs. Fitzherbert vor 1795 solche hervorgebracht hatten, jetzt bereits ziemlich erwachsen sein. Könnte eines dieser illegitimen Kinder gegen den Mann, der es gezeugt hatte, feindselige Gefühle hegen? Jacks Herz schlug schneller. Es ließ sich nicht vermeiden. Er würde den Regenten fragen müssen. „Gab es aus der Beziehung Eurer Königlichen Hoheit mit Mrs. Fitzherbert Kinder?"

Die Brauen des Regenten zogen sich zusammen, in seinem Gesicht zuckte es. „Nein."

Der Prinz verschwieg etwas. Wenn es sich um irgendjemand anderen als eine königliche Hoheit gehandelt hätte, hätte Jack auf der Wahrheit bestanden, aber er musste sich in Acht nehmen, um respektvoll zu bleiben. Vor allem, weil er gezwungen war, noch eine unangenehme Frage zu stellen. „Ich muss Euer Königlichen Hoheit noch eine Frage stellen", begann Jack.

„Ja, natürlich", sagte der Prinz, stützte sein Gewicht auf die Armlehne seines Throns und wandte sein Gesicht Jack zu. „Fragen Sie nur alles, mein guter Mann."

Jacks Herz hämmerte. „Ich habe den Königlichen Pavillon Euerer Hoheit in Brighton und jetzt Carlton House gesehen. Eure Königliche Hoheit hat ein außergewöhnliches Auge für schöne Dinge." Es war kein Geheimnis, dass der Prinz immer weit über seine Verhältnisse gelebt hatte. Jack holte tief Luft. Wie fragte man seinen Herrscher, ob er sich an Geldverleiher gewendet hatte? „Es gab Gerüchte ..." Er machte wieder eine Pause.

„Sie wollen von den Geldverleihern wissen?", fragte der Prinz, über dessen blühenden Gesicht ein Lächeln huschte.

Jacks Fäuste lösten sich. Er begegnete dem Blick des Regenten und nickte.

„Nie direkt mit ihnen verhandelt", murmelte der Regent. „Meine Diener nehmen mir diese lästige Pflicht ab."

Also war Jacks Ahnung richtig gewesen. „Es hat Zeiten gegeben, wo Geldverleiher ‚Unfälle' arrangiert haben, um an Schuldnern, die nicht zahlten, ein Exempel zu statuieren. Nicht, dass ich andeuten möchte, dass Eure Königliche Hoheit ...“

„Nein, nein, mein guter Mann! Kein Geldverleiher, der seine fünf Sinne beisammen hat, würde die Gans töten, die goldene Eier legt. Ich schulde den verdammten Juden nahezu dreihunderttausend Pfund. Wenn ich tot wäre, würden sie keinen Penny erhalten.“

Hätte der Regent Jack gerade erzählt, dass er der Sohn Kublai Khans war, hätte Jack nicht überraschter sein können. *Dreihunderttausend verdammte Pfund?* Das war eine schwindelerregende Summe. Ebenso schwindelerregend war die Tatsache, dass ein Geldverleiher überhaupt über eine so enorme Summe verfügen konnte.

Jack musste zugeben, dass die Begründung des Prinzen über die Gans und die goldenen Eier völlig logisch war. Ein Jammer, dass der Prinz bei seinen finanziellen Angelegenheiten keinen solch guten Verstand zeigte.

„Wenn Eure Königliche Hoheit sich niemand anderen vorstellten kann, der Sie hasst, müssen wir nun überlegen, wer von Ihrem Tod profitieren würde. Ich schätze, wir können Ihre Tochter ausschließen.“

Ein übertrieben empörter Ausdruck huschte über das Gesicht des Regenten. „Meine Tochter und ich hatten unsere Differenzen, aber ich versichere Ihnen, dass sie den freundlichsten Charakter hat, den man sich vorstellen kann, nicht zu erwähnen die Tatsache, dass sie ständig von Leuten umgeben ist. Ständig.“ Er schaute Jack böse an.

„Und der nächste in der Thronfolge ist Ihr Bruder, der Herzog von York?“

„Verschwenden Sie keinen Gedanken an den armen Freddie", sagte der Prinz mit einer Handbewegung. „Wir hängen sehr aneinander."

„Könnten Sie sich sonst jemanden vorstellen, für den Ihr Ableben einen Gewinn darstellen würde?"

„Keine Seele." Der Ausdruck auf dem großflächigen Gesicht des Prinzen wirkte wie der eines empörten Kindes.

Jack stieg wieder auf das Podium hinauf und ging zu seinem Stuhl zurück.

„Wie lange", fragte der Regent ihn, „glauben Sie, dass Sie brauchen werden, um diese Angelegenheit zu klären?"

Jack war bereits dabei, die Lage von allen Seiten zu betrachten und er dachte, dass die Franzosen die am wenigsten wahrscheinlichen Schuldigen waren. Um ehrlich zu sein, es lag im französischen Interesse, den Verschwender auf dem englischen Thron zu halten. Je mehr Geld er verschwendete, desto weniger war da, um den Krieg zu finanzieren.

Es blieb die Tatsache, dass der Herrscher in ernster Gefahr war. Ein Jammer, dass Jack nicht in der Lage sein würde, den Unhold aufzuhalten, der ihren Herrscher bedrohte. „Eure Königliche Hoheit, ich würde alles in meiner Macht Stehende tun, um Ihnen zu helfen. Ich würde nicht zögern, mein Leben zu geben, um Sie zu beschützen, aber ich glaube nicht, dass ich die richtige Person für diesen besonderen Auftrag bin."

Die Augen des Regenten wurden schmal. „Fürchten Sie sich?"

„Ich bin in viel gefährlicheren Situationen gewesen, Eure Königliche Hoheit."

„Dann mangelt es Ihnen an Vertrauen in ihre

ermittlerischen Fähigkeiten?"

„Ich habe großes Vertrauen in meine ermittlerischen Fähigkeiten", sagte Jack.

„Aber warum wollen Sie mir dann nicht helfen? Sie sind derjenige, den ich will."

„Ich bin überaus geschmeichelt, Königliche Hoheit." Jack zögerte einen Moment, bevor er dem Regenten seine Schwäche gestand. „Die Person, die diese Untersuchung durchführt, muss in der Lage sein, sich auf der höchsten Ebene der Gesellschaft zu bewegen, ohne Verdacht zu erwecken. Das kann ich nicht." Seine Stimme wurde leiser. „Ich bin der zweite Sohn eines Landjunkers."

„Unfug! Sie sind ein Gentleman."

„Der weniger gute Schulen besucht hat. Zu meinen Freunden zählt niemand aus dem Hochadel."

„Oh, ich verstehe, was Sie meinen." Der Regent erhob sich mit größter Mühe, stieg vom Podium hinab und begann, auf dem dicken, roten Teppich des Raums auf und ab zu gehen.

Nachdem etwa fünf Minuten vergangen waren, sah er Jack an und rief aus: „Ich hab's!"

Jack hob eine Braue.

„Ich ernenne Sie zum Viscount."

„Ich fürchte, Königliche Hoheit, das würde meine mangelnde Bekanntschaft mit der feinen Gesellschaft nicht ausgleichen."

Der Prinz schürzte die Lippen. „Da haben Sie irgendwie recht." Der Regent ging wieder auf und ab, diesmal murmelte er dabei. „Was Sie brauchen, ist eine Begleitung, die alles über alle weiß. Kann mir keinen einzigen Mann vorstellen, auf den diese Beschreibung passt. Tatsache ist, nur eine Person im Königreich hat diese

Eigenschaft ..." Der Regent wirbelte herum, sah Jack mit vor Aufregung blitzenden Augen ins Gesicht. „Ich hab's!"

Jack fühlte sich völlig respektlos zu sitzen, während sein Herrscher stand, aber wenn er aufstünde und auf den Prinzregenten hinabsähe, wäre das nur noch respektloser. Daher blieb er mit hochgezogenen Brauen sitzen.

Der Regent wandte sich wieder seinem Thron zu. „Daphne Chalmers!"

„Wer, wenn ich Eure Königliche Hoheit fragen darf, ist Daphne Chalmers?"

„Daffy ist die ältere Schwester - eine richtige alte Jungfer ist sie - der Frau meines Cousins. Daffys Schwester Cornelia hat meinen Cousin, den Herzog von Lankersham, geheiratet. Cornelias Zwillingsschwester Virginia ist mit Sir Ronald Johnson verheiratet."

Guter Gott, würde Jack all diese Namen und Verbindungen auswendig lernen müssen? Vielleicht brauchte er eine ständige Begleitung. „Und der Meinung Eurer Königlichen Hoheit nach kennt Miss Chalmers *jeden* in der guten Gesellschaft?"

„Nicht nur meiner Meinung nach. Tatsache. Könnt jeden fragen. Das Mädel mag nicht fesch sein, und sie ist mit Sicherheit nicht hübsch, aber sie ist ein verdammter Schatz. Sie ist unglaublich liebenswert. Wird überall eingeladen und jeder bemüht sich um ihre gute Meinung."

„Ich bin nicht sicher, ob Miss Chalmers das richtige sein wird, Eure Königliche Hoheit. Wenn sie zum Klatsch neigt, würde sie nie diskret genug für unsere Ermittlungen sein."

„Das ist es ja eben, guter Mann! Ich weiß genau, dass sie diskret sein kann." Der Regent räusperte sich. „Tatsache ist, letztes Jahr kam sie in meine Loge in der Oper, als eine gewisse Lady - eine Lady, die mit einem Lord verheiratet ist - dabei war ... eine ausgesprochen unanständige Handlung an meiner Person vorzunehmen. Daphnes Wangen wurden hochrot, sie drehte sich auf dem Absatz um und ging. Und wissen Sie was?"

Das Ansehen seines Herrschers sank in Jacks Augen. Kein Gentleman würde sich an einem öffentlichen Ort so leichtsinnig aufführen - noch würde ein wahrer Gentleman diese Art von Vergnügen mit der Frau eines anderen Mannes suchen. „Nein, Eure Königliche Hoheit."

„Bis zum heutigen Tag hat das Mädel es keiner Menschenseele verraten. Sie kann die Diskretion selbst sein, wenn es nötig ist. Daphne würde nie Klatsch verbreiten, der jemand anderen irgendwie verletzen könnte. In dem Fall vom letzten Jahr wollte sie zweifellos Lord S..." Der Prinz unterbrach sich. „Den Ehemann der Dame schützen.

„Wenn Sie Daffy sagen, dass ich in Gefahr bin", sagte der Regent, „garantiere ich dafür, dass sie unser Geheimnis niemandem verraten wird."

„Wenn ich diese Ermittlungen wirkungsvoll anstellen soll, muss ich darauf bestehen, dass niemand über die wahre Art meiner Tätigkeit informiert wird - außer Miss Chalmers, wenn Sie sicher sind, dass sie diskret sein kann."

„Genau meine Gedanken, Hauptmann. Deshalb habe ich heute darauf bestanden, mich mit Ihnen alleine zu treffen. Ich bin nicht so dumm, dass ich nicht den Vorteil eines - um einen militärischen Ausdruck zu verwenden - Überraschungsangriffs kenne. Je eher Sie diese Sache aufklären, desto früher kann ich mein normales Leben wieder aufnehmen. Ich habe es verdammt satt, Carlton House nicht zu verlassen. Bis zum siebten Januar müssen Sie diese abscheuliche Kreatur aufgespürt haben. Das ist der achtzehnte Geburtstag meiner Tochter und wir haben ein großes Fest geplant. Ich muss daran teilnehmen."

Das würde Jack sechs Wochen geben. „Ich werde mein Bestes tun, Königliche Hoheit, aber ich kann nichts versprechen. Selbst mit Lady Daphnes Hilfe bin ich nicht völlig sicher, dass die *gute Gesellschaft* mich akzeptieren wird."

Der Regent musterte ihn. „Doch, sie wird es - wenn Sie zu Weston gehen."

„Weston?"

„Bester Schneider in London. Sie müssen sich von ihm einkleiden lassen."

„Eine Ausgabe, die ich mir leider nicht leisten kann."

Ein Lächeln veränderte das Gesicht des Herrschers. „Natürlich können Sie das."

Jack hörte das Klingeln von Münzen und schaute auf, als der Regent ihm einen großen Beutel mit Guineen zuwarf. Mindestens dreihundert. Jack besah sich zuerst den Beutel, dann den Regenten, dann grinste er. „Eure Königliche Hoheit wird Miss Chalmers informieren, dass Ihr Agent sich bald bei ihr vorstellen wird?"

„Natürlich", sagte der Regent. „Werde ich Sie während der Ermittlungen sehen?"

„Ich kann nicht riskieren, entdeckt zu werden." Jack dachte einen Moment nach und fügte dann hinzu: „Wenn ich weitere Informationen benötige, wird Lady Daphne Kontakt mit Ihnen aufnehmen."

„Wissen Sie, wo Sie wohnen werden? Nach Ihrem Besuch bei Mr. Weston sollte genug Geld übrig sein, damit Sie sich eine für einen Gentleman passende Unterkunft und ein passendes Reittier besorgen können."

„Lady Daphne kann Sie über meine Adresse informieren."

Vorausgesetzt, diese Frau würde sich daran erinnern können.

Kapitel 2

Wären sie in eine niederere Klasse hineingeboren worden, hätten Daphnes Zwillingsschwestern sich einen Namen auf der Bühne machen können. Obwohl die beiden sich überhaupt nicht ähnlich sahen (Virginia war einen Kopf größer als Cornelia), hatten sie das gleiche dramatische Temperament. Selbst im reifen Alter von jetzt dreiundzwanzig Jahren mit eigenen Ehemännern und Kindern gingen die Zwillinge auf das Leben zu, als wäre es eine riesige Bühne, auf der sie eine große Vorstellung zu geben hätten. Alltägliche Vorkommnisse, so wie das unzeitige Ausscheiden eines Dienstboten oder wenn die Köchin Steinbutt servierte, der nicht ganz gelungen war, konnten die Zwillinge zu einem hysterischen Anfall veranlassen, und es war bei beiden nicht ungewöhnlich, dass sie wegen einer angeblichen gesellschaftlichen Kränkung wochenlang das Bett hüteten.

Obwohl Daphne den Zwillingen nie so nahestehen würde wie die beiden einander, war sie es jedoch - die gerade ein ganzes Jahr älter war - an die sie sich wandten, wann immer eine von ihnen von einer Katastrophe heimgesucht wurde. Daphne war nicht über die Natur der gegenwärtigen Katastrophe informiert, die ihre heutige Einladung erforderlich gemacht hatte, aber sie war relativ sicher, dass es sich um eine kleine Unannehmlichkeit handelte.

Sie fand Virginia über den seidenbezogenen Sessel in Cornelias türkisfarbenem Schlafzimmer liegend, ihre Schultern hoben und senkten sich gleichzeitig mit ihren Schluchzern. Wäre Daphne der flüchtige Charakter ihrer Schwestern nicht bekannt gewesen, hätte ein so herzzerrreißender Anblick ihr Herz rasend schlagen lassen. Aber Virginia war ebenso erschüttert gewesen, als ein Gewitter sie zur Absage ihres *al fresco* Konzerts im letzten Sommer gezwungen hatte und als ihr zweiter Sohn ohne einen Nagel auf seinem kleinsten Zeh geboren worden war. (Nur Daphnes ernsthafteste Versicherung, dass der kleine Will vollkommen gesund wäre, hatte Virginia ihre Hysterie aufgeben lassen.)

Was gab es heute? Hatte die Schneiderin sich bei der Länge eines neuen Kleids geirrt? Hatte die Köchin den Stör anbrennen lassen?

Ein Blick in Cornelias bösartig blitzende braune Augen überzeugte Daphne, dass die derzeitige Katastrophe nur von geringer Wichtigkeit war. Wäre ihre Zwillingsschwester in einer echten Notlage gewesen, hätte Cornelia sich nicht darum gekümmert, ihre ältere Schwester zu tadeln. „Bitte, Daphne, wie kannst du dich so, wie du angezogen bist, in der Öffentlichkeit sehen lassen?", fragte Cornelia, ihre zusammengekniffenen Augen huschten über Daphnes (leider schon verblasstes) Lieblingskleid.

Lieber Gott, war da auf ihrem Kleid ein hässlicher Tintenfleck? Oder vielleicht Eigelb von ihrem hastig beendeten Frühstück? Daphne schaute auf ihr Kleid hinab. Grüner Bombasin. Vollkommen sauber. Ein wenig verblasst, aber alles in allem ein sehr bequemes Kleid. So bequem in der Tat, dass sie es seit fünf Jahren gerne getragen hatte. *Das war es!* Ihre Schwestern hassten es, dass sie keine Modesklavin war. Sie war nicht einmal das Stiefkind der Mode. Modisch zu sein war etwas für hübsche, junge Dinger, die Ehemänner anziehen wollten. Das einzige, womit Daphne je eine Zuneigung erringen könnte, war ihre unendliche Kurzsichtigkeit. Was ihr völlig recht war. Sie musste erst noch den Mann finden, dessen Gegenwart sie ihren Büchern vorziehen würde. „An meinem Kleid ist absolut nichts falsch", verteidigte Daphne sich.

Cornelia schaute sie finster an. „Die Tochter des Earls von Sidworth kann es sich leisten, modernere Kleidung zu tragen."

Daphne trat näher an ihre schluchzende Schwester heran. Mit Sicherheit wäre Virginia zu verzweifelt, um ihre freundliche, ältere Schwester zu verurteilen.

„Und schlimmer als das verblasste Kleid ist diese scheußliche Haube", fuhr Cornelia fort. „Du bist viel zu jung, um dazu überzugehen, Hauben zu tragen."

„Mein Alter", sagte Daphne kühl, „hat nichts damit zu tun, dass ich eine Haube trage. Ich hatte einfach keine Zeit stillzusitzen, während Pru meine Haare frisiert." Sie hob den Kopf und straffte ihre Schultern ebenso dramatisch wie die Zwillinge, eine Gewohnheit, die Daphne nur in Gegenwart dieser beiden übernahm. „Meine Schwester brauchte mich", verkündete sie. Um die Wahrheit zu sagen, es hatte für sie viel mehr Reiz gehabt, ihrer liebsten Freundin Miss Milstead (der Daphne versprochen hatte, sie über alle Londoner Ereignisse zu informieren) einen Brief zu schreiben, statt an ihrem Frisiertisch zu sitzen, während ihre Zofe versuchte, Daphnes äußerst widerspenstigen Haaren eine möglichst passende Frisur aufzuzwingen. Ihre Zofe bestand darauf, dass sie während des Frisierens völlig unbeweglich sitzen müsste. Nicht schreiben. Nicht lesen. Und es war auch nicht so, dass sie sich mit Pru hätte unterhalten können, da ihre Zofe über nichts außer Mode und Schönheit sprechen konnte, Themen, die für Daphne höchst langweilig waren.

Daphne beugte sich über den Sessel und legte sanft eine Hand auf den Arm ihrer jammernden Schwester. „Sag, Schatz, was ist die Katastrophe?"

Virginia stieß einen erneuten Jammerlaut aus. „Sag es ihr, Cornelia", brachte sie unter Schluchzern heraus.

Daphnes Blick begegnete dem aus den funkelnden Augen der kleineren Zwillingsschwester. „Virginia hat gerade von Ronalds Liebschaft erfahren."

Sicherlich, dachte Daphne, konnte Virginia nicht so naiv sein zu glauben, dass ihr Mann, mit dem sie seit fünf Jahren verheiratet war, ihr für immer treu bleiben würde. Daphne täuschte gegenüber dieser Untreue Resignation vor und sagte: „Das ist alles?" Sie hätte Sir Ronald gerne mit einem eisernen Hammer auf den Kopf geschlagen. Seit der Heirat Sir Ronald Johnsons und ihrer Schwester hatte es nicht weniger als sieben verschiedene Flittchen gegeben - eine Tatsache, die er in diesem halben Jahrzehnt geschickt vor seiner Frau verborgen hatte.

Wie ein Springteufel fuhr Virginias schlaffer Körper auf und sie schaute ihre ältere Schwester böse an. „Heute ist fraglos der schwärzeste Tag meines Lebens."

Daphnes Mitgefühl wäre wohl größer gewesen,

wenn nicht der vergangene Dienstag Virginias bisher schwärzeste Tag gewesen wäre (als *The Times* schrieb, Lady Cowper - nicht Virginia - hätte das schönste violette Kleid auf dem Ball der Herzogin von Richmond getragen). Wo Virginia Idealistin war, war Daphne Realistin. Sie schaute durch ihre Brille auf Virginias tränenüberflutetes Gesicht und äußerste sich pragmatisch. „Meine Liebe, du benimmst dich nicht wie die Tochter eines Earls. Auch nicht wie die Schwägerin eines Herzogs. Oder wie die Frau eines Baronets. Dein Verhalten ist genau wie in der Mittelschicht. Nur Männer niederer Schichten halten sich an ihre Eheversprechen."

Woraufhin Cornelia kicherte.

Virginia schaute ihren Zwilling böse an. „Aber Ronny und ich haben vor unserer Heirat über Untreue gesprochen und er versprach, er würde nie eine andere als mich lieben."

Daphne streichelte den Handrücken ihrer Schwester. „Das glaube ich auch. Sicher weißt du, dass ein Mann nicht in eine Frau verliebt sein muss, um mit ihr eine intime Beziehung zu haben. Männer", verkündete Daphne prosaisch, „sind wie Tiere, sie sind, was ihren Körper betrifft, völlig wahllos."

Cornelia und Virginia sahen einander an, ihre Augen wurden groß bei dem Schock, dass ihre jungfräuliche Schwester solche Dinge wusste.

„Aber ..." Virginia unterbrach sich mit einem durchdringenden Schluchzen. „Ronnies Körper gehört mir." Daphne hatte das Wort „gehört" noch nie trauriger aussprechen hören.

Als Cornelia zu lachen begann, brachte Daphne sie mit einem bedrohlichen Stirnrunzeln und einem Kopfschütteln zum Schweigen. Das hier war nicht zum Lachen. Die arme Virginia glaubte noch an Liebesehen, und es gab keine Zweifel daran, dass sie unsterblich in ihren Ronald verliebt war. „Nun, Schatz, du darfst nicht böse auf Ronald sein. Er tut nur das, was alle Männer unserer Klasse tun", sagte Daphne. „Du darfst das nicht persönlich nehmen."

„Ein Jammer, dass du es herausgefunden hast", sagte Cornelia. „Daphne hat recht. Du benimmst dich wirklich wie eine Frau aus der Mittelschicht." Sie zuckte die Achseln. „Ich weiß schon seit langem über Lankershams Flittchen Bescheid. Es ist einfach etwas, worüber wir nie sprechen." Sie brach in Gelächter aus. „Der arme Lankersham. Er versucht so sehr, diese Affären vor mir geheim zu halten. Er benutzt nie seine eigene Kutsche, um in die Marylebone Street zu fahren, wenn er Mrs. Hennings besucht."

„Ich wage zu behaupten, dass du es nie herausgefunden hättest", sagte Virginia (deren Tränen merklich nachgelassen hatten), „wenn Rundel & Bridge dir nicht zufällig die Saphirhalskette geschickte hätten, die er gekauft hatte, da sie zu ihren Augen passte."

Cornelia kicherte. „Ich frage mich aber, was ich eigentlich an diesem Tag bekommen sollte. Meinst du, dass Mrs. Hennings eine Topashalskette erhielt, die zu meinen Augen gepasst hätte?"

„Aber woher weißt du, dass Mrs. Hennings blaue Augen hat?", fragte Daphne. Es war ja nicht so, dass sie oder ihre Schwestern sich in denselben Kreisen bewegten, wie die Londoner Kurtisanen. Wie seltsam es schien, endlich den Namen Mrs. Hennings in Cornelias Gegenwart zu erwähnen, von deren Ehemann es hieß, dass er in die frühere Schauspielerin völlig vernarrt wäre.

„Ich habe sie auf der Bühne gesehen, bevor Lankersham sie zu protegieren begann", sagte Cornelia. „Selbst von unserer Loge aus konnte ich das unverwechselbare Blau ihrer Augen erkennen.

Das könnte sie, dachte Daphne und schob ihre Brille auf der Nase nach oben. *Sie hat die guten Augen mitbekommen.*

Virginia begann wieder zu weinen. „Bei dir ist es etwas anderes, Cornelia. Du hast nie behauptet, unsterblich in Lankersham verliebt zu sein. Du hast ihn geheiratet, um Herzogin zu werden. Meine Ehe war eine Liebesheirat."

„Und das ist sie auch noch", versicherte Daphne und drückte einen sanften Kuss auf Virginias dunkelbraunes Haar.

„Ich habe Lankersham auch geliebt!", protestierte Cornelia mit einem Aufstampfen ihres Seidenschuhs auf dem teppichbedeckten Boden. Sie hob ihren Kopf und ein gequälter Ausdruck huschte über ihr Gesicht. „Ich liebe ihn noch."

Ihre Schwester, stellte Daphne fest, hätte Mrs. Siddons Konkurrenz als begabteste Schauspielerin Englands machen können.

Virginias Augen wurden schmal. „Du vergisst, liebe Schwester, dass du mir immer alles erzählt hast, auch die Tatsache, dass du Lankersham heiratetest, obwohl du eigentlich Jake Bolingstoke wirklich liebtest."

Die bloße Erinnerung daran, wie gut Cornelia und Bolingstoke zueinander gepasst hatten, machte Daphne traurig. Wenn ihre Schwester den Mann hätte heiraten dürfen, den sie wirklich liebte, würde Cornelia jetzt nicht mit jedem Mann, der ihr schmeichelte, eine Affäre beginnen. Daphne runzelte die Stirn. *Ein Jammer, dass Papa ein so fürchterlicher Snob war.* Er hatte entschieden, dass Bolingstoke, weil er kein Vermögen hatte, wertlos wäre. Und er hatte sich sehr geirrt. Jetzt, wo er mit einer anderen verheiratet war, machte Bolingstoke sich im Unterhaus einen Namen. Und Cornelia machte sich auch einen Namen, als ranghohe Frau mit lockerer Moral.

Cornelia warf ihren Kopf zurück und lachte. „Liebe Güte, ich hatte Bolingstoke bereits ganz vergessen. Das ist so lange her. Ich versichere dir, ich bin Lankersham jetzt sehr zugetan."

Daphne richtete einen ernsten Blick auf ihre herzogliche Schwester, die hübscher war als jede Opernsängerin, die sie je gesehen hatte. „Du als verheiratete Frau musst über die Art, wie man mit der Frage der Geliebten umgeht, mit deiner Zwillingsschwester sprechen. Sie wird sich lächerlich machen, wenn sie einen zornigen Eifersuchtsanfall bekommt."

Cornelia sah zerknirscht aus. „Nun, Gin", sagte sie mit zärtlicher Stimme zu ihrem Zwilling, „wir müssen das wirklich wie die Oberschicht-Ehefrauen bereden, die wir sind."

Daphne knöpfte ihre Handschuhe wieder zu, stand auf und verabschiedete sich von ihren verheirateten Schwestern.

* * *

Jack hatte Lady Daphne Chalmers inzwischen seit zwei Tagen beobachtet. Nun, tatsächlich hatte er am ersten Tag die falsche Chalmers-Schwester beobachtet. Das Missverständnis war zustande gekommen, als Jack jemanden bei Almack's gebeten hatte, ihm Lady Daphne Chalmers zu zeigen. Der Mann hatte auf eine junge Frau in Rosa gezeigt. Nicht, dass er „rosa" gesagt hätte. Er hatte nur gedeutet, und in der Richtung, in die er gedeutet hatte, gab es nur zwei Frauen. Jack hatte irrtümlich angenommen, dass die schlecht gekleidete Frau mit Brille Lady Daphnes Zofe war. Denn die elegante Dame in Rosa musste Lady Daphne Chalmers sein, Tochter eines Earls und Schwester der Frau des Cousins des Regenten. Er sollte später erfahren, dass die elegante Frau in rosa Lady Annabelle Chalmers war. Einundzwanzig Jahre alt. Daphne, mit vierundzwanzig, war die älteste der sechs Chalmers-Schwestern und die bestinformierte Aristokratin des Königreichs. Jeder sagte das.

Nachdem er mit Annabelle Chalmers getanzt hatte, die ständig redete und in ihrer Unterhaltung immer wieder „Daphne sagt", einwarf, beobachtete Jack Miss Daphne Chalmers den Rest des Abends. Es fehlte der Frau nie an Tanzpartnern. Obwohl sie größer war als einige ihrer Partner. Obwohl ihr Busen (besser der Mangel eines solchen) dem ihrer Tanzpartner ähnelte. Obwohl mindestens fünfzig Damen im Raum von größerer Schönheit waren als sie und hundert Damen im Raum modischer gekleidet waren. *Was hat sie an sich?*, fragte er sich.

Trotzdem standen die Männer den ganzen Abend Schlange, um sich von Lady Daphne Chalmers unterhalten zu lassen. Dass die Männer eher von ihr unterhalten statt gefesselt waren, konnte man an der Art sehen, wie ihre Partner wiederholt ihre Köpfe zum Lachen zurückwarfen - und manchmal auch laut lachten. Dann kam die Tatsache hinzu, dass keiner der Männer nervös schien, wenn er mit ihr tanzte, obwohl sie es waren, wenn sie mit den hübschen jungen Dingern tanzten. Die Männer betrachteten sie offensichtlich als Schwester. Oder als einen ihrer

Kumpel. Was zweifellos erklärte, wie sie das Vertrauen so vieler Menschen genießen konnte. Und warum sie nicht verheiratet war.

Nachdem er sich mit Lady Daphne Chalmers Gewohnheiten vertraut gemacht hatte, war Jack an diesem Morgen endlich bereit, ihre Bekanntschaft zu machen. Er war sogar recht zuversichtlich, dass er wie ein Gentleman der Oberschicht wirkte. Dank Weston.

Zu schade, dass Lady Daphne Chalmers nicht hübsch war. Es hätte ihm gefallen, wenn sie eine Schönheit gewesen wäre, insbesondere wegen des Plans, den er vorschlagen wollte. Aber sie sah nicht einmal halbwegs passabel aus. Sie hatte nicht nur eine Figur wie eine Bohnenstange, sondern die Frau besaß auch eine Mähne wilder, buschiger goldener Locken, die überhaupt nicht zur derzeitigen Mode passten. Lady Daphne passte tatsächlich zu keiner Mode. Schlimmer noch, sie nahm nie diese verdammte Brille ab! Sie war mit Sicherheit die am wenigsten eitle Frau auf Erden.

In den beiden Tagen, an denen er sie beobachtet hatte, war Jack aufgefallen, dass Daphne Chalmers, anders als ihre unverheirateten Schwestern, nie mit einer Zofe unterwegs war, zweifelsfrei eine Konzession an ihren Status als alte Jungfer. Da dies der Fall war, konnte Jack sicher sein, dass sein bevorstehendes Gespräch mit Lady Daphne unter vier Augen stattfinden würde.

Weniger als eine Stunde, nachdem sie in dem prachtvollen Lankersham House verschwunden war, kam sie wieder heraus und machte sich auf den Weg zum Cavendish Square.

Als er glaubte, dass niemand ihn beobachtete,

holte er sie ein und passte seine Schritte ihren an.

Sie warf ihm einen scharfen Blick zu, etwa wie: *was machen Sie da?,* und fragte dann: „Waren Sie nicht am Mittwoch bei Almack's?"

Da er nicht mit ihr getanzt hatte, zeigte ihm das deutlich, dass Miss Chalmers nicht nur ein gutes Gedächtnis, sondern auch eine ausgesprochen gute Beobachtungsgabe hatte. Was ihnen sehr nützlich werden könnte. „Stimmt."

„Sie wissen, dass es sich für uns nicht gehört, miteinander zu sprechen, da wir einander nicht offiziell vorgestellt wurden."

„Ich denke, der Prinzregent hat Sie informiert, dass ein Mann, der in seinem Auftrag handelt, sich bei Ihnen zu erkennen geben würde."

Sie sah ihn mit weit aufgerissenen Augen an und nickte.

„Dieser Mann bin ich."

Sie nickte wieder.

„Sollen wir uns auf eine Parkbank setzen?", fragte er und sah zu dem umzäunten Park inmitten des Grosvenor Squares hinüber.

„Haben Sie einen Schlüssel?", fragte sie. „Nein."

Er zuckte mit den Schultern. „Dann können wir uns nicht hinsetzen."

„Um die Ecke dort ist eine Kirche ...", begann sie. „Dort sind wir für ein Gespräch unter uns."

Jetzt verstand er, warum die Männer bei Almack's sie wie einen ihrer Freunde behandelten. Sie war *wie* einer ihrer Freunde. Jede andere Frau, die sich in dieser Art angesprochen sähe, würde ihn mit Fragen bombardieren wie ein Anwalt vor dem Amtsgericht. Aber nicht dieses Chalmers-Mädchen.

Er lächelte in sich hinein. Mit Lady Daphne

Chalmers zu arbeiten würde sich anfühlen, als arbeitete er wieder mit Edwards. Jack runzelte die Stirn; sein Magen zog sich zusammen. Edwards war tot. Er ballte seine Hände zu Fäusten und zwang sich, die Rachegelüste gegenüber dem Herzog d'Arblier zu unterdrücken.

Bald betraten sie eine kleine, dunkle Kapelle, deren Steinwände von Londons Ruß geschwärzt waren. Jack folgte Lady Daphne durch das unebene Kirchenschiff, bis sie ein hüfthohes Tor aufschwang und auf einem abgenutzten hölzernen Kirchenstuhl Platz nahm.

Er folgte ihr in die Nische und setzt sich ihr gegenüber.

„Sir", sprach sie ihn an, „Ich fürchte, Sie sind mir gegenüber im Vorteil, da Sie meinen Namen kennen, aber ich nicht den Ihren."

Da er saß und sich nicht verbeugen konnte, neigte er seinen Kopf, ein lässiges Lächeln zuckte um seinen Mundwinkel. „Ich bin Hauptmann Jack Dryden."

„Sie sind gerade erst von der Halbinsel gekommen?"

Nun, wie zum Teufel konnte sie das wissen? Er hatte den Prinzregenten besonders gebeten, diese Information nicht preiszugeben. „Wie kommen Sie darauf?"

„Ihre Sonnenbräune ist noch nicht verblasst."

Eine überaus aufmerksame Frau, wirklich. Nicht nur aufmerksam, sondern sie dachte auch schnell. Er schaute in ihre Brillengläser. Ihre Augen waren grün. Moosgrün und ziemlich groß. Ein Jammer, dass die Brille die Aufmerksamkeit von so wunderschönen Augen ablenkte. Er war nahe genug, um ihren frischen Duft zu riechen, aber er konnte ihn nicht identifizieren.

„Mir kam bei unserem Spaziergang hierher der Gedanke", sagte sie, „dass seine Majestät Sie für einen sehr wichtigen Auftrag herbeordert haben muss, aber ich bin absolut unfähig zu begreifen, wie ich da hineinpasse."

„Da kann ich Sie aufklären. Was ich Ihnen mitteilen werde, ist äußerst vertraulich. Sie dürfen es niemandem erzählen." Er warf ihr einen strengen Blick zu.

Ihre Augen weiteten sich noch mehr, und als sie nickte, sah sie aus wie ein eingeschüchtertes Kind.

„Seine Königliche Hoheit erklärte mir, dass Sie anders als ihre Geschlechtsgenossinnen nicht fähig sind, vertrauliche Dinge zu verraten."

Ihre Wimpern senkten sich. Sie waren ziemlich lang, stellte er zum ersten Mal fest. „Ich bin eine bekannte Klatschbase, Hauptmann, aber ich habe mir selbst Regeln gegeben, an die ich mich halte."

Er hob eine Braue.

„Ich habe noch nie darüber gesprochen", sagte sie so leise, dass es kaum mehr als ein Flüstern war. „Es wirkt so ... fast evangelikal." Sie sackte zusammen und sah von ihm weg. „Sehen Sie, wenn mir bekannt wird, dass jemand eines der Zehn Gebote bricht, zwingt mein Gewissen mich, eine solche Handlung nicht bekannt zu machen. Ich glaube, dass, wenn ich jemandes Ruf beschmutze - auch wenn er seinen oder sie ihren Ruf bereits beschmutzt hat - mich das ebenso schuldig macht wie den ursprünglichen Täter."

Lieber Gott! Er hatte genau dasselbe in einem Religionsbuch damals in der Schule gelesen, aber er hätte ein Pony darauf verwettet, dass Miss Chalmers durch eigenes Nachdenken auf diesen Schluss gekommen war, da jeder wusste, dass

Frauen (außer Hannah More) keine theologischen Bücher lasen. „Tatsächlich", sagte er, „kann die Angelegenheit, die Sie diskret behandeln sollen, gegenwärtig noch niemandes Namen schädigen, da wir nicht wissen, wer der ... Täter ist."

„Bitte, Hauptmann", sagte sie, beugte sich zu ihm vor und senkte ihre Stimme, „was ist das Vergehen?"

Er sprach sehr ernst. „Jemand versucht, den Prinzregenten zu ermorden."

Ihr entfuhr ein unwillkürlicher Ausruf. „Das ist absolut abscheulich! Unser lieber Herrscher ist der liebenswerteste Mann, den ich je getroffen habe." Sie schwieg einen Moment, um dann laut nachzudenken. „Der Anschlag auf den Regenten muss vor zehn Tagen stattgefunden haben."

„Wie können Sie das wissen?"

„Eigentlich *weiß* ich es nicht wirklich", sagte sie. „Ich habe nur geraten. Jeder im inneren Kreis des Prinzen weiß, dass er Carlton House in den letzten zehn Tagen nicht verlassen und jede Menge von Terminen abgesagt hat, einschließlich einen Ball bei meiner Schwester Virginia."

„Ja, der *zweite* Anschlag auf das Leben des Regenten fand vor zehn Tagen statt."

Ihr Gesicht wurde blass. „Der *zweite*?"

Er nickte und fuhr damit fort, dass er ihr die Umstände der beiden Anschläge auf das Leben des Regenten beschrieb.

„Sie sind gut mit seiner Königlichen Hoheit bekannt?", fragte sie, als er geendet hatte.

Sein dröhnendes Lachen füllte die winzige Kapelle. „Kaum. Der zweite Sohn eines Landadligen bewegt sich nicht in so hohen Kreisen."

„Dann ...?"

Jack zuckte die Achseln. „Anscheinend hat mein kommandierender Offizier mich dem Regenten empfohlen, weil ich einigen Erfolg in Geheimaufträgen für die Armee hatte.

Ihre Augen blitzten. „Sie sind ein Spion!"

Er nickte.

Ein Lächeln hauchte ihrem schmalen Gesicht Leben ein. „Wie wunderbar! Prinny möchte, dass Sie diese Anschläge untersuchen, aber ich verstehe noch immer nicht, wie ich da hineinpasse."

Dass diese Frau, die so unheimliche Fähigkeiten hatte, ihre Rolle noch nicht verstand, enttäuschte ihn eher. Ihr Mangel an Verständnis musste seinen Grund wohl in ihrem Schock für die Sorge um ihren Monarchen haben. „Wenn ich mich in den Kreisen seiner Königlichen Hoheit ... nun, in Ermangelung eines besseren Wortes, *einschleichen* soll ...“

„Oh ja, ich verstehe!", rief sie aus. „Ich soll Ihnen helfen, sich nicht wie ein Fisch auf dem Trockenen zu fühlen."

„Ganz genau."

„Wie aufregend! Es wird mir eine Ehre sein, Ihnen bei diesem Unterfangen beizustehen, Hauptmann. Wo sollen wir anfangen?"

Jacks Herz raste. „Sie sollen damit anfangen, indem Sie sich verpflichten, meine angebliche Verlobte zu sein."

Kapitel 3

Daphne brach in hysterisches Gelächter aus. Niemand, der noch im Besitz eines auch nur halbwegs guten Sehvermögens war, würde je glauben, dass ein gutaussehender Mann wie dieser unvergleichliche Hauptmann sich von der völlig unscheinbaren Daphne Chalmers angezogen fühlen könnte. Das Licht in der Kapelle war nicht so trüb, dass sie sich der Vollkommenheit der Erscheinung des Offiziers nicht bewusst gewesen wäre. Natürlich war das Erste, was ihr (und all den hübschen, jungen Dingern bei Almack's) aufgefallen war, seine fesche Gestalt gewesen. Diese langen, muskulösen Beine. Diese unzweifelhaft breiten Schultern. Diese schlanke Taille. Und jetzt, als Daphne Gelegenheit hatte, ihn aus der Nähe zu betrachten, wurde ihr klar, dass er vermutlich der bestaussehende Mann war, den sie je gesehen hatte. Nicht nur seine Haut war dunkel, sondern auch seine Augen und seine Haare. Er ließ sie an einen spanischen Adligen denken, wenn er jedoch sprach, war seine Stimme die eines englischen Gentlemans. Eines sehr männlichen englischen Gentlemans. Die Robustheit seines kantigen Kinns und die scharfe Nase wurden von seinen freundlichen, schwarzen Augen und dem Ernst seiner gesenkten Stimme gemildert.

„Was ist so lustig?", fragte er.

„Niemand würde je glauben, dass ein

attraktiver Mann wie Sie sich von einem Mauerblümchen wie mir angezogen fühlen könnte."

Er runzelte die Stirn. „Sie sind ganz bestimmt *kein* Mauerblümchen. Haben Sie vergessen, dass ich sie neulich Abend bei Almack's gesehen habe? Ich glaube, Sie haben keinen einzigen Tanz ausgelassen."

„Aber Sie, mein lieber Hauptmann, waren *keiner* meiner Tanzpartner. Jeder, der mich kennt, würde wissen, dass ich keine Gelegenheit hatte, eine Zuneigung zu Ihnen zu fassen", sagte Daphne. „Eigentlich haben wir beim einzigen Mal, als wir zusammen in einem Raum waren, nicht einmal miteinander getanzt."

„Ich glaube, ich weiß, wie wir das umschiffen können."

Sie hob eine Braue.

„Wenn ich sage, dass ich bereits eine Zuneigung zu Ihnen gefasst hatte, eine Zuneigung, die Sie zu übersehen versuchten, wegen der Ungleichheit unserer Stellung in der Gesellschaft. Jetzt jedoch sind Sie zu dem Schluss gelangt, dass diese Ungleichheit nicht so groß ist wie unsere ... Liebe."

Daphne war in ihrem ganzen Leben noch nie errötet. Bis heute. Sie fühlte, wie ihr das Blut in die Wangen stieg. „Bitte, Hauptmann", sagte sie mit schwankender Stimme, „wie sollen wir uns denn kennengelernt haben?"

„Sie verbringen viel Zeit in Hatchard's Buchhandlung. Ohne Anstandsdame."

Sie riss die Augen auf. „Sie sind mir gefolgt?"

„Natürlich", sagte er heiter.

„Liebe Güte." Sie versuchte daran zu denken, was sie in diesen letzten Tagen getan hatte. Sie war am Abend zuvor im Theater gewesen und am Abend davor bei Almack's. Während des Tages hatte sie die Zwillinge besucht und war zur Buchhandlung gegangen. Ach du liebes Bisschen, wie furchtbar langweilig musste sie wirken!

„Wir können sagen, dass wir uns in der Buchhandlung kennengelernt und unsere Bekanntschaft danach vertieft hätten.

„Ich möchte Sie nicht beleidigen, Hauptmann, aber mein Vater würde nie erlauben, dass ich Sie heirate."

„Ihr Vater hat Vertrauen in Ihr Urteil, Lady Daphne. Wenn Sie ihm versichern, dass ich der einzige Mann bin, den Sie je zu heiraten wünschen, wird er unserer Verlobung zustimmen. Schließlich *sind* Sie sein Liebling."

Lady Daphne Chalmers schlussfolgerte, dass Hauptmann Jack Dryden ein sehr guter Spion sein musste. Kein Wunder, dass er dem Regenten für diesen wichtigen Auftrag empfohlen worden war.

„Aber wie würden wir unsere Verlobung lösen - vorausgesetzt, dass ich Papa von meinem Wunsch, Ihre Frau zu werden, überzeugen kann?"

„Sie werden sich natürlich zurückziehen. Nachdem Sie ständig mit mir beisammen waren, so lange es dauert, bis wir den Schuldigen gefasst haben, werden Sie erklären, dass unsere zusammen verbrachte Zeit gezeigt hat, dass wir doch nicht zueinander passen."

Die es dauern wird, den Schuldigen zu fassen. Das gefiel ihr. Es gefiel ihr, dass Hauptmann Dryden sie bei dieser Ermittlung seine Partnerin sein ließ. Schon jetzt behandelte er sie wie die intelligente Frau, die sie war. Ihr gefiel auch seine positive Einstellung. Er hatte keinen Zweifel daran, dass er bei seinem Auftrag, den Unhold zu fangen, der ihren so liebenswerten Herrscher töten wollte, Erfolg haben würde.

„Warum können wir meinen Eltern nicht einfach die Wahrheit sagen?", fragte sie.

Er presste seinen Mund zu einer dünnen Linie zusammen. „Wir sagen niemandem die Wahrheit. Um mit Sicherheit Erfolg zu haben, brauchen wir völlige Geheimhaltung."

Natürlich hatte er recht. Wenn sie ihren Eltern die Wahrheit sagte, selbst, wenn sie sie zur Geheimhaltung verpflichtete, würde Mama - streng vertraulich - dieses Geheimnis mit ihrer Schwester teilen müssen - vielleicht sogar mit den Zwillingen, die verpflichtet wären, es ihren Gatten mitzuteilen, die ... Oh ja, Hauptmann Dryden hatte recht, auf vollkommener Geheimhaltung zu bestehen. „Ich sehe ein anderes Problem voraus."

Zwischen seinen dunklen Augenbrauen entstand eine Falte. „Und das wäre?"

„Wie können wir irgendjemanden davon überzeugen, dass Sie sich von mir angezogen fühlen?"

Er zuckte nicht einmal mit der Wimper. Er behauptete auch nicht fälschlich, dass sie schön wäre. „Zunächst einmal sind Sie die Tochter eines Earls."

Daran hatte sie nicht gedacht. Vielleicht, weil sie nie gedacht hatte, dass ein Mann sich von ihr angezogen fühlten könnte. Niemals. Weil kein Mann es gewesen war. Niemals. Andere Frauen wären gekränkt gewesen, dass der gutaussehende Hauptmann ihr nicht mit einer Schmeichelei geantwortet hatte, aber nicht so Daphne. Sie war sich der Tristesse ihrer Erscheinung durchaus bewusst und sie mochte den Hauptmann wegen seiner Ehrlichkeit nur noch lieber. „Und", fügte sie hinzu, „ich habe auch eine anständige Mitgift. Würde das einen Mann in ihrer Stellung reizen?"

„Zweifellos."

Mit aufsteigender Enttäuschung wurde ihr klar, dass er ihr wenigstens ein bisschen hätte schmeicheln können. Sie verschränkte ihre Arme über ihrem mageren Busen und schaute ihn böse an. Lektion Eins: Den übermäßig ehrlichen Hauptmann die Kunst der Schmeichelei lehren. „Mein lieber Hauptmann, Sie werden die Kunst der höflichen Schmeichelei erlernen müssen. Insbesondere gegenüber der Frau, die Sie zu heiraten wünschen."

Seine Mundwinkel zuckten lächelnd. Er streckte seine Hand aus, um die ihre zu ergreifen, platzierte dann sanft seine weichen Lippen darauf und sah ihr in die Augen, als er galant weitersprach: „Lady Daphne, ich werde mich wirklich als den Glücklichsten aller Männer betrachten, mit einer der schönen Chalmers-Schwestern verlobt zu sein - der elegantesten, intelligentesten der Schwestern."

Daphne errötete zum zweiten Mal in ihrem Leben. Wie klug der Hauptmann es geschafft hatte, ihr zu schmeicheln, ohne ihr eine Schönheit zuzuschreiben, die sie nicht besaß. Sein Erfolg als Spion musste eine direkte Folge seiner Intelligenz sein. Dem Himmel sei Dank, dass sie nicht an einen langweiligen Hanswurst geraten war. Viel zu viele Männer in ihren Kreisen waren langweilige Hanswurste.

Ihr Herz flatterte noch von seiner verführerischen Berührung, sie senkte ihren Blick auf seine polierten Reitstiefel, dann hob sie ihn zu den ledernen Reithosen, die fast wie auf seine deutlich sichtbaren Muskeln der Oberschenkel aufgemalt schienen. Es gehörte sich absolut nicht, seine so männlichen Oberschenkel anzustarren! Das war noch provokanter als sein Kuss auf ihre Hand. Sie ließ daher ihren Blick auf dem schneeweißen Leinen seiner Krawatte ruhen und versuchte, mit gleichgültiger Stimme zu sprechen. „Ich werde einiges über ihren Hintergrund erfahren müssen."

Unerklärlicherweise war die erste Frage, die in ihr aufstieg: *Warum hat noch keine schöne Frau sich diesen unvergleichlichen Hauptmann geschnappt?* Mit Sicherheit hatte er die ein oder andere Frau gehabt. Aber solch romantischer Unsinn ging sie natürlich nichts an, und es gab viel wichtigere Dinge, die sie über ihn wissen musste, wenn sie ihn heiraten sollte. Oder so tun, als wollte sie ihn heiraten. „Wie alt sind Sie?", brachte sie schließlich heraus, obwohl sie um ihr Leben nicht hätte sagen können, warum diese Tatsache irgendwie wichtig wäre.

„Ich werde im Mai dreißig."

Was genau das Alter war, das sie bei ihm geschätzt hatte. Und wie kam es, dass er kupplerischen Müttern und ihren Töchtern, diesen hübschen, jungen Dingern, entronnen war? Dann schämte sich Daphne ihrer selbst, weil sie sich über so unwichtige Details Gedanken machte, während das Leben des Regenten selbst in Gefahr war. Natürlich *hatte* Hauptmann Dryden vermutlich eine Reihe von Jahren auf der Halbinsel verbracht. Das könnte erklären, warum er noch Junggeselle war. Plötzlich drehte sich ihr Magen um. Vielleicht war er ja kein Junggeselle. Vielleicht war das auch eine List. „Sind Sie verheiratet?", fragte sie.

„Ich hatte noch nie das Vergnügen."

Ihr wurde schwach vor Erleichterung, dann hätte sie sich am Liebsten geohrfeigt, weil sie solchen Unsinn gedacht hatte. „Irgendwelche Absprachen mit einer bestimmten Dame?" Sie überzeugte sich selbst, dass diese Fragen *tatsächlich* im Zusammenhang mit der Täuschung standen, die sie durchzuführen hofften. Sie schluckte, während sie auf seine Antwort wartete.

„Ich hatte nie Zeit dafür."

Ein Seufzer entrang sich ihr. „Und wie lange sind Sie schon bei den Dragonern?"

„Fast zehn Jahre. Bis vor fünf Jahren habe ich in Indien gedient."

Sie kreuzte ihre Beine, als ob sie sich für einen langen Nachmittag mit Hauptmann Dryden zurechtsetzte. „Und wo sind Sie zu Hause?"

„In Kent."

„Sie sagten, Sie wären ein zweiter Sohn ..."

„Der zweite von vieren. Ich habe auch eine Schwester."

Sie bemerkte, wie das Muster der Buntglasfenster der Kirche sich auf seinem Gesicht abmalte. „Und Ihre Eltern leben noch?"

„Ja."

„Ich nehme nicht an, dass Sie oft Gelegenheit haben, Sie zu besuchen." *Oder irgendwelche Geliebte.* Und warum hatte sie jetzt einen so idiotisch unpassenden Gedanken gehabt?

„Nach dem Krieg wird Zeit dazu sein."

„Ich nehme an, dass Sie im Krieg oft in Gefahr waren. Wurden Sie je verwundet?"

Einen Moment lang antwortete er nicht. Ein Muskel an seinem gebräunten Kinn zuckte. „Ich möchte nicht, dass jemand in London von meiner Tätigkeit auf der Halbinsel erfährt."

Ende der Diskussion. Daphne lachte beinahe in sich hinein. Er mochte nicht über sich selbst sprechen wollen, aber er hatte nicht mit ihrer Beobachtungsgabe und ihren Schlussfolgerungen gerechnet. Innerhalb eines Monats würde sie alles, was es über Hauptmann Jack Dryden zu wissen gab, in Erfahrung gebracht haben.

„Haben Sie irgendwelche dringenden Termine?", fragte er.

„Jetzt?"

Er nickte. „Ich dachte, ich könnte Ihnen ein paar Fragen über den Regenten und seine Umgebung stellen."

„Wir können jetzt reden. Sie müssen sich aber klarmachen, dass ich nicht zur Generation des Regenten gehöre."

Er lächelte. Er hatte ein besonders nettes Lächeln, mit schönen, weißen Zähnen. „Ich habe keinen Moment geglaubt, Lady Daphne, dass Sie zur Generation des Regenten gehören könnten."

„Aber natürlich kenne ich ihn schon mein ganzes Leben lang und bin ziemlich gut mit den Menschen seiner Umgebung bekannt. Sie müssen wissen, dass der Ehemann meiner Schwester, der Herzog von Lankersham, eine Art Cousin des Regenten ist."

Er nickte. „Dann müssen Sie auch diejenigen kennen, die eine Abneigung gegen den Regenten haben."

Sie zuckte zusammen. Es war ein abscheulicher Gedanke, dass jemand, den sie kannte, versucht haben könnte, ihren netten Herrscher zu töten. Ihre Gedanken drehten sich im Kreis. Natürlich gab es Leute, die den Monarchen nicht mochten, aber genug, um ihn zu töten? „Ihn nicht zu mögen und ihn tot sehen zu wollen sind zwei verschiedene Dinge, Hauptmann."

„Aber eine Liste von denen zu machen, die ihm abgeneigt sind, ist, wie Sie zugeben müssen, ein Anfang."

„Nun ... da ist die Sache mit Maria Fitzherbert ..."

„Ich habe vernommen, dass diese Affäre beendet ist und der Regent sagt, es gäbe keine Feindschaft zwischen ihnen."

„Es heißt, dass sie noch immer sechstausend pro Jahr von Seiner Königlichen Hoheit erhält."

„Also würde sie ihn natürlich nicht tot sehen wollen."

„Doch!", rief Daphne aus. „Da ist noch ihr Onkel." Ich weiß nicht einmal, ob der Mann noch lebt, denn Mrs. Fitzherbert selbst muss fast sechzig sein."

„Was ist mit diesem Onkel?"

„Er war einer der Zeugen der nicht anerkannten Eheschließung. Er hat die Heiratsurkunde unterschrieben. Soweit ich es weiß, wollte er unbedingt, dass seine Nichte eines Tages Königin werden sollte."

„Verdächtiger Nummer eins. Wie heißt er?"

Sie zuckte die Schultern. „Ich bin nicht sicher, aber ich werde es herausfinden. Und ich kann Prinzessin Caroline absolut nicht ausschließen. Ich habe sie nie kennengelernt. Der Regent lässt seine Tochter nicht einmal bei ihrer eigenen Mutter leben. Die Frau ist so furchtbar abstoßend und überhaupt kein gutes Vorbild für die liebe Prinzessin Charlotte. Mama versichert mir, dass es keine ungeschliffenere Frau als Prinzessin Caroline gebe." Daphne kämpfte mit ihrem Gewissen über das, was sie als Nächstes sagen wollte, aber beschloss, dass sie ihre Prinzipien aus dem Fenster werfen müsste, da das Leben des Regenten in Gefahr wäre. „Diese Frau achtet überhaupt nicht darauf, mit wem sie ... schläft."

Erneut verzog ein Lächeln sein kantiges Gesicht und seine schwarzen Augen blitzen vor Heiterkeit. „Interessant. Konkrete Verdächtige. Meinen Sie, Prinzessin Caroline würde den Terminplan des Regenten kennen?"

Daphne zuckte die Achseln. „Er hält sich natürlich streng von ihr fern, aber ich würde wagen zu behaupten, dass sie ihre Anhänger hat - selbst in Windsor. Vor allem in Windsor."

„Die verdammte Braunschweig-Sippe. Ist sie nicht die Tochter der Schwester des Königs?"

„Genau so ist es. König George würde seinem Sohn nie erlauben, diese Ehe auflösen zu lassen." Ihre Augen blitzten. „Ich weiß, dass unser König nicht er selbst ist und es fühlt sich für mich unglaublich lieblos an, dies auch nur zu erwähnen, aber König George empfindet für seinen Erstgeborenen überhaupt keine Liebe. All seine Zuneigung gehört Freddie, dem Herzog von York."

Dem zweiten Sohn. „Das ist überaus erhellend."

„Ich kann mir nicht helfen, mich zu fragen, ob vielleicht jemand aus der Umgebung des Königs wünscht, dass eine Person, die der alte König mehr begünstigt, auf dem Thron säße."

„Die Tochter des Regenten? Prinzessin Charlotte?"

Ein schmerzlicher Ausdruck verzog Daphnes Gesicht. „Ich bin sicher, dass das Mädchen seinen Vater sehr gerne hat, aber ... wir sollten jeden Stein umdrehen. Obwohl die Prinzessin von ihrer vulgären Mutter ferngehalten wurde, hat sie keine so ... eleganten Manieren, wie sie sollte. Es ist schmerzlich offensichtlich, wie enttäuscht ihr Vater von seinem einzigen ehelichen Abkömmling ist."

Nach einem Moment der Stille fragte der Hauptmann: „Sprechen und lesen Sie Deutsch, Lady Daphne?"

„Ja."

„Ebenso wie alle Mitglieder der königlichen Familie", sagte er mit einem Nicken. „Das könnte bei unserer Untersuchung hilfreich sein."

Sie wollte ihn schon fragen, ob er Spanisch und Portugiesisch spräche, da er so lange auf der Halbinsel gewesen war, erkannte aber, wie unwichtig das für den vorliegenden Fall war.

„Sind Ihnen Affären zwischen dem Regenten und verheirateten Frauen bekannt?", fragte er.

Sie konnte ein Lachen nicht unterdrücken. „Mein lieber Hauptmann, wir haben nicht genug Zeit für all das, bevor es dunkel wird. Außerdem müssen Sie wissen, dass in unseren Kreisen eheliche Untreue geduldet wird."

Zwischen seinen Brauen entstand eine Falte. „Was für ein Mann duldet, dass ein anderer Mann mit seiner Ehefrau ein intimes Verhältnis hat?"

Trotz seiner draufgängerischen Art war Jack Dryden im Herzen ein Puritaner. Was sie irgendwie liebenswert fand. Und zum ersten Mal, seit sie dem Schulzimmer entwachsen war, schämte sie sich ihrer Gesellschaftsschicht.

Er räusperte sich. „Wenn ich Sie heute Abend zu Hause besuche, hätte ich gerne, dass Sie mir diskret eine Liste aller verheirateten Frauen übergeben, die mit dem Regenten herumgespielt haben."

„Heute Abend? Aber ..."

„Ich weiß zufällig, dass Ihr Vater noch eine Stunde lang nicht aufwachen wird. Sie müssen mit ihm sprechen, wenn Sie zum Cavendish Square zurückkommen. Ich bitte um eine Unterredung mit ihm heute Abend. Um sieben Uhr."

„Sie, Sir, haben weit mehr Selbstvertrauen als ich. Mein Vater ist ein furchtbarer Snob. Ihn davon zu überzeugen, dass Sie einen großartigen Ehemann abgeben werden, wird entschieden schwierig sein. Verstehen Sie, er sieht nicht, dass es mir an Schönheit mangelt. Er gibt die Schuld dafür, dass ich keinen passenden Heiratsantrag bekomme, der Tatsache, dass ich gezwungen bin, eine Brille zu tragen. Er stellt sich immer noch vor, dass ich eines Tages eine glänzende Partie mache."

Der Hauptmann stand da und schaute mit unergründlichen Augen auf sie hinab, als er streng sagte: „Sie müssen ihn davon überzeugen, dass dies die einzige Verbindung ist, die Sie je eingehen könnten. Das Leben des Regenten könnte davon abhängen." Er drehte sich um, entriegelte die Tür des Kirchstuhls und sah sie dann an. „Bis heute Abend, meine liebe Verlobte."

Kapitel 4

Nach seiner kurzen Bekanntschaft mit Lady Daphne hatte Jack jedes Vertrauen, dass sie Erfolg dabei haben würde, ihren in sie vernarrten Vater entsprechend vorzubereiten. Als der Butler von Sidworth Jack in die Bibliothek des Earls führen sollte, folgte er dem Diener daher voller Selbstvertrauen. Aber es war nicht Lord Sidworths Bibliothek, in die der Butler ihn brachte. Er kam in ein kleines Wohnzimmer, wo auf einem seidenbezogenen Sofa Lady Daphne saß, ihre Röcke um sich gebreitet.

Er musterte sie aus leicht zusammengekniffenen Augen. Sicher hatte die Lady doch bei ihrer ersten Aufgabe nicht versagt?

Nachdem der Butler die Tür geschlossen hatte, sprach sie. „Ich habe Roberts gesagt, dass er, wenn ein gutaussehender Herr an der Tür wäre, der darum bäte, meinen Vater zu sprechen, ihn direkt hierherbringen sollte." Sie klopfte auf das Kissen neben sich.

Er weigerte sich, wie ein Welpe auf ihren Ruf zu reagieren und rührte sich nicht. „Zu welchem Zweck, Mylady?"

Sie runzelte die Stirn. „Das werde ich Ihnen nicht sagen, bis Sie nicht kommen und sich neben mich setzen. Ich muss leise sprechen, damit niemand uns belauschen kann."

Er ging über den Aubusson-Teppich, um sich neben ihr niederzulassen. Das französische Sofa war viel zu feminin - und zu klein - für seinen Geschmack. „Ist Ihr Vater überhaupt im Hause?"

„Ja, natürlich. Er freut sich schon sehr darauf, den Mann kennenzulernen, dem ich eine so hohe Ehre erweise."

Das zumindest klang vielversprechend.

„Aber bevor Sie tatsächlich mit ihm zusammentreffen, müssen Sie etwas über sich selbst erfahren."

Hölle und Teufel! Was hatte sie ihrem Vater über ihn erzählt?

Sie saß gerade wie ein Ladestock, faltete ihre (tintenbefleckten, wie er bemerkte) Hände in ihrem Schoß und erwiderte seinen Blick. „Wie Sie wissen, würde mein Vater es nicht mögen, wenn ich mich einfach an irgendeinen Mann wegwerfen würde. Da ich sein Liebling bin und da er anscheinend sich meines Mangels an gutem Aussehen überhaupt nicht bewusst ist, glaubt er, dass der Mann, der glücklich genug ist, mich zur Frau zu bekommen, ein Mann mit unglaublich vielen wundervollen Eigenschaften sein muss."

Gütiger Gott! „Bitte", knurrte er, „was haben Sie Ihrem Vater über mich erzählt?"

„Ich konnte ihm die Wahrheit nicht sagen - nicht einmal den Teil über ihre hervorragenden militärischen Dienste, da Sie nicht wollten, dass das bekannt wird."

Er nickte.

„Ich versuchte, an etwas zu denken, was mein Vater sich bei einem Ehemann für mich wünschen würde - außer einem Titel, Sie werden zustimmen, dass das völlig außer Frage stand."

An diesem Punkt waren sie sich vollkommen einig. „Ja."

„Da er mich für überaus intelligent hält, würde

er wünschen, dass ich einen Mann heirate, der über ebenso viel oder mehr Intelligenz verfügt als ich."

Das schien vernünftig genug. „Also sagten Sie ihm, ich wäre klug?"

„Nicht nur klug, sondern ein Mann der Wissenschaft."

Jack hielt sich durchaus für intelligent, aber Wissenschaft? Seine Brauen zogen sich zusammen. „Welche Art von Wissenschaft?"

„Oh, Sie wissen schon, klassische."

„Wie Griechen und Römer?" Es war fast fünfzehn Jahre her, seit Jack irgendetwas Lateinisches gelesen hatte, und mit Griechisch hatte er sich nie wohl gefühlt.

„Ja, genau. Und ich habe vielleicht erwähnt, dass Sie eine Begabung für Sprachen haben."

Sein Französisch war erträglich, und sein Spanisch und Portugiesisch waren tatsächlich ziemlich gut. Vielleicht würde er bei ihrem Vater damit durchkommen. Hatte er nicht die letzten paar Jahre sein Leben mit Täuschungen gelebt? „Ich hoffe, Sie haben keine einzelnen Sprachen erwähnt."

Sie stemmte ihre Hände in die Hüften. „Natürlich musste ich einzelne Sprachen erwähnen! Ich konnte mich doch nicht einem Mann versprochen haben, den ich nicht gut kenne."

„Welche Sprachen haben Sie erwähnt?", verlangte er zu wissen.

Sie zuckte die Schultern. „Außer Latein, Griechisch und Spanisch - ich fand es besser, Portugiesisch nicht zu erwähnen, da wir bei niemandem den Verdacht erregen wollen, dass Sie erst vor so kurzer Zeit von dort gekommen sind -

habe ich Bantu und Hottentottisch erwähnt."

„Bantu und Hottentottisch!", rief er. Was zum Teufel waren Bantu und Hottentottisch? Das klang verdächtig nach afrikanischen Stämmen.

„Das sind zwei der Eingeborenensprachen im südlichen Afrika."

Na, großartig. „Warum haben sie genau diese beiden erwähnt?" Er konnte seinen Ärger kaum noch zügeln.

„Aus zwei sehr guten Gründen." Sie sah so völlig ernst aus, während sie ihn durch diese elende Brille musterte.

„Erhellen Sie mich doch bitte."

„Erstens wird mein Vater nie in der Lage sein festzustellen, ob Sie diese Sprachen sprechen können oder nicht, da er keine davon beherrscht."

Er nickte. Das hörte sich annehmbar an. „Und Ihr zweiter Grund?"

„Weil Sie bis vor kurzem in Südafrika gelebt haben, wo Sie mit Diamantenminen ein großes Vermögen erworben haben." Als sie sah, wie sein Gesicht hart wurde, beeilte sie sich, das zu erklären. „Sehen Sie, das ist das Zweite, von dem mein Vater glaubt, dass ich es bei einem Ehemann wünsche: großen Reichtum."

„Also haben Sie mich zu einem reichen Minenbesitzer gemacht?"

Sie schenkte ihm ein selbstzufriedenes Lächeln.

„Hätten Sie das nicht zuerst mit mir absprechen können? Ich weiß nichts über Südafrika und noch weniger über Bergbau."

„Ich hatte keine Möglichkeit, mich mit Ihnen in Verbindung zu setzen, Sir. Im Übrigen müssen Sie mir sagen, wo Sie wohnen."

„Ich bin überrascht, dass Sie Ihrem Vater nicht gesagt haben, dass ich im Kew Palace lebe!"

Sie runzelte die Stirn. „Sie müssen sich nicht so echauffieren. Zufälligerweise weiß mein Vater nichts über Bergbau oder Südafrika, daher wird er für Ihre Täuschung keine Gefahr darstellen. Und Sie müssen eigentlich auch nichts vom Bergbau verstehen. Sie sind so reich, dass Ihnen die Minen nur gehören, und Ihre Untergebenen machen die ganze Arbeit. Was Ihnen die Zeit gibt, humanitäre Arbeit bei den Eingeborenen zu leisen."

Irgendwie dachte er, dass er nicht hören wollte, was als Nächstes kam. „Bitte, sagen Sie mir, Jungfrau des Bösen, welche Art humanitärer Arbeit ich leisten soll - abgesehen davon, dass ich mich fließend mit Bantus und Hottentotten unterhalten kann?"

Ihre Augen wurden ganz schmal. „Das sind keine Bantus, Sir. Das ist der Name, den die Sprache mehrerer Stämme trägt, die im südlichen Afrika leben. Die Hottentotten haben ihre eigene Sprache, die sich völlig vom Bantu unterscheidet."

In ihm stieg das dringende Bedürfnis auf, die junge Dame, die neben ihm saß, zu erwürgen. „Was für eine Art humanitärer Arbeit, Jungfrau des Bösen?", wiederholte er durch zusammengebissene Zähne.

„Sie, Sir, haben es übernommen, die Eingeborenen gegen die Pocken zu impfen. Sie sind Ihnen dafür so dankbar, dass sie diese Krankheit ausrotten, dass sie Sie den Großen Weißen Gott nennen." Sie lächelte. „Diese Idee gefällt mir eher. Welcher Vater würde nicht wollen, dass seine Tochter einen Großen Weißen Gott heiratet?"

Erwürgen war noch zu gut für sie. „Sind Sie sicher, dass Sie ihm nicht gesagt haben, ich könnte über Wasser wandeln?"

Ihre grünen Augen wurden rund, dann gab sie ihm einen Klaps auf den Unterarm. „Das ist nichts, was Sie auf die leichte Schulter nehmen sollten, Hauptmann Dryden."

Er war noch nie so verärgert gewesen. „Was soll ich tun, wenn Ihr Vater mich bittet, etwas in Bantu zu sagen?"

Sie schien einen Moment darüber nachzudenken. „Ich würde sagen, sprechen Sie einfach etwas in unsinnigem Kauderwelsch. Er wird nicht merken, dass es tatsächlich nicht Bantu ist."

In seinen Jahren als Spion hatte er schon vieles vortäuschen müssen, aber nichts, was hiermit vergleichbar gewesen wäre. Verflixtes Weibsbild.

Gerade da knackte die Tür und öffnete sich, ein grauhaariger Mann steckte seinen Kopf herein. Durch seine Nachforschungen erkannte Jack Daphnes Vater sofort und stand auf.

„Papa!", sagte sie. „Dies ist mein wundervoller Mr. Rich."

Rich? Wäre sie doch stumm geboren worden. Verflixtes Weibsbild.

Lord Sidworth betrat den Raum, blieb stehen und musterte Jack ausgiebig. „Er ist ein sehr gutaussehender Mann, Daffy." Dann wandte er seine Aufmerksamkeit wieder Jack zu und fragte: „Fechten Sie?"

Wenigstens darüber würde Jack nicht lügen müssen. „Ja, Mylord." Lord Sidworth, dachte Jack, war noch größer als er aussah. Als Jack ihm direkt gegenüberstand, erkannte Jack, dass sie gleichgroß waren, beträchtlich über dem Durchschnitt. Er erkannte auch, dass Lady

Daphne ihre Magerkeit und ihre Größe von ihrem Vater geerbt hatte. Sie war auch erheblich größer als durchschnittliche Frauen.

„Niemand hat ihn je besiegt", sagte Daphne.

Jack wünschte, sie würde diesen tintenbefleckten Handschuh ausziehen und ihn in ihren Mund stopfen. „Ich würde nicht so weit gehen, das zu behaupten", sagte Jack.

„Bescheiden, wie?", sagte Lord Sidworth mit einem Lächeln und schlug Jack auf die Schulter.

„Warum setzt ihr beide euch nicht einfach und unterhaltet euch gemütlich?", schlug Daphne vor. „Kommen Sie doch her, lieber Jack", sagte sie und klopfte neben sich auf das Sofa.

Lieber Jack! Lady Daphne Chalmers, stellte er fest, hatte ein Talent zur Schauspielerei. Er kam, um sich neben sie zu setzen, während ihr Vater in einem Sessel in der Nähe Platz nahm, der ihnen gegenüberstand.

„Meine Tochter erzählte mir, dass Sie beide sich in Hatchard's Buchhandlung kennengelernt haben."

Jetzt war Jack an der Reihe, dick aufzutragen. „Allerdings. Ich wusste, als ich sie dort Tag für Tag sah, mit ihren Augen, die vom Lesen so angestrengt waren, dass sie eine Brille tragen muss, dass sie das richtige Mädchen für mich war. Nichts bringt zwei Menschen so gut zusammen wie die Liebe zum Lernen." Er nahm ihre Hand in seine und tätschelte sie. „In der Tat war es unsere gemeinsame Liebe zu den Peloponnesischen Kriegen, die mich dazu brachten, um Lady Daphnes Hand anzuhalten." Er schaffte es, einen angemessen verehrungsvollen Ausdruck zu produzieren. „Wir werden unseren ersten Sohn Troy nennen."

Sie gab ihm einen Tritt, eine Bewegung, die unter ihren Röcken nicht auffiel. „Vergessen Sie nicht, mein lieber Mr. Rich, dass wir gegenseitig Platos Dialoge rezitieren wie andere Liebende Gedichte."

Lord Sidworth verdrehte die Augen. „Witzig. Sie sehen nicht aus wie ein Intellektueller, Mr. Rich."

„Das, Papa, liegt daran, dass ein Teil der Studien meines lieben Jacks sich auf den menschlichen Körper bezieht. Seiner Ansicht nach muss man sich Sonnenschein aussetzen und ausgiebiger körperlicher Aktivität widmen, wenn man seinen Verstand scharf erhalten möchte."

„Ach, tatsächlich?", sagte Lord Sidworth.

„Wir hatten viele anregende Gespräche bei Hatchard's", fügte sie hinzu.

Jack hob ihre Hand an seinen Mund und küsste sie flüchtig. „Ich bin sehr geehrt, dass ich endlich meine liebe Lady Daphne in einer privateren Umgebung besuchen kann."

„Ich möchte Sie nicht enttäuschen, Rich", sagte Lord Sidworth, „aber Daffy und ich sind übereingekommen, dass wir die Hochzeit noch nicht ankündigen wollen."

„Ich nehme an, Liebster", sagte Daphne zu Jack, „dass man Sie genug unter die Lupe nehmen wird, auch ohne, dass die Nachricht tatsächlich gedruckt erscheint."

Jacks Blick huschte zu Lord Sidworth hinüber. „Ich verstehe völlig, dass Sie zögern, Ihre Erstgeborene mit einem völlig Fremden nach Südafrika verschwinden zu lassen." Er lächelte Daphne an, deren funkelnde Augen ihn anblitzten, bevor sie sich erholte und ihren Vater wieder anlächelte. Was, wenn Lord Sidworth ihm Fragen über sein sogenanntes Zuhause stellen würde? Er war nicht sicher, dass er eine einzige Stadt dieses verflixten Landes nennen könnte. Zweifellos würden die Städte holländisch klingende Namen haben.

„Daffy sagte mir, dass sie Hottentottisch sprechen."

Jack zuckte die Achseln. „Ich komme zurecht."

„Bitte, wie sagt man in Hottentottisch ‚hallo'?", fragte Lord Sidworth.

Oh, oh. Wenn er es schaffen würde, diesen Bluff aufrecht zu halten, könnte er seine Zukünftige mit Freude umbringen. „Zulu."

„Tatsächlich? Zulu, Mr. Rich", sagte Lord Sidworth lachend.

„Auch Ihnen ein Zulu, Mylord." Jack fühlte sich wie ein kompletter Idiot.

„Das ist genug der Albernheiten, Papa. Nachdem du meinen liebsten Jack jetzt kennengelernt hast, musst du uns alleine lassen. Wir haben viel zu besprechen."

Lord Sidworth erhob sich. „Wird Mr. Rich heute Abend mit uns essen? Und uns dann ins Theater begleiten?"

Jack war noch nicht bereit, sich in die Gesellschaft zu wagen, bevor er nicht die Liste studiert hatte, die Lady Daphne ihm heute Abend geben würde. Wenn er dann ins Theater ginge - oder auf einen Ball oder sonst eine gesellschaftliche Veranstaltung - konnte er direkt darangehen, die „richtigen" Leute kennenzulernen. „Danke für die Einladung, Mylord, aber ich habe bereits eine Verabredung", sagte Jack.

„Morgen, dann?", fragte Lord Sidworth.

„Es wird mir ein Vergnügen sein."

* * *

Jack hatte den Tag damit verbracht, sich in die seltsame Beziehung zwischen dem Prinzregenten und dessen entfremdeter Frau zu vertiefen. Alles, was Daphne ihm über Prinzessin Caroline erzählt hatte, schien auf Tatsachen zu beruhen. Er hatte es geschafft, einen Bericht über die höchst private Untersuchung von 1806 in die Hände zu bekommen. Die Untersuchung war eingeleitet worden, um festzustellen, ob der Junge, den Prinzessin Caroline adoptiert hatte, nicht tatsächlich ihr eigenes illegitimes Kind war. Jack hatte in sich hineingelacht, als er erfuhr, dass einer der Lakaien ausgesagt hatte: „Die Prinzessin liebt das Ficken sehr." Obwohl die entfremdete Frau des Prinzregenten sich vermutlich sexuellen Gunstbeweisen gegenüber vielen Gentlemen schuldig gemacht hatte, gab es keinen Beweis dafür, dass sie außer der rechtmäßigen Erbin des Throns, Prinzessin Charlotte, ein anderes Kind geboren hätte.

Während Jack plante, seine Untersuchungen über Prinzessin Caroline fortzusetzen, war er doch bereit, den Umfang seiner Ermittlungen auszuweiten. Mit Daphnes Liste.

Sobald Lord Sidworth gegangen war, fragte Jack: „Sie haben die Liste?"

Sie griff in ihre Tasche und zog ein gefaltetes Stück Pergament heraus. „Sie ist eher kürzer, als ich gedacht hatte", sagte sie. „Ich habe mich dazu entschlossen, kleine Flirts wegzulassen und mich auf Affären zu konzentrieren, die eher dauerhafter Natur waren."

„Gibt es derzeit eine Mätresse?"

Sie schüttelte den Kopf. „In der Tat haben sich die Gewohnheiten Prinnys bemerkenswert geändert, seit er Prinzregent geworden ist."

„In welcher Hinsicht?"

„Obwohl er noch immer viel zu viel trinkt, lässt er sich weniger zu Ausschweifungen hinreißen."

Kein Wunder, dass der gesetzte, alte König verrückt geworden war. Alle seine Söhne waren Verschwender und sein Erbe war anscheinend der größte Verschwender unter ihnen. „Dann verführt er keine jungen Mädchen mehr?"

„Ich wage zu behaupten, dass er das nie getan hat. Tatsächlich mag Prinny eher ältere Frauen. Mrs. Fitzherbert muss ungefähr sechs Jahre älter gewesen sein als er und Lady Melbourne ... nun, das werden wir gleich alles besprechen."

Sie entfaltete die Liste und rutschte dichter an Jack heran, damit sie beide sie sehen konnten, ohne dass sie das Blatt loslassen musste. „Ich habe sie in umgekehrter chronologischer Reihenfolge aufgeschrieben, beginnend mit den neuesten."

Er sah, dass Lady Carlton oben auf der Liste stand. In der Tat waren alle Damen auf der Liste verheiratet, da die Titel ihrer Männer der Anrede „Lady" folgten.

„Eigentlich ist Lady Carlton nicht wirklich die aktuelle Geliebte des Prinzregenten", erklärte Daphne. „Nicht, dass er sich das nicht wünschte. Er mag sie sehr gerne und ich habe gehört, er hätte sogar geweint, als er sie um ihre Zuneigung anbettelte."

„Ich könnte mir denken, dass ihr Ehemann äußerst erbost ist."

Sie zuckte die Schultern. „Ihr Ehemann interessiert sich kaum für die Affären seiner Frau. Aber bei ihrem Liebhaber, Reginald St. Ryse, könnte das ganz anders aussehen."

Er machte sich in Gedanken eine Notiz, sich St.

Ryses Namen zu merken. „Ihr Ehemann muss ein rückgratloser Hahnrei sein."

„Wie sie es geschafft hat, ihre heimlichen Schwangerschaften vor ihrem Ehemann geheim zu halten, ist wirklich ziemlich verblüffend."

Jack zog seine Brauen zusammen. „Und sie wird noch immer von der *guten Gesellschaft* akzeptiert?"

„Natürlich."

„In meinen Kreisen werden Ehebrecherinnen gemieden."

„Sie müssen während ihrer Ermittlungen ihre puritanischen Ansichten beiseitelassen, Hauptmann", sagte sie wie eine vorwurfsvolle Gouvernante, eine Berufung, die Daphne Chalmers blühen würde, wenn sie nicht die Tochter eines Earls wäre. Sie sah sogar aus wie eine Gouvernante.

„Gut. Während der Ermittlungen", sagte er.

Sein Blick kehrte zu der Liste zurück. „Ich habe Lady Hertford dazu geschrieben, da viele Leute glauben, dass sie ein intimes Verhältnis mit dem Regenten hätte."

Er sah Daphne prüfend an. „Was glauben Sie?"

Sie zuckte die Schultern. „Lord Hertford steht Prinny nahe, aber der Prinz scheint sehr von Lady Hertford abhängig zu sein. Er verbringt jeden Tag Stunden mit ihr, was zu den Gerüchten geführt hat, dass sie ein Liebespaar wären. Aber ich habe Zweifel. Ich sehe keinen Hinweis darauf, dass der Regent bei Lady Hertford irgendeine Art von Leidenschaft hervorriefe."

Was mochte eine alte Jungfer wie Daphne Chalmers über Leidenschaft wissen?

Sein Finger glitt an der Liste hinab und hielt bei Maria Fitzherbert an. „Maria Fitzherbert hatte viele Jahre lang einen Platz im Herzen des Regenten - selbst, nachdem er Prinzessin Caroline geheiratet hatte, lebte er noch mit ihr."

„Aber sie schlafen nicht mehr miteinander?"

„Ihre Entfremdung kann man vermutlich der großen Zuneigung des Regenten zu Lady Hertford zuschreiben."

„Haben Sie den Namen von Mrs. Fitzherberts Onkel in Erfahrung bringen können?"

Daphne nickte. „Er ist tot - ebenso wie ihr Bruder, der auch als Zeuge bei der Hochzeit war."

Jack nickte und schürzte seine Lippen, während er die Liste durchlas. „Warum haben Sie neben Lady Melbournes Namen ein Sternchen gemacht?"

„Oh, weil man behauptet, sie hätte dem Regenten einen Sohn geboren, George Lamb. Nicht, dass der Regent ihn je anerkannt hätte."

„Und ich nehme an, sie war mit Melbourne verheiratet, als das geschah?"

Daphne lachte. „Ihr erster Sohn wurde von Melbourne gezeugt. Alle anderen von ihren Liebhabern."

„Wann wurde dieser George Lamb geboren?"

Ihr Gesicht verzog sich nachdenklich. „Lassen Sie mich überlegen. George ist drei oder vier Jahre älter als ich." Sie sah ihn an. „Ich nehme an, er ist in Ihrem Alter."

„Dann muss der Prinz Anfang Zwanzig gewesen sein, als er diesen Lamb gezeugt hat. Würden Sie sagen, dass er seinem Sohn nahesteht?"

„Nein. Der Prinz erkennt ihn nicht an. Ich bin nicht einmal sicher, ob Mr. Lamb die Wahrheit über seine Abstammung kennt. Aber seine Ähnlichkeit mit unserem lieben Prinzen ist bemerkenswert."

Jack musste mehr über Lamb erfahren. Seine Aufmerksamkeit kehrte zu der Liste zurück. „Ich sehe Lady Jersey hier. Ich habe sie neulich Abend bei Almack's kennengelernt."

Lady Daphne lächelte. „Nicht diese Lady Jersey. Die frühere Lady Jersey - ihr Vorname war Frances - hatte eine lange Affäre mit dem Regenten, die vor beinahe zwanzig Jahren begann."

„Es sieht so aus, als müsste eine kleine Armee von Ehemännern den Wunsch haben, den Regenten zu ermorden."

Sie zuckte die Schultern. „Ich habe nie gehört, dass einer der Ehemänner schlecht auf seine Königliche Hoheit zu sprechen gewesen wäre. Obwohl, St. Ryse war es. Aber natürlich wurde Lady Carlton wegen ihrer Liebe zu St. Ryse nie mit dem Prinzen intim. Und Lord Jersey können Sie vergessen. Er ist tot."

Auf der Liste war nur ein Männername. Zufällig wusste Jack über den Mann, Leigh Hunt, Bescheid: ein angesehener Journalist, der guten Grund hatte zu wünschen, den Prinzregenten zu ermorden. „Frischen Sie meine Erinnerung an Leigh Hunt auf", sagte Jack. „Die Nachrichten, die man auf der Halbinsel erhält, sind bestenfalls dürftig."

„Mr. Hunt befindet sich derzeit wegen seines Angriffs auf den Prinzregenten im Gefängnis."

„Ich meine mich an etwas wie ‚Fetter Adonis' zu erinnern."

„Mr. Hunt bezeichnete unseren geliebten Regenten nicht nur als fetten Adonis, sondern er schrieb auch die vernichtendsten Dinge über ihn. Er sagte, dass der Regent in einem halben Jahrhundert nichts erreicht hätte, dass er sich mit Spielern und anderen niedrigen Existenzen herumtriebe, dass er häusliche Bande verabscheute und hoch verschuldet wäre."

Kurz gesagt, der Mann hatte die Wahrheit veröffentlicht. „Ich kann sehen, dass der Regent und Mr. Hunt nichts füreinander übrig haben. Ich würde einen Herrscher sicher hassen, wenn ich ins Gefängnis gesteckt würde, weil ich etwas geschrieben habe, das der Wahrheit entspricht."

Daphne seufzte. „Die Sache ist die, dass Mr. Hunt nicht ins Gefängnis hätte gehen müssen, wenn er zugestimmt hätte, nie mehr etwas Beleidigendes über den Regenten zu schreiben."

„Ich verstehe, er lehnte das ab."

Sie nickte. „Und ich glaube auch nicht wirklich, dass Mr. Hunt es im Gefängnis so unbequem hat. Man sagte mir, dass er ein schönes Zimmer mit Klavier hätte und weiter seine Gedichte schreiben und Besucher empfangen könnte. Jeremy Bentham hat ihn sogar dort besucht, aber ich wage zu behaupten, dass Mr. Bentham enttäuscht war."

Jacks Brauen hoben sich; er fragte sich, warum der Reformer enttäuscht gewesen war.

„Mr. Bentham setzt sich sehr für eine Gefängnisreform ein", sagte Daphne, „aber ich bezweifle, dass er für Mr. Hunts Inhaftierung viel Sympathie aufbringen konnte, wenn man den Luxus seiner Unterbringung bedenkt."

„Ich denke, wir können Mr. Hunt ausschließen. Sie müssen zugeben, es ist ziemlich schwierig, ein Verbrechen zu begehen, wenn man im Gefängnis sitzt."

„Ja, ich denke, Sie haben recht."

Ein ernster Blick huschte über sein Gesicht. „Da ist noch etwas, das ich Ihnen sagen muss."

Sie warf ihm einen fragenden Blick zu.

„Wir haben weniger als sechs Wochen, um den Attentäter zu finden."

„Wie können Sie nur bei so etwas zeitliche Grenzen setzen?"

„Seine Königliche Hoheit tat das. Er wird zurückgezogen in Carlton House bleiben - aber nur bis zum 7. Januar."

„Oh, ja! Wie konnte ich das große Fest vergessen, das für Prinzessin Charlottes achtzehnten Geburtstag geplant ist? Ich wage zu behaupten, dass der Regent verpflichtet ist, daran teilzunehmen." Sie händigte ihm die Liste aus.

Mit ernstem Gesicht nahm er sie, rollte sie zu einem Ball zusammen und warf sie in das Feuer, das ungefähr fünfzehn Fuß entfernt brannte.

„Brauchen Sie sie nicht?"

„Ich habe sie schon auswendig gelernt."

Sie schaute ihn voller Bewunderung an. „Ich vermute, Spione bewahren nicht gerne Schriftliches auf."

„Sie lernen schnell, Lady Daphne. In der Tat scheinen Sie viele Eigenschaften zu besitzen, die einen guten Spion ausmachen. Sie sind bemerkenswert geschickt beim Erfinden von Ausflüchten."

Sie lachte. „Normalerweise bin ich das nicht. Ich genieße jetzt geradezu die Gelegenheit, mir Dinge auszudenken."

„Auf meine Kosten." Er runzelte die Stirn. „Warum zur Hölle Südafrika?"

Sie sah zerknirscht aus. Ungefähr zwei Sekunden lang. „Weil viele Männer dort ihr Vermögen erworben haben - und weil Papa nichts über Afrika weiß, obwohl ich befürchte, einige in unseren Kreisen könnten besser informiert sein.

Ich hatte verteufelte Schwierigkeiten damit, Papa davon zu überzeugen, dass er unsere bevorstehende Hochzeit *nicht* in die Zeitungen setzt."

„Ich bin sehr froh, dass Ihnen das gelungen ist. Es dürfte eine große Anzahl von Menschen in London geben, die wissen würden, dass es keinen Mr. Geldsack - oder sollte ich sagen, Mr. Rich - in Südafrika gibt." Er stand auf und schaute zu ihr hinab. „Und jetzt, Mylady, scheint es, dass ich ein oder zwei Dinge über Südafrika lernen sollte, bevor ich morgen mit Ihrer Familie speise."

Sie erhob sich. Obwohl sie groß war, waren ihre Augen auf gleicher Höhe wie sein Kinn. „Da ist noch etwas", sagte sie. „Ich habe es gerade heute Morgen von einem Diener erfahren, der es von einem Diener Prinzessin Carolines in Blackheath gehört hat."

„Ja?"

„Die Prinzessin knetet zu ihrem Vergnügen Wachsfiguren ihres Ehemannes - und steckt dann Nadeln direkt in seine lebenswichtigen Organe."

„Sehr interessant."

Kapitel 5

Daphne fühlte sich elend schuldig. Nichts - nicht einmal Cornelias Verlobung mit einem Herzog vor vielen Jahren - hatte im Haus Sidworth solches Aufsehen erregt. Wegen Daphnes Scheinverlobung tauchten alle ihre fünf Schwestern am nächsten Tag in Sidworth House auf, alle von ihnen - und ihre Mutter - verlangten lautstark nach Informationen über Mr. Rich.

„Papa sagt, er sei ein bemerkenswert gutaussehender Mann", sagte Mama stolz.

Daphne konnte nicht umhin, sich den schneidigen Hauptmann vorzustellen. Ja, jeder, der ihn sah, würde feststellen, dass er ungewöhnlich gut aussah. „Obwohl es eher sein Verstand war, der mich angezogen hat", log Daphne, „muss ich zugeben, dass Ha- ... dass Mr. Rich tatsächlich sehr gut aussieht." Sie sah zu Annabelle. „Du hast ihn schon gesehen. Du hast Mittwochabend bei Almack's mit ihm getanzt."

Annabelle schien eingehend über die Angelegenheit nachzudenken, dann legte sich ein verwunderter Blick über ihr Gesicht, der schnell von einer tiefen Falte zwischen ihren Brauen ersetzt wurde. „Aber ... der einzige Mann, mit dem ich tanzte, ohne ihn gut zu kennen, war ... nun, er kann einfach nicht Mr. Rich gewesen sein."

Weil er zu gut aussah? Daphne war sich sehr wohl bewusst gewesen, dass der Unterschied in ihrer äußeren Erscheinung ebenso groß sein würde wie der ihrer gesellschaftlichen Stellung. „Warum konnte er nicht Mr. Rich sein?", fragte Daphne amüsiert.

„Weil ... der Mann, mit dem ich getanzt habe, in keiner Weise einem Mann ähnelte, der dir den Hof machen würde."

„Und warum sollte das so sein?", neckte Daphne sie, kaum fähig, ein Grinsen zu unterdrücken.

„Weil ... der Mann, an den ich denke, aussah wie ein Mann, der ein bekannter Frauenheld sein müsste, und das, meine liebe Schwester, würde dir in keiner Weise gefallen."

Das stimmte auch. Daphne würde keinen Mann mit den Gewohnheiten eines liebestollen Katers mögen. Ein Lächeln lag auf ihren Lippen, als sie an Hauptmann Drydens schwerfällige Anständigkeit dachte. „Sag mir, Annabelle, wie sah der Mann aus?"

„Er war äußerst gutaussehend. Groß, gut gebaut, eher dunkel mit schwarzem Haar und Augen und gebräunter Haut."

„Ich glaube, du hast gerade meinen Mr. Rich beschrieben."

Annabelle war nicht die einzige der Schwestern, auf deren Gesicht sich ein Schock abzeichnete. Daphne musterte die wohlgekleidete Versammlung. Ihre Schwestern wechselten alle verwirrte Blicke.

Lady Sidworth, die stets Daphnes Partei ergriff, tadelte sanft ihre skeptischen Töchter. „Papa sagt, dass Daphne sich einen feinen Mann ausgesucht hat. Mr. Rich ist alles, was er bei einem Mann für sie erhoffen könnte. Papa sagt, Mr. Rich verfüge nicht nur über gutes Aussehen, sondern er sei auch ein gelehrter Mann, ein guter Fechter und schrecklich reich."

Ihre Bemerkungen linderten in keiner Weise den schockierten Gesichtsausdruck ihrer Töchter.

„Bitte, Daf, und wie hast du dieses Wundertier kennengelernt?", fragte Cornelia.

„Wir haben uns bei Hatchard's getroffen. Wir beide begeistern uns für Bücher."

„Und sie haben eine gemeinsame Leidenschaft für die peloponnesischen Kriege", fügt Lady Sidworth hinzu.

Virginia warf Daphne einen erstaunten Blick zu. „Ich wusste nicht, dass Daphne sich für griechische Geschichte interessiert."

Oh Schreck, Daphne hatte nie für einen Penny Interesse an griechischer Geschichte gehabt. In der Tat fand sie griechische Geschichte öde und langweilig. Was war Hauptmann Dryden nur eingefallen, ein solches Thema anzuschneiden? „Das ist kaum ein Thema, das ich in der Gesellschaft von Ladys erwähnen würde", sagte Daphne.

„Daphnes Verstand", fügte Doreen, die zweitjüngste Schwester, hinzu, „funktioniert nicht wie der der meisten Ladys, eher wie der von Herren, das müsst ihr zugeben."

Cornelias kritischer Blick huschte über Daphnes verblasstes, braunes Kleid. „Man muss sich nur ihre äußere Erscheinung anschauen, um das zu erkennen", sagte Cornelia mit Verachtung in ihrer Stimme.

Lady Sidworth widmete ihrer Erstgeborenen einen mitfühlenden Blick. „Weißt du, Liebes, nachdem du jetzt verlobt bist, solltest du vielleicht in Erwägung ziehen, deiner Toilette mehr Zeit zu widmen. Du möchtest doch nicht, dass Mr. Rich sich anderweitig umsieht."

„Ja, Daf", fügte Virginia hinzu, „ein Mann von Vermögen ist fähig zu sehen, dass die Art, wie du dich kleidest, gar nicht angemessen ist."

„Du musst mir erlauben, dich mit zu Mrs. Spence zu nehmen", bot Cornelia an. „Sie ist zweifellos die beste Schneiderin in ganz London."

Sich Kleider anmessen zu lassen stand in Daphnes Kopf auf derselben Ebene wie das frisieren Lassen ihrer Haare. Völlige Zeitverschwendung. Selbst, wenn der Hauptmann ihr wahrer Verlobter gewesen wäre, hätte sie sich nicht bemüht, sein Interesse durch künstliche Schönheit zu erhalten. Ein Mann, dem an ihr lag, würde Daphne Chalmers einfach so akzeptieren müssen, wie sie war: ästhetisch unauffällig. Und sie hatte nicht die Absicht, sich zu ändern. Aber sie musste das ihren auf Äußeres bedachten Schwestern gegenüber nicht zugeben.

Viele Male hatte Daphne sich schon gefragt, welchem längst verblichenen Vorfahren sie wohl nachschlug. Sie war so völlig anders als ihre fünf Schwestern und hatte mit beiden Eltern wenig gemein, außer der Größe und der Magerkeit, die sie von ihrem Vater geerbt hatte. Als ob es nicht ausreichte, dass sie bei der Schönheit zu kurz gekommen war, hatte sie noch das Unglück, das einzige Mitglied der Familie zu sein, das eine Brille tragen musste, um etwas sehen zu können.

Ihr Blick huschte zu ihrer liebenswerten Mutter hinüber. Lady Sidworth war zu ihrer Zeit eine große Schönheit gewesen. Für eine Frau, die auf die fünfzig zuging, war sie noch immer attraktive, obwohl ihre Taille eine ebenso ferne Erinnerung war wie gepuderte Perücken, und das einst goldene Haar jetzt von grau durchzogen war. Sie besaß einen ständig wachsenden Busen, so wie

Virginia. Ein Jammer, dass Daphne auch da ihrem Vater ähnelte. „Vielleicht werde ich zu Mrs. Spence gehen, aber gerade jetzt bin ich zu beschäftigt."

„Warum hat niemand von diesem Mr. Rich gehört, wenn er so ein Wundertier ist?", fragte Rosemary.

Oh, oh. Rosemary, die jüngste Schwester, die - glücklicherweise - das Schulzimmer noch nicht verlassen hatte, war die einzige Schwester, die ebenso vernünftig dachte wie Daphne. „Die Erklärung ist ganz einfach", sagte Daphne und verschaffte sich mehr Zeit, um sich etwas Zufriedenstellendes auszudenken. „Mein lieber Mr. Rich hat die letzten Jahre in Südafrika verbracht, wo er sein Vermögen aufgebaut hat." Sie mied es, Rosemarys Blick zu begegnen. Das Baby der Familie war viel zu klug.

Weitere interessierte Fragen blieben Daphne erspart, da der Butler meldete, dass Mr. Rich selbst Daphne einen Besuch abstatten wollte. „Bitte führen Sie ihn herein", sagte Lady Sidworth und versuchte, ein Kichern zu unterdrücken.

Jedes weibliche Wesen in dem buttergelben Salon, außer Daphne, flatterte in Erwartung, dieses Wundertier kennenzulernen, herum. Sie wollte ihre Reaktion beobachten, wenn er den Raum betrat, aber als er in das Zimmer schlenderte, war seine Präsenz so dominierend, dass sie völlig vergaß, ihre Schwestern zu beobachten. Alle ihre Sinne wurden durch seine physische Pracht geweckt. Er war lässig in glänzende schwarze Reitstiefel, lederne Kniehosen und einen schokoladenbraunen Rock gekleidet. Das schneeige Weiß seiner Krawatte betonte das Weiß seiner Augen und seiner Zähne und bildete einen Kontrast zu seiner gebräunten Haut. Der Mann war einfach wundervoll.

Obwohl das Zimmer voller Frauen war, schaute er nur sie an. „Ich bin gekommen, um Sie um eine gemeinsame Ausfahrt in den Park zu bitten, meine Liebe."

Sie stand auf und begrüßte ihn, indem sie ihm beide Hände entgegenstreckte. „Ich wäre entzückt, aber zuerst muss ich Sie dem Rest meiner Familie vorstellen." Sie drehte sich zu ihrer Mutter um. „Mama, ich würde dir gerne Mr. Jack Rich vorstellen." Sie wandte sich Jack zu und sagte: „Das ist meine Mutter, Lady Sidworth."

Die Gräfin hielt Jack ihre behandschuhte Hand zum Kuss hin. „Oh, mein lieber Mr. Rich", sagte Lady Sidworth, „ich kann Ihnen nicht sagen, wie entzückt ich bin, Ihre Bekanntschaft zu machen."

„Und ich die Ihre, Mylady." Seine tanzenden Augen hingen an denen der Gräfin. Daphne bemerkte, dass er ihre Mutter sofort für sich eingenommen hatte. „Ich muss Ihnen zu Ihrer beeindruckenden Tochter gratulieren. Sind Sie nicht auch der Meinung, dass man jemanden wie Lady Daphne nur einmal in einer Million findet?"

Lady Sidworths lächelnder Blick traf auf den seinen. „Das denke ich allerdings, Mr. Rich. Sie müssen ein sehr scharfsinniger Mann sein, um den Diamanten in der rauen Schale zu sehen, um es so auszudrücken."

Also habe ich eine raue Schale? Daphne war sich nicht sicher, ob sie sich über ihre Mutter ärgern oder erfreut sein sollte. Zweifellos meinte die liebe Frau es gut.

„Ich schätze mich sehr glücklich, ihre Hand gewonnen zu haben", sagte er.

Diese Bemerkung hatte die Wirkung, die Gräfin

wie eine zufriedene Katze aussehen zu lassen. Es hätte nur noch gefehlt, dass sie schnurrte. „Erlauben Sie mir, Sie meinen anderen Töchtern vorzustellen."

Daphne beobachtete ihn mit kritischem Blick, während er jeder ihrer Schwestern vorgestellt wurde, obwohl an seinem Verhalten nichts auszusetzen war. Er war überaus galant, erinnerte sich sogar an Annabelle, die von seiner Aufmerksamkeit völlig verwirrt war.

Als die Vorstellungen erledigt waren, lehnte er Lady Sidworths Einladung zum Tee ab. „Ein anderes Mal vielleicht. Ich möchte meine Verlobte im Park herzeigen, bevor es dunkel wird."

Daphne konnte sich gerade noch davor bewahren, die Augen zu verdrehen. Musste er so dick auftragen? Aber ein schneller Blick auf ihre Mutter überzeugte sie davon, dass er in Lady Sidworth eine Eroberung gemacht hatte.

„Wo haben Sie eine so elegante Kutsche her?", frage Daphne ihn, als sie in der Schlange warteten, um zu dieser eleganten Stunde in den Hyde Park fahren zu können. Sie war ebenso beeindruckt von seiner Fahrkunst mit dem Phaeton wie von der Schönheit des Tieres, das ihn zog.

„Der Regent hat dafür gesorgt, dass ich die Mittel habe, der Tochter eines Earls angemessen den Hof machen zu können."

„Vielleicht werden Sie gar nicht auf die Halbinsel zurückkehren wollen."

Er warf ihr einen strengen Blick zu. „Meine Pflichten werden mich zwingen, dahin zurückzukehren, wo ich gebraucht werde."

Der Mann war viel zu edelmütig. „Sie müssen ein sehr ernsthaftes Kind gewesen sein,

Hauptmann. Sagen Sie, haben Sie Dachse aus der Not gerettet?"

Seine Augen wurden schmal. „Solche Leichtfertigkeit ist unangebracht."

Kein Wunder, dass er noch nicht geheiratet hatte, obwohl er fast dreißig war. Seine Pflichten standen immer an erster Stelle.

Da es ein sehr schöner Tag war - von dem kalten Novemberwind abgesehen - gab es am Eingangstor zum Hyde Park ein Gedränge. Sie warteten etwa fünf Minuten, um in Londons größten Park einfahren zu können, und bald fuhren sie einen von offenen Gefährten überfüllten Weg entlang.

„Ich muss Sie loben", sagte sie, „für die Leichtigkeit, mit der Sie ein ganzes Zimmer voller Frauen für sich eingenommen haben." Keine Seltenheit für ihn, zweifellos.

„Danke. Ihre Mutter ist sehr nett und ihre Schwestern sind entzückend."

Sie neigte dazu, ihm völlig zuzustimmen. „Unglücklicherweise werden Sie sich der ganzen Familie beim Essen wieder gegenübersehen. Und ihren Ehemännern. Ich befürchte, dass ihre Neugier, den Mann kennenzulernen, der mir solche Ehre erweist, eher der eines Kindes ähnelt, das eine Laune der Natur beobachten möchte."

Er lachte. „Also bin ich eine Laune der Natur?"

Jeder Mann, der sich zu ihr hingezogen fühlte, würde eine Laune der Natur sein. Zumindest musste ihre Familie das denken. „Natürlich nicht, Hauptmann. Sie sind so überaus liebenswürdig und natürlich auch ausgesprochen gutaussehend." Sie wusste, dass solches Lob seine Zunge in Zaum halten würde.

Als sie im Park waren, war Daphne ständig

damit beschäftigt, neugierigen Bekannten zuzunicken. Sie konnte nicht leugnen, dass ihre Brust vor Stolz anschwoll, neben einem so prachtvollen Vertreter des männlichen Geschlechts zu sitzen. Ganz gleich, dass der Wind äußerst störend war, sie hatte verteufelt viel Spaß.

„Der Grund für die Ausfahrt", sagte er, „ist, dass ich vertraulich mit Ihnen sprechen wollte, bevor wir uns heute Abend sehen."

Sie schaute ihn erwartungsvoll an. „Sie haben etwas herausgefunden?"

„Eigentlich nicht. Ich wollte nur sichergehen, dass Sie nicht noch mehr *Überraschungen* für mich in petto haben."

Sie konnte nicht verstehen, warum er so verärgert über sie schien. Ihre List seine Identität betreffend war doch sehr klug ausgedacht, dachte sie. Warum wusste er das nicht zu schätzen? „Ich plane keine Überraschungen, aber ich habe vollstes Vertrauen, dass sie mit allem fertig werden können, was ich Ihnen zuwerfe. Ich war ziemlich stolz auf Sie, als Sie mit Papa Bantu gesprochen haben."

„Ich habe mit Ihrem Vater nicht Bantu gesprochen."

„Nun, nicht wirklich Bantu ..."

„Es war Hottentottisch."

„Oh, dann haben sie eben *Hottentottisch* mit Papa gesprochen ..."

„Das habe ich nicht!" „Aber sie haben es doch gerade gesagt!"

„Ich sagte Hottentottisch statt Bantu. Das war, was Ihr Vater von mir zu hören verlangte." Seine Lippen bildeten einen grimmigen Strich.

„Oh, ich verstehe. Nun, was auch immer Sie zu Papa sagten, klang wie Hottentottisch. Und Sie haben keine Sekunde gezögert. Ich kann sehen, warum Sie als Spion so erfolgreich sind."

„Ich habe nie gesagt, dass ich ein erfolgreicher Spion wäre."

„Natürlich sind Sie ein erfolgreicher Spion! Ich wage zu behaupten, der beste. Andernfalls würde Prinny nicht Sie beschäftigen."

Eine seiner mageren Wangen zuckte, er sagte nichts, sondern widmete dem Schnippen der Zügel große Aufmerksamkeit. „Warum müssen Sie immer in Superlativen sprechen?", fragte er schließlich. „Ich muss der beste Spion sein. Der beste beim Fechten. Kann ich nicht einfach ein normaler Mensch sein?"

Sie hätte ihn beinahe gefragt, ob er je in einen Spiegel geschaut hätte. Stattdessen versuchte sie, zerknirscht auszusehen. „Ich fürchte, das ist alles, um meinen Eltern zu beweisen, dass Sie meiner würdig sind. Ich fürchte, ein zweiter Sohn, der Hauptmann der Dragoner ist, wäre nicht beeindruckend genug."

„Ich bitte aber darum, dass Sie mich nicht mit noch mehr großen Fähigkeiten ausstatten."

Sie bewunderte seine Bescheidenheit, vor allem in Anbetracht der Tatsache, dass er so viele gute Eigenschaften besaß, Eigenschaften außer seinem guten Aussehens und seinem außergewöhnlichen Körper, einem Körper, dessen sie sich durch seine Nähe zu ihrem eigenen nur allzu bewusst war. Sie fühlte sich wie eine Gans, als sie sein schönes Gesicht anstarrte, daher huschte ihr Blick in ihren Schoß, von wo er - ganz natürlich - weiter in seinen Schoß und zu seinen langen, sehnigen Schenkeln glitt, woraufhin sie ihn schnell wieder zu seinem atemberaubenden Gesicht hob. Wirklich, sie wusste nicht, was über sie gekommen war, seit sie den unvergleichlichen Hauptmann kennengelernt hatte. Bisher hatte das Äußere sie nie interessiert, aber jetzt fand sie sich von seiner physischen Perfektion besessen.

„Sie sagten, die Ehemänner Ihrer Schwestern würden heute Abend kommen?", fragte er.

„Nur die der Zwillinge. Sie sind die einzigen, die verheiratet sind."

„Während meiner Überwachung war ich nicht in der Lage zu bemerken, dass Sie Zwillingsschwestern haben."

Der Mann war gründlich. „Cornelia und Virginia - obwohl sie sich gar nicht ähnlich sehen, außer dass beide braune Augen haben, während sie bei uns anderen grün sind."

Er nickte nachdenklich. „Cornelia ist die kleinere, die, die Herzogin ist?"

„Ja. Ihr Mann ist eine Art Cousin des Regenten - von der Seite von Lankershams Mutter, glaube ich."

„Und Virginia ist mit Sir Ronald Johnson verheiratet?"

„Sie *sind* gut."

„Wenigstens haben Sie nicht gesagt, ich wäre der Beste", murmelte er.

„Selbst meine jüngere Schwester, die noch im Schulzimmer ist, wird heute Abend die Erlaubnis bekommen, mit uns zu speisen, damit sie Sie angaffen kann."

„Ich kann es kaum erwarten", sagte er mit einem völligen Mangel an Begeisterung. „Irgendwelche Pläne für den Rest des Abends?"

„In der Tat haben wir Glück, Hauptmann. Lord und Lady Burnam geben heute Abend einen Ball. Alle werden anwesend sein."

„Das klingt vielversprechend."

Sie sah geradeaus und erblickte die Comtesse de Mornet, eine schöne französische Emigrantin, die die derzeitige Geliebte des Herzogs von York war. Obwohl Daphne nur beabsichtigte, ihr zuzunicken und weiterzufahren, als die Kalesche der Lady an ihre Seite kam, hatte die Comtesse andere Vorstellungen. Ihre funkelnden blauen Augen huschten von Daphne zu Jack und sie befahl ihrem Kutscher anzuhalten. „Wie geht es Ihnen heute, Lady Daphne?", fragte sie.

Die Frau starb vor Verlangen, Jack kennenzulernen, das war so leicht zu durchschauen. „Wir genießen diesen Nachmittag ganz besonders, Comtesse. Erlauben Sie mir, Ihnen meinen lieben Freund, Mr. Jack Rich, vorzustellen." Daphne zog ihre offene Pelisse zusammen und bedauerte, dass sie nicht ihren schweren Wollumhang trug. Je tiefer die Sonne sank, desto kühler wurde es, obwohl die Comtesse - in ihrem kuscheligen scharlachroten Samt - sich durchaus wohl zu befinden schien.

Die Comtesse, die Jack anerkennend betrachtete, sagte: „Ich hoffe, dass Sie heute Abend zu den Burnams kommen, Monsieur Rich." Daphne fragte sich, wie es möglich war, dass das blassblonde Haar der Frau nicht durch den frischen Wind in ihr Gesicht geweht wurde.

„Ich freue mich bereits sehr darauf", sagte Jack.

„Dann will ich so schrecklich dreist sein und Sie bitten, heute Abend mit mir zu tanzen", sagte die Comtesse.

Daphne wollte ihr schon sagen, dass Mr. Rich bereits anderweitig vergeben wäre, sah dann aber ein, dass das ihre gemeinsame Aufgabe behindern würde. Sollte Jack sich nicht in ihre gesellschaftliche Umgebung einfügen?

„Es wird mir ein Vergnügen sein", sagte Jack.

„Bis heute Abend dann, Monsieur Rich, Lady Daphne", sagte die Comtesse, als sie weiterfuhr.

Was für eine lästige Person! „Die Comtesse de Mornet ist die derzeitige Mätresse des Herzogs von York", erklärte Daphne, als die Kutsche der Comtesse fortfuhr.

„Eine Emigrantin?"

„Ja."

„Wie lange ist sie schon die Liebhaberin des Bruders des Regenten?"

Daphne dachte einen Moment darüber nach. „Das erste Mal, dass ich davon hörte, war, als der Prinz Regent wurde - vor zwei Jahren. Ich fand es sehr geschmacklos, dass die Comtesse beim ersten Fest des Regenten in Carlton House war - zusammen mit der Herzogin von York."

„Frau und Mätresse im selben Raum?"

„Ja, obwohl nach dem, was ich höre, die Ehe des Herzogs und der Herzogin von York nicht das ist, was Sie, Hauptmann, eine gute Ehe nennen würden."

„Sie meinen, sie haben nicht aus Liebe geheiratet?"

„Sie haben nicht aus Liebe geheiratet."

„Sagen Sie mir, Mylady, wenn Sie heiraten, werden Sie aus Liebe heiraten?"

Sie lachte laut auf. „Um ganz ehrlich zu sein, ich habe nie viel darüber nachgedacht, aber ich würde sagen, dass ich eher eine alte Jungfer bleibe als zu heiraten, wenn keine tiefe Zuneigung besteht."

„Sagen Sie es, Daphne", sagte er mit leiser, verführerischer Stimme, und schaute mit seinen schwarzen Augen tief in ihre. Er ließ das Pferd langsamer gehen und murmelte: „Sagen Sie Liebe. Sagen Sie, dass Sie eher eine alte Jungfer bleiben, statt zu heiraten, wenn es keine Liebe gibt."

Oh, Gott! Er hatte sie bei ihrem Vornamen genannt. Ohne Lady davor. Und der Klang seiner Stimme! Er hätte Metall schmelzen können.

Ihre Wangen brannten. Hauptmann Dryden besaß die Gabe, sie in Verlegenheit zu bringen. „Nun gut, Hauptmann, wenn ich heiraten sollte, glaube ich, ich würde gerne aus Liebe heiraten."

Liebe Güte, sie war vierundzwanzig Jahre alt und hatte noch nie solche Gedanken ausgesprochen. In der Tat waren ihr solche Gedanken noch nie in den Kopf gekommen.

Bis der unvergleichliche Hauptmann auftauchte.

Kapitel 6

Das Diner war gut verlaufen, dachte Jack für sich, als er und Daphne sich später am Abend durch die Menge quetschten, um in den hohen Ballsaal der Burnhams einzutreten. Nicht einmal war er während des Diners aufgefordert worden, Bantu oder Hottentottisch zu sprechen. Niemand am Esstisch hatte Fragen gestellt, die er nicht beantworten konnte und alle Mitglieder von Daphnes Familie waren freundlich gewesen. Nun hoffte er, dass er genauso erfolgreich dabei sein würde, sich in die Versammlung der Londoner feinen Gesellschaft an diesem Abend zu mischen.

Daphnes Finger drückten auf seinen Arm. „Da ist Lady Hertford." Sie nickte in Richtung der Mitte der Tanzfläche. „Die Frau in dem silbernen Kleid." Sein Blick folgte Daphnes Nicken und er beobachtete die elegante Lady, die beträchtlich älter war als seine angebliche Verlobte - und, wie er schätzte, auch etwas älter als der Regent. Obwohl Lady Hertford zierlich war, wirkte sie mit ihren stark geröteten Wangen und künstlich rot gemalten Lippen doch drall.

Daphne umklammerte wieder seinen Arm und beugte sich dicht zu ihm, um zu flüstern. „Lady Carlton sitzt direkt neben Lady Bessborough, die an der hinteren Wand neben ihrer Tochter, Lady Caro Lamb, sitzt - die, die mehr wie ein junges Mädchen als wie eine verheiratete Frau aussieht.

Zwischen seinen Brauen entstand eine Falte.

„Lord Byrons Caroline Lamb?" Die Frau, von der er annahm, dass sie Caroline Lamb sein musste, ähnelte einem jungen Mann, der gerade im Stimmwechsel war. Sein Blick huschte von der Kindfrau zu Lady Carlton, die ein glänzendes, rosenrotes Kleid trug.

„Sie ist schrecklich verliebt in Byron", sagte Daphne. „Ich nehme an, zum Unglück ihres armen Mannes und seiner Mutter, Lady Melbourne."

Je enger Jacks Kontakt mit dieser sogenannten Crème der Gesellschaft wurde, desto weniger gefiel sie ihm. „Ich sehe Parallelen zwischen den Londonern der heutigen Zeit und Neros Römern."

„Ob Sie unsere Dekadenz billigen oder nicht", sagte Daphne mit schmalen Augen, „werden Sie doch mit Lady Carlton und Lady Hertford tanzen müssen."

„Was ist mit St. Ryse?"

„Sie können nicht mit ihm tanzen!"

Jack seufzte erbittert. „Das habe ich nicht gemeint. Ist St. Ryse hier?"

Daphne schaute prüfend über die Tanzfläche, dann flog ihr Blick über die Stühle, die die Wände säumten. Sie schüttelte den Kopf. „Nein, ist er nicht."

„Vielleicht ist er im Spielzimmer."

„Nachdem Sie mit den Damen getanzt haben, werden Sie sich dort vorstellen müssen."

„Ich kann kaum dort auftauchen und sagen: ‚Ich bin Mr. Rich und möchte an Ihrem Spiel teilnehmen.‘"

„Ich werde Papa bitten, dass er Sie ins Spielzimmer mitnimmt und wie erforderlich vorstellt."

Er musterte Daphne. Ihr rostrotes Kleid hatte

einen tiefen Ausschnitt wie die der anderen Damen, aber anders als bei den meisten der Damen waren Daphnes Brüste kaum größer als die eines Jungen. Vielleicht würde sie nicht so verdammt dünn aussehen, wenn sie nicht so groß wäre, dachte er. Sein Blick hob sich zu ihrem Gesicht, das völlig annehmbar war - abgesehen von der Brille - aber ihre Haare sahen gar nicht gut aus. Sie hatte sich offensichtlich nicht frisieren lassen, sondern war nur mit der Bürste hindurch gefahren, bevor sie für den Abend ausging. Der Unterschied zwischen ihr und ihren Schwestern war wirklich ziemlich verblüffend. Sie verwendeten alle viel Mühe auf ihre ansehnliche Erscheinung. Warum tat sie das nicht? „Ich hoffe nur, dass Ihr Vater heute Abend Afrika nicht erwähnt", murmelte Jack.

Sie zuckte die Schultern. „Ja, das hoffe ich auch, aber ich kann Papa kaum vorschreiben, was er sagen soll."

Jack fühlte, wie eine Hand leicht auf seine Schulter klopfte und drehte sich um, wo er sich der Comtesse de Mornet gegenüber fand. Die Comtesse trug noch immer Scharlachrot - diesmal eine schulterfreie Robe, die ihre prallen Brüste vorteilhaft hervorhob - und war im Kerzenlicht noch schöner, als sie es am Nachmittag im Park gewesen war.

„Ich habe Sie gewarnt, dass ich um einen Tanz bitten würde, Monsieur Rich", sagte sie mit einem schweren französischen Akzent.

Er sah sich um, um zu sehen, ob ihr Beschützer in der Nähe wäre. Nicht, dass er beim Teufel gewusst hätte, wie der Herzog von York aussah, aber er vertraute darauf, dass Daphne einen Weg finden würde, ihn darauf aufmerksam zu machen - wenn nicht der ganze Raum ihm das durch ihre Ehrerbietung gegenüber der Königlichen Hoheit verriete. Auf jeden Fall schien die Comtesse alleine zu sein. Vielleicht war der Herzog im Spielzimmer. Jack ließ einen bewundernden Blick über sie gleiten und nahm ihre Hand. „Es ist mir eine Ehre."

Als sie auf der Tanzfläche ankamen und er sie in den Arm nahm, widmete er seiner Mutter ein stilles Dankgebet, da sie darauf bestanden hatte, dass alle ihre Söhne - die sich gegen die Idee aufs Äußerste sträubten - tanzen lernten.

„Wie kommt es, Mr. Rich, dass ich Sie nie zuvor gesehen habe?", fragte die Comtesse.

„Weil ich im Ausland war."

„Das dachte ich mir! Sie sind viel zu braun gebrannt, um im tristen England gewesen zu sein. Sagen Sie mir, in welchem sonnigen Klima haben Sie sich aufgehalten?"

„Ich bin erst vor kurzem aus Afrika gekommen." Er wollte Südafrika nicht erwähnen, wenn es nicht unbedingt notwendig war. Obwohl er sich mit den Fakten des Landes jetzt beschäftigt hatte, würde er lieber auf niemanden treffen, der *wirklich* dort gewesen war.

„Und was haben Sie dort in Afrika gemacht, Monsieur Rich?", fragte sie. Ein schwerer Blumenduft umhüllte sie.

„Mein Vermögen aufgebaut." Hoffentlich würde er nicht in eine Unterhaltung über Diamanten hineingezogen, ein Thema, das ihm noch ziemlich fremd war.

„Das erklärt, wie Sie bei den Sidworths Aufnahme finden konnten."

„Sie meinen, weil meine Herkunft keineswegs aristokratisch ist?"

Sie streichelte seinen Rücken. „Ich weiß nichts über Ihre Abstammung, aber eines weiß ich: Sie werden gut zurechtkommen. Sie sprechen wie ein Gentleman, offensichtlich boxen und fechten Sie auch - oder sie würden nicht so wundervoll in Form sein - und Sie sind reich."

Er hatte verdammte Mühe dabei, *nicht* auf den riesigen Rubin zu starren, der sich zwischen ihre üppigen Brüste kuschelte. „Sie sind zu freundlich, Comtesse."

„Ist es wahr, dass Sie mit Lady Daphne verlobt sind?"

„Nicht offiziell, aber es ist meine Absicht."

„Dann gehe ich davon aus, dass Ihnen der Stammbaum wichtiger ist als Schönheit."

Unerklärlicherweise verärgerte ihre Bemerkung ihn. „Lady Daphne mag kein Diamant reinsten Wassers sein, aber ich versichere Ihnen, dass ich ihr Aussehen sehr angenehm finde. Ihre Haut ist schön, ihre Augen sind wirklich wundervoll und obwohl ihre Haare nicht der letzten Mode nach frisiert sind, sind sie doch ..." Wie beschrieb man eine Haarmähne, die einem ungekämmten Haufen frischgeschorener Wolle ähnelte? „... so glänzend. Und wenn ich das Glück haben sollte, den Rest meines Lebens mit ihr zu verbringen, muss ich mir keine Sorgen machen, dass meine Frau fett werden könnte!"

Sie lachte. „Dann muss ich sie dafür loben, Monsieur Rich, dass Sie über mehr Intelligenz verfügen, als die meisten Junggesellen in London. Man sagt mir, dass Lady Daphne auch schrecklich klug sei."

„Das ist sie. Sie zu heiraten wird so sein, als heirate man seinen besten Freund." Er hatte die seltsame Vorstellung, dass diese Bemerkung etwas wäre, was Daphnes zukünftiger Ehemann sagen könnte. Sein Blick huschte zu der Stelle, wo er sie stehengelassen hatte, aber Daphne war nicht dort. Er schaute sich auf der Tanzfläche um und sah, dass sie mit einem nett aussehenden jungen Offizier tanzte, der wesentlich größer war als sie. „Wie lange leben Sie schon in England, Comtesse?"

„Zehn Jahre."

„Dann müssen Sie noch ein Kind gewesen sein, als Sie herkamen." Schlichte Schmeichelei. Die Frau war keinen Tag jünger als dreißig.

„Das war ich tatsächlich", sagte sie und strahlte ihn fröhlich an. Sie war wirklich wunderschön. Wo der Regent ein Auge für schöne Dinge hatte, besaß sein Bruder ein Auge für schöne Frauen.

So schön die Comtesse auch sein mochte, Jack würde sich nie von einer Frau angezogen fühlen, die sich große Mühe gab, ihre Augenränder mit Khol zu schwärzen und die Lippen zu schminken. Er würde sich auch nie für eine Frau interessieren, die eine Kurtisane war. „Können Sie mit Ihren Freunden und Ihrer Familie in Frankreich in Verbindung bleiben?", fragte er.

Sie seufzte. „Ich bedaure es, dass ich in Frankreich niemanden mehr habe, mit dem ich korrespondieren könnte. Sie sind alle tot."

„Das tut mir sehr leid." Er hielt sie etwas auf Abstand und schaute in ihr hübsches Gesicht. „Was denken Sie über Napoleon?"

„Dieser Mann ist eine Bestie."

Eine Antwort, die ihren Liebhaber zweifellos beruhigen würde. Jacks Blick flog zu Daphne, die etwa zwanzig Fuß entfernt herumwirbelte. Liebe Güte, er konnte durch ihr Kleid hindurchsehen!

Der Anblick dieser langen Beine war nichts, was er andere Männer sehen lassen wollte. Als er sah, wie sie zu ihrem Partner hinauflächelte - und wie der Offizier zurücklächelte - fragte Jack sich, wie gut sie mit dem Mann befreundet war. Ein leichter Stich der Eifersucht durchfuhr ihn.

Als er nach dem Tanz wieder mit Daphne zusammentraf, stellte sie ihm ihren Tanzpartner vor, einem Leutnant Cleveland, der sie prompt verließ, um mit Annabelle Chalmers zu tanzen.

„Kommen Sie", sagte Daphne und legte ihre Hand auf Jacks Arm, „Erlauben Sie mir, Sie Lady Carlton vorzustellen."

Einen Moment später war er der Lady vorgestellt worden, und einen weiteren Moment später tanzte er schon die Quadrille mit ihr, einigermaßen erstaunt darüber, dass sie alt genug war, um erwachsene Kinder zu haben. Er konnte sehen, wie ein Mann wie St. Ryse - ein Mann, der keine Bedenken hatte, Ehebruch zu begehen - sich von ihr angezogen fühlen konnte. Obwohl es keine Gelegenheit zu privater Unterhaltung gab, war Jack doch erfreut, dass er wenigstens die Bekanntschaft mit der guten „Freundin" des Regenten gemacht hatte. Wenn sie wie andere Frauen war, würde sie sich an Jack erinnern. Das taten sie immer.

Nachdem dieser Tanz vorbei war, zerrte Daphne (die selbst kein Mauerblümchen war) ihn quer durch den Raum, um ihn mit Lady Hertford bekannt zu machen. Dass die Freundin des Regenten matronenhaft wirkte, fand Jack eher verwunderlich. Obwohl der Regent selbst sich nicht mehr Jugend oder Attraktivität rühmen konnte, sollte sein hoher Rang doch reichen, um ihm jede Menge schöner, jüngerer Frauen verschaffen zu können. Der Herzog von York schien dazu in der Lage zu sein. Warum König Georgs Erbe nicht?

Obwohl Lady Hertford keine große Schönheit besaß, war sie doch sehr elegant in ein champagnerfarbenes Kleid gehüllt, dessen Mieder unanständig weit ausgeschnitten war und sich um die Rundungen ihres Körpers legte, ohne dessen Mangel an jugendlicher Form zu betonen. Ihr Haar war auf attraktive Art und Weise frisiert, sie wirkte makellos gepflegt und roch nach Rosen. Jack konnte sofort verstehen, warum der Regent Lady Hertford schätzte. Sie stimmten in Fragen des guten Geschmacks zweifellos völlig überein. Wenn der Regent eine besonders hervorstechende Eigenschaft hatte, dann, dass er ein Ästhet war. Jack betrachtete eine solche Leidenschaft nicht als Vorzug.

Als er nach seinem Tanz mit Lady Hertford zu Daphne zurückkehrte, sagte sie: „Ich muss Papa bitten, Sie jetzt ins Spielzimmer mitzunehmen."

Er ergriff ihre Hände. „Noch nicht. Wie würde es aussehen, wenn ich nicht mit der Dame tanzte, die mir eine so einzigartige Ehre zuteilwerden lässt?"

Daphnes Kopf wirbelte herum, sie suchte hinter sich.

„Ich spreche über Sie", sagte er durch zusammengebissene Zähne.

Ihre so grünen Augen - wirklich schöne Augen mit langen, braunen Wimpern - blitzten vor Freude auf. „Oh ja, Sie haben recht. Wir müssen tanzen."

Das Orchester begann, einen Walzer zu spielen. Er führte sie etwas vom Rand der Tanzfläche fort und zog sie in seine Arme. Sie wurde steif. Was ihn unvernünftig ärgerte. Sie war nicht steif geworden, als sie mit ihrem Leutnant getanzt hatte.

Jack konnte sehen, dass er es ihr leichter machen musste. „Sie sind so leichtfüßig, Mylady." Jedes Mal, wenn er mit Daphne zusammenkam, war er sich ihres besonderen Dufts bewusst gewesen, hatte ihn aber nicht einordnen können. Es war ein wirklich süßer Duft.

„Ich bin auch sehr leicht. Punkt."

Nachdem er sie jetzt mehr oder weniger im Arm hielt, wurde ihm klar, dass Daphne zart und schlank war, was ihm viel besser gefiel als eine Frau von Lady Hertfords Umfang. In der Tat hatte er sich nie von molligen Frauen angezogen gefühlt. Das hieß natürlich nicht, dass er sich von Lady Daphne angezogen fühlte. „Elegant schlank, würde ich das nennen." Er schaute in ihr jetzt lächelndes Gesicht hinab, erfreut, dass seine Bemerkungen die gewünschte Wirkung erzielten und sie sich entspannte.

„Sie müssen mir keine falschen Komplimente machen, Hauptmann. Niemand hört uns zu."

Selbst wenn jemand es versucht hätte, niemand hätte ihr vertrauliches Gespräch im Lärm der Orchestermusik und dem Summen der Gespräche, die den vollen Ballsaal füllten, hören können.

„Sie sollten mich inzwischen gut genug kennen, um zu wissen, dass ich keine falschen Komplimente mache."

„Nie?", fragte sie und schaute zu ihm auf. Die vielarmigen Kronleuchter spiegelten sich in ihrer Brille.

„Vielleicht habe ich das bei der Comtesse de Mornet gemacht, aber niemals bei Ihnen."

„Niemand hat mich je zuvor elegant genannt."

„Ich habe Sie nicht elegant genannt. Das wäre eine Lüge, obwohl ich glaube, dass sie mit ein wenig Mühe durchaus elegant sein könnten. Mir scheint, dass Ihnen nichts daran liegt, elegant auszusehen."

„Dann verstehen Sie mich."

„So, wie Sie mich verstehen. Und ich habe es so gemeint, als ich sagte, dass sie elegant schlank wären. Sie sollten wissen, Mylady, dass viele Männer eher ... zart gebaute Frauen bevorzugen."

Einen Moment lang antwortete sie nicht. „Wie ist es mit Ihnen, Hauptmann? Lieben Sie Frauen mit großem Busen?"

Er hätte um ein Pony gewettet, dass sie die einzige Dame im Raum war, die das unaussprechliche Thema von weiblichen Brüsten erwähnen könnte, ohne auch nur rot zu werden.

Die Frauen seines Lebens huschten durch seine Erinnerung. Während es der Wahrheit entsprach, dass die meisten Frauen, mit denen er eine intime Beziehung gehabt hatte, einen großen Busen besaßen, war die einzige, zu der er wirklich eine Zuneigung entwickelt hatte - Cynthia Wayland, deren Vater ihr nicht hatte erlauben wollen, einen zweiten Sohn zu heiraten - überaus zierlich mit kaum sichtbaren Brüsten gewesen. „Eine Frau muss nicht üppig sein, um mich anzuziehen."

Jetzt wurde Lady Daphne rot.

„Wie ist es mit Ihnen, Mylady? Fühlen Sie sich von diesem Leutnant angezogen?" Jack konnte kaum glauben, dass er eine solche Frage gestellt hatte. Warum zum Teufel brannte er vor Neugier über die Beziehung des Leutnants mit Lady Daphne? Als er sich an Almack's erinnerte, wurde ihm klar, dass Lady Daphne immer den Eindruck erweckte, mit den Männern, die ihre Tanzpartner waren, vertraut zu sein.

„Welcher Leutnant?", fragte sie, und beantwortete dann schnell ihre eigene Frage. „Oh, Sie müssen Leutnant Cleveland meinen. Natürlich fühle ich mich nicht zu ihm hingezogen. Er benutzt mich nur, um sich bei meiner Schwester Annabelle einzuschmeicheln."

Aus einem unerfindlichen Grund war Jack erleichtert, das zu hören.

Als der Tanz vorbei war, führte Daphne ihn zu Lord Sidworth, der im Spielzimmer nebenan an einem Whisttisch saß. Kaum im Raum angekommen, blieb Daphne stehen, ihr Blick wanderte zu einem Kartentisch auf der anderen Seite des Zimmers. „Da ist Mr. St. Ryse."

Er folgte ihrem Blick. „Welcher ist es?"

„Der jüngste Mann an jenem Tisch."

Da es nur einen Tisch ohne Frauen auf der anderen Seite des Raums gab und die drei Partner des Mannes weit über sechzig waren, stand Mr. St. Ryses Identität fest. Das war der Mann, der Lady Carltons Liebhaber war? Er konnte keinen Tag älter als fünfunddreißig sein.

„Er ist der einzige, der noch Haare hat", fügte Daphne flüsternd hinzu, bevor sie ihre Hand auf Jacks Unterarm legte und mit ihm zu dem Tisch schritt, an dem ihr Vater saß. „Papa, du musst Mr. Rich unter deine Fittiche nehmen."

Jack runzelte die Stirn. Er mochte nicht mit einem Küken verglichen werden.

Lord Sidworth legte seine Karten weg, richtete sich auf und schaute Jack an. „Auf mein Wort, Sie haben Glück, Rich. Fielding suchte gerade nach jemandem, der ihn ablösen könnte."

Der Mann, der neben Lord Sidworth saß, stimmte zu. „Erlauben Sie mir, diese Runde zu beenden, dann gehe ich. Meine Frau hat Kopfschmerzen."

Bevor er seine Karten wieder aufnahm, stellte Lord Sidworth Jack seinen Mitspielern vor. „Mr. Rich ist ein besonderer Freund meiner ältesten Tochter, wenn Sie verstehen, was ich meine."

Jack war dankbar, dass Daphnes Vater auf ihre Verlobung mit ihm stolz zu sein schien. Obwohl er nicht der gelehrte, wohlhabende Mann war, für den Lord Sidworth ihn hielt.

„Dann sind Sie ein besonders glücklicher Mann, Mr. Rich", sagte Sidworths älterer Partner. „Lady Daphne ist ein außergewöhnliches Mädchen."

Jack lächelte. „Das ist sie in der Tat."

Einen Moment später ersetzte Jack den Gentleman, dessen Frau Kopfschmerzen hatte, und sie spielten die nächste Stunde lang Whist. Dass er und sein Partner Lord Sidworth vernichtend schlugen, störte Jack. Er wollte mit Sicherheit nichts tun, was Daphnes Vater verärgern könnte.

Während des gesamten Spiels hatte er St. Ryse beobachtet. Als er einen Mann an dessen Tisch sah, der begann, seine Münzen zu zählen, sammelte Jack seinen eigenen Gewinn ein und stand dann auf. „Ich denke, ich werde diese Gelegenheit nutzen, mir die Beine zu vertreten."

Er ging auf St. Ryses Tisch zu und, als niemand zusah, ließ eine Guinee auf den türkischen Teppich fallen. Dann blieb er stehen und sprach St. Ryse an. „Ihr Geld, Sir?" Er bückte sich, hob die Goldmünze auf und hielt sie dem Mann hin, den Daphne für ihn als St. Ryse identifiziert hatte.

Mr. St. Ryse zuckte mit den Achseln, streckte aber die Hand nach der Münze aus.

„Erlauben Sie mir, dass ich mich selbst vorstelle", sagte Jack. „Jack Rich."

„Ich habe von Ihnen gehört", sagte St. Ryse. „Es ist in der ganzen Stadt bekannt, dass sie Lady Daphne versprochen sind."

Jack lächelte. Man konnte sich darauf verlassen, dass Daphnes Schwestern Informationen schneller und weiter verbreiteten als jede Tageszeitung. „Inoffiziell."

St. Ryse stellte ihn den anderen vor und deutete dann auf den eben freigewordenen Platz. „Möchten Sie nicht mit uns spielen?"

„Ich brauche etwas Ablenkung." Jack ließ sich in den gepolsterten Sessel sinken. „Verdammt schlechte Manieren, von seinem zukünftigen Schwiegervater Geld zu gewinnen."

Die anderen Männer lachten. Beim Weiterspielen stellte Jack erfreut fest, dass diese Männer das Spiel nicht so ernst nahmen, dass sie nicht über die Regierung gesprochen hätten.

„Könnten diese Frösche schneller verprügeln, wenn wir genug Moos hätten, um eine größere Armee zu füttern", brummte der grauhaarige Gentleman rechts von Jack.

Das war Jacks Chance. „Wage zu behaupten, wir hätten mehr Moos, wenn der Regent nicht so teuflisch extravagant wäre", sagte Jack.

St. Ryse schluckte den Köder. „Ich habe oft gedacht, dass Prinny die Illusion hat, die Größe der Bourbonen nachzuahmen. Er hat schrecklich viel von Louis XIV."

„Und man sehe sich an, was aus den Bourbonen wurde", sagte Jack.

St. Ryse zuckte zusammen. „Würde nicht gerne sehen, dass Prinny das zustieße. Das britische Königshaus hat etwas Liebenswertes und ich für mein Teil bin glücklich, dass unser Prinzregent einen guten Geschmack hat."

Jacks Blick huschte über St. Ryses makelloses Äußeres. Sein anthrazitfarbener Rock war zweifellos von Weston selbst geschneidert und Jack wäre nicht überrascht gewesen, wenn St. Ryses Kammerdiener eine Stunde damit verbracht hätte, seine Krawatte zu binden. Ja, dachte Jack, wie ihr Regent war St. Ryse ein wahrer Ästhet. Zweifellos hängte der Mann verschwenderisch teure holländische und flämische Gemälde an die Wände seines Hauses und kaufte italienische Statuen und Gobelin-Wandteppiche zu seinem Vergnügen.

Jack hatte noch etwas über Lady Carltons Liebhaber gelernt: St. Ryse hegte keine Abneigung gegen ihren Herrscher.

Ein Verdächtiger entlastet.

* * *

Daphne war sehr stolz auf sich, dass sie es geschafft hatte, ihre Eltern in der Kutsche des Herzogs und der Herzogin von Lankersham und ihre unverheirateten Schwestern in Sir Ronalds Kutsche nach Hause zu schicken, so dass sie und Jack auf der Rückfahrt nach Sidworth House ganz allein sein konnten. Ihre Mutter hatte ihr ihr süffisantestes Lächeln geschenkt, was so gut war, als hätte sie jedem erzählt, dass sie wusste, dass Daphne und Jack sich während der Fahrt in der Kutsche küssen wollten.

Daphne war erstaunt, dass eine solche Vorstellung sie nicht so abstieß wie derartige Gedanken es gewöhnlich taten. In der Tat erlaubte sie sich für ein paar Sekunden, darüber nachzudenken, wie es wohl wäre, von dem unvergleichlichen Hauptmann geküsst zu werden. Ihre früheren Erfahrungen von männlichen Lippen, die auf ihre gepresst wurden, waren überaus abstoßend gewesen, aber sie dachte, dass ein Kuss von Jack sehr viel angenehmer sein könnte.

Sobald die Kutsche ihrer Familie vor Burnam House abfuhr, sagte Daphne: „Ich sterbe vor Neugier zu erfahren, ob Sie etwas bei Mr. St. Ryse herausfinden konnten."

„Er ist nicht der, den wir suchen."

Sie fuhr zu ihm herum. „Woher wissen Sie das?"

Er erzählte ihr von dem Gespräch im Spielzimmer. „Und", schloss Jack, „St. Ryse hatte keinen Grund zu vermuten, dass ich ihm eine Falle stellen könnte. Außerdem wäre ein Mann, dessen Hass so tief geht, dass er einen Mord zu begehen wünscht, kaum in der Lage, eine solche Feindseligkeit zu verbergen. Ich glaube, der Mann mag den Regenten wirklich gern."

„Ich denke, Sie haben recht", sagte sie mit einem Seufzer. „Sie können einen Verdächtigen von Ihrer unsichtbaren Liste streichen. Ich sage unsichtbar, weil ich weiß, dass sie etwas dagegen haben, Dinge aufzuschreiben."

„Dann lassen Sie uns diese unsichtbare Liste fortsetzen."

„Während ich durchaus dafür bin, diese Liste zu erweitern, kann ich Ihre Meinung nicht teilen, dass der Mann, den wir suchen, der Ehemann von einer der Mätressen des Regenten ist. In der Tat können wir nicht einmal sicher sein, dass der Schuldige ein Mann ist."

„Das bringt uns wieder zu Prinzessin Caroline."

Sie nickte. „Ich kann mir niemanden vorstellen, der den Regenten mehr hasst als sie es tut."

„Dem stimme ich zu, aber es liegt nicht in ihrem Interesse, ihm den Tod zu wünschen. Hofft sich nicht doch noch, eines Tages Königin zu werden?"

„Man sagt so."

„Da Sie nicht mit ihr bekannt sind, sehe ich nicht, wie ich mich in ihrem Umfeld bewegen könnte."

Daphne lächelte. *Die Prinzessin würde zweifellos nach ihm lechzen, wenn sie je einen guten Blick auf den unvergleichlichen Hauptmann werfen könnte.* „Ich denke, es gäbe eine Möglichkeit", sagte Daphne.

Selbst in der Dunkelheit der Kutsche konnte sie den skeptischen Blick auf seinem Gesicht erkennen. „Klären Sie mich bitte auf", sagte er.

„Wenn Prinzessin Caroline jemanden gekauft hat, um ihren entfremdeten Ehemann zu töten, wird sie nicht zufrieden sein, bevor die Tat nicht vollbracht ist. Daher wird sie Kontakt zu ihrem Komplizen aufnehmen. Wir müssen dafür sorgen, dass sie jederzeit unter Beobachtung steht."

„Wir können sie kaum Tag und Nacht im Auge behalten."

„Oh doch."

Seine Augen wurden schmal. „Wie?"

„Sie, mein schöner Hauptmann, werden sie bezaubern."

Kapitel 7

Bevor Jack protestieren konnte, hielt ihre Kutsche mit einem Ruck vor Sidworth House.

„Kommen Sie herein, damit wir meinen Plan besprechen können", sagte Daphne und bewegte sich schnell zur Tür der Kutsche.

„Erlauben Sie mir, Ihnen zu helfen", sagte Jack. *Aufreizendes Frauenzimmer.*

Er half ihr aus der Kutsche, gerade als Lord und Lady Sidworth das Haus betraten. „Wir können kein privates Gespräch führen, wenn Ihre Eltern schon hier sind", sagte er mit leiser Stimme; er war verdammt froh, dass er kein Interesse an Lady Daphnes lächerlichem Plan heucheln musste.

Daphne lächelte ihn an. „Überlassen Sie ruhig alles mir."

Mit Sicherheit ein abschreckender Gedanken, wenn man den Hang der Dame zur Verschönerung der Wahrheit bedachte.

In Sidworth House hielt Daphne seine Hand fest, als sie auf ihre Eltern zuging, die sie noch immer mit wissender Heiterkeit betrachteten. „Mr. Rich und ich haben viel zu besprechen. Über unsere Zukunft, ihr versteht schon. Wir sind im Salon."

„Ich werde Annabelle schicken, um euch Gesellschaft zu leisten", sagte Lord Sidworth.

„Du wirst nichts dergleichen tun!", sagte Daphne. „Ich bin eine verlobte Frau und ich schwöre, dass mein liebster Jack sich keine Freiheiten bei mir herausnehmen wird, bevor wir nicht verheiratet sind." Sie schenkte ihm einen gewinnenden Blick.

Ihr Vertrauen dämpfte Jacks Verlegenheit in keiner Weise. Ihre Eltern sahen ihn beide an, als ob sein Hosenlatz offen stünde. „Lady Daphnes Tugend ist bei mir sicher", versprach er ihren Eltern.

Lady Sidworths Blick wanderte zwischen Daphne und Jack hin und her und wieder zurück. „Nun ... nachdem Sie es versprochen haben ...".

„Mama! Ich bin kein Schulmädchen! Ich bin vierundzwanzig und stehe kurz vor der Hochzeit. Sei doch vernünftig."

Mit gemurmelten Entschuldigungen machten sich Lord und Lady Sidworth daran, die Treppe hinaufzusteigen, während Daphne und Jack sich in den Salon begaben. Der Raum, nur vom Feuer im Kamin und dem einzelnen Kerzenleuchter erhellt, den Daphne trug, war ziemlich dunkel.

„Ich glaube, ich brauche etwas zu trinken", sagte Jack und schlenderte zum Spirituosenschrank des Zimmers. Er entfernte den Glasstöpsel aus einer Weinbrandkaraffe und wandte sich zu ihr. „Weinbrand?"

„Nein, danke. Ich brauche einen klaren Kopf."

Es war nicht abzusehen, in welchen Unsinn Lady Daphne ihn verwickeln könnte, wenn sie einen klaren Kopf bewahrte. Er goss die Flüssigkeit in ein Schwenkglas und kam herüber, um sich neben sie auf das Sofa vor dem Feuer zu setzen. „Welche Bosheit hecken Sie jetzt aus, teuflisches Mädchen?"

Sie kicherte. „Ich habe beschlossen, dass Sie Prinzessin Carolines Liebhaber werden müssen."

Er musste husten und spucke den Weinbrand aus. Als er sich erholt hatte, schaute er sie böse an. „Ich werde nicht mit unserer zukünftigen Königin schlafen."

Daphnes Brauen zogen sich zusammen, als sie anscheinend über die Sache nachdachte. „Vielleicht müssen sie nicht wirklich mit ihr schlafen - wenn Sie es sehr schlau anstellen."

Er schaute sie noch böser an. „Und wie, schlagen Sie vor, soll ich die Prinzessin auch nur kennenlernen?"

„Wie der Zufall es will, geht auch diese Dame zur Schneiderin meiner Schwester, Mrs. Spence in der Conduit Street."

„Und?"

„Und Sie werden vor diesem Geschäft warten, bis sie eintrifft. Zufällig weiß ich, dass sie morgen für eine Anprobe kommt, weil Cornelia es nebenher erwähnte."

Er begann zu begreifen, dass zwischen Lady Daphnes erheblicher Intelligenz und ihrer Tollkühnheit nur ein schmaler Grat lag. „Und wie meinen Sie, dass ich die Aufmerksamkeit der Dame auf mich lenken soll?"

„Ich habe mir überlegt, dass Sie auf den Saum des Kleides treten könnten, wenn sie vorbeirauscht. Ich habe die Hoffnung, dass das Kleid reißen und Sie in einen Abgrund der Verlegenheit stürzen wird. Dann können Sie sie ersuchen, Ihnen zu erlauben, ihr ein neues zu kaufen, und sie wird natürlich, wenn sie einen Blick auf Sie in Uniform wirft, angesichts Ihres Aussehens fast in Ohnmacht fallen."

„Warten Sie, einen Augenblick mal! Sie schlagen vor, dass ich der Prinzessin praktisch das Kleid vom Leibe reißen soll?"

„Ich versichere Ihnen, es wird sie nicht stören. Diese Frau genießt es, ihre Haut zur Schau zu stellen - und noch viel mehr."

Er verschränkte die Arme vor der Brust. „Das werde ich nicht tun."

Sie hob ihre flache Hand. „Ich bitte Sie, mir zuzuhören. Prinzessin Caroline, die es liebt, Geld für Besitz auszugeben, ist ziemlich geizig. Ich versichere Ihnen, dass sie die Gelegenheit begrüßen wird, Sie eines ihrer unglaublich teuren Kleider bezahlen zu lassen." Daphne hielt inne und senkte ihre Stimme. „Und ich habe keinen Zweifel daran, dass sie sich von ihnen angezogen fühlen wird, wenn Sie Ihre Uniform tragen - nicht, dass sie das nicht auch ohne Ihre Uniform würde - oh, liebe Güte, ich meine nicht, völlig ohne ... Nun, was ich meine, ist, dass Sie sehr gut aussehen, mit oder ohne Uniform, und die Prinzessin wird diese Tatsache mit Sicherheit bemerken."

Seine dunklen Augen wurden kalt wie Achat, ein Trick, um seine unerwartete Freude über ihr Lob zu verbergen. „Ich habe Ihnen gesagt, dass ich meine Uniform hier nicht trage. Wenn irgendjemand meine wahre Identität errät, könnte das unseren Auftrag gefährden."

„Oh, Sie sollen nicht *Ihre* Uniform tragen."

Er stürzte seinen Weinbrand hinunter. „Welche Uniform soll ich denn Ihrer Meinung nach tragen? Wenn ich vorhätte, das zu tun ... was ich nicht habe."

„Die meines Cousins. Er ist zur Zeit auf See, aber zufällig weiß ich, dass einige seiner Ausgehuniformen in London zurückgeblieben sind. Und wir haben Glück, da er so groß ist wie Sie." Sie machte eine Pause und seufzte. „Es gibt nichts Schneidigeres als einen Mann in Marineuniform, finden Sie nicht?"

Nein, fand er nicht. Er zog die Dragoneruniform vor. „Obwohl ich keineswegs die Absicht habe, mich auf ihren albernen Plan einzulassen, interessiert es mich doch, warum Sie möchten, dass ich eine Uniform trage. Eine Marineuniform."

„Aus verschiedenen guten Gründen. Tatsächlich ist der erste, dass Frauen Männer in Uniform lieben und wir versuchen, Sie für die Prinzessin attraktiv zu machen."

„Sie sind wirklich teuflisch."

Sie gab ihm spielerisch einen Schlag auf den Arm und kniff ihre Augen in vorgeblicher Empörung leicht zusammen. „Das bin ich nicht! Ich glaube, mein Plan hat etwas für sich."

„Welche anderen *sehr guten Gründe* haben Sie, eine *Marine*uniform zu wünschen?"

„Meinen Beobachtungen nach ziehen Uniformen große Aufmerksamkeit auf sich. Wenn Sie eine tragen, werden die Leute sich eher daran erinnern, wie Sie in der Uniform ausgesehen haben als, wie Sie tatsächlich aussehen. Sehen Sie, ich möchte nicht, dass jemand Sie mit dem reichen Mr. Rich in Verbindung bringt, wenn man bedenkt, dass die Prinzessin nicht in unseren Kreisen verkehrt."

„Sie haben mich noch nicht überzeugt."

„Oh, da gibt es noch einen anderen Grund. Wenn Sie die Uniform eines Marineoffiziers tragen, wird niemand Sie je mit ihrer wirklichen Identität in Verbindung bringen."

Er lehnte sich in die Sofakissen zurück und beäugte sie voller Verachtung. „Nicht, dass ich Ihren abscheulichen Plan einen Moment in Betracht zöge, aber nehmen wir einmal an, dass ich das würde. Was schlagen Sie vor, das ich tun soll, wenn ich die Aufmerksamkeit der Prinzessin erst einmal auf mich gezogen habe?"

„Sie geben vor, als würden Sie ihr den Hof machen."

„Sie ist eine verheiratete Frau! Mit unserem Regenten verheiratet - dem Mann, den wir zu schützen versuchen."

Sie machte eine kurze Handbewegung. „Sie muss nichts über Ihre Abneigung gegen außereheliche Affären erfahren, und ich kann Ihnen versichern, sie selbst hat keine Skrupel dieser Art. Es ist ja nicht so, dass Sie tatsächlich mit ihr schlafen müssten. Sie müssen sie nur von ihrer völligen Ergebenheit überzeugen."

Lady Daphne war, wie er feststellen musste, völlig verrückt. „Und was dann?"

Die Falte zwischen Daphnes Brauen vertiefte sich. „Ich bin nicht ganz sicher." Sie stand auf, durchquerte das Zimmer und goss sich ein Glas Weinbrand ein. „Erlauben Sie mir, darüber nachzudenken."

Aha! Er hatte sie erwischt. Er lehnte sich zurück und beobachtete, wie sie tief in Gedanken versunken war. Dumme Frau, sie hatte diesmal den Mund zu voll genommen. Er lächelte, als ihm eine amüsante Idee kam. Warum sollte er ihr nicht diesen saftigen Bissen hinwerfen? „Ich könnte ihr anbieten, ihren Mann zu ermorden, um sie selbst heiraten zu können", reizte er sie, während er seinen Weinbrand im Glas schwenkte.

Sie knallte ihr Glas auf den Teetisch und schaute ihn mit vor Aufregung weit aufgerissenen Augen an. „Das ist absolut brillant!"

Obwohl er seinen Drang, sie zu erwürgen, bezähmte, konnte er nur sich selbst für diesen letzten Anfall von Narrheit die Schuld geben. „Lassen Sie mich sehen, ob ich verstehe, was sie vorhaben", sagte er stirnrunzelnd. „Sie möchten, dass ich die Prinzessin auf dem Pflaster Londons fast ausziehe, eine ehebrecherische Affäre mit unserer zukünftigen Königin vortäusche und ihr dann vorschlage, ihren Ehemann, unseren Regenten, beiseite zu schaffen. Habe ich das alles richtig verstanden?"

Sie klatschte fröhlich in die Hände. „Vollkommen!"

„Sie sind eine gefährliche Irre!"

Sie schob schmollend ihre Unterlippe vor. „Das bin ich nicht. Wenn sie nur ernsthaft über das, was ich sage, nachdenken würden, könnten Sie erkennen, dass mein Plan gut ist."

„Ihr Plan ist lächerlich. Ist Ihnen klar, dass ich wegen Verrats hängen könnte?"

Sie schaute in ihren Schoß, das Schmollen noch auf ihrem Gesicht. Er ertappte sich dabei, wie er auf ihren Schoß starrte, plötzlich war er sich des dünnen Stoffs bewusst, der nur knapp ihre langen, schlanken Beine verbarg, und das rief in ihm die Erinnerung hervor, wie er sie im Ballsaal beobachtet hatte, wo ihr Körper sich vor dem hellen Licht der Kronleuchter abgezeichnet hatte. Es war etwas sehr Aufreizendes an Lady Daphne Chalmers in anliegender, durchsichtiger Seide.

Er wandte seinen Blick ab.

„Der Regent würde nicht zulassen, dass man Sie des Verrates anklagen würde." Trotzig hob sie ihr Kinn. „Sagen Sie mir, wer an der Spitze Ihrer unsichtbaren Liste von Verdächtigen steht", forderte sie.

Er dachte einen Moment darüber nach. Lady

Jerseys Ehemann war tot. Mr. St. Ryse hatte nicht den Wunsch, den Prinzen, der seine Geliebte begehrte, zu töten. Lord Hertford war angeblich einer der besten Freunde des Regenten. Damit blieb eine Person: Prinzessin Caroline. „Da mögen Sie recht haben", räumte er en.

„Natürlich habe ich recht. Mein Plan ist brillant."

Er nahm einen langen Zug aus seinem Schwenker. So sehr er hasste, es zugeben zu müssen, und so sehr er zögerte, Lady Daphnes albernen Plan zur Ausführung zu bringen, musste er doch zugeben, dass einiges dafür sprach. „Vielleicht ist er nicht wirklich teuflisch", sagte er, „aber was macht Sie so sicher, dass die Prinzessin mich auch nur bemerken würde?"

„Alle Frauen bemerken Sie."

Er konnte nicht leugnen, dass er in seiner Vergangenheit die Fähigkeit gezeigt hatte, Frauen mit Leichtigkeit anzuziehen, die weit über ihm standen. Frauen wie Lady Daphne Chalmers. Er ließ seinen Blick zu ihr huschen. Ihr ernsthaftes kleines Gesicht leuchtete im Feuerschein und sie sah eher kindlich aus. Sie jedenfalls war gegen seinen sogenannten Charme immun, auch wenn sie gesagt hatte, dass alle Frauen ihn bemerken würden, eine Bemerkung, die ihn überrascht hatte, weil sie so unerwartet kam. Er hätte schwören können, dass Lady Daphne den Angehörigen des anderen Geschlechts keine Aufmerksamkeit schenkte. Es musste am Weinbrand liegen. Natürlich, sagte er sich, es war nicht dasselbe, jemandes Äußeres zu bemerken wie diesen Menschen, der ein solches Äußeres besaß, zu begehren.

Als er über Prinzessin Caroline nachdachte,

fragte er sich, wie er so vermessen sein könnte zu glauben, dass die Prinzessin diesen Köder schlucken würde. „Ich wage zu behaupten, dass die Frau alt genug ist, meine Mutter zu sein. Was lässt Sie denken, dass sie sich eine Affäre mit mir wünschen könnte?"

„Die Prinzessin, mein lieber Hauptmann, mag virile Männer."

Lieber Gott! Er konnte nicht glauben, dass er diese Unterhaltung über seine Männlichkeit mit einer Jungfrau führte. Einem Mädchen aus guter Familie. Sollte er leugnen, dass er männlich war? Irgendwie gefiel ihm diese Vorstellung nicht. Er wollte nicht, dass Lady Daphne ihn für einen Weichling hielt. Ein Lächeln umspielte seine Mundwinkel, als er beschloss, es seiner großspurigen Begleiterin mit gleicher Münze heimzuzahlen. Er schaute Daphne an. „Finden Sie denn, dass ich männlich bin?"

Es bereitete ihm großes Vergnügen zu sehen, wie feurige Röte in ihren blassen Wangen aufstieg.

„Ihre Männlichkeit ist nicht etwas, worüber ich nachgedacht hätte", sagte sie mit in ihren Schoß gesenkten Augen, „aber ich glaube, die Prinzessin hat auf diesem Gebiet mehr Erfahrung als ich."

Daphnes Unschuld hatte etwas ziemlich Liebenswertes. Obwohl sie unglaublich manipulativ war.

Er nahm einen weiteren großen Schluck und seufzte. „Ich muss zugeben, dass die Prinzessin ganz oben auf meiner kurzen Liste von Verdächtigen steht."

Daphne hob ihr Gesicht zu ihm und lächelte fröhlich. „Also werden Sie meinen Plan ausführen?"

„Wir haben keine Sicherheit, dass er erfolgreich

sein wird, wissen Sie. Sie könnte bereits einen Liebhaber haben, einen Mann, der attraktiver ist als ich es bin."

Daphnes Blick glitt von seinem Scheitel bis zu den Spitzen seiner glänzenden Schuhe über ihn. „Unmöglich."

Das Zimmer wirkte plötzlich sehr heiß und er sah nicht ein, warum Lady Daphnes Oberschenkel sich an seinem reiben musste. „Während ich Ihren Optimismus nicht teile, dass dieser Plan funktionieren wird, könnte ich es doch versuchen."

Sie konnte ihre Genugtuung kaum verbergen, als sie sich in eine Beschreibung von Mrs. Spences Kleidergeschäft stürzte. „Haben Sie genug Geld, um den Ersatz für ihr Kleid zu bezahlen?"

„Ich habe genug Geld."

„Was Sie dann vor allem tun müssen, ist, sie darum zu bitten, Sie nach Blackheath einzuladen. Selbst wenn Sie ihr - nachdem eine angemessene Zeit verstrichen ist - nicht tatsächlich anbieten, den Regenten beiseite zu schaffen, werden Sie zumindest in der Lage sein, das Ausmaß ihrer Abneigung festzustellen, und Sie könnten vielleicht sogar in der Lage sein herauszufinden, wen sie beauftragt hat, die Tat auszuführen."

„*Wenn* sie jemanden beauftragt hat. Sind Sie sicher, dass ich eine Marineuniform tragen muss? Was, wenn ich über Schiffe oder Boote oder dergleichen befragt werde?"

„Sie müssen sich nur ein wenig informieren, so wie Sie es mit Südafrika gemacht haben."

Er brummte in sich hinein. Je länger er neben ihr saß, desto mehr wurde ihm ihr ungewöhnlicher Duft bewusst, ungewöhnlich deshalb, weil er sich nicht erinnern konnte, ihn je bei jemand anderem gerochen zu haben. Plötzlich wurde ihm klar, dass sie nach Minze roch. „Warum rieche ich immer Minze, wenn Sie in der Nähe sind, Mylady?"

Sie sah ihn über den Rand ihrer Brille hinweg an und lächelte. „Wie aufmerksam Sie sind!"

„Man kann nicht umhin, einen so ungewöhnlichen Duft zu bemerken. Er ist immer bei Ihnen zu spüren."

„Ich bin erfreut, das zu hören. Ich bin sehr empfindlich gegen schlechte Gerüche und möchte selbst nicht riechen. Ich habe gelesen, dass man, wenn man immer Minze auf der Zunge hat - nun, nicht wirklich Minze, sondern einen Absud, den ich immer in meinem Reticule habe ... Wie ich sagte, dann soll man nie unter schlechtem Atem leiden."

Wenn die Diskussion seiner Männlichkeit nicht absonderlich genug gewesen war, diese Unterhaltung über schlechten Mundgeruch würde mit Sicherheit den meisten Mädchen die Röte in die Wangen treiben. Aber nicht so bei Daphne.

„Natürlich", fuhr sie fort, „tadeln mich die Zwillinge ständig, weil ich Minze benutze."

Er dachte, dass ein wohlriechender Mund etwas war, das man bewundern, nicht aber tadeln sollte. „Warum denn das?"

„Weil", sagte sie mit ernster Stimme, „Minze angeblich Lust erregt."

Zuerst seine Männlichkeit, dann der Mundgeruch und nun die Lust einer Jungfrau. Hatte diese Frau kein Gefühl für Anstand?

„Aber ich versichere Ihnen", sagte sie, „dass ich in den drei Jahren, seit ich jeden Tag Minze zu mir nehme - mehrmals täglich, tatsächlich - noch nicht einmal Lust verspürt habe."

Was mehr an Information war, als er gewünscht hatte. Er räusperte sich. „Also ...", sagte er, „wenn Ihr Plan Erfolg hat, möchten Sie, dass ich mit Ihnen in Verbindung bleibe?"

„Oh, ja. Ich bitte darum, dass Sie mir jeden Tag Bericht erstatten. Sie können wieder Ihre Kleidung als Mr. Rich anlegen und mich besuchen kommen."

Er schüttelte den Kopf. „Das scheint mir alles sehr riskant zu sein."

Sie sah ihn von oben herab an. „Über welches Risiko sprechen Sie? Die Prinzessin kann Ihnen kaum Schaden zufügen."

„Was, wenn jemand, der mich als Mr. Rich kennt, mich mit Ihrer Königlichen Hoheit zusammen sieht?"

Daphne zuckte die Achseln. „Das können Sie einfach leugnen. Ihr Wort stünde gegen das der anderen Person, und Sie sollten ja wissen, wer Sie sind!"

Irgendwo in dem, was sie gerade gesagt hatte, musste ein Körnchen Logik liegen, aber das musste er erst noch finden. „Welche Identität soll ich diesmal annehmen?"

„Sie könnten sich einfach Kapitän nennen."

„Kapitän Roberts?"

Sie schüttelte den Kopf. „Zu gewöhnlich." Sie nippte an ihrem Weinbrand. „Wie wäre es mit Kapitän Cook?"

„Sie haben offensichtlich eine Schwäche für einsilbige Namen. Ich will nicht Kapitän Cook sein."

„Ich nehme an, Sie möchten zwei Silben?"

„Ich würde zwei Silben definitiv vorziehen."

„Wie wäre es mit Kapitän Hastings?"

Er nickte nachdenklich. „Das könnte passen."

„Dann lassen Sie uns darauf trinken", sagte sie und stieß mit ihrem Schwenker leicht an seinen. „Auf den Erfolg unserer Mission."

Er nickte und erhob sich, nachdem er getrunken hatte, um sie dann anzuschauen. „Wann sehen wir uns wieder?"

„Ich werde darauf warten, dass Sie mir morgen Abend einen Besuch abstatten."

Kapitel 8

Als Jack auf dem Bürgersteig etwa zwanzig Fuß neben dem Eingang zu Mrs. Spences Geschäft stand, beobachtete er, wie Prinzessin Caroline aus einer Kutsche mit dem königlichen Wappen stieg. Die Worte des Regenten beim ersten Zusammentreffen mit seiner Verlobten trafen Jack wie ein Schlag. Laut Daphne hatte der Prinz gesagt: „Harris, mir ist nicht wohl; bitte holen Sie mir ein Glas Weinbrand." Jack hatte das Zitat für eine Übertreibung gehalten.

Jetzt wusste er, dass es das nicht war.

Obwohl sie fast fünfzig war, kleidete die Prinzessin sich wie eine viel jüngere Frau, eine jüngere Frau, die nicht fett geworden war. Eigentlich kleidete sie sich mehr wie eine Dame der Nacht als wie eine Dame der Gesellschaft.

Und sie war definitiv fett geworden.

Obwohl es noch früh am Nachmittag war, trug sie Seide. Sehr zerknitterte Seide in hellgrüner Farbe, die irgendwie zur Farbe ihrer Augen passte. Fettige Flecken übersäten den Rock des Kleids, das einen tiefen Ausschnitt besaß, der zwei enorme Brüste zur Schau stellte, die so fest zusammengepresst waren, dass sie eine tiefe Schlucht bildeten. Ihr Teint war blühend, ihr früher goldenes Haar so verfilzt, dass er nicht glauben konnte, dass es in den letzten Tagen eine Haarbürste gesehen hätte.

Die Vorstellung, sich an diese Frau

heranzumachen, ließ ihn zu sich selbst sagen: „Bitte, Daphne, mir ist übel."

Aber er konnte seine Pflicht nicht vergessen. Er ging los und wurde schneller, bis er direkt hinter der Prinzessin stand. Dann stieß er seinen Stiefel direkt auf die Schleppe abgetragenen Stoffs, der sich zu ihren Füßen bauschte und legte sein ganzes Gewicht darauf.

Krch.

Die Prinzessin erstarrte.

Ihre Hofdame kreischte auf.

Dann wirbelte die Prinzessin herum und funkelte ihn an.

In einer galanten Geste ließ er sich auf ein Knie fallen. Ohne seinen Blick von ihr abzuwenden, sagte er: „Ich erflehe die Verzeihung Eurer Königlichen Hoheit." Dann gestattete er sich ein Lächeln, als er sich zu seiner vollen Größe aufrichtete.

Ihr Blick folgte ihm, musterte ihn eindringlich von den Spitzen seiner glänzenden Stiefel über seine zu auffällige Marineuniform mit ihren goldenen Schulterstücken, bis ihr Blick an seinem Gesicht hängen blieb. Der Ausdruck auf ihrem Gesicht verlor seine Strenge.

„Ich bitte darum, dass Sie mir erlauben, Sie in irgendeiner Weise für den furchtbaren Schaden, den ich angerichtet habe, entschädigen zu dürfen", sagte er. Er nickte zu Mrs. Spences Geschäft hinüber. „Sie müssen Mrs. Spence Ihr schönes Kleid ersetzen lassen - auf meine Kosten." Er bewegte sich auf die Tür zu. „Erlauben Sie mir, mit der Dame zu sprechen." Er trat zur Seite, um die Prinzessin vor sich hergehen zu lassen, dann betrat er den Laden.

„Das ist nicht notwendig", sagte die Prinzessin

in ihrer durch den schweren deutschen Akzent geprägten Aussprache.

„Sie sind zu gütig, aber ich muss darauf bestehen. Es trifft mich zutiefst zu sehen, dass ich Eure Hoheit so geschädigt habe - und Ihr schönes Kleid. Ich kann mein Gewissen nur dadurch erleichtern, dass ich den angerichteten Schaden wiedergutmache."

Als sie ihn anlächelte, hätte er einen Ausruf der Erleichterung ausstoßen mögen. Mit mehr Selbstvertrauen wandte er sich an eine gesetzt wirkende Frau, die die Eigentümerin des Ladens sein musste. „Sie sind Mrs. Spence?", fragte er.

Sie nickte.

„Ich bin zutiefst betrübt, dass meine Unvorsichtigkeit das schöne Kleid ihrer Königlichen Hoheit ruiniert hat. Bitte sorgen Sie dafür, dass es auf meine Kosten ersetzt wird."

Mrs. Spence sah von Jack zur Prinzessin.

Die Prinzessin nickte.

„Wenn Ihre Königliche Hoheit so freundlich wären, hier herein zu kommen", sagte die Schneiderin.

Prinzessin Caroline wandte sich an Jack. „Warten Sie hier."

Ein weiterer Sieg.

Was sollte er nun tun, um ihre Bekanntschaft zu vertiefen? Er begann, in dem mit Teppich ausgelegten Empfangsbereich hin und her zu marschieren. Wie viel würde das verdammte Kleid kosten? Legte man einfach das Geld hin oder ließ man sich die Rechnung nach Hause schicken? Natürlich konnte er seine Adresse nicht angeben, da dort Mr. Rich - nicht Kapitän Hastings - residierte, und er konnte nicht zulassen, dass der Prinzessin seine wahre Identität bekannt wurde.

Oder seine wahre falsche Identität.

Ein Spion auf der Halbinsel zu sein war entschieden einfacher als mit drei Identitäten in der britischen guten Gesellschaft zu leben.

Als er herumwanderte, hatte er zwei Einfälle. Zunächst musste er sichergehen, dass die Prinzessin erfuhr, dass er Junggeselle war. Dann musste er sie mit Komplimenten überschütten. Er hatte schon ihr schmutziges Kleid gelobt. Mit Sicherheit könnte er seine unechte Schmeichelei auf ihre Person ausdehnen. Er schluckte. Was könnte er an dieser schlampigen Person zu bewundern finden?

Er ging weiter hin und her. So, wie sie gekleidet war, gefiel es der Prinzessin zweifellos, ihre Sexualität herauszustreichen. Wie konnte er ihr vermitteln, dass er sie sexuell anziehend fand, wo sie doch so anziehend war wie ein Sack verrottender Kartoffeln?

Er war immer gut dabei gewesen, beim Gehen zu denken, aber diese List erwies sich als entschiedene Herausforderung.

Nach ein paar Minuten kam die Prinzessin aus dem Ankleideraum gewatschelt. Ihr Schritt war so anmutig wie der einer Kuh.

Er lächelte und verbeugte sich. „So schnell fertig?"

„Ich finde Anproben langweilig", sagte sie mit kehliger Stimmer und kniff leicht die Augen zusammen, als sie ihn beobachtete. „Bitte, wie ist Ihr Name?"

„Kapitän Hastings, zu Diensten Ihrer Königlichen Hoheit." Er wandte sich an die Schneiderin. „Da ich nicht verheiratet bin, weiß ich nicht, wie Sie das handhaben. Darf ich Sie einfach schon heute bezahlen?"

Mrs. Spences haselnussbraune Augen glänzten. „Das wäre sehr angenehm, Kapitän."

Er drehte sich wieder zu der Prinzessin um, sein Blick huschte über sie hinweg. „Dürfte ich die Ehre haben, Eure Königliche Hoheit tatsächlich in dem neuen Kleid zu sehen?"

„Wann wird es fertig sein?", fragte sie die Schneiderin.

„Wenn es Eurer Königliche Hoheit gefällt, könnten wir rund um die Uhr arbeiten und es bis morgen Mittag fertigstellen."

Prinzessin Caroline beäugte Jack. „Sie müssen es mir bis um zehn bringen."

Ihr Gefolge hinter sich, schritt die korpulente Prinzessin zu ihrer Kutsche.

* * *

Er tauchte rechtzeitig in Sidworth House auf, um Lady Daphne zu einer nachmittäglichen Ausfahrt in den Park mitzunehmen. Als sie durch den verstopften Eingang des Parks fuhren, ertappte er sich dabei, wie er sich in alle Richtungen drehte und Ausschau nach der glänzenden Kutsche der Prinzessin hielt. Es wäre nicht gut, wenn sie ihn mit Daphne Chalmers sähe. Dass Lady Daphne nicht von einer Anstandsdame begleitet wurde, verriet ihre enge Beziehung zu Jack.

Sein plötzlicher Wunsch nach einer Verkleidung erinnerte ihn an die Zeit, als er und Edwards sich Schnurrbärte zugelegt hatten, um bei den Spaniern unterzutauchen, während sie sich wichtige Informationen über die französischen Truppenbewegungen verschafften.

Er schloss seine Augen fest. Verdammt, er vermisste Edwards. Kein Mann hatte je einen besseren Freund gehabt. Sie beide waren fast ebenso viele Jahre zusammen gewesen, wie Jack unter dem Dach seiner Eltern gelebt hatte. Zuerst hatten sie in Indien gedient, dann waren sie mit demselben Regiment in Spanien gewesen. Als Jack für den Aufklärungsdienst ausgewählt wurde, hatte Edwards darauf bestanden, ihn zu begleiten.

Was für ein Team sie beide abgegeben hatten! Ihre Arbeit hatte fast zu jedem der Siege Englands auf der Halbinsel beigetragen - Leistungen, die von ihrem Kommandeur oft gelobt wurden. Bei mehr als einer Gelegenheit hatte Edwards Jacks Leben gerettet, und mehr als einmal hatte Jack Edwards' Leben gerettet. Sein Herz klopfte vor Reue, wenn er an Edwards' unnötigen Tod dachte. Obwohl mehr als ein Jahr vergangen war, seit Edwards ermordet worden war, verging kein Tag, ohne dass Jack diese Zeit wieder durchlebte; kein Tag verging, an dem er nicht die Schwere seiner eigenen Verwundung bedauerte, die ihn daran gehindert hatte, seinen Gefährten an jenem verhängnisvollen Tag zu begleiten. Er fragte sich, ob Edwards gestorben wäre, wenn Jack dort in Segura gewesen wäre, um den Angriff zu verhindern. Oder wäre auch er gestorben?

Er schaute auf sein Bein hinab. Hatte die Verwundung, von der er sich gerade erst erholt hatte, sein Leben gerettet?

Viele Wochen nach Edwards' Tod war Jack in der Lage gewesen, die Schuld dafür dem Herzog d'Arblier zu geben. Jack und Edwards hatten Informationen über die Tätigkeit des Franzosen gesammelt. Während er vorgab, Napoleon zu unterstützen, hatte diese Schlange den Engländern Informationen verkauft. Nur Jack und Edwards hatten herausgefunden, dass die

Informationen, die d'Arblier den Engländern verschaffte, ihm sorgfältig von den Franzosen zugespielt worden waren.

Mit dem Tod von Jack und Edwards hätte d'Arblier dafür gesorgt, dass den Briten sein Geheimnis nicht verraten würde, aber da Jack an jenem Tag nicht nach Segura gekommen war, hatte das den niederträchtigen Plan des Herzogs vereitelt.

Drei Tage nach Edwards Tod hatte Jack - der noch vorsichtiger als gewöhnlich war - es geschafft, einen versuchten Anschlag auf sein eigenes Leben zu vereiteln. Beim Töten der Attentäter war sein verdammtes Bein wieder verletzt worden und er danach mehrere Monate nutzlos gewesen.

„Erzählen Sie mir von Ihrer Beinverletzung", sagte Daphne, sobald sie in den Park hineingefahren waren.

Konnte das verflixte Mädchen seine Gedanken lesen? Hatte er nicht abgeleugnet, Verletzungen zu haben, an dem ersten Tag, als sie sich in der Kapelle trafen? Wie zum Teufel hatte sie von seinem Bein erfahren? Er runzelte die Stirn. „Und ich dachte, ich könnte es schaffen, das elende Hinken zu unterdrücken."

„Oh, das tun sie. Aber ich kenne Sie inzwischen gut. Andere mögen es nicht bemerken, aber ich kann sagen, wenn eine Bewegung Ihnen Schmerzen bereitet."

Das Mädchen war viel zu scharfsinnig. „Mein Oberschenkel fing sich in Spanien eine Musketenkugel ein."

„In einer Schlacht?"

Die Erinnerung an jenen Tag schmerzte ihn noch immer. Es war das letzte Mal gewesen, dass er Edwards je gesehen hatte. Er schüttelte den Kopf. „Nein. Ein anderer Offizier und ich waren gezwungen, uns eilig aus einem spanischen Dorf zu verdrücken. Er fiel hin, und als ich anhielt, um ihm aufzuhelfen, wurde ich zu einem leichten Ziel."

„Also hätten sie getötet werden können, weil Sie Ihren Freund retten wollten?"

Sein Blick huschte zu ihr. „Woher wissen Sie, dass er mein Freund war?"

„Es ist völlig klar erkennbar für mich, dass Ihnen viel an ihm lag." Ihre Stimme wurde sanft. „Starb er?"

Jack nickte. „Am nächsten Tag, in der Tat. Ich hätte dabei auch sterben sollen, aber wegen meiner Verwundung war mein Freund gezwungen, alleine zurückzugehen."

Ihre Hand legte sich auf seine. „Es tut mir leid."

Er hatte sich in den letzten zwölf Monaten nie den Tränen so nahe gefühlt. Jack war viel zu trüber Stimmung.

„Tadeln Sie nicht sich selbst", sagte sie. „Sie hätten ihn nicht retten können. Sie wären nur auch noch ermordet worden."

Was vermutlich der Wahrheit entsprach. „Ich werde seinen Tod rächen."

„Ich verabscheue den Gedanken, dass Sie wieder an diesen elenden Ort zurückgehen könnten, aufs Äußerste."

Ihre Worte durchdrangen die Dunkelheit und er ertappte sich dabei, wie er in sich hineinlachte. Ihre Zuneigung errungen zu haben - wenn auch mit Sicherheit *nicht* ihre *romantische* Zuneigung - freute ihn unmäßig. „Sie müssen Ihre Rolle nicht spielen", sagte er. „Niemand hört uns."

„Mein lieber Hauptmann, ich spiele keine Rolle.

Ich habe begonnen, Sie sehr zu bewundern. Was gäbe es nicht zu bewundern? Sie sind tierisch puritanisch - was herrlich erfrischend ist - und ausgesprochen edelmütig. In der Tat", sagte sie und schaute ihn an, während die Sonne sich in ihrer goldenen Mähne spiegelte, „die Frau, die einmal Ihr Herz gewinnt, sollte sich überaus glücklich schätzen."

Ein Jammer, dass ein Mann wie er niemals Lady Daphnes Herz gewinnen konnte. Nicht, dass ihr Vater seiner Lieblingstochter erlauben würde, den zweiten Sohn eines Landjunkers zu heiraten - und nicht, dass Hauptmann Jack Dryden romantische Ideen wegen Lady Daphne Chalmers gehabt hätte!

Sie setzte sich gerade auf, faltete ihre Hände in ihrem Schoß und nickte vorbeifahrenden Bekannten zu. Als keine Kutschen in der Nähe waren, fragte sie: „Und wann werden Sie Prinzessin Caroline wiedersehen?"

Wie konnte sie so sicher sein, dass ihr alberner Plan erfolgreich sein würde? „Gar nicht", neckte er sie.

Ihr Mund blieb offen stehen. „Sie meinen, mein brillanter Plan hat nicht funktioniert? Das kann ich einfach nicht glauben. Ich war so überzeugt, dass sie, wenn sie erst Ihr ... Äußeres bemerken würde, Sie näher kennenlernen wollen würde. Wie konnte ich mich so irren?"

Er lachte. „Das Schlimme ist", gab er zu, „dass Sie immer so verdammt recht haben!"

Daphne drehte den Kopf und sah ihn durch ihre Brille an, die an ihrer Nase hinabglitt. „Hat Sie Ihnen angeboten, sie wiederzusehen, oder nicht?"

„Das hat sie", sagte er widerwillig.

Ein breites Lächeln erhellte Daphnes Gesicht. „Wann? Sie müssen mir alles erzählen!"

Es war ihm peinlich, zugeben zu müssen, dass Daphnes Plan funktionierte, denn damit musste er zugeben, dass die Prinzessin ihn attraktiv fand. Und obwohl er immer in der Lage gewesen war, anziehend auf Frauen zu wirken, gab er das ungern zu oder sprach darüber. Vor allem mit einer anderen Frau.

Er erzählte ihr jede Einzelheit seines Zusammentreffens mit Prinzessin Caroline.

Daphne frohlockte. „Das ist zu wunderbar!"

„Es wird nicht mehr so wunderbar sein, wenn sie mich mit Ihnen sieht." Lieber Gott, wie angeberisch ihn das klingen ließ, als ob er erwartete, dass die Prinzessin eifersüchtig werden könnte. „Nicht, dass ich ..."

„Natürlich glauben Sie nicht, dass Ihre Beziehung zu einer anderen Frau ihr etwas ausmachen würde, aber in der Tat, das würde es wahrscheinlich." Sie legte eine Hand auf seinen Arm. Obwohl er wusste, dass sie das tat, weil Lady Carlton in ihrer auffälligen Kalesche auf sie zukam, gefiel ihm diese Geste.

Daphne lächelte und grüßte Lady Carlton, als sie an ihrem Phaeton vorbeifuhr, und als die Kalesche etliche Fuß weitergefahren war, sagte Daphne: „Vertrauen Sie meinem Instinkt, Hauptmann. Er hat immer recht. Außerdem bin ich eine Frau. Trauen Sie mir also zu, die weibliche Denkweise zu kennen."

Sie war mit Sicherheit nicht wie irgendeine andere Frau, die er je gekannt hatte. Sie war auch überhaupt nicht wie ihre eigenen Schwestern.

Jahre, in denen er gezwungen gewesen war, akribisch seine Spuren zu löschen, ständig mit höchster Aufmerksamkeit alles zu beobachten, was ungewöhnlich schien, machten es für Jack unmöglich, einfach nur durch den Park zu fahren. Er hielt in jedem Seitenweg und jedem Gefährt nach der korpulenten Prinzessin Ausschau. „Was, wenn wir sie hier im Park treffen?", fragte er.

„Verschwenden Sie keinen Gedanken daran. Sie ist viel zu lethargisch, um sich der Sonne auszusetzen."

„Und Sie sind sicher, dass sie nicht bei irgendwelchen Veranstaltungen auftauchen wird, die ich mit Ihnen besuche?"

„Vollkommen!"

„Vielleicht sollten wir - Sie und ich - eine Meinungsverschiedenheit vortäuschen, um meine Abwesenheit während dieser Ermittlungen bei der Prinzessin zu erklären."

„Wir werden nichts dergleichen tun! Obwohl Prinzessin Caroline die Verdächtige Nummer Eins ist, können wir es uns nicht leisten, in unserer Wachsamkeit nachzulassen. Sie müssen sich weiter in Gesellschaft aufhalten und alles herausfinden, was Sie können."

Musste Lady Daphne Chalmers immer so recht haben? „Wir können nicht sicher sein, dass ich sie je wiedersehen werde, nachdem ich ihr morgen das neue Kleid bringe."

„Sie werden sicherstellen müssen, dass sie mit Ihnen zufrieden ist."

„Und wie soll ich das anfangen?"

„Mit angenehmen Lügen. Erzählen Sie ihr, dass sie schön sei. Erzählen Sie ihr, wie geehrt Sie sich fühlen, in ihrer Gesellschaft sein zu dürfen. Bitten Sie sie, das Kleid für Sie zu tragen." Daphne schwieg einen Moment. „Sie müssen sich etwas ausdenken, das ihr vermittelt, dass Sie sich sexuell von ihr angezogen fühlen."

Er dachte wieder an die Worte des Regenten. „Daphne, mir ist übel. Bitte, ich brauche ein Glas Weinbrand."

Woraufhin seine Begleiterin in lautes Lachen ausbrach. „Vergessen Sie nicht", brachte sie schließlich heraus, „dass der Prinz, obwohl er sich von Caroline abgestoßen fühlte, es fertigbrachte, ein Kind mit ihr zu zeugen."

Wie gut, dass Jack seit Stunden nichts gegessen hatte. Andernfalls hätte die Idee, mit der Prinzessin zu schlafen, ihm den Magen vollends umgedreht. „Jetzt ist mir wirklich schlecht."

Daphne kicherte wieder.

Trotz der potenziellen Fallstricke seiner gegenwärtigen drei Identitäten genoss er seine Ausfahrt durch den Park mit Lady Daphne aufrichtig. Es musste an der frischen, kühlen Luft und dem ungewöhnlich blauen Himmel liegen, der ihn an sonnige Tage auf der iberischen Halbinsel erinnerte. „Der Tag, an dem mein Freund in Spanien getötet wurde, war ein Tag wie dieser", sagte er düster. Was hatte ihn jetzt dazu veranlasst, eine so persönliche Bemerkung zu machen?

Daphne hatte eine Art, dass jeder sich in ihrer Nähe wohlfühlte, ein Mitgefühl, das ihrer privilegierten Stellung eigentlich fremd war. Lag es daran, dass es ihr nie an Tanzpartnern fehlte?

Ihre zierliche Hand drückte seinen Arm. „Trotz der Kühle ist es ein fast zu vollkommener Tag. Der Himmel ist selten von einem so ungetrübten Blau; die Sonne nicht oft so strahlend. Ich kann kaum glauben, dass es fast Winter ist."

Er lachte bitter auf. „Es war Winter, als mein Freund starb. Ich fragte mich, wie die Sonne so hell scheinen könnte, wo doch mein Freund seinen letzten Atemzug tat." Lieber Gott, er brabbelte herum wie so ein verdammter Schwächling! Er hatte sich keiner Seele so nahe gefühlt, seit ... seit Michael Edwards gestorben war. Nicht, dass er und Edwards je über Gefühle gesprochen hätten.

„Es scheint, als ob die Welt stillstehen müsste, um solche Trauer zu würdigen, nicht wahr?", fragte sie in ernstem Ton.

Wie konnte sie das so genau verstehen? Nach allem, was er über Lady Daphnes Leben in Erfahrung gebracht hatte, war es sehr angenehm verlaufen. Es schien für sie kein Problem auf der Welt zu geben. Ungewöhnliche Empathie. Das war es, was Lady Daphne zu eigen war. Er nickte ernst.

„Wie hieß Ihr Freund?"

„Wieso ist das wichtig?"

Sie zuckte die Schultern. „Ich würde es gerne wissen."

„Michael Edwards."

Sie fuhren eine lange Strecke weiter - weit über die vielbefahrenen Gegenden des Parks hinaus. Er wollte diesen schönen Nachmittag ausdehnen.

„Wie wollen Sie der Prinzessin klarmachen, dass Sie sich sexuell von ihr angezogen fühlen?", fragte sie schließlich.

Er schaute nicht von seinen Zügeln auf. „Was weiß ein Mädchen wie Sie von sexueller Anziehung? Ein Mädchen, dass *nicht* von Lust gepackt wurde in den drei Jahren, seit sie sich mit Minze behandelt?"

Daphne kicherte. Genau wie eine der hübschen jungen Debütantinnen. „Ich habe es Ihnen doch gesagt", sagte sie. „Ich habe den Instinkt, alles auf den Punkt genau zu verstehen. Zufällig bin ich eine Schülerin der menschlichen Natur - und ich war immer eine überaus brillante Schülerin."

Sie lächelte ihn an und er verspürte das dringende Verlangen, ihr kleines, selbstzufriedenes Gesicht zu küssen. Aber natürlich würde er nichts dergleichen tun.

Selbst mit ihrem Selbstlob hatte sie unbeirrbar recht.

„Da Sie sich mit der menschlichen Natur so gut auskennen, sagen Sie mir, wie ich bei ihrer Königlichen Hoheit durchblicken lassen kann, dass ich sie sexuell anziehend finde."

„Ich vermute, dass Sie wissen, was man im Bett mit einer Dame tut", sagte sie mit unbeirrbarer Gelassenheit.

Lady Daphne Chalmers war eine einzigartige Dame! „Sie halten mich doch sicher nicht für ..." Er hatte sagen wollen „eine Jungfrau", aber das klang zu weibisch. „Ich meine ... ich lebe nicht im Zölibat, wenn es das ist, wonach Sie fragen."

„Obwohl ich das nicht angenommen hatte, müssen Sie zugeben, dass Sie sich bisweilen etwas schwerfällig anstellen."

„Wer unverheiratet ist, muss sich ja nicht an die Regeln des Ehebruchs halten."

„Da Sie nicht ganz ohne Erfahrung sind, sollten Sie wissen, wie man verführerische Worte verwenden kann, ohne tatsächlich Handlungen folgen zu lassen."

Er fühlte seinen Atem schwerer gehen. Warum musste sie so dicht neben ihm sitzen? „Meinen Sie, ich sollte sie in dieser Weise anschauen?" Er ließ das Pferd zum Stehen kommen und wandte sich ihr zu, seine glühenden Augen halb geschlossen, während er sie vom Mund an hinab über ihren Hals bis zu den kleinen Schwellungen ihrer Brüste musterte.

Ihre Wangen wurden brennend heiß, ihr Blick ließ den seinen nicht los, als sie nickte. Sie schluckte und fand dann die Sprache wieder. „Das dürfte sicher ausreichen."

Mit großer Selbstbeherrschung wandte er seine Aufmerksamkeit wieder den Zügeln zu und trieb das Pferd an. Sonst hätte er die arme Lady gleich dort mitten im Hyde Park in seine Arme gerissen und wild geküsst.

Als er sie eine Viertelstunde später an der Vordertür von Sidworth House absetzte, beugte sie ihren Kopf zu ihm hinüber und sagte: „Bitte kommen Sie morgen direkt zu mir, nachdem Sie sich mit der Prinzessin getroffen haben."

„Ich bezweifle, dass es irgendetwas zu berichten geben wird."

„Dann wissen Sie nicht, wie machtvoll Ihre verführerischen Blicke sind."

Kapitel 9

Während Jack in dem üppig ausgestatten Salon der Prinzessin auf diese wartete, war er überrascht von dem Selbstbewusstsein, das ihn durchströmte. Seine Gedanken eilten zurück zu dem Tag, als er sich von der bevorstehenden Audienz in Carlton House überwältigt gefühlt hatte. Obwohl er jetzt noch immer ein einfacher Hauptmann von bürgerlicher Geburt war, hatte ihn sein kurzer Ausflug in die feine Gesellschaft doch eines gelehrt: Wenn ein Mann aussah wie ein Gentleman und sprach wie ein Gentleman, würde man ihn für einen Gentleman halten. Und dafür schuldete Jack Mr. Weston aufrichtigen Dank.

Ebenso wie Lady Daphne Chalmers.

Seit er am Tag zuvor mit ihr durch den Park gefahren war, hatte Jack sich nicht in der Lage gesehen, Daphnes Worte aus seinen Gedanken zu vertreiben. *Dann wissen Sie nicht, wie machtvoll Ihre verführerischen Blicke sind.* Wusste sie es? An ihrem Verhalten war nichts zu spüren gewesen, was darauf hinwies, dass sein verführerischer Blick sie persönlich berührt hätte. Sie hatte ihre erschütternde Bemerkung so beiläufig gemacht, wie man über das Wetter sprechen würde.

Dass sie sogar etwas von Verführung verstand, verblüffte ihn.

Nicht zum ersten Mal bedauerte er, dass er gezwungen war, die beleibte Prinzessin zu verführen. Warum konnte nicht Lady Daphne das Objekt seiner Verführung sein? Dieser ausgefallene Wunsch schockierte ihn. Wie konnte er nur so etwas über die anständige Tochter eines Earls denken? Er beschimpfte sich selbst dafür, Lady Daphne in solcher Weise herabzusetzen. Daphne Chalmers war eine Lady. Sie war eine viel zu feine Dame für unerlaubte Affären und zu hoch geboren, als dass sie sich auf eine Affäre mit einem Hauptmann der Armee von bürgerlicher Geburt eingelassen hätte.

Er war erstaunt, dass er Daphne Chalmers tatsächlich verführen *wollte*. Sein Erstaunen rührte nicht nur daher, dass sie das Gegenteil jeder wohlgerundeten, eleganten Frau war, zu der er sich je hingezogen gefühlt hatte, sondern auch von der Tatsache, dass Lady Daphne selbst solchen Aufmerksamkeiten seinerseits gegenüber unempfänglich war.

Hinzu kam die Tatsache, dass es wesentlich einfacher sein würde, eine lüsterne Prinzessin zu verführen als eine Frau, die sich mit ihrer Altjüngferlichkeit abgefunden hatte. Er hätte das Einkommen eines Vierteljahres darauf verwettet, dass Lady Daphnes Lippen noch nie vom Mund eines Mannes berührt worden waren. Sie mochte wie eine seit langem verheiratete Frau - oder wie eine Kurtisane - über sexuelle Intimität sprechen. Sie mochte über diese Intimität sogar sprechen, ohne rot zu werden oder ihren Blick von ihm abzuwenden. Zum Teufel, sie hatte sogar seine eigenen körperlichen Vorzüge herausgestrichen! Aber er hätte sein Leben darauf gesetzt, dass sie selbst noch unschuldig war.

Trotz der Tatsache, dass Lady Daphne Chalmers wie eine alte Jungfer aussah und sich so benahm wie eine Frau, die sich damit abgefunden hatte, eine zu sein, hatte sie doch nicht das typischer Verhalten einer alten Jungfer. An Daphne als eine alte Jungfer zu denken, beleidigte sie noch mehr als zu wünschen, mit ihr zu schlafen.

Lady Daphne konnte man nicht einfach in eine sauber definierte Schublade stecken. Sie war weder schön noch unscheinbar, sondern eine seltsame Mischung von beidem. Sie benahm sich in keiner Weise provokant, dennoch war sie süß anziehend. Zweifellos war sie Jungfrau, und doch besaß sie ein tiefes Verständnis für fleischliche Bedürfnisse.

Nein, überlegte er, nichts an Daphne Chalmers war typisch. Insbesondere nicht ihre Wirkung auf ihn.

Während er die überraschend geschmackvolle Einrichtung der Prinzessin musterte, konnte Jack Daphne nicht aus seinen Gedanken vertreiben. Vor allem konnte er sein Verlangen, sie zu verführen, nicht verdrängen. Durch die mit Seide verhängten Fenster direkt ihm gegenüber beobachtete Jack, wie der Himmel immer dunkler wurde und hoffte verzweifelt, dass es nicht anfangen würde zu regnen. Er hatte die Prinzessin überreden wollen, mit ihm auf der nahegelegenen Heide spazieren zu gehen. Die Aussicht, in einem geschlossenen Zimmer mit einer übel riechenden Frau zusammen zu sein, war keineswegs erfreulich.

Und, ehrlich gesagt, Englands zukünftige Königin stank.

Jack ertappte sich dabei, wie er sich fragte, ob der entfremdete Ehemann der Prinzessin die Einrichtung dieses Hauses ausgewählt hatte.

Jedes Zimmer in dem Haus bescheidener Größe und jeder Gegenstand darin spiegelte den guten Geschmack des Mannes, den sie geheiratet hatte. Und doch war Jack ziemlich sicher, dass der Hass des Regenten auf seine Frau ihn daran gehindert haben würde, auch nur einen Finger zu rühren, um ihre Umgebung zu verschönern oder ihrer Bequemlichkeit zu dienen.

Jack war ebenso überzeugt davon, dass der Regent Prinzessin Carolines „Verbannung" ins abgelegene Blackheath arrangiert hatte. Blackheath war weit genug von Carlton House in London entfernt, um sicherzugehen, dass die beiden nicht die Gesellschaft des anderen irgendwo ertragen mussten. Nachdem Jack nun unzählige Zollstationen durchfahren hatte, um hierherzukommen, verstand er, warum Daphne so sicher gewirkt hatte, dass sie die Prinzessin nicht im Hyde Park antreffen würden. Oder im Theater. Oder bei jeder Menge anderer Veranstaltungen der feinen Gesellschaft.

Er hörte, wie die Tür des Zimmers aufschwang und spürte zum ersten Mal an diesem Tag Nervosität in sich aufsteigen. Als er das Geräusch ihrer raschelnden Röcke hörte, überlegte er, ob sie das neue Kleid angezogen hatte, das ihre Zofe ihm freundlicherweise Augenblicke zuvor abgenommen hatte.

Er zwang sich, entzückt zu wirken und drehte sich langsam um.

Sie trug das Kleid, das er an diesem Morgen bei Mrs. Spence abgeholt hatte. Die einzige Ähnlichkeit, die dieses Kleid mit dem hellgrünen hatte, das er am Tag zuvor unbrauchbar gemacht hatte, war, dass es aus Seide war. Nur hier war es persimonenfarbene Seide. Keine gute Wahl für eine Frau mit bereits rötlicher Haut.

Jetzt musste er sich dazu zwingen, mit ihren Gefühlen zu spielen. Er hatte sich selbst gesagt, er müsste sich vorstellen, das schönste Wesen vor sich zu haben, das er je gesehen hatte. Unerklärlicherweise dachte er an Daphnes Schwester, die Herzogin, die eine blendende Schönheit war. Dann zwang er sich zu der Vorstellung, dass diese Schönheit unverheiratet wäre *und* ihm glühende Blicke zuwürfe. Er trieb es einen Schritt weiter und befahl sich, sie mit seinem verführerischsten Blick zu bedenken. All dies verdarb jegliche Glaubwürdigkeit, als er die schlaffe, ältere Frau musterte, die vor ihm stand.

Aber die Erinnerung daran, wie er gestern einen verführerischen Blick über Daphnes schmale Gestalt hatte huschen lassen, ließ ein warmes Lächeln auf seinem Gesicht erblühen, als sein Blick auf der Prinzessin zu ruhen kam. Von ihren fleischigen Wangen bis zu ihrem übermäßig prallen Busen blieb sein Blick schließlich an der Falte zwischen ihren Brüsten hängen. Er war nicht sicher, wie er es fertigbrachte, aber er vertiefte sein Lächeln noch und hob seinen glühenden Blick wieder zum Gesicht der Prinzessin auf.

Nachdem er sich vor ihr verbeugt hatte, sagte er: „Ich bin zutiefst gerührt, dass Ihre Königlichen Hoheit das Kleid tragen, das zu kaufen ich die Ehre hatte." Er war sich nicht sicher, wie er die Prinzessin davon überzeugen könnte, dass er sich sexuell zu ihr hingezogen fühlte. Das Einzige, was ihm einfiel, war, auf ihren Busen zu starren. Sie hielt ihre Brüste zweifellos für einen Vorzug. Er senkte seine dunklen Wimpern und betrachtete ihr teigiges Dekolletee. „Ihre ..." Er konnte es nicht

Schönheit nennen. Wie denn? "Ihre ... Erscheinung in diesem schönen Kleid raubt mir den Atem", sagte er, begegnete ihrem Blick und hielt ihre angebotene Hand den Bruchteil einer Sekunde länger als nötig, nachdem er seine Lippen hatte darüber streichen lassen.

„Sie sind zu freundlich, Kapitän." War das nur seine Einbildung, oder klang sie etwas atemlos?

Er wusste nicht, ob er freudig erregt oder entsetzt sein sollte.

Er sah sie weiterhin an. „Freundlichkeit hat nichts mit meinem Lob zu tun, Königliche Hoheit."

Sie sah geschmeichelt aus. „Trotzdem war es sehr nett von Ihnen, so weit zu fahren, um mir mein Kleid zu bringen."

„Ich würde mit Freuden jeden Tag meines Lebens diese Strecke zurücklegen, wenn ich mit einem so erfreulichen Anblick belohnt würde." Sein Blick huschte wieder über sie.

Sie zog den Bauch ein, ein Versuch, der bemerkenswerte Ähnlichkeit mit dem Zusammenpressen eines Dudelsacks hatte, und der es ihm verteufelt schwermachte, seinen glühenden Blick zu bewahren, wenn ihm mehr nach Lachen zumute war.

„Da Sie so weit gefahren sind, darf ich Sie nicht fortschicken, ohne Ihnen eine Erfrischung anzubieten", sagte sie.

Sein Blick fiel auf eine Reihe von Kristallkaraffen. „Ich würde mich geehrt fühlen, auf das Wohl Ihrer Königlichen Hoheit anzustoßen."

Sie nickte.

„Erlauben Sie mir, Wein zu servieren", schlug er vor.

„Wie Sie wünschen", sagte sie und plumpste

dann auf ein mit grüner Seide bezogenes Sofa.

Einen Moment später kam er zurück und reichte ihr ein schönes Kristallglas mit Portwein.

„Sie haben die Erlaubnis, sich neben mich zu setzen", sagte sie, als sie ihm den Wein abnahm und klopfte neben sich auf das Kissen.

Tausendmal selbstbewusster als er es an jenem Tag im Thronsaal des Regenten gewesen war, setzte Jack sich neben sie. Und war dankbar für den süßen Duft von Rosen. Offensichtlich hatte sie sich mit Parfüm übergossen. Ein Lächeln erschien auf seinen Lippen, als er sich an Daphnes Duft erinnerte. Minze. Ein sehr eigenartiger Geruch für eine sehr eigenartige Dame. Nicht, dass etwas Falsches daran war, eigenartig zu sein. Zumindest nicht, wenn die eigenartige Dame Daphne Chalmers war.

Prinzessin Caroline nahm einen genüsslichen Schluck des dunklen Getränks und sprach ihn dann an. „Sie müssen mir sagen, *wo* Sie gewesen sind, dass sie so braun geworden sind."

„Ich bin über den blauen Ozean gesegelt, Königliche Hoheit, von Portsmouth bis Indien und zu vielen Häfen auf der Strecke zwischen den beiden."

Ihr Gesicht glänzte vor Belustigung. „Sie kannten Admiral Nelson?"

Er nickte. „Es war eine einzigartige Ehre." Natürlich war das gelogen.

Sie musterte ihn. „Warum ist ein gutaussehender Mann wie Sie nicht verheiratet?"

Sein gutes Aussehen sollte eine anerkannte Tatsache sein, aber wenn andere es erwähnten, war er trotzdem jedes Mal verblüfft. Er schenkte ihr einen weiteren glühenden Blick. „Ich habe das Unglück, mich immer in Frauen zu verlieben, die bereits Ehemänner haben."

„Dann bewundern Sie reife Frauen?" Ihre haselnussbraunen Augen glänzten.

Er nickte langsam. „Sie sind die besten Liebhaberinnen."

Sie neigte sich zu ihm und kicherte. „Sie müssen in jedem Hafen eine Frau haben."

„Die einzige Frau, die zählt, ist die, bei der ich gerade jetzt bin."

Ihre blassen Wimpern flatterten. „Mit *gerade jetzt* meinen Sie in dieser Woche - oder in diesem Moment?", fragte sie.

Er lehnte sich leicht an sie. Ihre Brüste pressten sich an seinen Oberarm. „In diesem Moment", sagte er mit gesenkter Stimme. Er zwang seinen Blick wieder zu ihrem prallen Busen und sah sie dann mit glühenden Augen an.

„Dann muss ich ehrlich zu Ihnen sein, Kapitän, und Ihnen sagen, dass meine Ehe nicht wie andere Ehen ist."

„Wie sollte sie auch, Königliche Hoheit? Sie sind eine zukünftige Königin. Ihr Ehemann ist der Herrscher eines der mächtigsten Länder der Welt."

„Das ist nicht das, was ich meine."

Er hob eine Braue.

Sie legte sanft ihre Hand auf seinen Unterarm. „Ich habe seit beinahe zwanzig Jahren das Bett nicht mehr mit meinem Mann geteilt."

Daphne hatte wieder einmal recht gehabt. Die Prinzessin *fand* ihn anziehend. Zu schade, dass er sich über diesen Sieg nicht freuen konnte. Wie könnte er Befriedigung daraus ziehen, andere auszunutzen? Er ließ einen verführerischen Finger an ihrer unbekleideten Schulter entlang gleiten. „Sie haben Liebhaber gehabt?"

„Was denken Sie?"

„Ich denke, dass eine so sexuell attraktive Frau wie Sie Liebhaber braucht."

„Dann sind Sie und ich völlig einer Meinung, Kapitän."

Sein Zeigefinger berührte ihre vollen Lippen. Daraufhin tat sie etwas höchst Überraschendes. Sie saugte seinen Finger in ihren Mund. Und sie saugte weiter daran, als ob es ein Phallus wäre!

Wenn je eine andere Frau ihm so gierig entgegengekommen wäre, hätte er sofort eine Erektion gehabt. Aber nicht bei ihr. Selbst, als er sich eine andere Frau - eine hübsche Frau - vorzustellen versuchte, konnte er keine merkliche Steifheit unterhalb seiner Taille spüren.

Nicht, dass er tatsächlich eine Erektion hätte brauchen können. Nicht für allen Tee aus China würde er mit der dicken Caroline von Braunschweig schlafen wollen. Nicht einmal, um das Leben seines Herrschers zu retten.

Trotzdem ... was, wenn die lüsterne Dame beschloss, seine Anatomie zu betasten? Wie würde er ihr das Versagen beim Aufrichten dieses einen, nicht unwichtigen Anhängsels erklären?

Seufzend zog er sich von ihr zurück. „Bitte, Hoheit, ich fühle mich wie in einer Feuersbrunst." Sein Blick flog zum Fenster. Die bleiernen Wolken waren verschwunden. „Auf meinem Weg hierher sah ich die Heide und verspürte den starken Drang, dort herumzuspazieren. Wäre es anmaßend, wenn ich Sie bitten würde, mich zu begleiten?"

Ihre Brauen zogen sich zusammen. „Auf die Heide?"

„Ja, Königliche Hoheit. Sie werden bemerkt haben, dass die Wolken fortgezogen sind."

Sie schaute aus dem Fenster. „Ein Spaziergang würde mir guttun." Dann kreischte sie den Namen eines Dieners und ein Lakai tauchte auf. „Lass meine Zofe meine Pelisse und meine Haube holen", befahl sie.

Einen Moment später schlenderten er und die Prinzessin über die Heide, ihr Arm in seinen gelegt. Jetzt, wo eine wollene Pelisse ihren wogenden Busen bedeckte, wirkte sie mehr wie eine Dame. Jedoch nicht so damenhaft wie Daphne. Daphne Chalmers mochte kein Auge für Mode haben, aber ihr Urteilsvermögen war unfehlbar, vor allem bei gesellschaftlichen Dingen. Sie wäre weit besser geeignet, eine Königliche Hoheit zu heiraten, als Prinzessin Caroline.

„Leben Sie schon lange in Blackheath?", fragte er.

„Seit siebzehnhundertneunundneunzig."

„Dann muss es Ihnen hier gefallen."

Sie zuckte die Schultern. „Ich ziehe den Kensington Palast vor, aber meine Meinung war nie gefragt."

„Trotzdem haben Sie hier einen schönen Sitz. Gehörte Ihr Haus dem Prinzregenten?"

„Nein. Es gehörte dem Herzog von Montagu. Es heißt noch immer Montagu House."

„Der Herzog hatte einen sehr guten Geschmack. Wie Ihr Ehemann."

„Das Haus war leer, als ich es mietete. Der König war so freundlich, mir Geschirr und andere Dinge zu leihen."

„Dann gebührt das Lob für die Einrichtung von Montagu House Ihnen."

Er fragte sich, wie lange sie würden gehen können, bevor Regen - oder sogar Schnee – zu fallen beginnen würde. Der Tag war stürmisch und wurde von Minute zu Minute kühler, der Himmel wurde während ihrer Unterhaltung immer dunkler. Soweit er über die baumlose, sanft abfallende Fläche der Heide sehen konnte, war aus jedem Grashalm das Grün gewichen und durch die Farbe von Weizen ersetzt worden. Die Bäume am Rande der Heide waren kahl. Es war kein Tag, der einem Wärme einflößte.

Er warf ihr einen mitfühlenden Blick zu. „Wie schade, dass Ihr Mann Ihr grundlegendstes Bedürfnis nicht erfüllt." Seine Bemerkung ließ sich nur in einer Weise verstehen.

„Nicht schade. Ich habe keine Lust, mit ihm zu schlafen. Er ist fett!"

Nun, da warf jemand mit Steinen, der im Glashaus saß! Vielleicht gab es wirklich so etwas wie die Anziehungskraft der Gegensätze. Da die Prinzessin selbst dick war, fühlte sie sich zu Männern hingezogen, die es nicht waren. Was ihn sich an Lord Sidworths Bemerkung über Jacks sportliches Aussehen erinnern ließ. Ein Lächeln legte sich auf seine Lippen, als er sich an Daphnes schnelle Antwort erinnerte, dass Jack Betätigung im Sonnenlicht liebte. Er warf einen Blick auf seine Begleiterin. „Ich wage zu behaupten, dass ein Spaziergang, wie wir ihn jetzt machen, auch dem Prinzregenten sehr gut tun würde.

Sie schaute ihn mit fragendem Ausdruck an. „Wie das?"

„Menschen, die spazieren gehen, sind nicht nur gesünder, sondern auch schlanker."

„Tatsächlich?" Ihre Augen funkelten.

„Ich würde mich geehrt fühlen, wenn Sie mir erlauben würden, jeden Tag hierher zu kommen, um mit Ihnen spazieren zu gehen."

„Jeden Tag?"

Er schenkte ihr einen verführerischen Blick. „Jeden Tag."

„Den ganzen Weg von London?"

„Ein kleines Opfer für eine große Belohnung." Obwohl Prinzessin Caroline keine bewundernswerte Frau war, gefiel es Jack trotzdem nicht, sie zu betrügen.

Sie musterte seine Uniform. „Werden Sie bald zur See zurückkehren müssen?"

Er räusperte sich. „Sobald meine Verwundung geheilt ist." Er war ziemlich zufrieden, dass ihm die Idee gekommen war, eine Verwundung vorzuschützen, die ihn daran hinderte, sexuelle Beziehungen aufzunehmen.

„Was für eine Wunde?", fragte sie stirnrunzelnd.

„Eine Verwundung, die ich nicht in Gegenwart einer Dame erwähnen kann, Königliche Hoheit."

Ihr Gesicht wurde lang.

„Nach ein paar Wochen sollte meine ... Männlichkeit wieder genesen sein."

Als sie die Heide wieder überquert hatten und auf dem Weg zurück zum Haus waren, tätschelte er ihre behandschuhte Hand. „Werden Sie mir erlauben, morgen wiederzukommen?"

„Ich würde meine Freundschaft mit Ihnen gerne vertiefen, Hauptmann."

* * *

Bis er nach London zurückkam, war die Dunkelheit schon hereingebrochen. Mit jeder Umdrehung der Räder seines Phaetons beklagte er die Lage mehr, in der er sich befand. Einen bekannten Feind auszuspionieren - sogar, ihn zu töten - schien so viel ehrenhafter als sich bei einer einsamen, mitleiderregenden Frau einzuschmeicheln, die eventuell mörderische Absichten gegenüber ihrem Ehemann hegte oder auch nicht.

Jack würde verdammt froh sein, wenn er zur Halbinsel zurückkehren und dort ein anständiges Tagwerk verrichten könnte. Für König und Krone.

Obwohl Lady Daphne darum gebeten hatte, dass er direkt zu ihr kommen sollte, nachdem er Prinzessin Caroline besucht hatte, war es nicht der richtige Zeitpunkt. Er wollte nicht das Essen der Sidworth-Familie stören, vor allem nicht, da er seine angebliche Verlobte später am Abend zu einem Rout bei Winthrops begleiten würde.

* * *

Nicht einmal an diesem langen Nachmittag hatte Daphne Hauptmann Jack Dryden aus ihren Gedanken vertreiben können. Würde er die Prinzessin wirklich mit demselben verführerischen Blick ansehen, den er am vorigen Nachmittag auf Daphne gerichtet hatte? Die bloße Erinnerung daran ließ ihr Herz höher schlagen. Zum ersten Mal in ihrem Leben sah Lady Daphne Chalmers sich tief von einem Mann gerührt. Beim normalen Verlauf der Dinge hätte dies ihrer ganzen Familie Grund zum Feiern gegeben. Aber bei dem unvergleichlichen Hauptmann war nichts im Bereich des Normalen. Vor allem nicht sein außergewöhnliches Aussehen. Und selbst, wenn der Unterschied in ihrem Äußeren nicht so ausgeprägt gewesen wäre, die Ungleichheit ihrer gesellschaftlichen Stellung war ein unüberwindliches Hindernis.

Immer pragmatisch hatte sie gewusst, dass weder Weinen noch Betteln ihren Vater hätte überzeugen können, seine Tochter jemanden heiraten zu lassen, der weniger als ein reicher

Besitzer einer Diamantmine war.

Wie schade, dass sie begonnen hatte, den Hauptmann so sehr zu bewundern.

Ihr Gedanken huschten wieder zu der Art, wie seine dunklen, durchdringenden Augen sie anschauten, wenn er seine Verführungskünste bei ihr ausprobierte. Sie hatte das überaus seltsame Gefühl gehabt, dass der unvergleichliche Hauptmann sie - die magere, bebrillte Daphne Chalmers - sexuell attraktiv fand. Sie versuchte sich klarzumachen, dass der Mann nur für seinen wichtigen Auftrag geprobt hatte. Sie versuchte sich zu sagen, dass die Prinzessin ebenso überzeugt sein würde wie sie selbst, dass der Hauptmann sie ... begehrenswert fand. Sie versuchte sich zu sagen, dass er wahrscheinlich geübt im Flirten war.

Aber das hörte sich nicht richtig an. Jack Dryden flirtete nicht gewohnheitsmäßig. Er war ein ehrenwerter Mann. Die Notwendigkeit, Zuneigung zu Prinzessin Caroline zu heucheln, stieß ihn ab - und nicht so sehr wegen ihrer körperlichen Unschönheit, sondern weil er Ehebruch ablehnte. Selbst Ehebruch mit einer Frau, die sehr gerne mit Männern schlief, mit denen sie nicht verheiratet war.

Daphne lächelte in sich hinein, als sie an die Bodenständigkeit des unvergleichlichen Hauptmanns dachte. Wie ungeheuer erfrischend.

Kapitel 10

Seine Abneigung, Prinzessin Caroline Zuneigung vorzutäuschen, reichte nicht so weit, dass er auch seiner falschen Verlobten etwas vorgetäuscht hätte. In der Tat genoss er es immer mehr, den hingebungsvollen Verehrer Lady Daphnes zu spielen. Wenn er sie anbetend anschaute, bevor sie in die Kutsche stiegen, ließ das die Röte in ihre Wangen steigen. Während der Kutschfahrt zu Lord und Lady Winthrops entzückte sein offenes Interesse an ihrer Tochter Lord und Lady Sidworth, die ihm und Daphne gegenübersaßen.

„Haben Sie mich vermisst, meine Liebe?", hatte er gefragt und war in der dunklen Kutsche dichter an sie herangerückt. „Es ist mehr als vierundzwanzig Stunden her, dass wir zuletzt zusammen waren." Während er sprach, streichelte sein Daumen den Rücken ihrer schlanken, behandschuhten Hand.

„Ganz furchtbar, Liebster." Sie klang nicht ernst.

Zu seiner Freude gelang es ihm, die so äußerst selbstbewusste Lady Daphne Chalmers mit seinen Aufmerksamkeiten zu verunsichern. „Grün steht Ihnen", sagte er mit heiserer Stimme und ließ seinen Blick über sie gleiten.

Sie wurde steif. „Mein Kleid ist nicht grün, Liebster."

Er hätte es besser wissen sollen, als zu

versuchen, eine Bemerkung über Frauenkleider zu machen. „Wie würden Sie die Farbe nennen?"

„Es ist Wasserblau. Manche nennen es Aquamarin."

„Blau. Grün", sagte er schulterzuckend, „das ist doch fast das Gleiche."

„Wie recht Sie haben!", stimmte Lord Sidworth zu und tätschelte die Hand seiner Frau. „Rot ist rot, wenn Sie mich fragen. Nicht fuchsia. Nicht burgunderrot. Schlicht und einfach rot. Ein Jammer, dass Frauen die Dinge nicht so sehen wie wir, Rich."

„Allerdings", stimmte Jack zu.

Nachdem sie beim Rout der Winthrops angekommen waren, wich Jack nicht von Daphnes Seite. Sie teilten sich für zwei Partien Whist auf, bevor sie in den Wintergarten gescheucht wurden, wo sie verpflichtet waren, dem Gesang der jüngeren Chalmers-Schwestern zuzuhören. Während des gesamten Abends unterhielten er und Daphne sich mit vielen, die Jack noch nicht kennengelernt hatte, aber die meisten von ihnen waren Damen aus Daphnes Bekanntschaft und hatten mit den Ermittlungen nichts zu tun. Er und Daphne erneuerten auch ihre Bekanntschaft mit denen, die Jack bereits kennengelernt hatte. Lady Carlton war anwesend, ebenso ihr Liebhaber, Reginald St. Ryse. Aber ihre Tochter fehlte. Ebenso war Daphnes Schwester, die Herzogin, abwesend, nur deren Zwillingsschwester, Lady Virginia, kam mit ihrem Mann, Sir Ronald.

Jack, der sich daran erinnerte, dass die Zwillinge Daphne am nächsten standen, fiel es auf, wie viel näher Daphne und Virginia sich waren, wenn Virginias Zwilling nicht dabei war.

Daphne füllte Cornelias Stelle problemlos aus, als die beiden fast den ganzen Abend im Flüsterton Beobachtungen austauschten.

St. Ryse begrüßte Jack, als wären sie alte Freunde. „Wollen Sie an unserem Tisch den vierten Mann machen?", fragte er Jack.

Daphnes Hand legte sich enger um Jacks Arm. „Ich fürchte, Lord St. Ryse, dass ich Mr. Rich für mich selbst beanspruchen muss. Es gibt etwas sehr Wichtiges, das wir besprechen müssen."

St. Ryses blitzende Augen wanderten von Daphne zu Jack. „Ein anderes Mal vielleicht."

Daphne, ohne ihre besitzergreifende Hand von Jacks Arm zu nehmen, entschuldigte sich bei ihrer Schwester und führte Jack nach oben.

Er erkannte, dass Lady Daphne Chalmers' Geduld erschöpft war. Ihr Bedürfnis zu erfahren, was sich an diesem Nachmittag zwischen ihm und der Prinzessin abgespielt hatte, konnte keinen Moment länger ignoriert werden. „Aber meine Liebe", neckte er sie, „ich würde viel lieber mit Ihnen tanzen."

Ihre Augen wurden schmal. „Niemand kann uns hören, Hauptmann. Sie müssen keine solche Ergebenheit vortäuschen."

„Zufällig tanze ich lieber mit Ihnen als mit jeder anderen." Seltsam, er meinte das ernst. Trotz ihrer beträchtlichen Größe war sie eine anmutige Tänzerin. In der Tat hatte er beobachtet, dass sie alles, was sie tat, vortrefflich beherrschte. Außer singen. Er hatte keinen Grund zu der Annahme, ihre Behauptung, der Schrei eines sterbenden Vogels unterschiede sich nicht von ihren Versuchen beim Singen, anzuzweifeln. Er glaubte ihr, denn Daphne war immer gnadenlos ehrlich.

Außer, wenn sie Mr. Richs zahllose Vorzüge bei

ihrem Vater und ihrer Familie anpries.

Sie warf ihm einen nachdenklichen Blick zu. „Und ich mit Ihnen. Ich schätze es, einen Tanzpartner zu haben, der größer als ich ist, und ich wage zu behaupten, dass Sie eine Tanzpartnerin zu schätzen wissen, die nicht ständig so kichert, wie die meisten jungen Dinger es tun, die auf der Suche nach einem Ehemann sind."

Seine Hand gab ihr einen leichten Schubs in den Rücken und er lachte leise. „Wie gut Sie mich schon kennen, Mylady."

Sie kamen am Fuß der Treppe an und ihre Füße begannen, auf dem glänzenden Marmor der großen Eingangshalle des Hauses zu klappern, wo sie sich ihren Weg zu den Terrassentüren im hinteren Teil des Hauses suchten und dabei an drei Paaren im Alter ihrer Eltern vorbeikamen, die in ein Gespräch vertieft waren.

„Wirklich, Mr. Rich", sagte Daphne für ihre Ohren, „ich werde in Ohnmacht fallen, wenn ich nicht sofort etwas frische Luft für meine Lungen bekommen kann."

In seinen wildesten Fantasien konnte er sich keine Situation vorstellen, in der die überaus selbstbewusste, nicht allzu weibliche Daphne Chalmers in Ohnmacht fallen könnte. „Bitte, meine Liebe, erlauben Sie mir, Ihren Schal zu holen", sagte er. „Es ist draußen bitterkalt."

„Es geht schon. Wir werden nur einen Moment bleiben."

Gerade lange genug, dass er ihr die Ereignisse dieses Nachmittags in Blackheath mitteilen konnte. Er hielt die hohe Tür auf, während sie an ihm vorbeirauschte.

Das Mondlicht reichte ihm gerade aus, um zu

sehen, dass niemand sonst in dem kleinen, von Mauern umgebenen Innenhof der Winthrops war. Aber verdammt, es *war* kalt! Lady Daphne überlief ein Schauer, bis sie fast krampfhaft zu zittern begann. Er zog sie an seine Brust und schloss seinen Rock um sie; ihr vertrauter Duft nach Minze stieg zu ihm auf.

Statt sich steif zu machen, wie er es von ihr erwartet hatte, kuschelte sie sich schlaff wie eine Lumpenpuppe an ihn. Ein Lächeln flog über seine Lippen. Wenigstens begann seine angebliche Verlobte, sich in seiner Nähe wohlzufühlen.

„Bitte, Hauptmann, Sie müssen mir sagen, wann Sie die Prinzessin wiedersehen werden."

Er lachte. Ließ Lady Daphne sich nie ablenken? „Wie können Sie so sicher sein, dass die Dame mich auch nur heute gesehen hat?", fragte er.

„Ich habe es Ihnen bereits gesagt. Ich kenne die menschliche Natur. Ich weiß, wie der weibliche Verstand arbeitet. Und ..." Sie machte eine Pause. „Mit meiner Brille kann ich sehr gut sehen."

„Was hat Ihr Sehvermögen damit zu tun?"

Sie zögerte einen Moment, bevor sie antwortete. „Ich kann sehen, Hauptmann, dass Sie ungewöhnlich gut aussehen."

Das hatte man ihm den größten Teil seines Lebens versichert, aber es aus Daphnes Mund zu hören, passte absolut nicht zu der gewöhnlichen Art der Dame. Sie schien nicht die Art von Dame zu sein, die schöne Männer bemerkte. Nur, wer sie lediglich flüchtig kannte, würde glauben, dass sie eine eingefleischte alte Jungfer mit keinerlei Interesse am anderen Geschlecht war. Ließ ihre sorglose Achtlosigkeit für ihr eigenes Äußeres nicht darauf schließen?

Er hatte sie auch für nicht an Männern

interessiert gehalten, als er sie zuerst traf.

Aber jetzt wusste er es besser.

„Ich weigere mich, das zuzugeben", sagte er. „Die Prinzessin ist schließlich alt genug, um meine Mutter zu sein."

„Ich hoffe nur, dass Sie die Dame nicht auf diese Tatsache hingewiesen haben."

Er lächelte. „Natürlich nicht."

„Also haben Sie sie gesehen!"

„Ich habe sie gesehen", sagte er resigniert.

„Und?"

„Und es schmerzt mich, zugeben zu müssen, dass Sie recht hatten."

Jetzt lächelte sie zu ihm auf.

Seine Arme schlossen sich um sie. Sein Herz pochte laut, als sie ihm weiter in die Augen sah. Er konnte sich kaum davon abhalten, seine Lippen auf ihre zu pressen. Aber natürlich konnte er es sich nicht erlauben, das zu tun. Dies war eine geschäftliche Beziehung und er durfte nichts tun, was sie gefährden könnte, nichts, was ihn ihren Respekt kosten könnte.

„Sie hat mit Ihnen geflirtet?", fragte Daphne.

Er hasste es, das zuzugeben. Es ließ ihn eingebildet wirken. Er nickte.

„Sie müssen mir alles erzählen."

Er zuckte mit den Schultern. „Da gibt es nichts zu erzählen. Sie fragte, ob ich zur See zurück müsste - woraufhin ich ihr erzählte, dass ich Admiral Nelson gekannt hätte - und ihr sagte, ich würde wieder segeln ... sobald meine Wunden verheilt wären."

Daphne schwieg für einen Moment, dann kicherte sie los. Kein Kichern wie bei den hübschen jungen Dingern. Eigentlich eher ein lautes Gelächter. „Ich kann sehen, dass mein Plan überaus erfolgreich war", sagte sie schließlich.

„Was macht Sie da so sicher?"

„Sie haben offensichtlich eine Verletzung erfunden, um sich davor zu bewahren, noch an diesem Nachmittag eine sexuelle Beziehung mit der Prinzessin anfangen zu müssen." Daphnes Augen wurden schmal. „Nicht wahr?"

Die Dame, die sich da an seine Brust schmiegte, war viel zu scharfsinnig. Hatte sie immer so verflixt recht? Und wie zum Teufel konnte eine Jungfrau so verdammt viel über die Freuden des Fleisches wissen?

Lady Daphne hatte doch sicherlich nicht ... Nein! Das war undenkbar. So tolerant sie den Indiskretionen anderer gegenüber war, hatte Daphne für sich selbst doch höhere ethische Standards. Hatte sie nicht zugegeben, dass sie sich an einen selbst auferlegten Verhaltenskodex hielt, der ihr verbot, den Charakter anderer Leute herabzusetzen? Selbst, wenn diese sich abscheuliche Handlungen zuschulden kommen ließen? Seine Finger strichen geistesabwesend durch ihr glänzendes Haar. „Vor zweihundert Jahren hätte man Sie auf dem Scheiterhaufen verbrannt."

Sie hob ihr lachendes Gesicht zu ihm. „Als Hexe? Weil ich Dinge vorhersagen kann?"

„Ganz genau."

„Ich kann wirklich nicht hellsehen, Hauptmann. Ich studiere nur die ..."

„Menschliche Natur", beendete er ihren Satz mit einem Lachen.

„Sie kennen mich zu gut."

„Sie sehr gut zu kennen, ist Teil der Täuschung, die wir aufrecht zu erhalten versuchen." Nicht, dass er sie so sehr gut kannte.

„Der Regent wäre sehr stolz auf Sie."

Trotz seiner Bemühungen, sie warm zu halten, wurde ihr Zittern stärker.

„Sie müssen wieder nach drinnen gehen", sagte er sanft. „Sonst holen Sie sich eine Lungenentzündung."

„Ich bin nie krank."

Er musste zugeben, dass er sich Lady Daphne nicht krank darniederliegend vorstellen konnte. Sie war viel zu lebhaft. „Nun, es wäre jedenfalls unpraktisch, wenn Sie krank würden und unseren Ermittlungen nicht weiterhelfen könnten. Bitte erlauben Sie mir, Sie wieder nach drinnen zu begleiten."

„Nicht, bevor Sie mir nicht alles erzählt haben."

„Sie haben die wesentlichen Teile bereits erraten."

„Sie wollte wirklich heute, dass Sie sie verführen sollten?"

„Ich möchte das lieber nicht weiter ausführen."

„Sagen Sie mir wenigstens Eines." Ihre Hand legte sich um seinen Nacken. Gott, sie machte ihn verrückt! Nur ein großer Aufwand an Selbstdisziplin hielt ihn davon ab, sie zu küssen. „Haben Sie ihr geschmeichelt?"

„Übermäßig."

„Und Sie haben sich dafür gehasst."

„Sie kennen mich zu gut."

„So gut, wie ich die Prinzessin durchschaue. Es ist ein Glück, dass sie so berechenbar ist."

„Aber ich wage zu sagen, dass Sie nicht überrascht sind - dank Ihres umfangreichen Wissens über ..."

„Die menschliche Natur", ergänzte sie mit einem Lachen. „Bitte, Hauptmann, wann werden Sie sie wiedersehen?"

„Morgen Nachmittag."

„Ihre Idee oder die der Prinzessin?"

„Meine." Es war ihm lieber, dass Daphne nicht das ganze Ausmaß seiner falschen Schmeicheleien erfuhr. Er hatte keine Freude daran, die Prinzessin zu täuschen, noch erwartete er, dass diese Täuschung ihm Daphnes Bewunderung einbringen würde. Viel eher würde Lady Daphne ihm nie wieder vertrauen.

Und das konnte er nicht zulassen.

„Gut", sagte sie.

„Jetzt, Mylady, werde ich Sie wieder nach drinnen bringen."

* * *

Ein paar Minuten später stiegen sie die Treppe zum Salon hinauf und sie erhaschte einen Blick auf sich selbst in einem hohen Wandspiegel. Ihre Wangen waren flammend rot durch die Einwirkung der Kälte. Ein Blick auf Hauptmann Dryden bestätigte ihr, dass Menschen mit dunklerem Teint nicht in ähnlicher Weise von der Kälte angegriffen wurden. Als ihr Blick wieder auf den Spiegel fiel, war sie unglaublich enttäuscht zu sehen, dass sie nicht nur *nicht* schön war, sondern nicht einmal erträglich gut aussah. Ihre Brust war flach. Ihr Kleid verblichen. Ihre widerspenstige Mähne sah aus wie ein wildgewordenes Gesträuch. Und ihre verflixten Wangen wirkten wie ein paar Rotkehlchenbrüste!

Wie konnte der Spiegel ihr etwas zeigen, das sich so sehr von dem unterschied, wie sie sich fühlte? Vor ein paar Minuten, im Hof - in den Armen des Hauptmanns - hatte sie sich weiblich gefühlt, und hübsch, und ... mehr noch. Etwas Unbestimmbares. Sie hatte das Gefühl gehabt, als verbinde sie ein besonderes Band mit dem unvergleichlichen Hauptmann. Sie hatte das Gefühl, in seinen Augen schön zu sein. Wie hatte sie nur so absolut närrisch sein können?

„Da seid ihr ja!", rief ihr Vater aus; sein Blick wanderte von Daphnes roten Wangen zu ihrem Verlobten. „Ich habe schon überall nach euch gesucht." Er schlug Jack auf den Rücken und senkte seine Stimme. „Meiner Tochter Küsse stehlen?"

„Papa!" Daphnes Wangen wurden nur noch röter, vor allem in Anbetracht der Tatsache, dass ein aristokratisch aussehender Mann weniger als einen Fuß von ihrem Vater entfernt stand.

Lord Sidworth drehte sich zu diesem Herrn um. „Das hier ist Mr. Rich, von dem ich Ihnen erzählt habe." Dann sah Lord Sidworth zu Jack. „Rich, Sie müssen Mr. Bottomworth kennenlernen. Er ist gerade aus Afrika zurückgekommen."

Oh, oh. Daphne hatte ein solches Zusammentreffen befürchtet.

Mr. Bottomworth und Jack verbeugten sich voreinander. „Sidworth sagte mir, Sie hätten eine Diamantmine in Südafrika?", sagte er zu Jack.

„So ist es", antwortete Jack.

So weit, so gut, dachte Daphne. Je weniger Jack sagte, desto besser.

„Erstaunlich, dass wir uns nie kennengelernt haben", sagte Mr. Bottomworth. „Mir gehört die Zitadellenmine."

Daphnes Magen drehte sich um.

„Die Zitadelle?", sagte Jack, lächelte und nickte. „Kenne ich gut."

Keine schlechte Antwort, musste Daphne zugeben.

„Und ihre ist ...?", fragte Mr. Bottomworth.

Jacks Blick huschte zu Daphne hinüber.

„Sie sind der Eigentümer der Zitadelle?", fragte Daphne Mr. Bottomworth ungläubig.

Er sah überaus erfreut aus. „Warum, ja. Sie kennen sie?"

Sie legte besitzergreifend eine Hand auf Jacks Arm. „Nur durch das, was Mr. Rich mir davon erzählt hat. Sie müssen sehr stolz darauf sein."

„Das bin ich. Ich habe viele Jahre meines Lebens darin investiert."

„Ich nehme an, dass Sie auch Hottentottisch sprechen", sagte Lord Sidworth zu seinem Begleiter.

„Auch?", fragte Mr. Bottomworth mit einem verwirrten Blick auf Jack.

„Rich spricht mehrere Sprachen", prahlte Lord Sidworth und schlug Jack wieder auf den Rücken.

„Vielleicht habe Sie seine Schriften zum antiken Griechenland gelesen", sagte Daphne zu Mr. Bottomworth. „Mr. Rich ist ein bekannter Gelehrter des Griechischen." Alles, um die Unterhaltung von Afrika abzulenken.

„Wie kommen Sie dann zu einer Mine?", fragte Mr. Bottomworth und sah Jack aus schmalen Augen an.

„Ich erbte ...", sagte Jack im selben Moment, als Daphne zu antworten versuchte.

„Er gewann sie in ...", begann Daphne zu sagen, und ihre Worte mischten sich.

Beide verstummten. Jack warf Daphne einen ungeduldigen Blick zu. Sie hoffte nur, dass Mr. Bottomworth ihre Worte nicht hatte verstehen können.

„Was Mr. Rich sagen wollte", sagte Daphne, „war, dass er immer großes Interesse an ..."

„... warmen Gegenden hatte", beendete Jack ihren Satz.

„Ah, ja. Ich vermisse das Wetter in Afrika", sagte Mr. Bottomworth. „Wage zu behaupten, dass die Sonne kaum eine Handvoll von Tagen geschienen hat, seit ich nach England zurückgekehrt bin."

„Es mag trübe sein", sagte Lord Sidworth, „aber ich ziehe mein England doch bei Weitem vor. Würde mir nicht gefallen, in einem Land zu sein, wo die Eingeborenen Hottentottisch plappern." Er musterte Jack.

Jack nickte. „Man gewöhnt sich daran. Ich erinnere mich, als ich das erste Mal in Indien war ..."

Sie hätte vor Erleichterung ohnmächtig werden können. Wenn sie der Typ gewesen wäre, der ohnmächtig wurde. Was sie nicht war. Jack fühlte sich endlich auf vertrauterem Boden. Zumindest hatte er in Indien gelebt. Während er über die verschiedenen Dialekte in Hindi sprach, wanderte ihr Blick. Sie musste Jack von Mr. Bottomworth wegbekommen! Zu ihrer größten Erleichterung erspähte sie ihre Schwester Virginia, die oben auf der Galerie entlang ging. Daphne schnappte sich Jacks Arm. „Mein lieber Mr. Rich, ich unterbreche Ihre interessante Unterhaltung nur äußerst ungern, aber Virginia wartet schon eine Ewigkeit darauf, mit uns zu sprechen." Ihr Blick flog ins nächste Stockwerk hinauf. „Wir können sie einfach nicht noch länger warten lassen."

Ein paar Minuten später kamen sie und Jack bei Virginia an. „Sollte dich jemand fragen, liebe Schwester", sagte Daphne zu ihr, „tu mir den Gefallen zu sagen, dass du etwas Wichtiges mit meinem Mr. Rich zu besprechen hattest. Ich fürchte, ich habe geschwindelt, um Papas furchtbar langweiligem Freund zu entkommen."

Virginias Blick flog über das Geländer zu ihrem Vater, der ein Stockwerk unter ihnen stand. „Wer ist der Gentleman?"

„Ein Mr. Bottomworth."

Virginia verzog das Gesicht. „Jeder Mann mit einem solchen Namen muss ein Langweiler sein!" Ihre Augen sahen suchend die Galerie entlang. „Habt ihr Sir Ronald gesehen?"

„Ja, er spielt Karten", sagte Daphne zu ihrer Schwester, die schon im Gehen war.

Virginia rief über ihre Schulter: „Ich muss zu Ronnie gehen."

„Kommen Sie, gehen wir etwas auf der Galerie herum", sagte Daphne und ließ ihre Hand durch Jacks Arm gleiten.

Der schmale Gang war von einem Dutzend Wandleuchter hell erleuchtet - und überraschend leer. „Meine Liebe", sagte er, als er sicher war, dass sie allein waren, „wir haben es nur knapp geschafft, einer gefährlichen Lage zu entkommen."

Sie atmete tief durch. „Das war ein großer Schrecken. Wie schaffen Sie es, ein Leben voller Täuschung zu ertragen?"

„Man gewöhnt sich daran."

An Gefahr gewöhnt sein und sich bei Gefahr wohlfühlen waren zwei völlig verschiedene Dinge. Hauptmann Dryden fühlte sich nicht wohl, wenn er andere täuschen musste.

Sie besichtigte die Portraits von Generationen der Winthrops ohne allzu viel Interesse. Ihre Gedanken waren bei Prinzessin Caroline und ihrem Verlangen nach Hauptmann Dryden. „Wie ich mir wünschte, mich unsichtbar machen zu können, um Sie morgen zu Prinzessin Caroline begleiten zu können, Hauptmann."

Er tätschelte ihre Hand und lachte. „Sie werden

bald genug alles erfahren."

„Nicht schnell genug für meinen Geschmack."

„Ihnen fehlt offensichtlich die Tugend der Geduld."

„Sie kennen mich zu gut." Es schien unbegreiflich, dass sie ihn vor einer Woche noch nicht gekannt hatte.

Er schaute ihr direkt in die Augen. „So, wie Sie mich kennen, Mylady."

Keiner von ihnen bewegte sich. Oder sprach. Oder - wie es schien - atmete auch nur. Wieder hatte sie das seltsame Gefühl, hübsch zu sein. Dass Hauptmann Dryden ihre Gesellschaft genoss. Sie dachte, er würde sie sogar verführerisch anschauen.

Und sie wurde von einer fast überwältigenden Abneigung gegen Prinzessin Caroline ergriffen - die sich am nächsten Tag wieder in der Aufmerksamkeit des Hauptmanns sonnen würde.

Lady Sidworths Ruf zerstörte den Zauber. „Liebes?"

Daphne schaute auf, um zu sehen, wie ihre Mutter fragend eine Augenbraue hob.

„Dein Papa möchte gehen."

Jack sah zu Daphne hinab und drückte ihre Hand.

Kapitel 11

Als er der Prinzessin Blumensträußchen brachte, drückte sie sie an die Brust und schenkte ihm ein Lächeln. Dabei sah er, dass etwas Dunkelgrünes - war es Spinat? - zwischen ihren Vorderzähnen hing. Sein Blick senkte sich zum Boden.

„Ich habe darüber nachgedacht, was Sie sagten, dass Spazierengehen schlank macht", begann sie und nickte ihm zu - zum Glück mit geschlossenem Mund. „Und ich habe beschlossen, einen Spaziergang zu machen, wann immer das Wetter es zulässt. Ich möchte meine Figur nicht verlieren."

Er nahm Abstand davon, ihr zu eröffnen, dass sie sie schon vor langer Zeit verloren hatte. Sein Blick huschte über sie hinweg. Manche Männer - tröstete er sich - fühlten sich tatsächlich zu älteren Frauen hingezogen. „Ihre Figur ist in meinen Augen sehr angenehm", sagte er. Trotz der großen Kälte hatte die Dame es vermieden, warme Wolle zu tragen und ihn in demselben dünnen Seidenkleid begrüßt, das er ihr am Tag zuvor gebracht hatte. Sie dachte ohne Zweifel, dass es ihre Vorzüge zur Geltung brächte. Beide.

Da es ein bewölkter, kalter Tag war, war Jack überzeugt gewesen, dass die Prinzessin ihren Spaziergang absagen würde, aber zu seiner völligen Überraschung bestand sie auf einem Gang über die Heide an diesem Nachmittag. „Wo ich aufwuchs, wird es viel kälter als hier. Erlauben Sie mir, Stiefel und einen warmen Umhang zu holen", sagte sie ihm, kurz nachdem er angekommen war.

Das musste er ihr lassen. Sie war nicht zimperlich.

Obwohl das Wetter unfreundlich war, schien es, dass mehr Dorfbewohner an diesem Tag auf der Heide waren als am Tag zuvor. Hatte es sich herumgesprochen, dass die Prinzessin sich jetzt plötzlich für die frische Luft interessierte? Hofften diese Leute, einen Blick auf ihre königliche Person werfen zu können?

„Ich bin erfreut, dass Sie das Kleid wieder tragen", sagte er. „Es gefällt mir zu denken, dass ich Ihr Beschützer bin." Er hasste sich für die verlogene Schmeichelei, aber erinnerte sich ständig daran, dass diese Frau womöglich das Leben des Regenten bedrohte.

„Ich hätte gerne einen Beschützer wie Sie, Kapitän. Sie müssen mir sagen, wie es ihrer Verwundung geht." Sie sah ihn an. Und lächelte.

Vielleicht sollte er sie auf das hässliche Grün zwischen ihren Zähnen aufmerksam machen. Aber er konnte es nicht über sich bringen. Er wandte seinen Blick ab. „Leider heilt die Wunde nicht so schnell, wie ich es gerne hätte." Würde das einen amourösen Versuch abwenden? Gott, er hoffte es.

Sie drängte sich enger an ihn. Obwohl er ihr starkes Parfüm riechen konnte, half es in keiner Weise, ihren Atem zu überdecken. Sie hätte sicher aus Daphnes Minze Nutzen ziehen können. Die Seite ihrer Brüste rieb sich an seinem Oberarm. Ihre Nähe hatte nicht die Wirkung, ihn zu erregen. Und wie eigenartig, dachte er, dass die ähnliche

Nähe zu der mageren Lady Daphne eine merkliche Wirkung auf seine Anatomie auszuüben begann. Und nicht nur auf seine Anatomie. Lady Daphne war ständig in seinen Gedanken. Tag und Nacht.

Ein Jammer, dass er so ungeeignet war, Anspruch auf die Zuneigung der Dame zu erheben.

„Wenn ich irgendetwas tun kann, um Ihnen zu helfen", sagte die Prinzessin und beäugte seinen Schritt, „wäre ich glücklich, mich um Sie kümmern zu dürfen."

Er konnte sich nichts Abstoßenderes vorstellen, als ihre Königlichen Hoheit sich um ihn *kümmern* zu lassen. „Sie sind zu freundlich."

Sie kamen in die Nähe einer Ansammlung von mehr als einem Dutzend Menschen, die gaffend am Rande der Heide standen. Mütter schoben ihre Kinder nach vorn, um sicherzugehen, dass sie einen Blick auf Englands zukünftige Königin werfen könnten. Als er und die Prinzessin näher kamen, sagten sie im Chor: „Gott segne Prinzessin Caroline."

Mit einem breiten Lächeln auf dem Gesicht nickte die Prinzessin ihren zukünftigen Untertanen zu, dann gingen sie und Jack weiter.

Jetzt fühlte er sich elend schuldbewusst, dass er ihr nichts von dem unschönen grünen Flecken erzählt hatte, der ihr Lächeln trübte. Vermutlich hatten sich bei dem Anblick ein paar Mägen umgedreht.

Als er sah, wie freundlich sie auf die Menschen reagierte, erinnerte er sich daran, dass sie einen Jungen aus den niederen Schichten adoptiert hatte. „Erzählen Sie mir von dem Jungen, den Sie adoptiert haben. Wo ist er?"

„Mein Willy wird zu Weihnachten von der

Schule nach Hause kommen. Ich freue mich so darauf, ihn zu sehen."

„Ich würde ihn gerne kennenlernen."

Sie wanderten schweigend weiter, unter ihren Füßen knirschte das trockene Laub. „Soweit ich weiß, ist König Georg ihr Onkel", sagte Jack schließlich.

Ihre Brauen zogen sich besorgt zusammen. „Er ist ein sehr guter Mensch. Es bricht mir das Herz, wenn ich daran denke, wie er leidet."

„Ich wage zu behaupten, dass es im Königreich niemanden gibt, der Ihre tiefe Zuneigung zu unserem kranken Monarchen nicht teilt."

Sie nickte. „Er ist der Bruder meiner Mutter. Familie ist ihm sehr wichtig."

„Offensichtlich. Hat Königin Charlotte ihm nicht fünfzehn Kinder geschenkt?"

„Sie muss ihn einst sehr geliebt haben, aber seit seiner Krankheit nicht mehr."

Jack hatte gehört, dass die Königin sich jetzt schrecklich vor dem Mann fürchtete, mit dem sie so viele Jahre das Bett geteilt hatte. „Ich habe gehört, dass ihre Königliche Hoheit Ihrem ... Ehemann näher steht als ihr Mann früher."

Prinzessin Caroline seufzte. „Das ist wahr. Zwischen dem Regenten und seinem Vater ist wenig Liebe. Der König, was ihm nicht zur Ehre gereicht, hat immer Freddie bevorzugt."

„Den Herzog von York und Albany?"

„Ja", sagte sie mit einem Achselzucken. „Wünschte, er wäre der Erbe, er wäre der Mann, den ich geheiratet hätte. Er ist viel angenehmer als der grässliche Mann, den ich geheiratet habe."

Jack war froh, dass sie endlich über „den grässlichen Mann, den sie geheiratet hatte", sprach. Je eher er das Ausmaß ihres Hasses herausfand, desto eher konnte er diese Maskerade beenden. „Ich weiß, dass er unser Herrscher ist", sagte Jack und musterte sie. „Aber ich kann einen Mann, den Sie geheiratet haben, nicht mögen. Es ist unerträglich, wie er Sie behandelt hat."

Sie legte eine Hand auf seinen Arm und hob die Schultern. „Das ist mein Schicksal im Leben."

Er tätschelte ihre Hand. „Sie sind viel zu nett für jemanden wie ihn."

Enttäuscht, dass sie ihm nicht zustimmte, fragte er sich, ob sie die Person war, die die Anschläge auf das Leben des Regenten inszenierte. Wenn sie jemanden angeheuert hatte, um ihren Ehemann zu ermorden, würde sie sich nicht in regelmäßigen Abständen mit diesem Menschen treffen müssen? „Die Heide muss im Frühjahr und Sommer wunderschön sein", sagte er, „aber ist es nicht schwer, so weit von den höheren Rängen der Gesellschaft entfernt zu leben, Königliche Hoheit? Empfangen Sie Besucher?"

„Nicht so viele aus London, aber es gibt viele feine Ladys und Gentlemen - und Marineoffiziere - die in meiner Nähe wohnen und mich mit ihrer Freundschaft ehren."

„Was ist mit Prinzessin Charlotte?", fragte er.

Ihre Augen wurden schmal. „Er hat versucht, sie gegen mich aufzuhetzen. Gegen ihre eigene Mutter! Aber meine Tochter, sie liebt mich – selbst, wenn wir uns nur selten sehen."

Jack war von ehrlichem Mitleid für sie erfüllt, er hob ihre Hand an seine Lippen und küsste sie. Gott sei gedankt für das nach Rosen duftende Parfüm. „Er ist eine Bestie."

„Schlimmer als eine Bestie." Sie gingen jetzt so schnell, dass sie außer Atem gekommen war.

Plötzlich blieb sie stehen und hielt ihre Hand hoch. „Bitte, Kap..." Sie nahm einen tiefen Atemzug und wartete einen Moment, bevor sie fortfuhr. „Kapitän, ich muss mich ausruhen."

Er hielt an und schaute sie unter zusammengezogenen Brauen heraus besorgt an. „Verzeihen Sie mir, dass ich so schnell gegangen bin." Sein Blick musterte die baumlose Heide. Eine Bank war nicht in Sicht. „Können Sie es noch ein wenig weiter schaffen? Ich schwöre, ich werde langsamer gehen."

Sie deutete auf einen bewaldeten Fleck hinter ihrem Haus. „Vielleicht schaffen wir es bis zu meinem Gewächshaus. Wenn Sie langsamer gehen."

„Dann wollen wir ins Gewächshaus gehen." Er fühlte sich wie ein Ungeheuer, dass er keine Rücksicht darauf genommen hatte, wie schlecht der Zustand der Prinzessin war. Ganz langsam gehend schafften sie es in fünf Minuten bis zu dem Gewächshaus, dann sackte Prinzessin Caroline in dessen Mitte auf einem mit Seidenbrokat bezogenen Sofa zusammen. Das Gewächshaus hatte von Spitzbögen getragene Glaswände, so dass jeder, der auf dem Sofa saß, einen schönen Blick auf die Heide hatte. Nicht, dass es an diesem Tag schön gewesen wäre.

Jack fiel vor ihr auf die Knie. „Geht es Ihnen gut, Königliche Hoheit?"

Ein sanfter Zug flog über ihr Gesicht, dann streckte sie die Hand aus, um sein windzerzaustes Haar zu streicheln.

Als er seine Lider hob, schenkte sie ihm ein breites Lächeln. Sein Magen drehte sich um, sein Blick fiel zu ihren Brüsten. Alles war besser, als dieses schleimige Stück Spinat anzusehen, das zwischen ihren Zähnen herausragte. Vielleicht sollte er es ihr sagen. Sein Blick glitt wieder zu ihrem Gesicht zurück. Es war für ihn deutlich erkennbar, dass sie - vielleicht, weil er sich ihr zu Füßen geworfen hatte - sich für schön hielt.

Sie sonnte sich in seiner Aufmerksamkeit. Sie musterte ihn mit Zuneigung. Sie lächelte.

Sie wand sich hin und her.

Er wandte schnell seinen Blick ab. Er hatte nicht das Herz, ihr von diesem hartnäckigen Rest ihrer Mittagsmahlzeit zu erzählen. Sie war viel zu zufrieden mit sich selbst. „Erlauben Sie mir, mich einen Moment auszuruhen", sagte sie. „Dann bin ich wieder in Ordnung." Sie klopfte neben sich auf das Sofa. „Kommen Sie, setzen Sie sich neben mich, Kapitän."

Er ließ sich auf den Sitz fallen, dankbar, dass er sie - und das hässliche Stück Spinat - nicht weiter ansehen musste. Gerade, als er sich recht zufrieden fühlte, spürte er etwas auf seinem Oberschenkel. Etwas, das sich bewegte - etwas Schweres. Seinen ersten Instinkt bekämpfend - der gewesen wäre, zurückzuzucken - schaute er nach unten.

Die Prinzessin streichelte sein Bein. Verführerisch.

Bitte, Daphne, mir ist übel, dachte er. Sein Blick wanderte von seinem Bein zu Prinzessin Carolines Gesicht.

Sie sprach atemlos. „Sie dürfen mich küssen, Kapitän."

Als ihr Lächeln das grausige Grün wieder enthüllte, war er sicher, dass ihm übel werden würde. Wie könnte er es ertragen, sie zu küssen?

Dann richtete sie sich auf und lehnte sich mit geschlossenen Augen an ihn.

Er konnte es nicht vermeiden. Er schloss die Augen und holte tief Luft, strich mit seinen Lippen über ihre - sehr schnell - und hoffte, dass er sich nicht über ihr neues Kleid würde erbrechen müssen. Seine Augen noch immer geschlossen (um zu vermeiden, ihre Zähne zu sehen), drückte er ihre Hand und sagte: „Ich muss an den guten Ruf Ihrer Königlichen Hoheit denken. Es wäre nicht gut, wenn man uns in so intimer Umarmung sähe. Ihr Ehegatte würde so etwas sicher gegen Sie verwenden wollen." Dann erlaubte Jack es sich, seinen Blick auf ihr Gesicht zu richten.

Gott sei Dank lächelte sie nicht. Er nahm an, dass sie versuchte, ihn mit glühenden Augen anzuschauen. „Nächstes Mal werden wir alleine sein. Geschützt vor neugierigen Blicken."

Sie lächelte immer noch nicht. Das war gut. „Ich kann es nicht erwarten, Königliche Hoheit."

„Wollen Sie morgen zu mir kommen?"

Er nickte ernst. Lieber Gott, fragte er sich, würde sie versuchen, ihn zu verführen? Obwohl er sich noch nicht von seinen schweren Verletzungen erholt hatte? Er musste sich etwas einfallen lassen, um Intimitäten mit dieser Frau zu vermeiden.

Nach ein paar Minuten ging ihr Atem wieder normal und sie schien sich völlig erholt zu haben. Er stand auf uns schaute zu ihr hinab. „Ich muss jetzt gehen, Königliche Hoheit. Bis ich in London ankomme, wird es dunkel sein." Er bot ihr seinen Arm. „Erlauben Sie mir, Sie ins Haus zurück zu begleiten."

* * *

„Glaubst du wirklich, dass mir das hier steht?", fragte Daphne Virginia, als sie vor dem Spiegel ihrer Schwester stand und sich in einem aprikosenfarbenen Kleid betrachtete. Das duftige Kleid sah aus wie etwas, das eine Märchenfee tragen würde - nicht die schlaksige Daphne Chalmers, die in ihrem Leben noch von keinem Mann als attraktiv befunden worden war. Natürlich hatte Virginia in diesem Kleid atemberaubend ausgesehen, als sie es bei Hof getragen hatte. Aber ein Blick in den Spiegel sagte Daphne, dass sie ihrer schönen Schwester nicht ähnelte.

„Aber sicher!", sagte Virginia. Daphne fand, dass ihre Schwester an diesem Tag in einem kupferfarbenen Morgenkleid wunderschön aussah, obwohl Daphne keine Ahnung hatte, ob Virginias Kleid modisch war oder nicht; wenn Virginia es jedoch trug, würde es der letzte Schrei sein. „Ich lasse nur meine Zofe das Mieder etwas raffen", sagte Virginia.

Unglücklicherweise waren Daphnes Brüste weit kleiner als Virginias. „Meinst du nicht, dass es für mich zu weit ausgeschnitten ist?", fragte Daphne. „Es ist ja nicht so, als hätte ich etwas vorzuzeigen."

Virginia grinste. „Erlaube mir, dein Korsett fester zu schnüren, und ich schwöre, es wird so wirken, als *hättest* du etwas vorzuzeigen.

Daphne fand, dass sich das äußerst unbequem anhörte. In der Tat, viele Dinge, die ihre Schwestern um der Schönheit willen auf sich nahmen, erschienen ihr ziemlich abstoßend. Sie schüttelte den Kopf. Dann veranlasste sie das flüchtige Bild des unvergleichlichen Hauptmanns - die Quelle ihres Wunsches, weiblicher zu wirken - ihre Meinung zu ändern. „Oh, na gut!"

Virginia kicherte nur. „Er *ist* es wert."

Daphnes Augen wurden schmal. „Wer ist es wert?"

„Dein überaus gutaussehender Mr. Rich. Du kannst mich nicht hinters Licht führen. Das ist der Grund für dein plötzliches Bedürfnis, hübsch auszusehen."

Sie konnte es nicht leugnen. So sehr sie sich dagegen wehrte, so lächerlich, wie es war, Daphne fiel es verflixt schwer, zwischen ihrer wahren Beziehung zu Hauptmann Dryden und ihrer vorgetäuschten zu unterscheiden. Sie hatte tatsächlich begonnen, an ihn als ihren Verlobten zu denken!

Und als seine Verlobte hatte Daphne begonnen, Prinzessin Caroline dafür zu verabscheuen, dass sie Absichten auf *ihren* Zukünftigen hatte! Obwohl dieser gar nicht *wirklich* ihr Zukünftiger war.

Daphnes große Verliebtheit in ihn hatte sie sich in den letzten zwei Tagen wie eine Tigerin benehmen lassen. Sie hatte den Butler angefaucht, mit dreien ihrer Schwestern gestritten und der Zofe ihre magere Garderobe vor die Füße geworfen mit dem Befehl, alles zu verbrennen. Sie war endlich zu der Erkenntnis gelangt, dass ihre Kleider nicht einmal dazu taugten, sie den Armen zu geben.

Was ihr nichts gelassen hatte, was sie an diesem Abend bei Almack's würde tragen können, und die Zeit reichte nicht, um neue Kleider anfertigen zu lassen. Cornelia hatte sie zu Mrs. Spence geschleppt, wo Daphne sich - zum ersten Mal in ihrem Leben - wie eine völlige Idiotin vorgekommen war, während ihre Schwester und die Schneiderin ihre zahllosen äußeren Mängel (wobei die schwerwiegendsten ihre übermäßige Größe, der fehlende Busen und das widerspenstige Haar waren) und ihre bescheidenen Vorzüge (insbesondere ihre Schlankheit und ihr heller Teint) diskutierten, während sie eine völlige neue Garderobe für sie auswählten.

Die neue Garderobe ähnelte nichts, was Daphne für sich selbst ausgesucht hätte. Obwohl sie immer einfache Kleider in gedeckten Farben wie beige oder grau bevorzugt hatte, entschied die Herzogin, dass Daphnes blasse Haut und goldene Haare mehr Schmuck erforderten.

Was Cornelia zu dem Vorschlag gebracht hatte, dass sie an diesem Abend Virginias Kleid von der Vorstellung bei Hof tragen sollte.

Als Daphne jetzt in den Spiegel sah, beklagte sie, dass sie nicht so hübsch war wie Virginia. Obwohl sie gleich groß waren, besaß Virginia den Körper einer Frau. Und ihre Haare - die viel dünner waren als Daphnes Mähne - waren viel leichter zu bändigen.

Zum ersten Mal in ihrem Leben wünschte Daphne sich wirklich, hübsch zu sein.

Für den unvergleichlichen Hauptmann.

„Mama - und auch Papa - werden so glücklich sein", sagte Virginia. „Erst gestern gab Mama ihrer Enttäuschung Ausdruck, dass deine Verlobung dich scheinbar nicht dazu veranlasst hätte, deinem Äußeren mehr Aufmerksamkeit zu widmen."

Wenn ihre eigene Mutter ihre Erscheinung beklagenswert fand, was musste Hauptmann Dryden dann denken? „Bist du sicher, dass ich der Typ bin, der sich so weiblich anziehen sollte?

„Es geht nur um die Farben. Deine Haut ist so sahnig weiß und auf deinen Haaren tanzen goldene Lichter. Cornelia hat recht. Du musst helle, weibliche Farben tragen, die deinen hellen Teint betonen."

„Glaubst du wirklich, dass Mr. Rich sich von einer so hellhäutigen Frau angezogen fühlen wird?" *Oh, oh.* Sie sollte ihre Worte wirklich vorsichtiger wählen.

„Das ist er schon, Dummchen. Er hat dich gebeten, ihn zu heiraten! Außerdem ist da auch die Tatsache, dass ich ihn mit dir gesehen habe. Obwohl du dir überhaupt keine Mühe mit deinem Aussehen gegeben hast, scheint Mr. Rich dich sehr gerne zu haben. Außerdem ist er ein dunkler Typ."

Daphne warf ihrer Schwester einen verwirrten Blick zu. „Bitte, was haben seine Farben mit meinem Aussehen zu tun?

„Dunkle Männer bevorzugen blonde Frauen. Und umgekehrt. Deshalb passen Ronnie und ich so gut zusammen. Er ist blond und ich bin dunkel."

Daphne räusperte sich. „Wie hast du diese Dinge gelernt? Was Männer mögen und das alles?"

Virginia zuckte mit den Schultern. „Das ist einfach etwas, das Cornelia und mir angeboren ist."

Die Zwillinge wussten, wie man die Geliebte eines Mannes war; Daphne nur, wie man die Freundin von Männern war. Bisher war das immer genug gewesen.

Virginia rief nach ihrer Zofe, damit diese das Mieder ändern sollte, und nachdem sie Daphnes Maße genommen hatte, halfen sie und Virginia ihr, das Kleid auszuziehen. „Und jetzt lass uns dieses Korsett enger machen", sagte Virginia. „Ich schwöre, ich werde es so aussehen lassen, als hättet du einen größeren Busen."

Nichts hatte je unwahrscheinlicher geklungen, aber Daphne war bereit, es zu versuchen. Auch wenn das bisschen Busen, das sie besaß, dabei zerquetscht werden würde. „Nicht jetzt!", sagte sie. „Ich verspreche, dass ich es meine Zofe heute Abend versuchen lassen werde. Ich will mich aber nicht länger als unbedingt nötig so grässlich unbequem fühlen müssen." Sie ging zur Tür.

„Da ist noch etwas", sagte Virginia zögernd.

Daphne blieb stehen, drehte sich um und hob eine Braue.

„Die Brille."

Es war schlimm genug, dass ihre Brüste zerquetscht und ihr Haar sorgfältigst frisiert wurde und sie steife Stoffe statt ihrer bequemen alten Kleider tragen musste, aber mit Sicherheit würden ihre Schwestern nicht erwarten, dass sie ihre Brille aus rein ästhetischen Gründen ablegte. „Ich werde nicht ohne meine Brille zu Almack's gehen! Ich würde überhaupt nichts sehen."

„Dann ist es dir wohl doch nicht so wichtig, hübsch auszusehen."

Daphne schaute ihre Schwester ungehalten an. „Wie du selbst sagtest, Mr. Rich hat sich in mich verliebt - mit der Brille."

Als sie zum Cavendish Square zurückging, dachte Daphne über ihre Unterhaltung mit Virginia nach. Vielleicht brauchte Virginia eine Brille - wenn sie dachte, dass der unvergleichliche Hauptmann Daphne liebevoll ansähe. Mr. Rich - oder Hauptmann Dryden - hatte sich mit Sicherheit nicht in sie verliebt. Mit oder ohne Brille.

Aber vielleicht, *wenn* sie die Brille wegließe ...

Kapitel 12

Er überreichte dem Butler der Sidworths seinen Hut und war auf dem Weg in den Salon, als er eine von Daphnes Schwestern erblickte, die in einem äußerst weiblichen Kleid die Treppe herabgerauscht kam. Jack hielt an, um nach oben zu sehen, schaute dann weg und setzte seinen Weg fort, als ihm klar wurde, dass die Dame keines der Chalmers-Mädchen war.

„Guten Abend, Mr. Rich."

Er erstarrte. Das war Daphnes Stimme. Und sie kam von der Treppe. Er bemerkte, dass die Lady in dem pfirsichfarbenen Kleid die Stufen herabeilte und fuhr herum, um die flüchtige Vision zu betrachten. Sicher konnte das nicht Daphne sein!

Oder doch?

Das Mädchen - die Frau ohne Brille erreichte die unterste Stufe und kam auf ihn zu, ohne ihre funkelnden grünen Augen von ihm abzuwenden. Guter Gott, es war Daphne! Er bezweifelte, dass er sie erkannt hätte, ohne ihre Stimme zu hören. Es war nicht nur das Fehlen der Brille, das für dieses völlig ungewohnte Aussehen verantwortlich war.

Er ließ seinen Blick über sie wandern. Und er konnte sich nicht daran hindern, die Luft anzuhalten. Sie schien ... kleiner. Und rundlicher. Er betrachtete wieder ihren Busen. Guter Gott, sie hatte tatsächlich Brüste! Warum hatte er sie zuvor nie bemerkt? Und warum hatte er nicht bemerkt, wie überaus schön ihre helle Haut war? Ihre Haare sahen auch ganz anders aus. Er legte seinen Kopf auf die Seite und starrte sie an. Er konnte sich kaum erinnern, wie ihr Haar früher ausgesehen hatte. Alles, was er noch wusste, war, dass es katastrophal gewesen war. Aber jetzt hielten Nadeln es aus ihrem Gesicht und ließen es dann in zierlichen Locken herabfallen, die an eine griechische Göttin erinnerten.

Hatte er sie nicht erst am Abend zuvor gesehen? Und war sie nicht dieselbe ältliche, bebrillte Lady gewesen, die jede Idee an modisches Aussehens in den Wind schlug? Wo waren ihre dunklen Wollkleider? Warum hatte sie sich so dramatisch verändert?

Hübsch, wie sie war - und sie war wirklich sehr hübsch - dachte er, dass er die andere Daphne vorzog, die Daphne, deren Intelligenz und Freundlichkeit sie viel mehr als ihr hübsches Aussehen zu einer der beliebtesten Frauen in der guten Gesellschaft gemacht hatten.

Diese neue Daphne würde den Männern bei Almack's heute Abend erlauben, sie in einem völlig anderen Licht zu sehen.

Und das würde ihm nicht gefallen.

Mit einem zögernden Lächeln trat sie auf ihn zu und reichte ihm ihre Hände. Zum Teufel, selbst ihre Schritte wirkten leichter! Obwohl er ihre Hand schon viele Male zuvor geküsst hatte, bereitete es ihm jetzt Unbehagen, das zu tun. Er holte tief Luft, griff nach ihren beiden Händen, näherte sich ihr um ein paar Zoll mehr und sprach mit heiserer Stimme. „Ich werde der meistbeneidete Mann bei Almack's sein." Dann hob er langsam zuerst die eine, dann die andere Hand zu einem Kuss an seine Lippen.

Ihre Lider senkten sich und jetzt war sie es, die sprachlos war.

Er berührte sie unter dem Kinn und hob ihr Gesicht, bis sie ihm in die Augen sah. „Warum diese Veränderung?", fragte er.

Sie gab ein schuldbewusstes kleines Lachen von sich und zuckte mit den Schultern. „Sie müssen zugeben, dass wir ein sehr schlecht zusammenpassendes Paar abgaben. Ich möchte nicht, dass jemand Verdacht schöpft."

Ihre Bemerkung ärgerte ihn. Der eklatanteste Unterschied zwischen ihnen lag nicht in ihrem Aussehen, sondern in ihrer ihm überlegenen gesellschaftlichen Stellung! „Es *wird* Verdacht erregen", fauchte er. „Niemand wird glauben, dass sie *mich* als Ehemann haben wollen."

„*So* gut sehe ich auch wieder nicht aus. Ich bin immer noch zu groß und muss noch immer meine Brille tragen, wenn ich etwas sehen will."

„Dann hoffe ich, dass Sie das tun werden", brummte er.

Sie schob anmutig ihren Arm durch seinen. „Lassen Sie sich versichern, Hauptmann, dass ich nicht ohne sie zu Almack's gehen werde."

„Gut."

Ihre Unterlippe schob sich schmollend vor, als sie zum Salon schlenderten. „Sie hätten wenigstens versuchen können, meine Bemerkungen über meine fehlende Schönheit zu bestreiten!"

Er warf den Kopf zurück und lachte, dann wurde er ernst und sah sie an. Keine Frau hatte je so sein Herz gerührt. Ihr Wert als Person mit großen inneren Qualitäten hatte bereits seine Zuneigung erworben; jetzt rührte ihre Zartheit ihn in einer Art, wie er es noch nie erlebt hatte. Er drehte sie mit dem Rücken zur Wand und senkte seinen Kopf, bis seine Stirn ihre berührte. „Sie sind weder zu groß noch zu dünn." Er roch ihre Minze und ein Strom starker Gefühle überflutete ihn. Er näherte sich ihr noch mehr. Gott helfe ihm, aber er würde sie küssen!

Gerade als er seinen Kopf senken wollte, riss Lady Sidworth die ein paar Fuß entfernte Salontür auf und kam aus dem Zimmer gestürmt. „Oh, da bist du, Daf! Ich starb vor Neugier, dich zu sehen."

Jack löste sich von ihr, als die Augen ihrer Mutter auf Daphne hängen blieben und ihr Mund offen stehen blieb. „Peter!", schrie sie. „Schnell! Du musst kommen und dir Daphne ansehen."

Lord Sidworth kam aus dem Zimmer geeilt und auch sein Mund blieb offen stehen. „Beim Jupiter! Kann das meine Daf sein?"

Als Daphne jetzt von der Wand wegtrat, ging ihr Vater um sie herum, seine Augen waren leicht zusammengekniffenen, als er unverständliche Brummtöne von sich gab. Schließlich hielt er an und sprach. „Mag dich lieber mit Brille."

„Peter!", schalt Lady Sidworth. „Sie sieht wunderschön aus."

Jack drückte ihre Hand und strich mit seinen Lippen darüber. „Die Lady Daphne, in die ich mich verliebt habe, trug eine Brille, und ich habe mich irgendwie daran gewöhnt." Merkwürdig nur, dass Jack diese Worte ernst meinte. Außer dem Teil, dass er sich in sie verliebt hätte. Das hatte er natürlich nicht. Aber er hatte sie *wirklich* sehr liebgewonnen. Und er fühlte sich wohl in ihrer Nähe. So wohl, wie er sich früher bei Edwards gefühlt hatte.

Und doch ganz anders.

In Lord Sidworths Augen schimmerte

Bewunderung, als er Jack ansah. „Mir geht es ganz genauso, Rich! An ihrer Brille ist etwas einfach Liebenswertes."

„Ja, allerdings", sagte Jack.

„Sehr gut!", sage Daphne, öffnete ihr Reticule, holte ihre Brille heraus und drückte sie auf ihren Nasenrücken.

Lady Sidworths Augen verengten sich, als sie die Gentlemen ansprach. „Ihr müsst zugeben, dass Daphne atemberaubend aussieht."

„Schön wie ein Bild", sagte Lord Sidworth.

Jack wandte Daphnes Vater seine Aufmerksamkeit zu. „Sie ist wirklich schön."

* * *

Bei Almack's ließ er Daphne nicht aus den Augen. Auch jetzt, als sie mit einem ekelhaft hochrangigen Marineoffizier tanzte, verschränkte Jack seine Arme vor der Brust und schaute finster zu, wie das Paar die Schritte einer Quadrille ausführte. Der Offizier war nur einer von einem Dutzend Männern, die sich an diesem Abend Lady Daphnes wegen zum Narren machten.

Sehr zu Jacks Ärgernis.

Je mehr die Männer versuchten, sie zu bezaubern, desto größer wurde seine Wut. Jetzt war er auch böse auf Lord Sidworth. Warum hatte der Mann ihm und Daphne nicht erlaubt, sich öffentlich zu verloben? Jack wollte jedem Mann hier klarmachen, dass Lady Daphne *seine* Zukünftige war. Auch wenn das nicht ganz der Wahrheit entsprach.

Als er dort brodelnd stand, fühlte er ein leichtes Klopfen auf seiner Schulter und drehte sich herum, wo er sich der Comtesse de Mornet gegenüber fand.

„Guten Abend, Monsieur Rich. Ich hatte gehofft, dass Sie heute Abend hier sein würden."

Verstand niemand hier, dass er und Lady Daphne verlobt waren? Er schüttelte seinen Ärger ab und zwang sich zu einem Lächeln. „Das ehrt mich."

Sein Blick flog über ihre Gestalt. Keine langweiligen Pastelltöne für diese Frau. Wieder hatte sie sich dazu entschieden, eine flammende Farbe zu tragen, die sehr gut zu ihrem auffallenden Teint passte. An diesem Abend war es ein magentafarbenes Kleid, das ihren exquisiten Körper zur Schau stellte, aber auch zu ihren vollen Lippen zu passen schien. Wie zum Teufel sie das schaffte, würde er nie verstehen.

Er ließ ihre Schönheit auf sich wirken und konnte gut verstehen, wie sie die Zuneigung des Herzogs von York errungen hatte, eines Mannes, der mehr als zwanzig Jahre älter war als sie.

Sie lächelte Jack weiter an und ließ ihre funkelnden Augen nicht von ihm gleiten, während sie sacht eine Hand auf seinen Arm legte. „Werden Sie mir die Ehre erweisen, mein Tanzpartner zu sein?"

Jack hatte noch nie eine dreistere Frau erlebt. War es das, was man brauchte, um einen königlichen Herzog einzufangen? Er neigte den Kopf. „Die Ehre ist ganz meinerseits." Aber kaum, dass er ihr den Arm geboten hatte, verklang die Musik des Orchesters und signalisierte das Ende des Tanzes. Er versuchte, enttäuscht auszusehen. „Leider wird mir dieses Vergnügen nicht vergönnt sein." Er war sich bewusst, dass Daphne auf dem Weg zu ihm war und er war entschlossen, sie für den nächsten Tanz zu gewinnen.

„Es macht mir nichts aus zu warten", sagte die

Comtesse. „Insbesondere, da der Herzog das dumme Spielzimmer meiner Gesellschaft vorgezogen hat." Sie trat näher zu ihm und er atmete ihren starken Blumenduft ein. Das musste er den Franzosen lassen. Ihre Parfüms waren denen, die die englischen Frauen trugen, weit überlegen.

Er lächelt beim Gedanken an Daphnes ungewöhnlichen Duft in sich hinein.

Leider dachte die Comtesse, dass dieses Lächeln für sie bestimmt wäre, und drängte sich an ihn.

Gerade, als Lady Daphne und ihr Marineoffizier herankamen.

„Ich befürchte, dass Lady Daphne mir versprochen hat, den nächsten Tanz mit mir zu tanzen", sagte er und beobachtete schadenfroh, wie der Kerl von der Marine sich verabschiedete. Natürlich hatte Jack kein solches Versprechen von Daphne erhalten, aber das musst die Comtesse nicht wissen.

„Sie müssen bei mir keine solchen Formalitäten einhalten", sagte Daphne und lächelte ihn wohlwollend an. „Fühlen Sie sich frei, mit der Comtesse zu tanzen."

Damit Daphne frei war, sich mit ihrem Haufen von Möchtegern-Verehrern zu amüsieren? Er verspürte das plötzliche und tiefe Verlangen, seine Verlobte in dem verblassten, hochgeschnittenen blauen oder grünen oder sonst wie gefärbten Kleid zu sehen, das sie am Abend zuvor getragen hatte. Er war auch von dem unvernünftigen Wunsch besessen, den Herzog von York aus dem Spielzimmer herausschlendern zu sehen, um seine dreiste Geliebte zurückzufordern.

Aber da keines von beiden eintrat, drehte er

sich, als die Musiker ihre Instrumente wieder aufnahmen, zu der Comtesse um und bot ihr widerwillig seine Hand.

Er war noch enttäuschter, als ihm klar wurde, dass dies der erste Walzer des Abends war. Und Daphne würde ihn mit einem anderen tanzen.

Als sie auf der Tanzfläche waren, lächelte die Comtesse zu ihm auf. Wie der Rest von ihr waren ihre weißen Zähne strahlend. „Sagen Sie, Monsieur Rich, waren Sie in Südafrika auch in Port Rotterwahl?"

Er versteifte sich. Natürlich hatte er versucht, sich über Afrika zu informieren, indem er eine Karte studierte, aber er konnte sich jetzt beim besten Willen nicht an eine Stadt erinnern, die Port Rotterwahl hieß. „Nur auf der Durchreise", sagte er.

„Mein Bruder hatte einmal die Gelegenheit, sich dort aufzuhalten, und er war recht angetan", sagte sie. „Schätze, es war das gute Wetter, das ihn beeindruckte."

„Küstenstädte sind etwas kühler als die im Inland", sagte er. Eine nette, harmlose Feststellung.

„Ich nehme an, Sie werden nach Afrika zurückkehren?"

„Natürlich."

„Und Lady Daphne mitnehmen - nach der Hochzeit?"

„Der Platz einer Frau ist bei ihrem Ehemann." Eine weitere harmlose Feststellung. Er beobachtete, wie Daphne von einem weiteren ansehnlichen Mann auf die Tanzfläche geführt wurde. Und wieder einmal vermisste er das blaue oder grüne Kleid des vorigen Abends.

„Nachdem sie nun herausgefunden hat, wie

man Männer bezaubert, könnte Lady Daphne vielleicht nicht wünschen, London zu verlassen", sagte die Comtesse mit einem Lachen. Selbst ihr Lachen war äußerst feminin.

„Lady Daphne ist nicht wie andere Frauen."

„Da hätte ich Ihnen zugestimmt - bis heute Abend."

Er zuckte mit den Schultern. „Es bleibt die Tatsache, dass sie entdecken könnte, dass sie etwas Besseres haben könnte", sagte er finster.

Die Comtesse de Mornet schaute mit hochgezogenen Brauen zu ihm auf. „Sie, Monsieur Rich, unterschätzen Ihre Attraktivität."

„Sie sind zu freundlich."

„Ich glaube, Sie werden feststellen", sagte sie mit rauer Stimme, „dass Freundlichkeit *nicht* zu meinen Tugenden gehört."

Die Dame wusste offensichtlich, wie sie ihre sexuelle Attraktivität herausstreichen konnte. Kein Wunder, dass sie die Geliebte eines königlichen Herzogs war.

„Auf jeden Fall", fuhr sie fort, „wenn Sie je das Bedürfnis nach der Zuneigung einer anderen Frau verspüren sollten, hoffe ich, dass sie diese einsame französische Emigrantin aufsuchen werden."

Er hielt sie steif mit einer Armlänge Abstand vor sich und sah sie an. „Würde das nicht Ihre Stellung beim Herzog gefährden?"

Ihre glühenden Augen bohrten sich in seine. „Ich habe ihn gut erzogen. Ich weiß immer genau, wann ich ihn erwarten kann. Und das Beste bei alldem, ich kann diskret sein."

„Ich würde meinen, dass - neben Ihrer atemberaubenden Schönheit - Diskretion Ihr nächst wertvollstes Kapital ist."

Sie schien sich zu freuen, dass er über ihre atemberaubende Schönheit gesprochen hatte.

Seine Augen wanderten über die Tanzfläche, bis er Daphnes pfirsichfarbenes Kleid erspäht hatte. Dann fluchte er in sich hinein.

„Was ist los?", fragte die Comtesse, ihr Griff um seine Hand wurde fester.

Er sprach durch zusammengebissene Zähne. „Dieser Kerl drückt Lady Daphne viel zu eng an sich."

Die Comtesse brach in Gelächter aus.

* * *

Daphne zog es eigentlich vor, mit Hauptmann Dryden zu tanzen, aber sie konnte seine Gesellschaft zu anderer Zeit genießen. Ein Anlass wie der an diesem Abend bot die perfekte Gelegenheit für ihn, sich unter mögliche Verdächtige zu mischen.

Denn so sehr sie Prinzessin Caroline auch misstraute (und sie derzeit verabscheute), musste sie doch für die Möglichkeit wachsam bleiben, dass sehr wohl jemand anders für die Anschläge auf das Leben des Prinzregenten verantwortlich sein könnte. (Obwohl sie wirklich ernsthaft hoffte, dass Prinzessin Caroline die Schuldige wäre.)

Daphne beachtete die überschwänglichen Männer, die an diesem Abend mit ihr tanzten, wenig und hörte ihrem gegenwärtigen Partner kaum zu, als sie hörte, wie „… ein Diamant reinsten Wassers" von seinen Lippen kam.

Wirklich! Hatten diese Männer für keinen Penny Fantasie? Jeder einzelne Mann, mit dem sie an diesem Abend getanzt hatte, benutze denselben Ausdruck, um ihre Verwandlung zu beschreiben. Sie fragte sich, wie echte Schönheiten die Gesellschaft solcher

Einfaltspinsel ertragen konnten und stellte fest, dass sie unmäßig froh war, keine echte Schönheit zu sein. Sie war sogar noch dankbarer, dass die Tage, an denen sie versuchen musste, ein *Diamant reinsten Wassers* zu sein, begrenzt waren. Auf keinen Fall würde sie den Rest ihres Lebens damit verbringen, sich einem so oberflächlichen Ziel zu widmen. Und auf keinen Fall würde sie sich weiterhin die Brust zerquetschen und stundenlang die Haare frisieren lassen und noch langweiligere Anproben überladener Kleider erdulden, die überhaupt nicht zu ihrer Persönlichkeit passten.

Das hatte sie sich alles nur um seinetwillen gefallen lassen. Seit sie sich in dem Trumeau-Spiegel im Haus der Winthrops neben ihm hatte stehen sehen, stand ihr Entschluss fest, dass Hauptmann Drydens Unvergleichlichkeit eine hübschere Frau verdiente.

Und sie wollte so verzweifelt, dass er sie so schön fand, wie sie sich fühlte, wenn er neben ihr stand.

Sie hatte sich gesagt, all die beklagenswerten Verschönerungsversuche würden es wert sein, um ihn sie bewundernd betrachten zu sehen. Aber sie konnte nicht sagen, ob er sie bewundernd angeschaut hatte. Er schien eher unzufrieden zu sein. Aber so unzufrieden konnte er nicht sein, denn er hatte sie ja küssen wollen.

Bei der bloßen Erinnerung stockte ihr der Atem. Kein Mann hatte sie je zuvor küssen wollen. Was nicht hieß, dass kein Mann sie je zuvor geküsst hätte. Aber sie aus Pflichtgefühl zu küssen oder, weil jemand es wirklich *wollte*, waren zwei völlig verschiedene Dinge. Und vor Hauptmann Dryden hatte sie nie von einem Mann geküsst werden wollen.

Jetzt sehnte sie sich verzweifelt danach.

Sie war furchtbar enttäuscht gewesen, als das plötzliche Auftauchen ihrer Mutter diesen Kuss verhinderte, aber jetzt sagte sie sich, es wäre besser so gewesen. Es wäre nicht gut, wenn sie sich erlaubte, sich in ihn zu verlieben. Selbst, wenn er ihre Liebe erwiderte - was völlig unwahrscheinlich war - könnte es nie zu einer Heirat für sie kommen. Ihr Vater würde das nie erlauben, wenn er erst einmal die wahre Identität des Hauptmanns erführe, und sie war eine viel zu pflichtbewusste Tochter, als dass sie eine Kluft zwischen sich und ihren liebevollen Eltern hätte entstehen lassen wollen.

Obwohl sie entschlossen war, sich nicht in den Hauptmann zu verlieben, entwickelte sie eine starke Abneigung gegen die Comtesse de Mornet, die offensichtlich eine große Vorliebe für *ihren* Hauptmann entwickelte. Sie hatte nicht übel Lust, es dem Herzog von York zu erzählen und zu hoffen, dass er die Comtesse zurück nach Frankreich schicken würde!

Sobald Lord Dunleath sie wieder zu „Mr. Rich" gebracht hatte, schaute sie die Comtesse de Mornet böse an, die sich prompt verabschiedete. Daphne schob ihre Hand durch den Arm des Hauptmanns und schaute zu ihm auf. „Ich bin sehr stolz auf mich."

„Weil Sie heute Abend so viele Eroberungen gemacht haben?", fragte er schroff.

„Nein. Weil ich meine Eltern überredet habe, mit Cornelia und Lankersham nach Hause zu fahren, was Ihnen und mir ein kleines *Tête-a-tête* gönnt."

Er lächelte. „Ich bin überrascht, dass Sie so

lange darauf warten können, die Einzelheiten meines heutigen Besuchs in Blackheath zu erfahren."

„Ich gebe zu, es ist nicht leicht für mich. Ich hatte gehofft, Sie in eine Ecke zu ziehen, als Sie heute Abend in unserem Haus ankamen, aber ..."

Wenn nur Mama nicht aus dem Salon gekommen und hereingeplatzt wäre!

Seltsamerweise hatte Daphne während der Kutschfahrt nach Hause noch mehr Lust, ihn zu küssen, als darauf, etwas über seinen Besuch bei der Prinzessin zu hören. Wessen sie sich ziemlich schämte. Es sollte für sie höchste Priorität haben, das Leben des Regenten zu retten.

* * *

Er hatte ihr erzählt, was bei seinem Besuch in Blackheath an diesem Tag herausgekommen war, aber die grünlichen Einzelheiten des Lächelns der Prinzessin ausgelassen. Er hatte es auch unterlassen, ihr zu erzählen, dass die Prinzessin seinen Oberschenkel gestreichelt hatte.

Aber Daphne wusste es.

„Sie hat Interesse an einer sexuellen Beziehung mit Ihnen gezeigt, nicht wahr?", fragte Daphne.

Lady Daphne Chalmers war viel zu scharfsinnig. „Ich habe Ihnen gesagt, was Sie wissen müssen." In Daphnes Gegenwart auch nur Körperteile zu erwähnen, könnte verhängnisvoll sein, wenn man bedachte, welche Wirkung ihrer Nähe auf seine Anatomie hatte.

„Ich weiß, dass sie wünschte, mit Ihnen zu schlafen - und ich weiß, dass Sie das *nicht* wünschten."

Er würde es nicht leugnen, aber er würde nie zugeben, dass er die breitgesichtige Frau mit dem zwischen den Zähnen steckenden Spinat geküsst hatte! Daphne streichelte seinen Arm. „Ich weiß, dass Ihnen solche Täuschungen widerlich sind, aber es ist recht zufriedenstellend, dass alles so schnell vorangeht."

Musste sie ihn so verführerisch berühren? Er saß nur auf derselben Seite der Kutsche wie sie, weil ihre Eltern sie beim Einsteigen in die Kutsche beobachtet hatten.

„Ich glaube, morgen wird ein kritischer Tag für Ihre Ermittlungen sein", sagte sie.

„Ich werde nicht mit ihr schlafen." Die gelegentlichen Lichtstreifen der Laternen, die durch die Fenster der Kutsche fielen, ermöglichten es ihm, sie in der Dunkelheit zu beobachten. Er verspürte das überwältigende Verlangen, das Mieder ihres Kleides herunterzustreifen und ihre Brüste mit seinem Mund zu bedecken. Er fragte sich, ob ihre Brustwarzen rosa oder braun waren, entschied aber, dass sie wegen ihres hellen Teints rosa sein müssten.

„Wir haben schon zuvor darüber gesprochen. Ich bin sicher, dass Sie in der Lage sein werden, ihr zu vermitteln, wie sehr Sie sich sexuell von ihr angezogen fühlen, ohne tatsächlich ..."

„... mit ihr ins Bett gehen zu müssen", sagte er mit heiserer Stimme.

Ihre goldenen Locken wippten, als sie nickte.

„Morgen werde ich spät erscheinen", fuhr er fort. „Ich werde sagen, dass ich bei meinem Arzt war."

„Und der Arzt wird Sie natürlich vor jeder Aufnahme sexueller Beziehungen gewarnt haben, bevor Sie völlig genesen sind."

Er drehte sich zu ihr um. „Gesprochen wie eine Kurtisane, meine Liebe."

Sie kicherte. Aber ihr Kichern war mit dem dieser hübschen jungen Dinger bei Almack's in keiner Weise zu vergleichen. Gott sei Dank.

„Wenn ich eine Kurtisane wäre, hätte ich viel mehr Erfahrung im ... Küssen", endete sie mit atemloser Stimme und näherte ihr Gesicht dem seinen.

Sein Körper vibrierte im heißen Verlangen, sie zu küssen. Er neigte sein Gesicht, bis ihre Lippen sich berührten.

Kapitel 13

Seine Lippen legten sich ohne den geringsten Druck auf ihre. Hätte er die Geistesgegenwart gehabt, darüber nachzudenken, hätte er gewusst, dass dieser Kuss eine Art Probe war, ein Vorspiel zu etwas Intensiverem - wenn die Lady es denn wünschte. Nicht, dass er zwei zusammenhängende Gedanken hätte fassen können, um zu verstehen, was mit ihm geschah, um dieses plötzliche angenehme Chaos zu analysieren, das in ihm ausbrach.

Seine Geistesgegenwart reichte jedoch aus, um zu bemerken, dass sie sich ihm weiter näherte, dass ihre Arme sich um ihn legten. Seine eigenen Arme schlossen sich um sie und seine Sinne öffneten sich für ihren süßen Geschmack, ihren Duft, und nun auch das Gefühl ihrer schlanken Wärme, die so dicht an ihm lag wie seine eigene Haut. In seinen Armen fühlte sie sich unerwartet anmutig an.

Aber mehr noch als ihre Anmut spürte er in ihr eine tiefe Sinnlichkeit. Sie war ebenso atemlos wie er; ihre Lippen teilten sich wie seine. Der Kuss wurde um ein Hundertfaches inniger. Das tiefe Gefühl von Glückseligkeit, das sich über ihn gelegt hatte, wurde von einer tosenden, überwältigenden Flut abgelöst, die ihn auf ihren zerstörerischen Weg mitriss.

Unbeschreibliches Entzücken durchflutete ihn. Er fühlte sich, als wäre er in einen wirbelnden

Ozean gefallen, wo die einzige Realität Daphne und ihre feuchten, leidenschaftlichen Küsse waren. Er kämpfte dagegen an, seiner Leidenschaft zu unterliegen. Er brauchte einen klaren Kopf.

Für sie.

Wenn sie ihm etwas wert war, musste er auf sie verzichten. Plötzlich setzte er sich auf und zog sich langsam zurück. Er hielt sie auf Armlänge von sich ab und sagte zärtlich: „Verzeihen Sie mir. Das hätte ich nicht tun dürfen." Er hätte das nicht tun dürfen, weil Lady Daphne Chalmers aus einer anderen Welt war, einem erhabenen Ort, an den er nicht gehörte. Weil Lady Daphne Chalmers nur seine Partnerin in dieser Ermittlung war, aber nicht bei irgendetwas anderem. Weil all seine Energie sich darauf konzentrieren musste, die Person zu fassen, die den Prinzregenten zu töten plante.

Sie zuckte die Schultern. „Es gibt nichts zu verzeihen. Ich denke, ich war es - nicht Sie - die damit angefangen hat."

Ein Lächeln umspielte seine Lippen. „Sie mögen das Thema aufs Küssen gebracht haben, aber ich war es, der tatsächlich unseren Kuss begonnen hat." Er konnte nicht glauben, dass sie dieses Gespräch führten. Er hatte nie zuvor mit einer Dame über Intimitäten gesprochen, nicht einmal mit einer, die solche mit ihm geteilt hatte.

Sie faltete ihre Hände in ihrem Schoß, in ihrer Stimme lag Wehmut, als sie fragte: „Hat es Ihnen gefallen?"

„Der Kuss?"

„Ja."

„Oh ja." Er konnte sich nicht zurückhalten. Seine Finger berührten ihre Lippen. „Dieser Mund muss schon oft geküsst worden sein." Vor ihrem Kuss hätte er sie für unerfahren gehalten. Jetzt dachte er, dass sie Erfahrung hätte.

Sie küsste viel zu gut.

Er war enttäuscht, als sie nicht antwortete. Er war noch enttäuschter, wenn er daran dachte, wie sie einen anderen Mann küsste.

„Tut es Ihnen wirklich leid, dass Sie mich geküsst haben?", fragte sie.

„Wirklich?" In der dunklen Kutsche betrachtete er sie. „Nein. Es war viel zu schön. Aber ich darf mir nicht erlauben, etwas so Angenehmes zu wiederholen."

„Warum?" Ihre Stimme hatte nie zuvor so weiblich geklungen.

„Weil es mir die Fähigkeit rauben würde, klar zu denken, und falls Sie es vergessen haben, die Angelegenheit, die uns zusammenbrachte, ist weit wichtiger als mein eigenes, flüchtiges Vergnügen." Er hätte ihr sagen müssen, dass er viel zu hoch über seine Stellung hinausgegriffen hatte. Aber das konnte er nicht tun. Er war zu stolz, um seine eigene Unwürdigkeit zu erwähnen.

Als die Kutsche vor Sidworth House hielt, überkam ihn ein Gefühl tiefer Enttäuschung.

* * *

Sie wollte ihn bei Licht sehen. Sie wollte sehen, ob er sie jetzt anders ansah, sehen, ob es eine Veränderung bei ihm bewirkt hatte, sie zu küssen.

Die größere Veränderung würde bei ihr sein, das wusste sie. Könnte irgendjemand sie sehen und nicht erraten, dass sie direkt aus den Armen ihres Liebsten kam? Würde man nicht ihre leicht geschwollenen Lippen oder das Glitzern in ihren Augen sehen? Würde man nicht die Atemlosigkeit in ihrer stockenden Stimme hören oder das

Zittern ihrer unsteten Hände bemerken? Könnte irgendjemand sie ansehen und nicht wissen, wie zutiefst der letzte Kuss dieses Mannes sie berührt hatte?

Er begleitete sie bis in die Eingangshalle von Sidworth House und wandte sich zu ihr um. „Ich muss gehen."

Sie schaute ihn nur an, während seine sanften Augen sie musterten. Die zärtliche Intensität seines Blicks ließ sie sich wieder schön fühlen. Und noch mehr. Zwischen ihnen war ein unausgesprochenes Band, das ihre wichtige Arbeit und die gemeinsamen Interessen überlagerte.

Obwohl ein Mann, der so gut aussah wie Hauptmann Dryden, mit vielen Frauen zusammen gewesen sein musste und er zugegeben hatte, sexuelle Erfahrung zu haben, schwoll ihr Herz in dem plötzlichen Wissen, dass das, was sie gerade geteilt hatten, ihn ebenso innerlich berührt hatte wie es - ihr erster, wirklicher Kuss - sie berührt hatte.

Sie trat näher zu ihm und sehnte sich danach, sich wieder in seinen Armen zu finden. „Werden Sie morgen Abend zu mir kommen?" Würde er die Intimität in ihren Worten spüren?

Er konnte sich ebenso wenig wie sie davor zurückhalten, sie zu berühren. Sein Finger streichelte sanft ihre Nase. „Ich werde kommen, sobald ich zurück in London bin."

Die Vordertür sprang auf und Lord und Lady Sidworth kamen ins Foyer geschlendert und plauderten freundlich, während sie sich ihrer Umhänge entledigten. Als er aufschaute und Jack erblickte, leuchteten Lord Sidworths Augen auf. „Ich habe gerade zu Lady Sidworth gesagt, dass ich Sie mit in meinen Club nehmen müsste."

„Es wäre mir eine Ehre", sagte Jack.

„Ist Ihnen morgen Abend recht?"

„Ja, durchaus." Jack wandte sich zum Gehen. Daphnes Hand berührte seinen Ärmel und er drehte sich zu ihr.

Sie hob sich auf Zehenspitzen und spitzte den Mund, was ihm keine Wahl ließ.

Er senkte den Kopf und strich mit seinen Lippen über ihren Mund.

Als er sich losriss, sagte sie: „Gute Nacht, Liebster."

„Gute Nacht, meine Schöne."

Nachdem er fort war, schwärmte ihr Vater so sehr von Jacks Vorzügen, dass sie sich deswegen elendiglich schuldig fühlte. Es war, als wäre Jack - oder der Mann, für den er Mr. Rich hielt - der Sohn wäre, den er nie gehabt hatte. Lord Sidworth war von den Männern der Zwillinge nie derart begeistert gewesen. Natürlich sprach keiner von ihnen sieben Sprachen und keiner von beiden sah in seinen Kleidern so großartig aus wie „Mr. Rich".

Während sie die Stufen zu ihrem Schlafzimmer hinaufging, frage Daphne sich, was ihr Vater von Jack halten würde, wenn er die Wahrheit wüsste.

Ihre Fingerknöchel wurden weiß, als ihre Hand das Geländer umklammerte. Obwohl ihr Vater gewöhnlich ein äußerst jovialer Mann war, konnte er im Handumdrehen ein arrogantes Benehmen an den Tag legen, wenn ein sozial niedriger Stehender es wagte, ein Auge auf eine seiner Töchter zu werfen. Und leider würde Lord Sidworth einen Hauptmann der Dragoner als sozial unter sich stehend betrachten.

Die verdrängte Erinnerung an Cornelias heiße Liebesgeschichte mit einem mittellosen, jungen

Marineoffizier kam ihr in den Sinn. In all den Monaten, in denen Cornelia gefleht hatte, dass er ihr erlauben möge, den Mann ihres Herzens zu heiraten, war Lord Sidworths Widerstand unbeugsam gewesen. Sein Zorn war so groß gewesen, dass er Cornelia unter ständiger Überwachung durch die Lakaien aufs Land verbannt hatte, bis ihr Liebster aus England fortgesegelt war.

Selbst solche melancholischen Erinnerungen konnten Daphnes überschäumendes Wohlgefühl nicht mindern.

Nachdem ihre Zofe ihr geholfen hatte, sich fürs Bett umzukleiden, löschte Daphne die Kerzen und kuschelte sich mit einem breiten Lächeln auf ihrem Gesicht in ihre Bettdecke. Sie schloss sacht ihre Augen und konnte noch immer seinen geöffneten Mund über ihrem spüren, seine Atemlosigkeit fühlen, als er ihre Zunge in seinen Mund gesogen hatte. Sie erinnerte sich auch daran, dass er sie seine *Schöne* genannt hatte. Obwohl ihr Schlafzimmer von Kälte durchdrungen war und eisige Winde vor ihren vielen Fenstern heulten, hatte sie sich noch nie behaglicher gefühlt.

Das Quetschen ihrer Brüste, jedes Ziehen an ihren Locken, jede langweilige Minute der Anproben bei Mrs. Spence waren es wert gewesen.

* * *

Es war gut, dass er beschlossen hatte, heute später als sonst in Blackheath anzukommen. Wegen seines schlechten Schlafs in der Nacht war er spät erwacht. Er hatte stundenlang in seinem Bett gelegen und sich gequält, indem er sich daran erinnerte, wie wundervoll Lady Daphne Chalmers sich angefühlt hatte; er hatte sich danach gesehnt, ihre schlanke Gestalt noch einmal in seine verlangenden Arme zu ziehen. Selbst eine gute Dusche mit einem Eimer Eiswasser hätte sein fiebriges Verlangen nach ihr nicht löschen können.

Zum ersten Mal in seinem Leben erfuhr Jack Dryden, wie Versagen sich anfühlte. Obwohl ihm die Frauen immer zu Füßen gelegen hatten, obwohl er bei allem, was er je getan hatte, immer großen Erfolg gehabt hatte, obwohl sein adliger Kommandeur - und der Regent selbst - Jacks viele Erfolge anerkannten, nichts von dem, was er in den letzten zehn Jahren erreicht hatte, könnte je seine niedrige Geburt ausgleichen. Dass er auch nur für eine Sekunde in Betracht zog, um Lady Daphne Chalmers zu werben, erstaunte ihn. Die Tochter des Earls mochte ihn verführerisch geküsst haben, aber sie könnten nie mehr als einen Kuss gemeinsam haben.

Sie wieder zu küssen würde ihnen beiden keinen guten Dienst erweisen. Aber, Gott im Himmel, wie sehr er es wollte!

Bitterkeit folterte ihn die ganze Nacht und verflog auch am Morgen nicht.

Küssen war das, wonach der Prinzessin heute mit Sicherheit der Sinn stand. Da der Schnee leicht fiel, konnten sie nicht auf der Heide spazieren gehen. Stattdessen hatte die Prinzessin verlangt, dass er sich mit ihr in ihrem Wohnzimmer im zweiten Stock träfe, wo sie völlig allein sein würden. Sogar die vielen Fenster des Zimmers waren durch schwere Vorhänge verschlossen, so dass niemand hereinsehen konnte - und eventuell einen Blick darauf erhaschen, wie die verheiratete Prinzessin von einem anderen Mann geküsst wurde.

„Setzen Sie sich hierher", sagte sie, als er den Raum betrat. „Sie kommen spät."

Er schaute finster, als er zu ihr hinüberging, seinen federgeschmückten Hut des Marineoffiziers unter den Arm geklemmt. „Leider, Königliche Hoheit, ich musste mit meinem Arzt sprechen."

Ihre Brauen zogen sich zusammen. „Was hat er gesagt?"

Er seufzte. „Meine Wunde heilt nicht so schnell, wie wir gehofft hatten."

Sie schmollte. „Dann werde ich mich mit Küssen begnügen müssen."

Er schielte zu ihr hinüber, als er sich auf die Kissen neben der Prinzessin fallen ließ. Gott sei Dank war heute kein Spinat zu sehen. Ihre Erwähnung von Küssen ließ ihn sich wieder wie auf der Kutschfahrt am letzten Abend fühlen, als seine Lippen sich auf Daphnes Mund gelegt hatten. Es erregte ihn sofort.

Vielleicht könnte er das zu seinem Vorteil nutzen ...

Er senkte seine Lider und zog die Prinzessin in seine Arme. Obwohl er sofort zurückwich, versuchte er sich einzureden, dass es Daphne wäre, die er in seinen Armen hielt.

Prinzessin Caroline drückte sofort ihre nassen Lippen auf seinen Mund. Er zwang sich, ein gefühlvolles Stöhnen hören zu lassen. Daraufhin folgte ein gefühlvolles Stöhnen von ihr. Er zog sie dicht an sich. Ihre Brüste quetschen sich an seiner Brust und sie stöhnte lauter.

Liebe Güte, die Frau hatte heute ihr Parfüm weggelassen! Sein Bemühen, sich Daphnes Minzduft vorzustellen, scheiterte. Er wurde an nichts anderes erinnert als an den Geruch eines

Hundes, der sich im Schlamm gewälzt hatte. Um nicht zurückzuschrecken, versuchte er sich Daphne vorzustellen, wie sie am Abend zuvor in ihrem eleganten, pfirsichfarbenen Kleid ausgesehen hatte, und die Vision ihrer zerbrechlichen Lieblichkeit stieg in ihm auf wie eine geliebte Erinnerung, die ihn mit Freude erfüllte.

Und sein Kuss mit der Prinzessin wurde tiefer.

Nach einem Moment löste sie sich von ihm und schmiegte ihr Gesicht an seine Brust. „Ich sehe, dass Sie mich begehren", sagte sie mit heiserer Stimme.

Lieber Gott, sie musste die Erektion sehen, die die Erinnerung an Daphne bei ihm verursacht hatte! An Daphne denkend sagte er: „Ich habe noch nie eine Frau so sehr begehrt. Die Erinnerung an diese Frau quält mich in jedem wachen Moment." Wenigstens log er nicht direkt. Er beschrieb nur Daphnes Wirkung auf ihn.

„Diese Frau wird vom Gedanken an Sie gefoltert."

Mit noch immer geschlossenen Augen, damit er Bilder Daphnes heraufbeschwören konnte, zog er ihre beiden Hände in seine und küsste sie, schmeckte ihre Molligkeit mit zarten Bissen. „Ich werde nie einen Moment des Glücks finden, solange der Ehemann dieser Frau noch lebt." Da! Er hatte den Fehdehandschuh hingeworfen. Das Ende dieser Scharade war in Sicht!

Sie antwortete nicht.

Er erlaubte sich zu denken, dass sie ihre Antwort formulierte, überlegte, wie sie ihm den Plan, ihren Ehemann zu töten, nahebringen sollte.

Er fühlte sich ziemlich zufrieden mit sich selbst, als sie schließlich antwortete.

„So sehr ich diesen Mann auch verabscheue, ich wünsche ihm nichts Schlechtes."

Jack fuhr hoch. Was zum Teufel? „Aber Königliche Hoheit, solange er noch atmet, können wir nie wie Mann und Frau, die sich lieben, zusammen sein."

„So verführerisch das wäre, die Vorstellung, Königin von England zu sein, ist weit besser."

Kapitel 14

Jack, der seinen Besuch in Blackheath abgekürzt hatte, war rechtzeitig in Sidworth House angekommen, um zu sehen, wie Daphne und eine ihrer Schwestern (es fiel ihm verdammt schwer, die jüngeren voneinander zu unterschieden) das Haus verließen, aber nicht so rechtzeitig, dass sie ihn gesehen hätten. Obwohl London dem Schnee entgangen war, der in Blackheath und Greenwich fiel, war es furchtbar kalt. Diese Chalmers-Schwestern mussten eine zähe Natur haben.

Nachdem er sein Reittier angebunden hatte, ging er ihnen zu Fuß nach und holte sie bald ein. Daphne durchbohrte ihn mit einem eisigen Blick, als ihre Hand nach oben flog, um ihr unfrisiertes Haar zu glätten. Sie schien verärgert, als sie ihn ansprach. „Oh … Mr. Rich! Was machen Sie hier schon so früh?"

Er konnte ihr nicht gut sagen, dass er gekommen war, um unter vier Augen mit ihr zu sprechen, zumindest nicht, ohne die unglaublich hübsche Schwester zu kränken. „Meine Geschäfte waren heute beträchtlich schneller erledigt, als ich erwartet hatte", sagte er und glich seine Schritte ihren an. Erst in diesem Moment wurde ihm klar, dass sie heute dieselbe alte Daphne war, die mit dem unordentlichen Haar und der Brille -

obwohl sie etwas trug, das ein neues Kleid zu sein schien.

Gott sei Dank für die Brille.

Er fühlte sich bei ihr viel wohler, wenn sie so aussah wie zu der Zeit, als sie einander gerade kennengelernt hatten. Und er fühlte sich auch wohler bei dem Gedanken, dass andere Männer sich nicht ihretwegen zum Narren machen würden - was völlig unsinnig und durch und durch egoistisch von ihm war, da er selbst ihr nie würde den Hof machen dürfen.

Daphnes Blick fiel aus schmalen Augen zuerst auf ihre Schwester, dann wieder zu Jack, als sie sich bei ihm einhakte. „Ich hoffe, dass Ihre Geschäfte erfolgreich waren?"

Sein Blick sprang von der Schwester zu Daphne, dann runzelte er die Stirn. Wie zum Teufel sollte er mit seiner „Verlobten" sprechen können, wo dieses neugierige Mädchen sich wie eine Klette an Daphne heftete? Er schaute diesen Störenfried vielsagend an, dann zuckte er mit den Schultern.

„Das, meine Liebe, hängt wohl von Ihrer Definition von erfolgreich ab."

Jetzt hatte er ihre Neugier geweckt. Sie warf ihrer Schwester einen ungeduldigen Blick zu. „Doreen, warum läufst du nicht schon ohne mich zu Cornelia voraus? Mr. Rich und ich haben langweilige geschäftliche Dinge zu besprechen, die mit unserer gemeinsamen Zukunft zu tun haben." Für jemanden, der so durch und durch ehrlich war, war Lady Daphne mit einem ausgesprochenen Talent zur Verdrehung von Tatsachen gesegnet, fand er.

Doreen schaute verschmitzt zu Daphne, bevor sie sich entfernte. Plötzlich wurde ihm klar, dass sie nicht die jüngste der Schwestern war, denn die jüngste (Rosemary? War sie das?) war noch nicht in die Gesellschaft eingeführt und hätte nicht ohne Anstandsdame bis zum Haus der Herzogin gehen dürfen.

„Bitte, Hauptmann", sagte Daphne, als sie allein waren, „Sie müssen mir sagen, was ihren Besuch in Blackheath so verkürzt hat."

Ein Lächeln zuckte um seine Lippen, er beschloss, ihre Ungeduld noch ein wenig zu reizen. „Wirklich, meine Liebste, Sie müssen aufhören, mich Hauptmann zu nennen. Es könnte sonst passieren, dass sie diese Anrede benutzen, wenn wir in Gesellschaft sind."

„Obwohl Mr. Rich meine eigene Erfindung ist, kann ich Sie nicht so nennen."

Er tätschelte ihre Hand. „Da wir ja verlobt sind, sehe ich keinen Grund, warum Sie mich nicht Jack nennen sollten."

Ihre Augen wurden groß, als sie ihn ansah. „Das scheint so ... vertraulich." Ihre Wangen wurden plötzlich dunkelrot. Sie musste sich an die Intimität ihrer Küsse erinnern.

„Nicht vertraulicher als ..."

„Mich zu küssen?", forderte sie ihn heraus und musterte ihn von unten.

„Genau." Seine Kehle wurde plötzlich trocken.

„Biegen wir in den Green Park ab", sagte sie und schaute ungefähr dreißig Fuß nach vorn zu ihrer Linken. Die stattlichen Gebäude am Piccadilly öffneten sich zu einem üppigen kleinen Park, der völlig von einigen der schönsten Wohnhäuser Mayfairs - und damit Londons - umgeben war. Als sie näherkamen, sah er, dass am anderen Ende des Parks einige Kindermädchen mit ihren Schützlingen herumliefen, aber wenn sie in der Nähe von Piccadilly blieben, würden Daphne und er die Wege ganz für sich haben. Die hochgestellten Bewohner von Mayfair setzten sich nicht gerne den kalten Elementen aus. Außer, wenn ihr Nachname Chalmers war.

Ihre Hand grub sich in seinen Arm. „Was ist heute in Blackheath geschehen?" Sie erstarrte und wirbelte zu ihm herum. „Sie haben einen Durchbruch erzielt, nicht wahr?"

„Das würde auf Ihre Definition von Durchbruch ankommen."

Daphnes Mund blieb offen stehen. „Sie hat gestanden?"

Er warf seinen Kopf zurück und fing an, laut zu lachen.

Sie stampfte mit dem Fuß auf. „Bitte, warum lachen Sie?"

Hätte er doch ein paar Stunden früher die komische Seite der Situation sehen können. Sobald die Prinzessin ihren Eifer, ihren Ehemann am Leben zu erhalten, gestanden hatte, war ihm klar geworden, dass er etliche Tage auf die falsche Verdächtige verschwendet hatte. Er war wütend gewesen, dass all diese Stunden der Fahrt nach Blackheath und zurück nichts eingebracht hatten. Diese Zeit hätte nutzbringend verwendet werden können, um andere mögliche Bedrohungen für den Regenten zu entdecken. Noch abscheulicher, er hätte sich die ekelhafteste Aufgabe ersparen können, die er je übernommen hatte.

Nachdem er die Fruchtlosigkeit dieser Bemühungen schmerzlich erkannt hatte, schwor er sich, keine weitere Sekunde mehr mit der fülligen Prinzessin zu verbringen. Er war sofort aufgesprungen, hatte einen Rückschlag bei seiner Verletzung vorgetäuscht und sich verabschiedet.

Nur gut, dass er einen falschen Namen verwendet und eine Stellung bei der Marine vorgetäuscht hatte. Hoffentlich würde er die Prinzessin nie wiedersehen.

Jetzt lachte er lauter und schüttelte den Kopf, immer noch nicht in der Lage, Daphnes Neugier zu befriedigen.

„Bitte, Hau-, äh, Jack, was ist so witzig?"

Endlich endete sein Lachanfall. „Wir haben einen Haufen Zeit verschwendet."

Ihre Brille rutschte auf ihrer Nase nach unten, als zwischen ihren Brauen eine Falte entstand. „Sie wollen sagen, dass Prinzessin Caroline unschuldig ist?"

„Allerdings."

„Wie können Sie da so sicher sein?"

„Weil sie mir gesagt hat, dass ihr Ehrgeiz, Königin zu werden, größer wäre als ihr Hass auf den Regenten."

Daphnes Augen wurden schmal. „Sie haben angeboten, ihn aus dem Weg zu schaffen?"

Jack schüttelte den Kopf. „Ich war auf dem Weg dazu, als ich ihr sagte, dass wir nie als Liebende zusammen sein könnten, solange ihr Ehemann noch lebte."

Ein unbestimmbarer Ausdruck flackerte auf Daphnes Gesicht auf. „Dann müssen Sie und die Prinzessin sich in einer sehr vertrauten Lage befunden haben."

„Ich diskutiere nie über meine Methoden, nur über die Ergebnisse." Sein durchdringender Blick hielt ihren fest. „Selbst mit meinen vertrautesten Partnern."

Sie seufzte und ging tiefer in den Park hinein,

ihren Arm noch immer in seinem. „Sie haben recht. Wir haben viel Zeit verschwendet. Was schlagen Sie jetzt vor?"

„Ich habe die ganze Zeit auf dem Weg von Blackheath zurück darüber nachgedacht."

„Und?"

Er runzelte die Stirn. „Ich muss die Bekanntschaft von George Lamb machen."

„Ach du liebe Güte."

„Sie kennen ihn, nicht wahr?"

„Ja, natürlich. Er interessiert sich schrecklich für Theater, Poesie und die Natur. Ich sehe ihn nicht oft an Orten wie Almack's, aber natürlich, er ist ja nicht auf der Suche nach einer Braut."

„Er ist schon verheiratet?"

„Ja, und es ist eine verwickelte Sache. Jeder weiß, dass er der illegitime Sohn des Regenten ist - obwohl Prinny ihn nie anerkannt hat - und jeder weiß, dass Caroline St. Jules die illegitime Tochter des Herzogs von Devonshire ist ...."

„Was hat Caroline St. Jules mit George Lamb zu tun?"

„Sie ist seine Frau."

Jack wurde still. „Ein höchst einzigartiger Zufall, mit Sicherheit. Ich gehe davon aus, dass beide die Identität ihrer echten Eltern kennen?"

Sie zuckte die Schultern. „Wer weiß? Lord Melbourne wird schwören, dass George Lamb sein Sohn ist, und soweit ich weiß, hat George das nie in Frage gestellt, obwohl ich ihn nicht besonders gut kenne. Mama mag seine Mutter nicht."

„Und Caroline?"

„Sie müsste es sicher wissen. Jeder wusste von der Liebesaffäre ihrer Mutter mit dem Herzog und natürlich hat sie am Ende den Herzog nach dem vorzeitigen Tod der ersten Herzogin geheiratet.

Beide illegitime Kinder der zweiten Herzogin wurden im Haus von Devonshire erzogen, solange die erste Herzogin noch lebte."

„Was sagte die erste Frau des Herzogs dazu?"

„Oh, sie war verbannt worden, weil sie selbst ein illegitimes Kind hatte! Als der Herzog ihr endlich erlaubte zurückzukommen, bildeten die drei eine *ménage à trois*."

„Klingt wie Futter für Gibbon", murmelte er.

Sie hob fragend eine Augenbraue. „Sie denken, Edward Gibbon könnte *Aufstieg und Fall der englischen Aristokratie* schreiben?"

„Der Fall der Aristokratie ist nicht unvorstellbar. Sehen Sie sich nur die Franzosen an." Wie viele dieser französischen Adligen waren mit nichts anderem als den Kleidern, die sie trugen, nach England geflohen, wo ihre Bedeutung so heruntergekommen war wie eine Krone ohne Juwelen?

Nur eine gleichermaßen schreckliche Säuberungsaktion könnte Daphne auf seine gesellschaftliche Ebene bringen. Und so gerne er sich mit ihr auf gleicher Ebene befunden hätte - oder auf einer verlassenen Insel - könnte er ihrer Familie nie eine solche Katastrophe wünschen.

Sie rümpfte ihre Nase. „Lieber nicht."

Er musterte ihr Profil. „Sagen Sie mir, Mylady, sind sie ganz sicher, dass Ihre eigenen Schwestern wirklich Ihre Schwestern sind?"

Einen Moment lang antwortete sie nicht. „Ich weiß, dass wir uns äußerlich sehr unähnlich sind, aber ich glaube ehrlich, dass wir alle dieselben Eltern haben."

„Das ist nicht nur Wunschdenken?"

„Das ist meine Vermutung, basierend auf der Kenntnis des Charakters meiner Mutter."

„Ich muss zugeben, ich kann mir nicht vorstellen, wie ihre Mutter sich mit Liebhabern herumtreibt."

„Das tut sie auch nicht", sagte Daphne mit Nachdruck. „Aus zwei Gründen, die beide nichts mit Moral zu tun haben."

Jetzt hob er eine Braue.

„Erstens liebt sie Papa wirklich."

Jack musste zugeben, dass er die tiefe Zuneigung zwischen Lord und Lady Sidworth bemerkt hatte. „Und der zweite Grund?"

„Sie hat den Zwillingen am Vorabend ihrer jeweiligen Hochzeit erzählt, dass sie eine Abscheu hat vor ..." Sie hielt inne und warf ihm einen düsteren Blick zu.

„Sexueller Intimität?"

Sie nickte.

Er war dankbar, dass Lady Daphne sich in diesem Punkt von ihrer Mutter unterschied. Nicht, dass ihm das irgendetwas nutzen würde.

„Und Ihr Vater?"

„Hat zu seiner Zeit sicher das ein oder andere illegitime Kind gezeugt", sagte sie stirnrunzelnd. „Er hat immer seine Flittchen gehabt, aber nie über lange Zeit und nie so, dass es irgendeine Auswirkung auf seine tiefe Zuneigung zu meiner Mutter gehabt hätte."

Jacks Erinnerung flog zu der Ehe seiner eigenen Eltern und sein Mund verzog sich zu einem Lächeln. Fünfunddreißig Jahre lang waren sie verheiratet, und die Vorstellung, dass einer von ihnen untreu sein könnte, war so absurd wie die Idee, sie als Gleichgestellte bei Lord und Lady Sidworth sitzen zu sehen.

An seine sehr geliebten Eltern zu denken, ließ einen Hauch von Melancholie aufsteigen. Es war viel zu lange her, seit er sie gesehen hatte, viel zu lange, seit er seine zarte Mutter zu einer herzlichen Begrüßung in die Arme geschlossen hatte. Er schwor sich, er würde zum Laurelhof fahren und seine Eltern besuchen, sobald er den Unhold, der den Regenten bedrohte, gefasst hätte, bevor er wieder auf die Halbinsel zurückkehrte. *Falls ich diesen gemeinen Schurken erwische,* dachte er mit einem ungewöhnlichen Mangel an Selbstvertrauen.

Sie wanderten eine Weile schweigend weiter, das einzige Geräusch war das Lachen der entfernten Kinderstimmen. Er entschied, dass er diesen kleinen Park der Geschäftigkeit des Hyde Parks vorzog.

„Ich nehme nicht an, dass *Ihr* Vater je …?", fragte sie Jack.

„Niemals. Da bin ich ziemlich sicher."

„Und ich nehme nicht an, dass sie so etwas je tun würden, wenn sie verheiratet wären?"

„Wenn ich eine Frau nicht genug liebte, um ihr treu zu sein, würde ich sie erst gar nicht heiraten." Unwillkürlich dachte er daran, mit Daphne verheiratet zu sein.

Dann zwang er sich, sich solche unmöglichen Gedanken aus dem Kopf zu schlagen. „Was George Lamb betrifft …"

„Ich weiß!", rief sie aus. „Er gehört zum selben Club wie mein Vater. Gehen Sie heute Abend nicht mit Papa dorthin?"

„Ich denke, ja." Aber er freute sich natürlich nicht darauf. Wie würde der Sohn von einfachen Landleuten in einem von Londons exklusivsten Herrenclubs zurechtkommen?

Nachdem sie einmal um den Park gegangen waren, begannen sie eine zweite Runde. „Darf ich hoffen, George Lamb so betrunken machen zu können, dass er seine sämtlichen Geheimnisse preisgibt?", fragte er.

„Sie können es versuchen."

Als sie das andere Ende des Parks erreicht hatten, waren die Kindermädchen und die lachenden Kinder verschwunden; er und Daphne waren praktisch allein. Sie blieb abrupt stehen und schaute zu ihm auf. „Ich möchte, dass Sie mich wieder küssen, Haup - Jack."

Ihr Name auf seinen Lippen war ein Aphrodisiakum. Aber er durfte es sich nicht erlauben, schwach zu werden. Um ihrer beider willen. „Ich habe Ihnen gesagt, dass ich Sie nicht wieder küssen würde." Die Festigkeit seiner Stimme strafte seine schwankende Zurückhaltung Lügen. Er zwang sich wegzugehen.

Sie schmollte, als sie sich bemühte, ihn einzuholen. „Aber Sie haben zugegeben, dass sie es genossen haben, mich zu küssen."

„Und zur selben Zeit habe ich ihnen gesagt, dass wir das nicht wieder tun dürften."

„Aber wenn Sie ... Warum, Jack? Warum wollen Sie mich nicht küssen? Ich weiß, dass sie es wünschen." Sie schaute ihn mit traurigen, grünen Augen an, die durch die Vergrößerung ihrer Brille riesig wirkten. Er bemerkte zum ersten Mal die blassen, stecknadelkopfgroßen Sommersprossen, die auf ihrer Nase verstreut waren. „Ist es, weil ..." Ihre Stimme brach. „Weil ich nicht mehr so hübsch aussehe?"

Seine Entschlossenheit, nicht schwach zu werden, zerbrach wie ein schwaches Glied einer eisernen Kette und er riss sie an seine Brust. Sie fühlte sich so zart an, so kostbar und ... begehrenswert. Aber seine eigenen Gefühle zählten jetzt nicht. Alles, was er wollte, war, das zerbrechliche Geschöpf in seinen Armen von ihrer unermesslichen Kostbarkeit zu überzeugen. „Glauben Sie, dass es für mich eine Rolle spielt, ob Ihr Haar gebändigt ist oder ob Sie sich nach dem letzten Schrei der Mode kleiden?"

„Ganz ehrlich? Nein", sagte sie und legte ihr Gesicht an seine Brust.

„Wir sind uns viel zu nahe gekommen, Daphne." Und - Hölle und Teufel - dass er ihren Vornamen benutzte, brachte sie noch enger zusammen! Er dufte es sich nie wieder erlauben, sie Daphne zu nennen. „Sie sind viel zu intelligent, als dass Sie sich nicht der Unmöglichkeit einer Verbindung zwischen uns bewusst wären."

Sie nickte, ihr Gesicht an seiner Brust verborgen.

Sie standen mehrere Augenblicke dort wie zwei verlorene Seelen, schweigend und traurig. Als noch mehr Kindermädchen mit ihren apfelwangigen Schützlingen in den Park einbogen, zuckte er zurück; er und Daphne begannen, zurück in Richtung Piccadilly zu wandeln. Er fühlte etwas Feuchtes und musterte die Vorderseite seines Hemds.

Oh, Gott, ihre Tränen hatten das feine Leinen durchnässt.

* * *

An diesem Abend speisten Jack und Lord Sidworth bei Boodle's. Je mehr Zeit Jack mit Daphnes Vater verbrachte, desto tiefer wurde seine Zuneigung zu dem Mann. Obwohl Lord Sidworth nicht die große Intelligenz seiner ältesten Tochter besaß, hatte der Earl doch viele andere gute Eigenschaften. Seine hingebungsvolle

Liebe zu seiner Familie hatte Jack gezeigt, dass die eheliche Untreue eines Mannes nichts an seiner Hochachtung für seine Frau oder seiner Zuneigung zu seinen Kindern ändern musste. Lord Sidworth war ebenso vernarrt in Daphne wie Jacks Vater in Penelope, Jacks einzige Schwester.

Der Earl von Sidworth war nicht nur bei seiner eigenen Familie leutselig, er wurde von allen geliebt, in deren Gesellschaft er sich bewegte. Jack hatte beobachtet, dass Lord Sidworth selten über sich selbst sprach, er zog es stattdessen vor, sich nach denen zu erkundigen, mit denen er seine Zeit verbrachte, und das Ergebnis war, dass jeder, der mit ihm zusammen war, sich sofort wohl fühlte.

Vor allem Jack. Kein zukünftiger Schwiegervater hätte ihn herzlicher willkommen heißen oder ihn freundlicher behandeln können. Zu schade, dass Jack eine Lüge lebte. Zu schade, dass er nicht der reiche Mr. Rich war, für den Lord Sidworth ihn hielt.

Die Täuschungen der letzten beiden Wochen waren die schwierigsten in Jacks langer Laufbahn von Täuschungen gewesen. Sich in ein französisches Lager zu schleichen, eine Musketenkugel ins Bein zu bekommen, mit d'Arbliers Mätresse zu schlafen, hieß - auch wenn es für ihn selbst gefährlich war - nicht, britische Untertanen zu missbrauchen, setzte nicht Unschuldige der Lächerlichkeit aus, betrog nicht einen vertrauensvollen Vater. So schlecht Jack sich dabei gefühlt hatte, Prinzessin Caroline zu täuschen, er fühlte sich noch schlimmer dabei, Lord Sidworth anzulügen, einen Mann, der bereit war, Jack seinen allerwertvollsten Besitz anzuvertrauen.

Jack versuchte, seine elenden Schuldgefühle dadurch zu verringern, dass er sich daran erinnerte, dass seine Lordschaft ihn wahrscheinlich lieber tot als mit Daphne verheiratet sehen würde, wenn er wüsste, dass er in Wirklichkeit Jack Dryden war.

Aber dieses Wissen linderte Jacks Unbehagen nicht.

„Stephenson", sagte Lord Sidworth zu einem seiner gleichaltrigen Bekannten, der mit ihnen am Tisch saß, „kennen Sie Jack Rich schon? Er ist neu aus Afrika gekommen."

Stephensons buschige Augenbrauen zogen sich zusammen. „Ist das der Kerl, der Lady Daphne den Hof macht? Die ganze Stadt summt von Gerüchten über Hochzeitsglocken."

Lord Sidworth gluckste. „So ist es." Daraufhin folgte der Jack nur zu vertraute Schlag auf den Rücken. „Der einzige Mann, den ich je getroffen habe, dem ich mein ältestes Mädchen anvertrauen würde", sagte Lord Sidworth. Er stellte sein Weinglas ab und sagte wie nebenbei: „Er mag ihre Brille."

Wie schnell Lord Sidworths Bewunderung sich wenden würde, wenn er erführe, wer ich wirklich bin.

„Kann sie mir nicht ohne sie vorstellen", sagte Mr. Stephenson. Er wandte sich an Jack und fügte hinzu: „Bemerkenswertes Mädchen. Schrecklich schlau auch noch."

„Sie können mir nichts über Lady Daphnes Vorzüge erzählen, das ich nicht schon entdeckt hätte", sagte Jack. Das zumindest war keine Lüge.

Sein Blick schweifte über den Tisch und die sechs Männer daran. Stephenson war der einzige Anwesende, den Jack noch nicht kannte.

Außerdem saßen noch der *echte* Diamantenminenbesitzer aus Südafrika, Mr. Bottomworth, Lord Sidworths Schwiegersohn Sir Ronald Johnson und Lord Hertford am Tisch. Von Sir Ronald abgesehen war es eine Versammlung, die Jack sich wie einen Jungen fühlen ließ.

Er fragte sich, ob George Lamb im Club wäre. Daphne hatte gesagt, er wäre im gleichen Alter wie Jack. Daher beäugte Jack jeden Mann, der dreißig oder fünf Jahre mehr oder weniger alt aussah, mit Interesse. Er versuchte sich innerlich eine jüngere Version von Prinny vorzustellen. Er erwartete, dass das Gesicht des Mannes plump sein würde, mit einem dicken Kinn, und entschied, der Mann würde eine umfangreiche Taille haben. Aber was, wenn er seiner Mutter, Lady Melbourne, ähnlich sah? Jack hatte keine Ahnung, wie Lady Melbourne aussah.

Das Einfachste wäre natürlich gewesen, seine Tischgenossen zu fragen, ob George Lamb bei Boodle's war, aber das konnte er kaum tun.

Stattdessen aß er ruhig, schwor sich, dass er Mr. Bottomworths Blick meiden würde und hoffte, dass niemand ihm eine direkte Frage über Afrika stellen würde. Sicherlich würden sie sich nach dem Essen mehr zwischen die anderen Gentlemen in den verschiedenen Räumen mischen.

Während der Mahlzeit sprach Mr. Bottomworth ihn plötzlich an. „Mr. Rich?"

Jacks Puls beschleunigte sich, er sah von seinem Kalbfleisch auf, kaute langsam sein Essen und fragte sich, wie lange er damit durchkommen würde, denselben Bissen zu kauen - und sich so um eine Antwort für Mr. Bottomworth drücken könnte. Er kaute demonstrativ auf dem Fleisch herum, während er versuchte, die Frage des

Gentlemans zu erraten und eine Antwort vorzubereiten. Er hoffte und betete nur, dass Lord Sidworth ihn nicht bitten würde, seine Kenntnisse in Bantu oder Hottentottisch zu demonstrieren.

Als er es nicht länger hinausschieben konnte, hob Jack eine Braue.

„Wie, sagten Sie doch, ist der Name Ihrer Mine?", fragte Mr. Bottomworth.

„Nichts so Bodenständiges wie Zitadelle", antwortete Jack, während die Rädchen seines Verstands rasten.

„Zitadelle heißt Ihre Mine?", fragte Lord Sidworth Mr. Bottomworth.

Mr. Bottomworth nickte.

„Sie haben ihr selbst diesen Namen gegeben?", fragte Mr. Stephenson.

Mr. Bottomworth richtete seine Antwort direkt an Mr. Stephenson. „Eigentlich war es der Name, der meinem Vater einfiel."

„Also hat tatsächlich Ihr Vater die Mine gegründet?", fragte Jack, entzückt, die Konversation in eine andere Richtung lenken zu können.

„Ja, seinerzeit in vierundsiebzig", sagte Mr. Bottomworth stolz.

Dann wandte Jack sich an Mr. Stephenson. „Viele Leute können Ihnen bestätigen, dass die Zitadelle die beste Diamantmine der Welt ist."

Mr. Stephenson sah Mr. Bottomworth bewundernd an, und dieser strahlte. „Ich weiß nicht, ob sie die beste ist oder nicht", sagte Mr. Bottomworth, „aber ich wage zu behaupten, dass sie die profitabelste ist." Dann warf er Jack einen entschuldigenden Blick zu. „Das soll keine Beleidigung von ... was sagten Sie, wie Ihre Mine heißt?"

Jack sah Bottomworth in die Augen, mehr zur Ablenkung, dann schob er seinen Ellenbogen vorsichtig vor, bis er mit seinem Weinglas zusammenstieß, das umfiel und den dunkelroten Bordeaux über das weiße, leinene Tischtuch fließen ließ. Jack sprang auf und murmelte einen Fluch.

„Keine Sorge, guter Mann", sagte Lord Sidworth und winkte einen in der Nähe stehenden Diener herbei, um den Schaden zu beheben.

Bis der Tisch wieder hergerichtet war, hatte sich das Thema der Unterhaltung glücklicherweise geändert. Sir Ronald platzte fast vor Begeisterung über das Pferd, das er an diesem Morgen bei Tattersall gekauft hatte.

Während er sprach, hörte Jack zufällig, wie der Name Lamb am Tisch hinter ihm genannt wurde und er fuhr noch rechtzeitig herum, um den Mann zu sehen, der mit Lamb angeredet wurde. Der Kerl sah Prinny überhaupt nicht ähnlich.

Sobald das Essen beendet war, schaffte Jack es, sich von seinem Tisch zu entfernen und durch den Raum zu gehen, um sich ein Glas Portwein einzugießen, wo er der lebhaften Unterhaltung lauschte, die an Lambs Tisch zu hören war, wo die Männer eher in Jacks Alter waren.

„Werden Sie sich wieder aufstellen lassen?", wurde Lamb von einem der Männer gefragt.

Also war Lamb Parlamentsmitglied? Jack betrachtete ihn, als er antwortete. Er sah überhaupt nicht aus, wie Jack sich George Lamb vorgestellt hatte. Obwohl er ein junger Mann war - er sah aus wie etwa fünfunddreißig - war er so grau, dass es schwierig zu sagen war, welche Farbe seine Haare früher gehabt hatten. Nichts an ihm war stattlich und Jack dachte (obwohl er sicher kein Fachmann für solche Dinge war), dass man Lamb mit seiner Adlernase und dem nachdenklichen Gesicht für einen gutaussehenden Mann halten würde.

Wie jedoch, dachte Jack, sollte er eine Bekanntschaft mit Lamb anfangen? Dem Gespräch nach, das er belauschte, wurde ihm klar, dass Lamb ein Whig war. Jack konnte viel besser über die Politik der Whigs reden als er Hottentottisch sprechen oder über Afrika reden konnte.

Während er dort stand und der Unterhaltung zuhörte, erhaschte er einen Blick auf einen Mann, der gerade bei Boodle's eintrat. Jack wurde sofort klar, dass ihm der Mann bekannt vorkam, aber er konnte sich nicht daran erinnern, wann oder wo sie sich schon begegnet waren. Mit Sicherheit nicht in London. Dessen war Jack sich sicher. Während Jack zuschaute, wie der Neuankömmling Umhang und Hut einem Diener übergab, wusste er plötzlich, warum der Mann ihm vertraut schien. Guter Gott, das war Randolph Bennington! Seine Knie wurden weich.

Jack drehte sich schnell um und verschwand aus der Sicht des Mannes. Er konnte nicht zulassen, dass Bennington ihn sehen würde. Der Mann hatte mit ihm zusammen in Indien als Offizier gedient. Bennington war vermutlich der einzige Mensch in London - vom Regenten abgesehen - der Jacks echte Identität kannte.

Was zum Teufel sollte er tun, wenn Bennington ihn erkannte? Ein Lächeln huschte über seine Lippen, als er sich an Daphnes Rat für solche Fälle erinnerte. *Einfach bestreiten.*

Obwohl er bereit war dies zu tun, wäre es ihm lieber gewesen, ein Zusammentreffen völlig zu vermeiden. Aber wie?

Er neigte sich zu Lord Sidworth hinab, was sein Gesicht teilweise vor Bennington verbarg, und sagte leise: „Sie können natürlich noch bleiben, Mylord, aber ich habe mich gerade daran erinnert, dass ich heute Abend noch meinen Agenten treffen muss, der morgen wieder nach Afrika abreisen soll."

Lord Sidworth seufzte. „Ich weiß ja, dass Ihr Nabobs immer das Geschäft an erste Stelle setzen müsst."

„Aber da irren Sie sich, Mylord. Nichts ist für mich wichtiger als Lady Daphne."

Jacks Blick sprang von Bennington zu Daphnes Vater und er sah, wie ein breites Lächeln das Gesicht seiner Lordschaft veränderte. Als Bennington in ein anderes Zimmer schlenderte, seufzte Jack fast hörbar.

Dann entfernte er sich hastig.

Kapitel 15

Daphne hatte seine Unterkunft den ganzen Morgen lang beobachtet und darauf gewartet, dass seine Vermieterin ausging. Sobald die lebhafte kleine Frau in einem dicken Merinoumhang von dem ehrbaren Stadthaus in Marylebone wegtrippelte, stieg sie die Stufen hinauf und klopfte an die Tür.

Das Hausmädchen, das öffnete, hob fragend eine Braue, als ihr Blick über Daphne in ihrer Oberklasseneleganz glitt.

„Bitte bringen Sie mich zu dem Quartier des gutaussehenden Gentlemans", sagte Daphne und drückte dem Mädchen eine Krone in die Hand. Sie hatte Jack lieber beschrieben, als seinen Namen zu nennen, da sie nicht wusste, welchen er verwendete. „Der Grund für meinen Besuch ist ehrbar, das kann ich versichern, aber Ihre Herrin hätte zweifellos doch etwas dagegen."

„Ach, Mylady, das hätte sie sicher." Das dünne Dienstmädchen strich sich ein paar rote Haarsträhnen aus dem Gesicht und winkte Daphne, ihr zu folgen. „Hauptmann Murphys Zimmer ist im nächsten Stock, aber Sie müssen wieder fort sein, bevor meine Herrin von der Weißnäherin zurück ist."

Daphne folgte dem Mädchen eine Reihe schlecht beleuchteter Holzstufen hinauf. Das Dienstmädchen blieb an der ersten Tür hinter dem Treppenabsatz stehen und sah Daphne an.

„Hier finden Sie Ihren gutaussehenden Hauptmann."

Ein zustimmendes Nicken von Daphne und das Mädchen huschte mit Schritten so leise wie eine Maus die Stufen wieder hinab. Daphne ging zur Tür und klopfte mit den Fingerknöcheln dagegen.

Keine Antwort.

Sie klopfte wieder.

Dann hörte sie einen gemurmelten Fluch, gefolgt vom Klang schwerer Schritte, die auf die Tür zu kamen.

Jack selbst, der weder Rock noch Krawatte trug, sondern nur ein dünnes Leinenhemd und braune Reithosen, riss die Tür auf. „Was zum Teufel?", fragte er und schaute Daphne böse an.

All ihre sorgfältig einstudierten Worte verflüchtigten sich, als sie Jack in seiner ganzen, so überaus männlichen Herrlichkeit erblickte. Ihr Blick wanderte langsam an seinen muskulösen Oberschenkeln hinauf, über seinen schlanken Oberkörper hinweg, bis er auf einem Paar breiter Schultern hängenblieb. Es war etwas ungemein Aufreizendes daran, die dunkle Haut seines bloßen Halses ohne Krawatte zu sehen. Und das Leinen seines Hemds war so dünn, dass sie hindurchsehen konnte, die fest gemeißelte Rundung seiner Brust und seine schlanke Taille bis zu den engen Hosen verfolgen konnte. Der bloße Gedanke, weiter nach unten auf diese Hosen zu sehen, ließ eine Gegend unter ihrer eigenen Taille pochen, ein Bereich, dessen sie sich bisher nicht bewusst gewesen war.

Seine raue Antwort verunsicherte sie. Hatte er nicht bemerkt, wie anziehend sie heute aussah? Auf dem Weg hierher hatte sie bei Mrs. Spence angehalten und sofort eines ihrer neuen, eben fertiggestellten Kleider angezogen, eine moosgrüne Kreation, die perfekt zu ihren Augen passte. Sie hatte sich sogar der Busenquetschung unterzogen, um so auszusehen, als besäße sie etwas, das sie gar nicht hatte.

Um sicherzugehen, dass ihr Aussehen so attraktiv war, wie sie es nur erscheinen lassen konnte, hatte Daphne sich gezwungen, eine volle halbe Stunde an diesem Morgen beim Frisieren stillzusitzen und konnte wahrheitsgemäß sagen, dass es die längste, langweiligste halbe Stunde gewesen war, die sie je verbracht hatte. Sie hatte sich gesagt, dass es all diese Unbequemlichkeiten wert sein würde, wenn Jack sie anlächelte.

Aber er hatte sie nicht angelächelt. Er sah wie ein Ungeheuer aus, als er sie anstarrte und er machte keine wie auch immer gearteten Anstalten, sie in seine Zimmer zu bitten. Sie hob den Kopf und sprach ihn mit hochmütiger Stimme an. „Ich hatte erwartet, dass Sie stolz auf mich sein würden."

Seine Brauen zogen sich über seinem Nasenrücken zusammen. Er schaute sehr böse drein. „Ich weiß nicht, wie man Wut und Stolz verwechseln kann."

Ihr Herz hämmerte. „Sie sind wütend?"

Er schaute sie noch böser an.

„Auf mich?", fragte sie mit piepsiger Stimme.

Seine Augen noch immer leicht zusammengekniffen, riss er die Tür auf. „Schnell. Rein hier, bevor jemand Sie sieht."

Plötzlich fühlte sie sich leichter als Luft, als sie in seine hellen, hübsch eingerichteten Zimmer trat. Er war zornig, weil er sich um ihren guten Ruf sorgte!

Als er nach seinem Rock griff und begann, ihn

anzuziehen, wandte sie sich ab. Während sie ihm den Rücken zudrehte, nutzte sie die Gelegenheit, seine Zimmer zu betrachten. Obwohl sie ihm nicht gehörten und obwohl er noch nicht lange hier wohnte, war sie doch neugierig gewesen zu sehen, wie er lebte. Ihre Vorstellung, dass er extrem ordentlich war, wurde bestätigt, als sie sah, wie seine Stiefel an der Wand aufgereiht standen wie Bücher in einem Regal, jeweils alle im gleichen Abstand. Mehr Hinweise auf seine extreme Ordentlichkeit wurden durch seine Zeitung enthüllt. Außer dem Teil, in dem er gelesen haben musste, als sie ihn unterbrach, lag der Rest der Seiten doppelt gefaltet mit messerscharfen Knicken, und alle Teile waren genau aufgestapelt.

Es gefiel ihr, dass er die Vorhänge an jedem Fenster aufgezogen hatte, um den Raum mit Tageslicht zu erhellen. Soweit bei dem grauen Himmel Licht zu haben war. Als ihr Blick in den nächsten Raum huschte und sie dort flüchtig sein ungemachtes Bett erblickte, hüpfte ihr Puls heftig.

Sie wirbelte herum, um ihn anzusehen. Warum hatte sie nie zuvor bemerkt, dass seine Augen so dunkel waren, dass sie förmlich schwarz wirkten?

Und sie hatten nie eisiger dreingeschaut.

Sie schluckte. „Wollen Sie mich nicht fragen, ob ich mich setzen will?"

„Auf keinen Fall! Wissen Sie nicht, was los wäre, wenn man Sie in meinen Zimmern entdecken würde?"

Ein unsicheres Lächeln konnte ihre Lippen kaum bewegen. „Aber wir *sind* verlobt."

„Meine liebe Lady", sagte er mit kaum unterdrücktem Zorn, „wir sind *nicht* verlobt. Ich möchte gerne denken können, dass, wenn unsere Scheinverlobung bekannt wird, Sie nicht für einen anderen Mann verdorben sind, einem Mann, der Ihrer wert ist und der ein guter Ehemann für Sie sein wird."

Seine Gefühle waren so fürsorglich. Sie war wirklich von der Tiefe seiner Zuneigung für sie gerührt.

Unter völliger Missachtung seiner Wünsche durchquerte sie das Zimmer und ließ sich in einen Polstersessel neben einem hohen Fenster fallen, durch das man auf Marylebone hinabsehen konnte.

„Tun Sie mir den Gefallen, nicht am Fenster zu sitzen", sagte er durch zusammengebissene Zähne.

Sie wandte nur ihr Gesicht ab. „Das Einzige, was man von der Straße aus sehen kann, sind meine Haare."

„Es ist bekannt, dass in diesen Wohnungen nur Junggesellen wohnen."

„Oh, schon gut!" Sie stand auf und stakste zu dem Stuhl bei den sorgfältig gefalteten Zeitungen, wohl wissend, dass sie sich auf seinen Platz setzte. Während sie sich auf den bequemen Stuhl setzte, beobachtete sie ihn. Oh, liebe Güte, er hatte nicht vor, sich zu setzen. Sie wünschte nur, dass er nicht so elend schlechter Laune wäre.

Er stand hoch über ihr wie eine große, finstere Bedrohung und sprach endlich. „Warum sind Sie hier?"

Er klang nicht glücklich.

Und daran zu denken, dass sie sich für ihre Schlauheit, seine Wohnung zu finden, auf die Schulter geklopft hatte. „Sind Sie nicht beeindruckt von meinen deduktiven Fähigkeiten, die ich angewandt habe, um herauszufinden, wo Sie wohnen, ... Mr. Murphy?"

Er fuhr sich mit der Hand durch die dunklen Haare und sank dann in den Sessel am Fenster. „Sie sollten nicht hier sein."

Seine Besorgnis um ihren guten Ruf wurde langweilig. „Wollen Sie mich nicht fragen, wie ich Ihre Wohnung gefunden habe?"

„Nicht, solange ich nicht herausgefunden habe, was Sie dazu gezwungen hat, herzukommen."

„Ich habe mich *nicht* dazu gezwungen gefühlt, hierherzukommen. Ich dachte nur, da wir ja verlobt sind ..."

„Aber wir sind *nicht* verlobt!"

„Ja, aber außer uns weiß das niemand."

Er sah wütend genug aus, dass er sie schlagen könnte. „Ich will keinen Anteil daran haben, Sie zu kompromittieren, Mylady."

Also würde er sie vermutlich nicht verführen. Was für ein Jammer, dass er so stur anständig war.

Dann überkam sie tiefe Melancholie. Ihr Leben hatte nie mehr Sinn gehabt, war nie aufregender gewesen als seit dem Moment, da Hauptmann Dryden aufgetaucht war. In ein paar Wochen würde er auf die Halbinsel zurückkehren und sie würde wieder die unscheinbare alte Jungfer, Daphne Chalmers, sein. Würde die Erinnerung an seine dunkle Schönheit mit der Zeit verblassen? Würde sie je fähig sein, das berauschende Gefühl seiner Lippen auf den ihren zu vergessen? Wie könnte sie zu ihrer nutzlosen Existenz zurückkehren, jetzt, nachdem sie Jack Drydens Berührung gespürt hatte?

Aber zurückkehren musste sie. Ihr Schicksal und Jacks, das wusste sie, war an dem Tag ihrer Geburt unwiderruflich festgelegt worden.

Es war schlimm genug, dass sie wünschte, sich

die Pulsadern aufzuschneiden.

Es war natürlich nicht so, dass Hauptmann Dryden sie *wollte*. Nein. Aber er achtete sie hoch. Ihm lag wirklich an ihr. Es war nicht nur ihr guter Ruf, den er heute so stur verteidigte, sondern ihm lag wirklich an ihrem Wohlergehen.

So, wie ihr an ihm lag. Nicht, dass sie ihn liebte oder so. Lust. Das fühlte sie für ihn. Und große Bewunderung für seine hohe Moral.

„Ich bin nicht hierhergekommen, um mich kompromittieren zu lassen", sagte sie.

„Ich hätte nie gedacht, dass sie das tun würden. Sie sind weit anständiger, als sie selbst von sich denken." Er lehnte sich in seinem Sessel zurück und kreuzte die Beine, Stiefel auf das andere Bein gelegt. „Warum sind Sie gekommen, Daphne?"

Er hatte sie wieder nicht mit *Lady* angeredet! Kein anderer Mann hatte sie je nur mit ihrem Vornamen angeredet. Eine andere Folge ihrer Nähe. Ihr Herz flatterte. „Zunächst muss ich Ihnen versichern, dass ich nie die Absicht hatte, dass jemand von meinem Hiersein erfahren sollte. Außer Ihnen. Ich bin, was meinen Ruf angeht, nicht unachtsam. Aber weil ich die Tochter eines Earls bin und weil meine Schwester Herzogin und ihr Mann Cousin des Regenten ist, stehe ich für immer im Licht der Öffentlichkeit. Was ich verabscheue. Ich dachte, dieses eine Mal könnten Sie und ich ein langes, gutes Gespräch über unsere Ermittlungen führen, ohne befürchten zu müssen, dass uns jemand belauscht."

„Sie haben offensichtlich gewartet, bis Mrs. Pope ausgegangen war, bevor Sie kamen?"

Sie nickte.

„Wie haben Sie sich vorgestellt, wieder zu

gehen, ohne gesehen zu werden?"

„Ich hatte gedacht, dass Sie eine Ablenkung schaffen könnten, indem Sie die Dame in ein Gespräch verwickeln, während ich wegschleiche."

Als sie sah, dass er sich entspannte, ließ sie sich dankbar gegen die weiche Rückenlehne des Stuhls fallen.

„Nachdem Sie schon einmal hier sind, können wir ebenso gut diese Besprechung abhalten, aber Sie dürfen nie wieder herkommen. Verstanden?"

Sie schaffte es, zerknirscht auszusehen. „Ja, Hauptmann."

„Jack", blaffte er.

Wenn der Mann die geringste Ahnung davon gehabt hätte, wie erotisch sie es fand, seinen Vornamen zu benutzen, hätte er sich diese Anweisung sicher noch einmal überlegt. „Also ...", begann sie, „wie lief es gestern Abend?"

Er schaute finster. „Schlecht."

„Schlecht? Inwiefern?" Ihr Herz schlug schneller.

„Ein Offizierskamerad aus Indien kam bei Boodle's hereinspaziert."

Ihre Hände klammerten sich um die Armlehnen des Stuhls. „Er hat sie erkannt?"

„Ich habe ihn zuerst gesehen."

„Also haben Sie darauf geachtet, dass er Sie nicht sah?"

Er nickte. „Ich habe es geschafft, einen hastigen Abgang zu machen, bevor er die Gelegenheit hatte, mich zu erkennen."

Sie seufzte erleichtert. „Wie heißt der Mann?"

„Randolph Bennington. Warum fragen Sie?"

„Es ist wohl unerlässlich, dass wir ihn dazu bringen, London zu verlassen, meinen Sie nicht?"

Er schaute sie an als wäre sie eine tobende

Wahnsinnige. „Und wie schlagen Sie vor, dass wir das anstellen sollen?"

Ein Lächeln legte sich über ihre Lippen. „Da bin ich mir nicht ganz sicher. Noch nicht."

„Was überlegen Sie in Ihrem teuflischen Geist?", fragte er; seine schwarzen Augen blitzten.

Sie zuckte die Schultern. „Vielleicht ein falscher Brief des Außenministeriums, dass er nach Lissabon oder an einen ähnlichen Ort kommandiert wird?"

Er gab keine Antwort. Tief in Gedanken legte er seine Hand ans Kinn. Nach einer Weile nickte er und musterte sie dann mit funkelnden Augen. „Es müsste eine sehr gute Fälschung sein. Bennington ist kein Narr."

„Überlassen Sie ruhig alles mir."

Er setzte sich ruckartig auf. „Sehen Sie, Daphne, ich kann Ihnen nicht erlauben, ... äh, unseren Auftrag zu gefährden."

Ihr Lächeln vertiefte sich. Er sorgte sich um sie, selbst wenn er das nur ungern zugab. „Das wird nie entdeckt werden."

„Wie können Sie so sicher sein?", fragte er.

„Zufällig hat mein Schwager, Sir Ronald, eine recht wichtige Stellung im Außenministerium. Ich werde ihm morgen einen Besuch abstatten, mich versichern, dass Mr. Bennington keine frühere Bekanntschaft mit ihm hat, dann stibitze ich sein Siegel."

„Sein Siegel stibitzen?", donnerte Jack.

Oh, liebe Güte, der Hauptmann war zornig. „Das ist nichts, worüber man sich derart aufregen müsste", sagte sie. „Der liebe Sir Ronald wird ständig von seinen Untergebenen belästigt. Ich warte, bis er abgerufen wird, um irgendeinen Notfall zu klären, dann nehme ich es aus seinem

Schreibtisch."

„Und wenn er entdeckt, dass es fehlt?"

„Könnte er den Diebstahl nicht zu mir zurückverfolgen", sagte sie. „Nicht, wenn sein Büro ständig von Angestellten aller Art wimmelt."

„Es gefällt mir nicht, dass Sie einen Diebstahl begehen müssen. Könnten wir nicht einfach ein anderes Siegel anfertigen lassen?"

„Natürlich. Wenn wir wüssten, wie das verdammte Ding aussieht. Wenn Ihr Mr. Bennington so verflixt schlau ist, würde er eine Fälschung erkennen."

„Das ist ein Argument." Dunkles Haar fiel dem unvergleichlichen Hauptmann in die Stirn, als er sie anschaute. Er war wirklich unvergleichlich.

„Sind Sie jetzt nicht froh, dass ich gekommen bin?", fragte sie.

Das Stirnrunzeln, mit dem er sie anschaute, war alles andere als beruhigend. „Ich hätte es vorgezogen, mich um Bennington zu kümmern, ohne Sie in Gefahr zu bringen."

„Ich werde *nicht* in Gefahr sein, Jack." Seinen Namen zu benutzen, fühlte sich unglaublich vertraut an; dass er das ignorierte, störte sie. „Bis er London verlässt, sollten Sie besser nicht wieder zu Boodle's gehen."

„Lamb war gestern Abend dort."

Sie runzelte die Stirn. „So etwas Dummes."

Er zuckte mit den Schultern. „Mein erzwungener Rückzug hat mir die Zeit gegeben, mich über die Politik der Whigs aufs Laufende zu bringen."

„Warum halten Sie es für notwendig, über die Politik der Whigs auf dem Laufenden zu sein?"

„Damit ich ein gemeinsames Interesse habe, dass ich mit Lamb diskutieren kann."

„Ich wusste nicht, dass George Lamb sich für die Politik der Whigs interessiert", sagte sie und warf ihm einen erstaunten Blick zu.

Jack sah sie an, als redete sie Unsinn. „Wie konnte ihnen nicht bekannt sein, dass der Mann Parlamentsmitglied ist?"

„Oh, liebe Güte", seufzte sie.

Er beäugte sie misstrauisch. „Was ist *oh-liebe-Güte*?"

„Ich fürchte, Sie haben George Lamb mit seinem Bruder William verwechselt, der *wirklich* Parlamentsmitglied ist."

Kapitel 16

Nur seine Selbstbeherrschung, die er in Jahren, in denen er Entscheidungen treffen musste, von denen Leben oder Tod abhing, erworben hatte, hielt Jack davon ab, eine Reihe unfeiner Flüche von sich zu geben - etwas, das er selbstverständlich nicht in Gegenwart einer Dame tun konnte. „Dann habe ich einen weiteren verdammten Abend vergeudet." Sein wütender Blick durchbohrte die leere Wand ihm gegenüber. „In fast zwei Wochen habe ich nichts zustande gebracht."

„Dinge dieser Art brauchen Zeit", sagte sie mit einem beruhigenden Ton in der Stimme.

„Wir haben keine Zeit! Jemand ist verzweifelt genug, den englischen Regenten ermorden zu wollen, und Sie und ich sind alles, was zwischen ihm und seinem Tod steht."

„Wir werden das nicht zulassen."

Wie naiv sie war! Dachte sie, sie könnte den Schurken einfach wegwünschen? Obwohl Lady Daphne Chalmers übermäßig intelligent war, hatte sie keine Erfahrung mit Mord oder Mördern. Erinnerungen an Edwards Tod schlugen über ihm zusammen. Auch wenn die lebhafte Erinnerung an die Sterbestunde seines Freundes zu einem unscharfen Schmerz geworden war, befand sich doch anstelle des nagenden Schmerzes jetzt eine tiefe Leere, die nie fortging. Bis zu diesem Tag fiel es Jack schwer zu akzeptieren, dass er den Mann, der sein bester Freund gewesen war, nie wiedersehen würde.

So viele Fehler der Regent haben mochte, Jack wollte sich nicht vorstellen, wie diese Lebenslust ausgelöscht werden könnte.

Vor allem, wenn Jack ein solches Verbrechen verhindern könnte.

Aber wie zum Teufel sollte er diese Bedrohung abwehren, wenn er am Ende jeder Spur mit dem Kopf gegen eine Wand rannte? Zehn Tage zuvor hätte er nie geglaubt, dass er den Schuldigen bis jetzt nicht ausfindig machen würde. Aber jetzt, zehn Tage später, war er nicht dichter daran, den Verdächtigen zu erwischen, als er es an jenem ersten Nachmittag in Carlton House gewesen war. *Zum Teufel noch einmal!*

Er lachte bitter auf. „Ich habe mich noch nie so machtlos gefühlt."

„Das liegt daran, dass Sie immer so erfolgreich waren. Und Sie werden auch jetzt Erfolg haben. Ich weiß es."

Er schaute sie böse an. „Und worauf gründen Sie diese Annahme?"

Sie stemmte ihre Hände in die Hüften und erwiderte seinen finsteren Blick. „Ich bin der Überzeugung, dass unsere gemeinsame Intelligenz die unseres Gegners übersteigt." Ihre Stimme wurde sanfter. „Wir haben auch den Vorteil, von seiner Existenz zu wissen, ohne dass er von uns weiß."

Ihre Worte entbehrten nicht einer gewissen Logik. „Aber der Regent kann nicht den Rest seines Lebens in seinem Schlafzimmer verbringen, während wir jeden Mann im Königreich entlasten."

„Sie sollten nicht so pessimistisch sein."

„Sie, Mylady, sollten nicht so verdammt optimistisch sein! Wir sind in dieser Ermittlung noch keinen Schritt vorangekommen."

„Sie setzen sich zu sehr unter Druck. Obwohl Sie den Schuldigen noch nicht entdecken konnten, haben Sie viele Leute kennengelernt, viele Verdächtige ausgeschlossen und sich bei wichtigen Personen beliebt gemacht, Personen, die für die Bedrohung des Regenten verantwortlich sein könnten."

Könnte jemand, den er bereits kennengelernt hatte, die schwer fassbare Person sein, nach der er suchte? Seine Gedanken huschten wieder zu den Männern, deren Ehefrauen die Liebhaber des Prinzen von Wales gewesen waren. Lord Jersey war tot. Wie war es mit Lord Melbourne? Könnte der Groll über die Untreue seiner Frau die ganzen Jahre geschwärt haben? Und vielleicht sollte Jack auch versuchen, Lord Hertford besser kennenzulernen. Er erinnerte sich an die Freundlichkeit von Reginald St. Ryse, als es um den Regenten ging. Könnte das eine List gewesen sein? Jack schaute Daphne an und schenkte ihr ein schwaches Lächeln. „Sie sorgen dafür, dass ich mich nicht ganz wie ein Versager fühle."

Sie strahlte ihn an.

Endlich bemerkte er, was seit ihrem Eintritt in seine Zimmer nur bis ins Unterbewusstsein gelangt war. Obwohl sie (glücklicherweise) ihre Brille auf der Nase hatte, trug sie doch ein schönes Kleid und war elegant frisiert. Ihm gefiel es, wie ihr nachdenkliches Gesicht mit der Brille aussah und er fand insgesamt, dass sie ein hübsches, kleines Ding war. Nicht, dass sie klein war, wenn man an Körpergröße dachte. Aber an seiner Seite wirkte sie zierlich, und in seinen

Armen war sie köstlich zart.

Er durfte es sich nicht erlauben, daran zu denken.

„Wie *haben* Sie meine Wohnung gefunden?", fragte er, um seine Gedanken in eine andere Richtung zu lenken. „Sind Sie mir vom Green Park aus gefolgt?"

Ihre Zähne blitzten, als sie ihn anlächelte. „Ich habe viel zu viel Respekt vor Ihnen, als das zu tun. Sie sind offensichtlich ein Experte, wenn es darum geht, jemanden zu bemerken, der Ihnen folgt."

„Ich wünschte, Sie würden aufhören ..."

„... mit Ihren Fähigkeiten zu prahlen?"

Trotz seiner schlechten Laune legte sich ein Lächeln über sein Gesicht. „Ja, zum Teufel!"

„Nun, Sie *sind* ein Experte, oder Sie wären nicht für diesen enorm wichtigen Auftrag ausgewählt worden." Sie warf ihm einen vorwurfsvollen Blick zu. „Zufällig habe ich meine deduktiven Fähigkeiten benutzt, um Sie hier aufzuspüren."

„Aber ich habe nicht meinen Namen benutzt ... oder Mr. Richs."

„Natürlich haben Sie das nicht. Das wusste ich."

„Wie haben Sie mich dann gefunden?" Er bemerkte, dass der Ausschnitt ihres grünen Kleids ziemlich tief war. Warum zum Teufel musste sie so verführerisch gekleidet am helllichten Tag in London herumspazieren? Und in dieser Kälte! Konnte die Lady sich nicht wenigstens mit einem dicken Umhang bedecken?

„Ich wusste, dass Sie nirgendwo wohnen würden, wo andere Offiziere sind, weil Sie nicht wollen, dass Ihre wahre Identität bekannt wird."

„Damit blieben nur dreißig andere Londoner Stadtbezirke."

„Aber Sie sind ein *Gentleman*. Das schloss ungefähr fünfundzwanzig andere Stadtbezirke aus."

„Und?"

Sie runzelte die Stirn. „Ich habe geschummelt. Ich habe die Zeitungen gefunden, die zwei Tage vor dem Zeitpunkt, an dem ich Ihre Bekanntschaft gemacht habe, erschienen sind und sie nach Anzeigen für Wohnungen für Gentlemen in anständigen Gegenden durchsucht."

Es wurde ihm bewusst, dass ihre Methoden und Folgerungen genau dieselben waren, die er verwendet hätte. „Es gab mehrere."

„Aber ich kenne Sie, Jack", sagte sie mit viel zu weicher Stimme. „Sobald ich Mrs. Popes Anzeige las, wusste ich, dass Sie hier sein würden."

Wenn sie ihn doch nicht so gut kennen - und wenn er sich ihr doch weniger nahe fühlen würde.

Er durfte nicht zulassen, dass die Unterhaltung in dieser Richtung weiterging. „Sie haben sich meinen Respekt erworben, Mylady." Sie hatte viel mehr erworben als nur seinen Respekt. Obwohl seine Gefühle für sie völlig andere waren als die, die er Edwards gegenüber empfunden hatte, waren Lady Daphnes Fähigkeiten denen seines toten Freundes doch ebenbürtig, und ihre Partnerschaft mit Jack könnte ebenso erfolgreich werden wie seine und Edwards' es gewesen war.

Sie strahlte ihn an.

„Jetzt müssen Sie mir ein wenig mehr über George Lamb erzählen", sagte er.

„Mr. Lamb - Mr. George Lamb - sieht nicht genau wie der Regent aus, auch nicht wie seine

Mutter, Lady Melbourne. Sie haben sie noch nicht kennengelernt, nicht wahr?"

Er schüttelte den Kopf. „Sie muss schon ziemlich alt sein."

Daphne zuckte die Achseln. „Sie ist etwas älter als der Regent."

Früher oder später würde er ihr auf der ein oder anderen gesellschaftlichen Veranstaltung begegnen. Er hoffte, früher. „Ich würde gerne ihren Mann kennenlernen", sagte er.

„Das werden sie heute Abend vielleicht."

„Was ist heute Abend?"

„Der Ball des Herzogs und der Herzogin von Glenweil."

Er hoffte sehr, dass Melbourne dort sein würde. Und George Lamb ebenfalls.

„Was George Lamb betrifft ... ist er stämmig?"

Sie dachte einen Moment darüber nach, bevor sie sprach. „Er ist kräftiger, als er es vor zehn Jahren war, aber ich würde nicht sagen, dass er wie sein Vater gebaut ist, wenn es das ist, was Sie wissen wollen."

„Ein Jammer, dass ich Sie nicht mit zu Boodle's nehmen kann."

„Ich möchte nicht, dass Sie in die Nähe dieses Ortes kommen, bis wir Mr. Bennington in Marsch gesetzt haben!"

Er musste lachen. Sie war viel zu übermütig, zu sicher, dass ihr dummer Plan aufgehen würde. „Warum besuchen Sie Sir Ronald nicht heute Nachmittag?", schlug er vor. „Ich hasse es, noch einen Tag zu verschwenden. Wir haben schon zu viele vergeudet."

Sie sprang auf die Füße. „Das werde ich tun."

„Daphne." Er stand auf und kam auf sie zu. Er wollte schon seine Hände auf ihre schmalen

Schultern legen, hielt sich aber zurück. Sie waren zu nahe an seinem Schlafzimmer - gefährlich nahe. „Seien Sie vorsichtig."

„Natürlich." Ein sehnsüchtiger Ausdruck ließ ihr Gesicht weich werden, als sie ihm einen letzten Blick zuwarf, bevor sie sich zur Tür begab.

Er hatte ein Auge fest auf das Fenster gerichtet gehalten, um nach Mrs. Popes Rückkehr Ausschau zu halten. „Die Luft ist rein", fügte er hinzu. „Meine Vermieterin ist noch nicht zurückgekommen."

Nachdem Daphne fort war, trat er gegen die Reihe seiner Stiefel und schleuderte sie durch das Zimmer. Warum konnte sie heute nicht ihr verblasstes Kleid mit dem hohen Kragen tragen? Es gefiel ihm nicht, dass jeder Mann im Außenministerium sie anstarren würde.

* * *

Wenn sie Sir Ronald um sein Siegel bäte, würde er es ihr geben. Er schuldete Daphne etwas dafür, dass sie ihrer Schwester nicht erzählt hatte, wie sie ihn mit einem federgeschmückten, stark geschminkten Flittchen gesehen hatte. Aber wo wäre der Spaß, wenn sie ihn einfach nach dem Siegel fragte? Lady Daphne Chalmers' neuerdings entdeckte Fähigkeit der Täuschung war eher, als würde sie eine fremde Sprache lernen. Je mehr sie sie verwendete, desto geschickter wurde sie dabei - und desto mehr verlangte sie danach, sie wieder zu benutzen.

Außerdem hatten Jack und sie eine Abmachung getroffen, dass niemand ihnen bei den Ermittlungen irgendwie behilflich sein durfte. So loyal Sir Ronald seinem Herrscher gegenüber war, könnte ihm doch unabsichtlich eine Bemerkung entschlüpfen, die ihre Arbeit gefährden würde.

Sie betrachtete ihren sich windenden Schwager über seinen großen Schreibtisch im Außenministerium hinweg. Befürchtete er, dass sie hergekommen wäre, um ihm eine Predigt über seine Neigung zum Schürzenjagen zu halten? Oder ihm zu drohen, dass sie Virginia über diese Neigung berichtete? So sehr Daphne sein Unbehagen genoss, beschloss sie doch, ihn zu beruhigen. „Ich bin gekommen, um deinen Rat zu erbitten", begann sie.

Seine schmalen Schultern entspannten sich und in seinem Gesicht entstanden beim Lächeln Grübchen.

„Ich habe mögliche Bewerber der Schwester einer Freundin von mir unter die Lupe genommen", sagte sie, „und da dein Bekanntenkreis so groß ist, dachte ich, du wärest genau der richtige Mann, den ich fragen sollte." Sie musste sich keine Sorgen machen, dass ihr Schwager ihre seltene Neugier für verdächtig halten könnte. Sir Ronalds Meinung über seine eigene Wichtigkeit machte ihn für Daphnes hervorragende Verbindungen mit der feinen Gesellschaft blind.

Das Licht, das in den Raum strömte, fing sich in dem metallischen Schimmer seines blonden Haares. Er war ekelhaft gutaussehend. Ein Jammer, dass er sich dessen so bewusst war. „Ich fühle mich geschmeichelt, Mylady."

Sie würde damit beginnen, die Namen von einigen der geselligsten Junggesellen Londons zu nennen, um den Verdacht von dem einen Mann abzulenken, von dem sie sichergehen wollte, dass er *nicht* mit Sir Ronald bekannt war. „Weißt du irgendetwas Nachteiliges über Mr. Michael

Beresford?"

Er schüttelte den Kopf. „Beresford ist ein feiner Kerl."

„Gut zu wissen", sagte sie mit einem Seufzer. „Und was ist mit Lord Penworth?"

„Auch ein guter Mann", bestätigte er. „Obwohl ich zu behaupten wage, dass er nicht die Absicht hat zu heiraten."

„Männer, mein lieber Herr, haben nie die Absicht zu heiraten!" Sie schenkte Sir Ronald ein scheues Lächeln. Jetzt war es an der Zeit, den Namen eines bekannten Wüstlings aufzubringen. „Was ist mit Paul Stanfield?"

Sir Ronalds Brauen zogen sich zusammen. „Ich bin sicher, dass er nicht nach einer Braut sucht - es sei denn, die Dame ist eine Erbin."

Sie schaute ihn unschuldig an. „Weißt du etwas Unschönes über ihn?"

Er zögerte, bevor er eine Antwort gab. „Ich spreche nicht gerne schlecht über einen Mann, mit dem ich gesellschaftlich verkehre, aber ich würde nicht wünschen, dass Stanfield meiner Schwester den Hof macht."

„Genau die Information, die ich brauche", sagte sie, „und ich versichere dir, dass ich nie verraten werde, dass du die Quelle meiner Informationen bist."

Sie holte tief Luft und versuchte, gleichgültig zu klingen. „Was ist mit Hauptmann Bennington. Randolph Bennington?"

Er schürzte nachdenklich seine Lippen und sagte dann: „Fürchte, ich kenne den Kerl nicht."

Gott sei Dank! Soweit es Bennington bekannt war, könnte Sir Ronald Castlereaghs rechte Hand sein.

Früher, wann immer Virginia und sie Sir

Ronald einen kurzen Besuch abgestattet hatten, waren Untergebene wie Kunden in einer Leihbücherei in seinem Zimmer ein- und ausgegangen. Heute war das leider nicht der Fall.

Sie würde ihn beschäftigen müssen, bis ein Kollege nach ihm verlangte. Was sie immer taten. „Lass mich dich nicht von deiner wichtigen Arbeit abhalten", sagte sie, als sie aufstand, ihr Reticule auf ihren Stuhl legte und dann zum Fenster schlenderte, wo sie dem geschäftigen Strand unten große Aufmerksamkeit widmete. Es gab so viele Pferde und Heuwagen, Mietkutschen und Gigs, die sich in der schmalen Straße stauten, dass der Verkehr fast zum Erliegen gekommen wäre.

„Gibt es noch etwas, womit ich dir helfen könnte?", fragte Sir Ronald und stand auf.

„Nein. Du warst äußerst hilfreich."

Er kam zu ihr herüber. „Ist etwas nicht in Ordnung?"

Sie hielt ihren Blick fest auf das Gedränge der Fahrzeuge gerichtet, als er sich neben sie stellte und einen Blick auf den Verkehr unten warf. „Was betrachtest du mit solchem Interesse, Mylady?"

„Ich wünschte mir nur, dass der Blick aus meinen Zimmer zu Hause ebenso interessant wäre wie der, den du hier hast." Sie drehte sich um und blickte ihn an. „Aber ich schätze, du bist immer so schrecklich beschäftigt, dass du keine Gelegenheit hast, um aus dem Fenster zu sehen." Der arme Mann dachte vermutlich, sie hätte Dachkammern zu vermieten.

„Nun, in der Tat bin ich derzeit von Arbeit überhäuft."

„Dann lass mich dich bitte nicht aufhalten. Ich schaue nur ein paar Minuten weiter hier hinaus."

Dass sie die exzentrische Chalmers-Schwester war, würde hoffentlich ihr momentan eigenartiges Benehmen erklären.

Zu ihrer Erleichterung murmelte er ein paar Abschiedsworte und rauschte aus seinem Büro.

Sie warf einen Blick über ihre Schulter, um sicher zu sein, dass er die Tür hinter sich geschlossen hatte, dann huschte sie zu seinem Schreibtisch und zog die mittlere Schublade auf.

Genau da schwang die Tür zu dem Zimmer auf.

Mit hämmerndem Herzen flog sie zu dem Stuhl, auf dem sie ihr Reticule gelassen hatte und griff es sich, erlaubte sich erst dann, aufzuschauen. Gott sei Dank war es nicht Sir Ronald, der in den Raum geschlendert kam. Vor allem, da sie es versäumt hatte, seine Schreibtischschublade zu schließen.

„Verzeihen Sie, dass ich hier hereinplatze", sagte ein junger, bebrillter Schreiber, dessen Blick lässig über sie hinwegflog. „Hier sind einige Karten, die ich für Lord Elden holen soll." Er ging zu einem Tisch in der Nähe von Sir Ronalds Schreibtisch und blätterte durch einen Stapel gefalteter Karten, bis er fand, wonach er suchte.

„Da gibt es nichts zu verzeihen", sagte sie freundlich, während sie ihr Reticule öffnete und so tat, als suchte sie darinnen nach etwas. Und suchte weiter. Würde der Mann nie gehen? Sie schaute auf und erwischte ihn, wie er sie angaffte. Männer gafften sie nie an. Ihr Blick flog zu der Karte in seiner Hand. „Ich nehme an, Sie haben gefunden, was sie gesucht haben?", fragte sie.

„Ja, Mylady", sagte er und schritt zur Tür hinüber.

Sobald er fort war und die Tür wieder geschlossen, ging sie um den Schreibtisch herum und spähte in die geöffnete Schublade. Sir Ronalds Siegel war dort, in der ersten Schublade, die sie durchsuchte, genau, wie sie es gewusst hatte. Sie schnappte es sich, ließ es in ihr Reticule fallen und eilte aus dem Zimmer.

Kapitel 17

Daphne hatte offensichtlich auf ihn gewartet, als er an diesem Abend ankam, denn sie riss die Tür auf, bevor er den Klopfer betätigen konnte. „Schnell", sagte sie in heiserem Flüsterton, „in Papas Bibliothek."

Jacks Magen sank in seine Knie. Hatte Lord Sidworth ihn entlarvt?

Er folgte ihren raschelnden Röcken durch das große Foyer zum Heiligtum ihres Vaters und holte tief Luft, als er eintrat und sich darauf gefasst machte, sich Lord Sidworth zu stellen. Aber der Earl saß nicht an seinem Schreibtisch. Jacks Blick wanderte um das vom Feuer erleuchtete Zimmer herum. Der Raum war leer.

„Sie müssen meinen Brief an Hauptmann Bennington lesen, bevor meine Eltern mit dem Ankleiden fertig sind", sagte sie, während sie die Tür schloss. „Ich wollte ihn nicht abschicken, bevor Sie ihn gesehen haben."

Erleichterung überkam ihn. „Ich entnehme dem, dass sie sich das Siegel beschaffen konnten?"

Sie reichte ihm ein gefaltetes Pergament. „Haben Sie an meinen Fähigkeiten gezweifelt?"

„Nicht einen Moment." Ein Lächeln breitete sich auf seinem Gesicht aus, als er das Schreiben nahm.

„Kommen Sie hierher ans Feuer, wo das Licht besser ist." Mit der Geste einer erfahrenen

Ehefrau legte sie ihre Hand auf seinen Arm.

Als sie vor dem flackernden Kamin standen, entfaltete er den Brief und begann zu lesen.

An: Hauptmann Randolph Bennington
Von: Sir Ronald Johnson, Unterstaatssekretär bei Lord Castlereagh

Sehr geehrter Hauptmann Bennington,

Ihre ausgezeichnete Führung blieb von Kommandant Wellesley nicht unbemerkt, der sich mit Lord Castlereagh deshalb in Verbindung gesetzt hat. Dabei hat der Kommandant Lord Castlereagh gebeten, Ihnen seine dringende Bitte mitzuteilen, dass Sie auf der Halbinsel als sein Attaché dienen möchten. In dieser Eigenschaft sollen Sie als Verbindungsoffizier zwischen dem Außenministerium und Lord Wellesley dienen.

Lord Castlereagh verlangt, dass Sie die beigefügten versiegelten Dokumente dem Kommandanten so schnell wie möglich überbringen. Er hat Ihre Überfahrt nach Portugal auf der HMS Cadiz, die Donnerstag aus Portsmouth ausläuft, arrangieren lassen.

Mit unseren besten Wünschen für Ihren Erfolg,

Sir Ronald Johnsons Unterschrift zeigte eine kühne, männliche Handschrift. Aber natürlich konnte das nicht Sir Ronalds sein. Jack drehte sich zu ihr um. „Das können Sie nicht abschicken!"

„Warum nicht?", fragte sie.

„Bennington ist kein Idiot. Er muss Beziehungen haben, die wissen, wo die *Cadiz* wirklich liegt."

„Mein lieber Hauptmann", sagte sie mit nur kaum verhülltem Ärger, „ich hätte die *Cadiz* nicht erwähnt, wenn ich nicht sicher wäre, dass sie am Donnerstag in Portsmouth sein würde."

„Wie können Sie das wissen?"

„Mein Cousin - der, dessen Ausgehuniform Sie geborgt hatten - kommandiert die *Cadiz*."

„Aber Sie sagten mir, er wäre außer Landes."

Sie schaute ihn ungehalten an. „Das war er auch."

„Er ist zurück?"

„Bis Donnerstag."

Seine Augen wurden rund. „Wie in Übermorgen?"

„Natürlich."

„Woher wissen Sie das alles?", fragte er mit einer tiefen Falte zwischen den Augenbrauen.

„Ich hatte das große Glück, heute Nachmittag mit meiner Tante zusammenzustoßen, und sie hat es mir erzählt. Und das wirkliche Wunder ist, dass er am Donnerstag nach Lissabon ausläuft!"

Sein Blick fiel wieder auf den Brief in seiner Hand. „Aber damit geben Sie Bennington nur einen Tag."

Ihre Stimme klang wie die einer ungeduldigen Gouvernante. „War es nicht unsere Absicht, London bei der erstmöglichen Gelegenheit von seiner Anwesenheit zu befreien?"

Warum musste sie nur immer so verdammt recht haben? „Sie erwarten ernsthaft, dass Bennington sich durch den Brief eines Fremden überzeugen lässt?"

„Ich bin der Meinung, dass die Offiziere der

Armee Seiner Majestät dazu erzogen sind, Autorität nicht in Frage zu stellen." Sie schaute ihn an. „Ist es nicht so?"

Er erhaschte einen Hauch ihres Minzduftes, der für ihn sinnlicher geworden war als das feinste französische Parfüm. Sein Blick wanderte über sie. Das Feuerlicht schimmerte in ihren ordentlich frisierten, goldenen Locken, und die weiche gelbe Seide ihres modischen Kleides lag elegant an ihrem schlanken Körper und betonte ihren tiefen Ausschnitt. Nur das sich in der auf ihrer Nase sitzenden Brille spiegelnde Feuer brachte ihn wieder zum Sinn ihrer Unterhaltung zurück. „In der Tat *werden* die Offiziere dazu angehalten, Befehle zu befolgen." Wie konnte eine Frau das wissen? Natürlich war Lady Daphne Chalmers nicht irgendeine Frau. Ihr umfangreiches Wissen übertraf das jeden Mannes, den er je gekannt hatte.

„Ich dachte auch", fügte sie hinzu, „dass seine Euphorie darüber, so einzigartig ausgezeichnet zu werden, jedes mögliche Misstrauen verhindern würde."

Er erinnerte sich an die Jahre, die er und Bennington zusammen in Indien gedient hatten. Benningtons Streben nach Macht hatte ihn dazu veranlasst, jede mögliche Gelegenheit zu ergreifen, um sich bei seinen Vorgesetzten beliebt zu machen. Er verpasste nie einen Offiziersball, vergaß nie, sein neuestes Buch mit einem älteren Offizier zu teilen und übersah nie eine Gelegenheit, seinem Kommandanten ein Kompliment zu machen. Jack lächelte die bebrillte Frau an, die neben ihm stand. Verdammt, wenn er begriff, wie sie Bennington so gut einschätzen konnte, wo sie ihm noch nie begegnet war, aber ihre Kenntnis des Hauptmanns saß wie der Pfeil im Schwarzen. Ein tiefes Lächeln ließ Falten in Jacks Gesicht entstehen. „Mit jedem Tag, an dem ich mit Ihnen zusammen bin, gewinne ich mehr Respekt für den Regenten."

Sie warf sich an seine Brust, ihre beiden Arme legten sich um seinen Hals. „Weil er mich als Ihren Partner vorgeschlagen hat?", fragte sie mit einem Lachen in ihrer Stimme und lächelte zu ihm auf.

In diesem Moment schwang die Tür auf und Lord und Lady Sidworth betraten – ein selbstzufriedenes Lächeln austauschend - den Raum.

Verdammt ungünstiger Zeitpunkt. Daphne löste sich schnell von ihm.

„Nun seht mal, ihr beiden", sagte Lord Sidworth und musterte sie. „Wenn ihr so weitermacht, müssen wir die Verlobung sofort bekanntgeben." Obwohl seine Worte streng klangen, war sein Auftreten entspannt, sogar leutselig.

Daphne ließ ihre Hand in Jacks gleiten. „Was mir sehr lieb wäre, Papa."

Jack hätte seiner Scheinverlobten am liebsten ein Taschentuch in den Mund gestopft. Was konnte sie nur denken? In wenigen Wochen würde er fern von London sein und sie nie wiedersehen. Er wollte sich nicht vorstellen, wie Daphne dann als sitzengelassenes Mädchen dastand. Selbst, wenn sie diejenige sein würde, die angeblich einen Rückzieher gemacht hatte.

Lord Sidworth betrachtete Jack düster. „Dann sollten wir vielleicht den Ehevertrag aufsetzen. Hier, in der Bibliothek, morgen?"

Jack schluckte. Wenn der Agent und der Anwalt des Earls mit der Sache befasst würden, könnten sie dabei sehr gut herausfinden, dass es keinen Mr. Jack Rich, Minenbesitzer aus Südafrika, gab. „Ich bin ein sehr reicher Mann", sagte Jack zu Lord Sidworth. „Ich will nichts von Ihnen ..." Sein zärtlicher Blick blieb auf Daphne hängen. „Außer Ihrem Kostbarsten." Bevor er sich im Klaren war, was er da tat, drückte er einen sanften Kuss auf Daphnes seidiges Haupt.

Lord und Lady Sidworth schauten sich mit zärtlichem Lächeln an. Hölle und Teufel! Lady Sidworth hatte Tränen in ihren Augen.

„Wie dem auch sei", sagte Lord Sidworth, „ich muss auf einem formellen Vertrag bestehen."

Jack verbeugte sich vor dem Earl. „Wie Sie wünschen, Mylord."

Daphnes Griff um seine Hand wurde fester. „Bitte, Papa, könntest du mit Mama schon vorausgehen und Mr. Rich und mich einen Moment alleine lassen. Wir sprachen gerade über eine private Angelegenheit, als ihr hereinkamt."

„Dein Vater hat schon die Kutsche rufen lassen", sagte Lady Sidworth. „Wir dürfen nicht zu spät zum Ball der Glenweils kommen."

Daphne sah ihre Mutter ungeduldig an. „Mr. Rich und ich brauchen nur einen Augenblick."

Nachdem Lord und Lady Sidworth den Raum verlassen hatten, sagte Jack streng: „Wäre doch die älteste Tochter Ihrer Eltern stumm geboren."

„Es tut mir so leid. Es sieht mir gar nicht ähnlich, irgendwelche Dummheiten herauszuposaunen."

Oh doch.

„Keine Bange", sagte sie. „Ich lasse mir etwas einfallen."

„Und das soll mich beruhigen?"

„Lassen Sie mich heute Abend darüber

nachdenken", sagte sie. „In der Zwischenzeit muss ich noch diesen Brief an Hauptmann Bennington abschicken."

„Sie kennen seinen Aufenthaltsort?"

Sie schmollte. „Ich wage zu sagen, Hauptmann, dass in London nicht viel geschieht, das mir entgeht." Nicht nötig, ihm zu erklären, wie leicht sie Benningtons Adresse herausgefunden hatte. In diesem Fall hatte ihr der zufällige Besuch eines Armeeoffiziers bei ihrer Schwester alle Informationen besorgt, die sie brauchte.

„Aber Sie können den Brief nicht einfach von einem Pagen überbringen lassen. Es muss so aussehen, als käme er von einer Regierungsstelle."

„Das weiß ich! Aus diesem Grund habe ich einen unserer Lakaien bestochen, ihn heute Abend auszuliefern. Er wird in die Marineuniform meines Cousins gekleidet sein - dieselbe, die Sie getragen haben. Was für ein Glück, dass Sie alle drei die gleiche Größe haben - obwohl ich sagen muss, dass Penrwyn die Uniform bei weitem nicht so gut ausfüllen wird wie Sie."

Zwischen seinen Brauen entstand eine Falte. „Was ist mit dem *versiegelten Päckchen*?"

„Das habe ich hier." Sie ging zu einem Schreibtisch und öffnete die Schublade, zog ein zusammengefaltetes Päckchen heraus, das bereits versiegelt war und begann, den Brief an Bennington darum zu falten. Aus derselben Schublade zog sie etwas heraus, was offensichtlich Sir Ronalds Siegel war und benutzte heißes Wachs vom Schreibtisch ihres Vaters, um den Brief zu verschließen. „So! Jetzt muss ich nur noch Penrwyn dies zustecken, während Sie meine Eltern im Gespräch festhalten."

„Ich nehme an, dass Penrwyn der Lakai ist?" Plötzlich erinnerte er sich an einen großen, schlanken jungen Mann, der bei Sidworths am Tisch aufgewartet hatte.

Sie hakte sich bei ihm ein und sah zu ihm auf. „Genau, das ist er."

„Und, sagen Sie, was ist in dem versiegelten Paket?", fragte er.

„Nichts", sagte sie mit einem Lächeln.

Genau, wie Jack es sich gedacht hatte. Bennington würde zum Glück weit weg von London sein, wenn er entdeckte, dass die Blätter leer waren.

* * *

Das Gedränge der Kutschen vor dem Stadthaus des Herzogs von Glenweil am Berkeley Square reichte bis um die Ecke herum nach Piccadilly. Die Wartezeit wurde durchaus belohnt, wie Jack fand, als er das prachtvolle Stadthaus musterte, mit dem sich nur Carlton House an reiner Größe messen konnte. Licht strahlte aus allen Fenstern des viergeschossigen Gebäudes. Zu Pyramiden gestutzte Bäume und funkelnde Laternen standen zu beiden Seiten der Eingangstür, wo Lakaien in scharlachroter Livree sie begrüßten.

In den palastähnlichen Räumen angekommen war Jack überzeugt, dass das Fest dieses Abends der Ball der Saison sein musste. Hunderte formell gekleideter Ladys und Gentlemen drängten sich auf der geschwungenen Treppe und in jedem Raum, den er sah; das Summen eleganter Konversation ließ ihn sich sicher fühlen, dass, was auch immer Daphne und er diskutierten, nicht belauscht werden konnte. Was auch gut war. Er hoffte verzweifelt, dass sie ihm George Lamb zeigen könnte. Und vielleicht den Mann, der ihn als seinen Sohn bezeichnete.

Als sie in der Reihe standen, um die Gastgeber zu grüßen, beugte er sich hinab, um in Daphnes Ohr zu sprechen. „Sie müssen es mir sagen, wenn Sie George Lamb sehen."

Sie nickte, ihr umherschweifender Blick überflog den Raum, während ihr Arm besitzergreifend auf Jacks lag. Dann schüttelte sie den Kopf.

Der Herzog und die Herzogin von Glenweil hatten etwas Königliches an sich, als sie auf dem glänzend polierten Marmorboden des Eingangs standen, um ihre Gäste unter einem mehrstöckigen Kristallkronleuchter zu begrüßen, der den Raum taghell erleuchtete. Jack fand, dass man die Gastgeber für Bruder und Schwester hätte halten können. Beide waren weißhaarig und schlank mit aristokratischen Nasen, beide waren elegant in Elfenbein und Gold gekleidet. Obwohl die modischen Herren jetzt dunkle Kleidung zu formellen Anlässen trugen, hing der Herzog noch an der üppigen Mode seiner Jugend. Zweifellos hatte er als junger Mann einige Zeit am französischen Hof verbracht. Vor der Schreckensherrschaft.

Als Jack und Daphne die Spitze der Reihe erreichten, war Jack überrascht, dass der Herzog ihn ansprach. „Also Sie sind der Mann, über den ich so viel gehört habe", sagte er zu Jack. „Lady Daphnes Verehrer." Er wandte sich zu seiner Frau. „Sidworth sagt, dass Lady Daphnes guter Freund ein begabter Sprachkünstler ist. Er spricht fließend Hottentottisch und so."

„Wie erstaunlich!", sagte die Herzogin. „Ich glaube nicht, dass ich mich jemals mit jemandem unterhalten habe, der Hottentottisch spricht."

Jack betete nur darum, nicht um eine Vorführung gebeten zu werden.

„Mr. Rich hat auch große Kenntnisse in Latein und Griechisch", fügte Daphne hinzu.

Er drückte ihre Hand.

„Mein Latein und mein Griechisch sind auch nicht mehr, was sie einmal waren", sagte der Herzog und schüttelte bedauernd sein Haupt.

Daphne schubste Jack leicht und wandte sich an ihre Gastgeber. „Wir dürfen Ihre Zeit nicht nur für uns in Anspruch nehmen, Eure Gnaden. Sie haben noch viele wartende Gäste." Sie beugte respektvoll ihr Haupt, als sie weitergingen und begannen, die Treppe hinaufzusteigen.

„Warum gehen Sie nicht zu den Männern ins Spielzimmer, während ich unsere *Personen von besonderem Interesse* suche?", sagte sie.

„Das werde ich tun, aber ich hätte gerne, dass Sie vorher einen Blick in den Raum werfen."

Der Salon im zweiten Stock war in ein mit vier quadratischen Tischen ausgestattetes Spielzimmer verwandelt worden, alle davon waren besetzt. Daphnes Blick schweifte über die dort Sitzenden, dann schüttelte sie den Kopf.

Obwohl die Personen, für die sie sich besonders interessierten, nicht dort waren, sah er Bottomworth, der in der hinteren Ecke saß und sich auf sein Whistspiel konzentrierte. Jack würde diese Ecke auf jeden Fall meiden. St. Ryse war an einem nahestehenden Tisch in sein Spiel vertieft und Lord Hertford, der an einem Tisch in der Nähe des Kamins saß, war ebenfalls im Zimmer. Jack nickte der weitergehenden Daphne zu und entschied, seine Bekanntschaft mit Hertford und St. Ryse zu vertiefen, könnte sich als hilfreich bei ihren Ermittlungen erweisen.

Er ging zu St. Ryses Tisch, und als dieser Gentleman aufschaute, nickten sie einander zu. „Ich hoffe, Sie bringen mir Glück, Rich", sagte St. Ryse, als er eine Karte abwarf, „oder Sie können bald meinen Platz übernehmen."

„So gerne ich spiele, ich würde es nicht gerne auf Ihre Kosten tun." Obwohl Jack gehört hatte, dass Lady Carlton St. Ryses Geliebte war, hatte Jack noch nie einen Hinweis darauf gesehen. Die beiden tanzten nie miteinander, wenn sie den gleichen Ball besuchten. Natürlich war auch ihr Mann meist anwesend. Trotzdem, wenn der Mann zornig genug war, um den Regenten wegen seiner deutlichen Aufmerksamkeiten gegenüber Lady Carlton aus dem Weg schaffen zu wollen, würde er doch sicher irgendeinen Hinweis dafür geben, dass ihr seine Zuneigung gehörte.

Das Summen der Stimmen wurde plötzlich lauter und mehrere Männer sahen zur Tür. „Ah, der Herzog von York ist hier", sagte ein Mann an Jacks rechter Seite.

Jack drehte sich um und betrachtete den Mann, der der Bruder des Regenten war. Der königliche Prinz war von Kopf bis Fuß in militärische Kleidung gehüllt, komplett mit Reitstiefeln und genug Gold an seinen baumelnden Orden und hängenden Tressen, dass es einem Juwelier für ein Jahr gereicht hätte. Als junger Mann musste er eine schneidige Figur abgegeben haben, aber die Jahre waren nicht freundlicher zu ihm gewesen als zu dem Bruder, der ein Jahr älter war als er. Trotz seiner Masse bewegte sich der Herzog von York mit sicherer Arroganz; an seiner Seite glänzte ein Schwert. Warum der Mann auf der heutigen Gesellschaft ein Schwert benötigte, überstieg Jacks

Verständnis.

Männer legten ihre Karten verdeckt auf den Tisch, wenn er zu ihren Tischen geschlendert kam und sie freundlich ansprach. Erst da erinnerte sich Jack daran, dass die Comtesse de Mornet die Mätresse dieses Mannes war. Würde sie heute Abend hier sein? Oder hatte er seine Herzogin mitgebracht? Jack würde Daphne fragen müssen.

Ein Jammer, dass sie nicht hier war, um ihn dem Herzog vorzustellen. Alles, was zwischen diesem und dem Thron stand, waren der Regent und die Tochter des Regenten, Prinzessin Charlotte.

Er sah, dass ein Mann den Tisch verließ, an dem Lord Hertford saß und beeilte sich, dessen Platz einzunehmen. Eine Bekanntschaft mit Lord Hertford war definitiv angesagt. „Darf ich mich Ihnen anschließen?", fragte Jack.

„Ja, bitte", sagte Hertford und nickte zu dem leeren Stuhl ihm gegenüber.

Jack wollte sich schon vorstellen, erinnerte sich dann aber an Daphnes Erklärungen über die Etikette des Adels. Einem Lord musste man vorgestellt werden. Mit etwas Glück würde Lord Sidworth in Kürze vorbeikommen, um dies zu erledigen - hoffentlich, ohne mit Jacks Kenntnissen von Stammessprachen zu prahlen.

Nachdem der königliche Herzog das Zimmer verlassen hatte, richteten die Männer an Jacks Tisch wieder ihre gesamte Aufmerksamkeit auf ihre Karten. Jack wandte sich mehr Lord Hertford zu. Der Lord war erheblich älter als der Regent. Was ihn als alten Mann erscheinen ließ. Jack wäre verblüfft gewesen, wenn der Mann noch immer intim mit seiner Frau verkehrte. Oder der Frau eines anderen, wie es bei Mitgliedern der guten Gesellschaft üblich zu sein schien. Aber selbst ein zölibatär lebender Mann würde nicht dulden, dass ein anderer Mann mit seiner Frau schliefe, so wie es vom Regenten hieß, dass er mit Lady Hertford schliefe. Oder doch?

Als Jack dort saß und sich bemühte, sich daran zu erinnern, wie Lady Hertford aussah, fiel es ihm schwer zu glauben, dass der Regent sich von ihr angezogen fühlen könnte. Obwohl sie beträchtlich jünger war als ihr Mann, war sie doch älter als der Regent. Doch Daphne hatte betont, dass Prinny ältere Frauen mochte. Wie konnte ein Mann, der von schönen Gegenständen besessen war, nicht den Wunsch haben, sich ebenso mit schönen, *jungen* Frauen zu umgeben?

Die Lebensweise des Adels war weit jenseits von Jacks Verständnis.

„Ich dachte, Prinny würde heute Abend hier sein", sagte der Spieler zu Jacks Linken zu niemand Bestimmtem.

„Ich glaube, er leidet an einer Art von Unwohlsein", sagte Lord Hertford. „Hat Carlton House schon ewige Zeit nicht verlassen."

„Schade", sagte der Mann an Jacks linker Seite. „Der Herzog und die Herzogin von Glenweil müssen enttäuscht sein. Er besucht immer ihre Bälle."

Lord Hertford zuckte die Achseln. „Prinny ist zäh. Er wird sich schon wieder von was auch immer ihn erwischt hat erholen. Vielleicht taucht er sogar heute Abend auf."

Dass Hertford so optimistisch war, könnte ihn von Verdacht entlasten. Würde nicht der wahre Schuldige anfangen, den Verdacht zu hegen, dass der Regent die Bedrohung seines Lebens erkannt hatte?

Jack wollte verdammt sein, hätte er gewusst, was er glauben sollte. Wenn er nur seinen Instinkten folgte, würde er nicht glauben, dass irgendeiner der an diesem Abend anwesenden Männer der Schuldige sein könnte.

Aber irgendjemand musste es zum Teufel doch sein - obwohl es Jack absolut unmöglich war, die Identität dieser Person zu erraten. Was, wenn all diese Tage wirklich vergeudet worden waren? Was, wenn Daphne sich geirrt hatte, als sie darauf bestand, dass er diese Bekanntschaften machen sollte?

„Wenn wir von Krankheit reden", sagte wieder der Mann an Jacks linker Seite, „ich habe gehört, dass nicht erwartet wird, dass König George das Jahr überlebt."

„Es würde mich überraschen, wenn er es schafft", sagte Hertford.

„Also wird Prinny nächstes Jahr König sein", sagte der Mann links von Jack.

Jack beobachtete, wie Hertfords Lippen schmal wurden. „Wie viele Journalisten werden dann im Gefängnis landen?"

Natürlich spielte er auf Leigh Hunts vernichtende Angriffe auf den Regenten an. Die Presse würde einen Aufstand machen, wenn Prinny König würde.

Und Hertford wusste das.

Als das Spiel vorbei war, sammelte Jack seinen Gewinn ein und verabschiedete sich. Er musste Daphne suchen gehen.

Als er sie fand, war er keineswegs erfreut. Sie tanzte (und flirtete, wenn er sich nicht irrte) mit dem Herzog von York, der aussah, als wäre er von ihr bezaubert. Der Herzog hielt sie viel zu eng an sich gedrückt. Und warum musste sie so anbetend zu ihm auflächeln? Es würde ihr recht geschehen, wenn sie einen Krampf in ihrem Hals bekäme!

Als der Tanz zu Ende war und sie durch den Raum auf Jack zukam, den königlichen Herzog an ihrer Seite, schaute Jack sie böse an. Eine feine Hilfe war sie!

„Euer Gnaden", sagte sie zum Herzog, „ich möchte Ihnen meinen sehr lieben Freund Jack Rich vorstellen."

Der Herzog lächelte Jack breit an. „Ist mir ein Vergnügen, Mr. Rich. Habe ich Sie nicht im Spielzimmer gesehen?"

„Allerdings, Euer Gnaden."

„Ich nehme an, es lief nicht so gut?"

Besser, den Verlierer zu spielen, dachte Jack und stimmte dem Herzog zu.

Der Herzog, der noch immer Daphnes Hand gehalten hatte, legte sie in Jacks, murmelte etwas Blumiges und verabschiedete sich dann.

Jack schaute zu, als er zur Comtesse de Mornet hinüberging und dort herumstand, zweifellos auf den nächsten Tanz wartend.

„Ist die Herzogin von York hier?", fragte Jack.

Daphne schüttelte den Kopf. „Sie hasst gesellschaftliche Veranstaltungen."

„Noch eine Deutsche?"

Daphne nickte. „Die Herzogin interessiert sich nur für zwei Dinge: das Landleben und ihre Hundezucht. Ich glaube, sie hat achtzehn davon."

„Dann ist es ja gut, dass sie nicht mit dem Erben verheiratet ist."

„Oh ja. Ich glaube, sie würde es hassen, Königin zu sein."

Er trat näher an Daphne heran. „Würden Sie mir den Gefallen tun, mit mir zu tanzen, Mylady?"

Ein Lächeln erschien auf ihren Mundwinkeln, sie legte ihre Hand in seine und sie schlenderten zur Tanzfläche. Er freute sich, dass es ein Walzer war. Da würde es einfacher sein, mit ihr vertraulich zu sprechen. „Haben Sie George Lamb gesehen?", fragte er.

„Nein. Und ich habe darüber nachgedacht. Warum sind Sie von ihm so besessen?"

„Einerseits, weil ich nicht glauben kann, dass irgendeiner der Männer hier für die Attentatsversuche verantwortlich sein soll. Es ist einfacher, einen unbekannten zu beschuldigen als einen Mann, den man mag."

„Und andererseits?"

Er zuckte mit den Schultern. „Ich glaube, dass ein Mann es übelnehmen könnte, wenn sein leiblicher Vater sich weigert, seine Existenz zur Kenntnis zu nehmen. Vor allem, wenn der Vater königliches Blut hat."

„Oh, ich verstehe, was Sie meinen. Aber sicher würde er doch seinen eigenen Vater nicht *umbringen* wollen!"

„Ich kann kein mögliches Motiv außer Acht lassen."

„Nein, das können Sie natürlich nicht, aber ein solches Motiv basiert auf der Annahme, dass George Lamb ein Verrückter ist. Sie müssen wissen, dass ich ihn für völlig normal halte."

Verdammt sollte das alles sein! Er vertraute auf Daphnes Instinkte. Sie hatten sich immer als richtig erwiesen.

Er zog sie dichter an sich, als die Musik des Orchesters langsamer wurde. Ihr frischer Minzduft und das Gefühl ihrer Schlankheit in seinen Armen waren ein Aphrodisiakum. Arsen wäre weniger gefährlich gewesen. „Fällt Ihnen jemand ein, den wir übersehen haben?", fragte er im verzweifelten Versuch, seine Gedanken in eine andere Richtung zu lenken. Er war ebenso verzweifelt bemüht, etwas zu entdecken, was ihm die Sicherheit gäbe, dass sie auf der richtigen Fährte waren. Je weiter sie mit ihren Ermittlungen kamen, desto größer wurden seine Zweifel an deren Erfolg.

„Das wünschte ich, aber ich kann es nicht."

Was ihn wieder zu George Lamb zurückbrachte. „Kommt Lamb je zu solchen Gesellschaften?"

„Selten. Aber heute Abend hatte ich es erhofft."

„Ich sehe, dass es das gesellschaftliche Ereignis der Saison ist."

„Sie lernen schnell, mein lieber Hauptmann. Der Ball der Glenweils ist der, den niemand verpassen möchte. In der Tat ist dies das erste Mal, dass der Regent selbst nicht gekommen ist."

„Und wir wissen, warum."

„Der arme Mann", sagte sie mit trauriger Stimme. „Ich könnte mir vorstellen, dass er vor Neugier stirbt zu erfahren, was wir herausgefunden haben. Meinen Sie, ich sollte ihn besuchen?"

„Dann wäre er wirklich niedergeschlagen."

„Ich schätze, Sie haben recht."

Er beobachtete, wie der Herzog von York mit der verführerischen Comtesse durch den Saal glitt, die ein dunkelviolettes Kleid trug, das unanständig weit ausgeschnitten war. Für einen Mann seiner Figur war der Herzog ein außergewöhnlich graziöser Tänzer. „Warum tanzt Reginald St. Ryse nie mit Lady Carlton?", fragte Jack.

„Er kann schlecht mit seiner Geliebten tanzen,

wenn seine Frau hier ist!"

Jack versteifte sich. „Es ist mir nie in den Sinn gekommen, dass der Mann verheiratet sein könnte!"

„Es ist eine vertrackte Angelegenheit. Nach all diesen Jahren, in denen er Lady Carltons Liebhaber war und sie ihm zwei illegitime Kinder geschenkt hat, wollte er eheliche Kinder haben. Daher heiratete er Lady Carltons Nichte, die legitime Tochter des alten Herzogs von Devonshire."

„Recht absonderlich."

Daphne warf ihren Kopf zurück und lachte. „Sie sind ein solches Unschuldslamm!"

Unschuldige Männer ermordeten nicht ihre Feinde, so wie er Franzosen ermordet hatte, die England bedrohten. Unschuldige Männer umschmeichelten keine einsame, alte Prinzessin, noch schliefen sie mit der Geliebten eines Feindes, um die Geheimnisse dieses Feindes auszuforschen. Er runzelte die Stirn. „Dann kennen Sie mich nicht so gut, wie ich gedacht hatte."

Ihre Schritte wurden langsamer und ihre Augen fanden die seinen, plötzlich wurde ihr Gesicht ausdruckslos. „Sie *sind* äußerst respektabel, wenn es um Moral geht." Ihre Stimme wurde sanft. „Bitte Jack, hassen Sie sich nicht für Dinge, die Sie für Krone und Land tun mussten."

Wie konnte sie wissen, was er nie jemandem erzählt hatte? In diesem Moment vergaß er, dass sie die Tochter eines Earls war. Er vergaß, dass er sie nie wiedersehen würde, nachdem ihre Arbeit beendet war. Er vergaß, dass sie in einem Raum voller Menschen waren.

Und sein Kopf senkte sich, um seine Lippen auf die ihren zu legen.

Kapitel 18

Kaum hatten seine Lippen ihre berührt, wurde er steif und zog sich zurück. Schweigen hing zwischen ihnen wie ein unheimlicher Nebel, bis er sich einen Moment später räusperte. „Verzeihen Sie mir", sagte er leise und lockerte die Hand, die auf ihrer Taille lag.

Widerstreitende Empfindungen kämpften in ihr. Die wundervolle Berührung seiner Lippen erzeugte einen schmelzenden Schmerz in ihr, und das Wissen, dass seine Gefühle für sie stärker waren als sein Gefühl für Anstand, ließ ihr Herz höher schlagen. Aber sie sah sich einer tiefen Kluft gegenüber, Jack und ihre große Zuneigung zu ihm auf der einen Seite, ihre Familie und die Ablehnung der Gesellschaft ihm gegenüber auf der anderen. Mit schmerzendem Herzen erkannte sie, auf welche Seite sie sich würde stellen müssen.

In dem einzigen Augenblick, als er sein starkes Anstandsgefühl beiseiteließ, hatte sie etwas sehr Tiefgründiges über Hauptmann Jack Dryden erfahren: Die Zuneigung, die er für sie empfand, war nichts, was er für ihre Eltern oder die feine Gesellschaft vortäuschte. Sie war echt.

So echt wie die vertraute Weise, wie sie und Jack sich jetzt kannten. Es war, als wäre ein ganzes Leben gemeinsamer Erfahrungen in diese letzten beiden Wochen gepackt worden. Sie konnte kaum glauben, dass sie ihn nicht schon immer gekannt hatte, dass ihre tiefen Gefühle erst seit kurzem entstanden waren. Sich eine Zukunft ohne ihn vorzustellen, war schmerzlicher als alles, was sie je erlebt hatte.

Doch Hauptmann Jack Dryden war ein zu feiner Mann und zu stolz, um sich durch eine Ablehnung ihres Vaters demütigen zu lassen. Besser, dass ihr Herz bräche, als dass seines zerstört würde.

Daher, auch wenn jede Zelle ihres Körpers nach seiner Berührung gierte, musste sie das Gegenteil vorgeben. Sie versteifte sich und sprach mit kühler Stimme. „Bitte seien Sie so nett, das nie wieder zu tun."

Sein Körper wurde starr und er sprach einen Moment lang nicht. Als er es tat, war seine Stimme so eisig wie ihre. „Ich bitte um Verzeihung, dass ich mich von meiner Rolle mitreißen ließ."

Für den Rest des Tanzes bemerkte sie das sich steigernde Tempo der Orchestermusik und das stete Summen der gemurmelten Gespräche der Tänzer um sie herum nicht. Sie hatte das Gefühl, allein zu sein, in einer arktischen See zu ertrinken.

Als der Tanz vorbei war, bat er sie, ihm Lord Melbourne zu zeigen.

„Ich bin nicht sicher, dass ich ihn heute Abend gesehen habe", sagte sie, und vermied vorsichtig, Jack zu berühren, als sie die Tanzfläche verließen. „Obwohl er ein sehr leutseliger Mann ist, schätzt er die Gesellschaft unserer Kreise nicht. Ich glaube, er zieht die Gesellschaft der früheren Schauspielerin vor, die sein derzeitiges Flittchen ist."

Jack murmelte etwas Unhörbares in sich

hinein, als sie aus dem Ballsaal rauschten und fast mit Reginald St. Ryse zusammenstießen.

St. Ryse streckte die Hand nach Jack aus. „Genau der Mann, den ich zu sehen wünschte."

„Ihr Diener", sagte Jack mit einer leichten Verbeugung.

„Da sie neu in London sind und ihre sportliche Erscheinung für ihre Fähigkeiten mit dem Schwert spricht, habe ich mich gefragt, ob Sie vielleicht morgen gerne mit mir in Angelos Fechtstudio gehen möchten."

„Es wäre mir ein Vergnügen."

St. Ryse lächelte zufrieden. „Darf ich Sie um elf abholen?"

Jacks fast unmerkliche Pause wäre niemand anderem als Daphne aufgefallen, die den Atem anhielt.

„Besser, wenn ich Sie dort treffe", sagte Jack lässig. „Ich muss mich am Morgen um verschiedene geschäftliche Dinge kümmern."

St. Ryses Gesicht wurde lang. „Wie Sie wünschen. Wissen Sie, wo das Studio ist?"

Jack schüttelte den Kopf.

„In Albany, direkt am Piccadilly."

„Wir kommen heute Abend in der Nähe vorbei, Mr. Rich", sagte Daphne. „Ich werde es Ihnen zeigen." Sie nickte St. Ryse zu, als sie sich abwandten. Sie hatte sich so daran gewöhnt, an Jacks Arm zu hängen, dass sie sich jetzt verarmt fühlte, als sie wie zwei Zinnsoldaten nebeneinander her gingen.

„Fanden Sie das seltsam?", fragte er sie.

„St. Ryses Einladung?"

„Ja."

„Ganz entschieden. Aus irgendeinem Grund ist der Mann daran interessiert zu wissen, wo Sie wohnen. Ich bete, dass nicht er - oder irgendein Lakai, den er dafür bezahlt - Ihnen folgt, wenn Sie heute Abend unser Haus verlassen."

„Ich würde hoffen, dass ich nicht so unerfahren bin, dass ich einen Verfolger nicht bemerken würde."

Die leichtherzige Kameradschaft, die sie immer verbunden hatte, war aus seiner Stimme verschwunden. Ein subtiler Hauch der Formalität lag eisig über seinen Worten.

„Ich denke, wir sollten uns freuen", sagte sie ohne Begeisterung. „St. Ryses verdächtiges Verhalten ist der erste Durchbruch, den wir haben."

Sie suchten in jedem Raum des zweiten Stocks nach Lord Melbourne, stiegen dann zum dritten Stock hinauf und schlenderten von einem Zimmer ins nächste, aber von dem Lord fand sich keine Spur. Er war auch nicht zu finden, als sie später den ersten Stock nach ihm absuchten.

„Das war vor langer Zeit, Jack", sagte sie.

Er sah in ihr nachdenkliches Gesicht. „Lady Melbournes Verhältnis mit dem Prinzen von Wales?"

Daphne nickte ernst. Ein Jammer, dass Jack sie besser verstand als je ein anderer Mann ihrer eigenen Gesellschaftsschicht das gekonnt hatte. Oder je können würde.

„Also möchten Sie Lord Melbourne von der Ermittlung ausnehmen?", fragte er.

„Das habe ich nicht gesagt", sagte sie gereizt.

„Gut, denn die Entscheidungen treffe ich."

Das war das erste Mal, dass er andeutete, dass sie nicht gleichberechtigte Partner waren. „Natürlich steht es Ihnen frei zu beobachten, wen *Sie* wollen", sagte sie eisig. Ihre Blicke trafen sich.

Einen gepflegteren Mann hatte sie noch nie getroffen. Außer Brummel. Es war deutlich zu sehen, dass Jack sich vor dem Verlassen seiner Wohnung rasiert hatte. Bei seinen dunklen Haaren wäre sonst ein dunkler Schatten von Bartstoppeln zu sehen gewesen. Sie konnte nicht anders als zu lächeln, als sie sich daran erinnerte, wie exakt er seine Stiefel aufreihte und seine Zeitungen stapelte.

„Können wir uns irgendwo privat unterhalten?", fragte er in seiner neu angenommenen, distanzierten Art.

Ihr Magen rutschte bis zu ihren Knien. Sie betete, dass er nicht um ihre Zuneigung bitten würde, denn sie war sich nicht sicher, dass sie standhaft genug wäre, ihm zu widerstehen. Aber sie musste ihm widerstehen. Um seiner selbst willen. „Der Ziergarten", sagte sie und schritt auf die Terrassentüren auf der Rückseite des Hauses zu.

Sie waren in dem ummauerten Garten, der von einem Dutzend Gaslampen erleuchtet wurde, nicht allein. Nahe dem Haus drängte sich ein Knäuel von Menschen, die nach draußen gekommen waren, um sich nach der Anstrengung des Tanzes abzukühlen. Er und Daphne begannen, einen der schmalen Ziegelpfade entlang zu schlendern, die sich zwischen den gepflegten Sträuchern schlängelten. Ihr Inneres fühlte sich an, als wäre es durch die Mangel gedreht worden.

Als sie weit genug von den anderen entfernt waren, um belauscht werden zu können, sagte er: „Sie müssen Ihren Vater morgen früh aufhalten. Wenn er seinen Verwalter daran setzt, den Ehevertrag aufzusetzen, wird er mit Sicherheit herausfinden, dass es keinen Minenbesitzer namens Jack Rich gibt.

„Genau, was ich auch dachte." Umso mehr war es schade.

„Haben Sie eine Vorstellung, wie?", fragte er.

Sie nickte ernst. Zum ersten Mal in ihrem Leben erfuhr sie, wie ein blutendes Herz sich anfühlte. „Ich werde ihm sagen, dass ich einen Rückzieher machen möchte."

Jack blieb stehen und stand da wie eine Marmorstatue. „Dann wollen Sie sich von den Ermittlungen distanzieren?"

„Nicht von den Ermittlungen. Von Ihnen." Sie zwang sich zu einem falschen Lächeln. „Aber unsere Ermittlungen können weitergehen. Wir können noch immer Freunde sein."

„Wie Sie wünschen, Mylady." Er drehte sich auf dem Absatz um und ließ sie mitten im Garten stehen.

* * *

„Ich verstehe es nicht, Daf", sagte ihr Vater später in der Nacht; seine buschigen Brauen waren besorgt zusammengezogen, als er und Lady Sidworth sich mit ihr in der Bibliothek trafen. „Ich dachte, ihr beide liebt euch."

Lady Sidworths Gesicht sah aus, als wollte sie gleich in Tränen ausbrechen. „Ich weiß, dass der Mann völlig vernarrt in dich ist", sagte ihre Mutter. „In der Tat habe ich noch nie zwei Menschen gesehen, die so gut zueinander passten."

Musste ihre Mutter unbedingt das Messer in der Wunde herumdrehen? „Wir haben wirklich viel gemeinsam und ich mag ihn überaus gern, aber ich weigere mich, in Südafrika zu leben - worauf Mr. Rich, wie ich fürchte, besteht."

„Der Platz einer Frau ist bei ihrem Ehemann,

Liebes", gurrte Lady Sidworth. „Lass deine Zuneigung zu deiner Familie dir nicht diese Chance auf eine große Liebe verderben."

Ihre Mutter fürchtete offensichtlich, dass Jack der letzte Mann wäre, der sich je für Daphne interessieren würde. Kein tröstlicher Gedanken. „Ich glaube", sagte Daphne prosaisch, „es ist mein Schicksal, als alte Jungfer zu leben und zu sterben."

„Es muss nicht so sein", sagte Lady Sidworth. „Mr. Rich wäre ein großartiger Ehemann für dich."

„Allerdings", fügte Lord Sidworth hinzu.

Daphne schaffte es gerade noch, nicht ihre eigene Meinung über Jacks Vorzüge zu ergänzen. Auch ohne Vermögen, ohne Titel war er dennoch der edelste Mann, den sie kannte. Aber wenn ihre Eltern die Wahrheit über seine Herkunft erführen, würden sie nicht zustimmen. Ihre Schultern sackten herab. Die Frau, die Hauptmann Jack Dryden schließlich heiraten würde, wäre die glücklichste aller Lebenden. Daphne hätte bei dem Gedanken weinen können.

Sie durfte ihre Eltern nicht denken lassen, dass der Bruch vollständig war, denn sie hatte vor, den Kontakt mit Jack aufrecht zu erhalten, bis der Fall geklärt war. „Vielleicht ändere ich meine Meinung noch", sagte sie fröhlich. „Ich wage anzunehmen, dass Jack einen Weg finden will, um unser Problem zu lösen."

Die Falte zwischen den Augenbrauen ihres Vaters vertiefte sich. „Aber als er dich heute Abend nicht nach Hause begleitete, dachte ich ..."

„Er wird wiederkommen", versicherte Daphne ihm.

Ein Lächeln umspielte Lord Sidworths Mund und seine Augen funkelten. „Dann bete ich, dass du ihn nicht so biestig behandeln wirst, wenn er kommt."

„Ich werde ganz höflich sein", sagte Daphne, als sie aufstand und zur Tür der Bibliothek ging. „Jetzt sollte ich schlafen gehen. Ich bin unglaublich müde."

Es war nicht übermäßige Müdigkeit, sondern die Sehnsucht nach ihrem eigenen, verlockend einsamen Schlafzimmer, die sie nach oben trieb.

Nachdem ihre Zofe ihr aus dem Kleid geholfen hatte, brach sie auf ihrem Federbett zusammen und weinte. Sie war voller Reue ihren Schwestern gegenüber, für die vielen Male, als sie sie wegen ihres tränenreichen Kummers ausgescholten hatte, weil sie das nie verstanden hatte. Sie verstand sie jetzt nur zu gut.

Der größte Teil ihrer Reue jedoch galt Jack. Im ganzen Leben würde sie nie jemanden finden, der ihm gleichkäme. Ihre Hände ballten sich zu Fäusten und sie schlug gegen den Berg von Kissen, der sie umgab. Das plötzliche Prasseln des Regens gegen die Außenseite ihrer Fenster passte perfekt zu ihrer einsamen Stimmung.

Warum hatte sie nur als Tochter eines Earls geboren werden müssen? Warum konnte sie nicht die Tochter eines Kaufmanns oder eines Landjunkers sein?

Sie fühlte sich wie eine seltene Blume, die nur einmal eine prachtvolle Blüte hervorbrachte, dann aber in ein Leben der Unauffälligkeit zurückfiel.

Wäre es besser gewesen, ihn nie kennengelernt zu haben? Als sie lauschte, wie der Regen an das Fenster ihres dunklen Zimmers schlug, sah sie ihn vor sich. Die bloße Erinnerung an seinen männlichen Körper und sein schönes Gesicht mit seinem fröhlichen Lächeln gab ihr das Gefühl, als stürzte sie aus großer Höhe ab. Ein nagender Schmerz durchfuhr sie, als sie sich an die vielen Dinge erinnerte, die er über sie wusste, als sie sich erinnerte, wie durch und durch sie ihn verstand.

Besser, so zu leiden, als ihn nie gekannt zu haben.

* * *

Dieselbe Bitterkeit, die ihn Stunden früher aus Glenweil House hatte davonstürmen lassen, fraß noch an ihm, als er im Wohnzimmer seiner Unterkunft auf und ab marschierte. Nie zuvor war er unordentlich oder betrunken gewesen, jetzt aber hatte er die Weinbrandflasche, die leer auf der Seite lag und den Rock, der verkrumpelt zu Boden gefallen war, vergessen.

Zuerst hatte seine Wut sich direkt gegen Daphne gerichtet. Ihre Küsse waren nicht mehr gewesen als ein Spiel, und jetzt, nachdem sie ihn völlig eingefangen hatte, wollte sie die Scherben ihres Spielzeugs einsammeln und weitermachen.

Doch je mehr er über die plötzliche Kühle ihm gegenüber nachdachte, desto mehr wurde ihm klar, dass er ihr dankbar sein musste, dass sie seine aufkeimende Zuneigung zu ihr zerstört hatte. Eine Verbindung zwischen ihnen war etwas, das nie Wirklichkeit werden könnte.

Ebenso wie mit Cynthia Wayland, als er achtzehn gewesen war. Er musste nur jetzt zugeben, dass seine Gefühle für Lady Daphne Chalmers tausendmal stärker waren als alles, was er damals für Miss Wayland empfunden hatte. Er war dazu verdammt, sein Herz an Damen zu verlieren, die weit über ihm standen.

Als der feurige Branntwein durch seine Adern tobte, sagte er sich, er müsste dankbar sein, dass er sich Daphnes wegen nicht zum Narren gemacht hatte, dankbar, dass er nie von ihrem adligen Vater abgewiesen werden müsste. Er durfte seinen Stolz behalten.

Aber mehr nicht.

Als er endlich zu Bett ging, konnte er nicht schlafen. Daphne hatte deutlich gesagt, dass sie weiter zusammenarbeiten würden, und seine Gedanken wandten sich wieder ihrer fruchtlosen Ermittlung zu. Er neigte dazu, Daphne zuzustimmen, dass der schwer fassbare Lord Melbourne ein unwahrscheinlicher Verdächtiger war, und er fragte sich, ob er je die Bekanntschaft von George Lamb machen würde. Reginald St. Ryse jedoch sah vielversprechender aus.

Aber da musste es noch jemanden geben, sagte er sich beständig, als er im Dunklen lag und der Regen an seine Fenster trommelte. Sein Oberschenkel pochte, dort, wo die Musketenkugel seinen Knochen zertrümmert hatte. Das tat er immer, wenn das Wetter feucht wurde.

Ebenso, wie er durch das Schmerzgefühl in seinem Bein wusste, das Regen bevorstand, wusste er, dass Daphne und er jemanden übersehen hatten.

Dann, als ob ein Schuss gefallen wäre, fuhr er im Bett hoch. Da könnte es jemanden geben, den sie übersehen hatten! Er erinnerte sich an die Begegnung mit dem Regenten, als Prinny ihm erklärt hatte, warum er sicher war, dass Daphne diskret sein konnte. Daphne hatte den Regenten und eine verheiratete Dame überrascht, als diese eine unanständige Handlung an der Person des Prinzen in der königlichen Loge im Theater vornahm.

Wer war diese verheiratete Dame?

Er würde Daphne am nächsten Tag fragen.

Kapitel 19

Er mochte diese neue, beherrschte Daphne kein bisschen. Ihr Gesicht war bar jeden Ausdrucks, ihre Stimme kühl, als sie ihn Minuten zuvor in Sidworth House begrüßt hatte. Kein Funken von Überraschung auf ihrem Gesicht oder irgendetwas an ihrem Verhalten sagte ihm, dass sie sich freute - oder enttäuscht war - ihn zu sehen. Nachdem sie ihre Haube und ihre Pelisse angelegt hatte, fuhr sie jetzt schweigend neben ihm in seinem Phaeton, als sie im Gedränge in den Hyde Park fuhren. Er hätte sie schütteln mögen. Warum fragte sie ihn nicht aus wie sie es gewöhnlich tat? Warum erzählte sie ihm nichts über die Erklärungen, die sie ihren Eltern abgegeben hatte? Und warum zum Teufel wünschte sie seine Küsse nicht mehr?

„Wir haben viel zu besprechen", sagte er, seine Stimme so tonlos wie ihre.

„Sie waren heute Morgen bei Angelo?"

„Ja."

Der Schatten eines Lächelns huschte über ihre Lippen. „Ich stelle fest, dass Sie sich gewaschen und umgezogen haben, bevor Sie in Sidworth House auftauchten."

„Aber natürlich!"

Sie lachte. „Sie könnten mit ihrer peniblen Art Brummel Konkurrenz machen."

„Ich habe kein Verlangen, ein Geck zu sein."

„Nein, ich glaube nicht, dass sie das je würden.

Sie sind nur ausgesprochen ordnungsliebend."

„Wie ..." Er unterbrach sich. Das Frauenzimmer kannte ihn zu genau. Es war nichts damit zu gewinnen, die Nähe, die sich zwischen ihnen entwickelt hatte, wieder aufleben zu lassen.

Offensichtlich gefiel ihr nicht, was sie erfahren hatte. Selbst, wenn sie betonte, dass er sündhaft gut aussah.

Ihr mangelndes Interesse hätte ihn nicht überraschen dürfen, wenn man berücksichtigte, wie wenig Wert die Dame auf äußere Erscheinung legte. Sein Blick huschte zu ihr. Obwohl sie wieder ein modisches Kleid trug, sehnte sich ihre ungebändigte Haarmähne doch nach der Kunst eines Friseurs. Wollte sie sich für das andere Geschlecht absichtlich unattraktiv machen? War sie unfähig, ihre Zuneigung jemandem seines Geschlechts zu schenken?

„Und was haben sie in Angelos Fechtstudio erfahren?", fragte sie schließlich.

Er war fast erleichtert, dass ihre Neugier wieder zum Vorschein kam. „Ich habe erfahren, dass Lord St. Ryse nach geübten Schwertkämpfern sucht, um sich der Miliz anzuschließen, die er in seiner heimatlichen Grafschaft aufstellt."

Sie brach in Gelächter aus. „Das ist alles?"

„Anscheinend. Im Falle einer Invasion der Franzosen möchte er sicherstellen, dass seine Einheit den anderen überlegen ist."

„Das klingt allerdings nach St. Ryse. Obwohl ich nicht gut mit ihm bekannt bin, habe ich gehört, dass er ein wenig größenwahnsinnig sein soll." Sie schaute Jack ins Gesicht. „Und, war er von Ihren Fähigkeiten beeindruckt?"

Jack zuckte die Achseln.

„Ich frage nicht, ob Sie der *Beste* waren,

Hauptmann. Sicher können Sie antworten, ohne zu befürchten, dass sie angeben."

„Ich denke, er fand meine Fähigkeiten zufriedenstellend."

„Und welche Entschuldigung haben Sie ihm gegeben, dass sie ihr Geschick nicht seiner Miliz zur Verfügung stellen können?"

„Ich sagte, ich würde demnächst nach Südafrika zurückkehren."

„Um von Südafrika zu sprechen", sagte sie nickend, „ich habe meine Weigerung, in Südafrika zu leben, als Entschuldigung dafür angegeben, unsere Verlobung zu lösen."

Sein Inneres zog sich zusammen. Ein kleiner, unvernünftiger Teil seines Selbst hatte sich an die Hoffnung geklammert, dass ihre Entfremdung nur vorübergehend wäre. „Eine gute Entschuldigung", sagte er, „wenn man Ihr Zögern bedenkt, die Familie zu verlassen, der Sie so nahestehen." Er hätte gerne geglaubt, dass es ihren Eltern leid täte, wenn er ihre Tochter nicht heiratete. „Und wie hat Ihr Vater auf ihren Rückzieher reagiert?"

„Meine Eltern waren beide enttäuscht. Ich muss sie loben, dass Sie sie so für sich gewonnen haben."

Er lachte bitter auf. „Nicht ich, sondern Mr. Richs großes Vermögen und seine wissenschaftlichen Kenntnisse."

Sie zuckte die Schultern. „Diese Dinge haben nur den Weg bereitet für Ihre offensichtlichen äußeren Eigenschaften, um Ihren Wert zu verstärken. Und ich muss sagen, dass Ihre Verliebtheit in mich äußerst überzeugend war."

Es war gut, dass es schon spät im Dezember war, so dass die Sonne nicht mehr schien. Seine Betrübtheit passte zu dem grauen Himmel über ihnen. Die glücklichen Paare in fast jeder vorbeifahrenden Kutsche erinnerten ihn nur an die glücklicheren Tage, die er mit Daphne verbracht hatte. Er setzte sich auf. „Meine Erfahrung mit Täuschungsmanövern machen mich für diese Aufgabe gut geeignet." Die Grausamkeit seiner Worte wurde ihm durch seinen gemeinen Stolz eingegeben.

Ohne von seinen bissigen Bemerkungen sichtbar getroffen zu sein, seufzte sie und sagte: „Meine armen Eltern sind davon überzeugt, dass Sie der letzte Mann im Königreich sind, der mich nehmen würde."

Es gefiel ihm nicht, wenn sie sich so herabsetzte. Noch mochte er daran denken, dass die Leidenschaft, von der er wusste, dass sie in ihr schlummerte, für den Rest ihres Lebens unter ihrer unnachgiebigen Oberfläche brodeln würde wie ein schlafender Vulkan. Dennoch sah er davon ab, diese Gedanken in Worte zu fassen. Er war noch so sehr von ihrer Zurückweisung verletzt, dass er sie treffen wollte. „Ihr mangelndes Interesse an einer modischen Erscheinung könnte Ihren Eltern recht geben."

Sie richtete sich auf, ihr unverwandter Blick war direkt nach vorn gerichtet. Er stahl einen Blick auf sie. *Verdammt!* Ihre Augen füllten sich mit Tränen. Er war abscheulich gefühllos gewesen. Wie er sich wünschte, sie in den Arm ziehen zu können und ihr zu versichern, dass es auf der Welt keine begehrenswertere Frau gab. Stattdessen sagte er: „Verzeihen Sie, dass ich das gesagt habe. Einen Mann, der Ihrer wert ist, wird es nicht kümmern, wie Sie sich anziehen oder frisieren."

„Sie müssen sich nicht dafür entschuldigen, die

Wahrheit gesagt zu haben, Hauptmann. Ich bin mir sehr wohl bewusst, wie gering meine Aussichten auf eine Heirat sind."

Er erlaubte sich einen weiteren Blick auf sie. Es war jetzt für ihn schwer, sie so zu sehen, wie andere das könnten. Ihre steife Haltung betonte ihrer Magerkeit; ihre Brille verbarg die Schönheit ihrer Augen. Für einen unparteiischen Betrachter gab es an Lady Daphne Chalmers nichts Anziehendes. Aber er war kein unparteiischer Betrachter. Umso schlimmer. „Dann sind die Männer in London totale Dummköpfe", sagte er.

„Sie sind übertrieben charmant."

„Ich lege keine Wert darauf, charmant zu sein. Mir ist im Moment nur an einem gelegen: den Schuft zu finden, der den Prinzregenten töten möchte."

Jetzt musste er die Identität der Frau herausfinden, die den Regenten mit ihrem Mund befriedigt hatte. Der Gedanke, dass Daphne Zeugin einer solchen Tat geworden war, gefiel ihm nicht. Würde sie in ihrer Unschuld überhaupt verstanden haben, was sie sah? Es gefiel ihm auch nicht, ein so heikles Thema bei einem jungen Mädchen ansprechen zu müssen. Er räusperte sich. „Wer war die Frau in der Loge des Regenten in jener Nacht?", fragte er schließlich.

Einen Moment saß sie schweigend da, der böige Wind zerrte an ihren Locken. Ein Seitenblick bestätigte ihm, dass ihr die Röte in die Wangen gestiegen war. „Sie wissen ... davon?", fragte sie mit schwacher Stimme.

Also verstand sie es. „Ihr Schweigen nach diesem Vorfall war es, das den Regenten davon überzeugte, dass Sie diskret sein könnten."

„Ich kann nicht glauben, dass er über etwas so

... absolut Privates sprechen würde."

„Sein Leben steht auf dem Spiel, Daphne." Was Jack Daphne nicht erzählte, war, dass er sich selbst gefragt hatte, wie der Ehemann der geheimnisvollen Frau - falls der Mann von diesem abstoßenden Vorfall erfahren hatte - auf das Wissen reagierte, dass seine Frau sich so erniedrigt hatte. Würde der Mann Mordgelüste hegen? Jack würde das mit Sicherheit. Aber er würde sich seine „puritanische" Schwerfälligkeit lieber nicht von Daphne bestätigen lassen. „War ihr Name auf der Liste der Frauen, die mit dem Regenten in Verbindung standen?", fragte er.

Sie schüttelte den Kopf. „Ich war so dumm. Als ich hörte, dass sie und ihr Ehemann sich wieder versöhnt hatten, war ich davon überzeugt, dass es nicht notwendig sein würde, ihren Namen auf die Liste zu setzen. Dazu kam, dass ich keine Absicht hatte, über ihr unanständiges Benehmen mit Ihnen oder überhaupt einem Mann zu sprechen."

Eine Antwort blieb ihm erspart, da Mr. Bottomworth mit einer stattlichen Dame, von der Jack annahm, dass sie Mrs. Bottomworth war, neben sich seinen Kutscher anwies, neben Jack und Daphne zu lenken.

„Mr. Rich! Ich hatte gestern Abend keine Gelegenheit, mit Ihnen zu sprechen", sagte Mr. Bottomworth.

Nur gut, dachte Jack. Nachdem Bennington tatsächlich englischen Boden verlassen hatte, war Bottomworth der einzige Mann in London, den Jack um jeden Preis meiden wollte. Jack richtete sich steif auf und sagte: „Ein überaus genussreicher Abend. Zu schade, dass der Herzog und die Herzogin nicht öfter solche Unterhaltung bieten."

„Aber dann, mein lieber Rich", sagte Daphne und legte ihre Hand auf seinen Ärmel, „würden ihre Feste nicht so sehnlich erwartet sein." Sie wandte Mr. Bottomworth ihre Aufmerksamkeit zu. „Waren Sie gestern Abend zum ersten Mal in Glenweil House, Mr. Bottomworth?"

Man konnte immer auf Daphne zählen, wenn es darum ging, Bottomworths kritischen Fragen zu entgehen.

„Genau", sagte Mr. Bottomworth.

Daphne schenkte dem Gentleman ein Lächeln. „Ich glaube, ihr Haus ist das schönste in ganz London. Meinen Sie nicht?" Ihr Blick fiel auf die Frau neben Bottomworth.

Die Frau lächelte und nickte zustimmend.

„Denke schon", brummte Mr. Bottomworth und musterte dann Jack. „Sagen Sie, Rich, ich würde gerne in meinem Club als Ihr Sponsor agieren. Wir Diamantenleute müssen zusammenhalten. „Was sagen Sie dazu?"

Dass Bottomworth ihn unbedingt näher kennenlernen wollte, war höchst unwillkommen. „Welcher Club wäre das?"

„White's."

Jack zuckte die Achseln. „Ich bedauere, Ihnen sagen zu müssen, dass Lord Sidworth mich schon als Mitglied bei Boodle's vorgeschlagen hat." Er warf einen vielsagenden Blick auf Daphne. „Und ich möchte nicht, dass Lord Sidworth denkt, ich wüsste das nicht zu schätzen."

Bottomworths Augen wurden schmal. „Wie schade."

„Ist es nicht ein schöner Tag heute, Mr. Bottomworth?", fragte Daphne und lächelte ihn an wie eine dümmliche Debütantin.

„Ja, durchaus", sagten Bottomworth und die

Frau neben ihm gleichzeitig. Das veranlasste Bottomworth dazu, Lady Daphne und Jack seine Frau vorzustellen, bevor sie weiterfuhren.

Jacks Phaeton begann die Serpentine zu umfahren, dicht der Prozession eindrucksvoller, offener Gefährte folgend, die sich vor ihnen erstreckte. „Finden Sie Mr. Bottomworths Interesse an Ihnen nicht ein wenig verdächtig?", fragte Daphne.

„Ein wenig", gab er stirnrunzelnd zu. „Aber wieder zurück zu der Frau im Theater. Wer war sie?"

„Lady Ponsby."

Der Name war ihm nicht vertraut. „Habe ich sie bereits getroffen?"

Daphne zuckte die Achseln. „Ich bin nicht sicher."

„Erzählen Sie mir alles über sie. Wie alt ist sie?"

„Ich würde sagen, im Alter zwischen mir und meiner Mutter."

„Und ihr Ehemann?"

„Lord Ponsby ist im gleichen Alter."

„Sie sind jetzt in London?"

„Ja, sie wohnen in der Curzon Street."

„Ich möchte sie kennenlernen."

Daphne knabberte an ihrer Unterlippe. „Lassen Sie mich darüber nachdenken."

„Was steht heute Abend an?", fragte er.

„Almack's", sagte Daphne, „wo Sie vermutlich gezwungen sein werden, mit der Frau zu tanzen, die jetzt auf uns zu kommt, dieser abscheulichen Comtesse de Mornet."

Er sah von den Zügeln auf und erblickte die Comtesse, alleine in einer offenen Kutsche, die ein hell orchideenfarbenes Gewand mit einem voluminösen, mit Federn geschmückten Hut trug und ihnen entgegenkam. „Bitte, Mylady, was haben Sie gegen die Französin?", fragte er Daphne, bevor die Comtesse in Hörweite kam.

„Obwohl ich die Tatsache übersehen kann, dass sie eine Kurtisane ist, kann ich nicht darüber hinwegsehen, dass sie den königlichen Herzog ausnutzt. Er ist ein so netter Mann."

Jack erinnerte sich daran, wie vertraut der Herzog von York am Abend zuvor mit Daphne getanzt hatte. Er versteifte sich. Könnte sie romantische Gefühle für den königlichen Herzog empfinden?

Als die Comtesse näherkam, fragte Jack sich, ob Daphne wusste, dass die Dame sich ihm angeboten hatte.

„Guten Tag, Monsieur Rich", sagte sie, als sie neben ihnen anhielt. Daphne schenkte sie ein knappes Nicken. „Lady Daphne."

Ohne Daphne die Gelegenheit zu einer Erwiderung zu geben, wandte die Comtesse ihre Aufmerksamkeit wieder Jack zu. „Ich war so enttäuscht gestern Abend, Monsieur Rich, dass ich nicht mit Ihnen tanzen konnte."

„Nicht annähernd so enttäuscht wie ich", sagte er.

Daphne trat ihn, ihre Röcke verbargen jedoch diese Bewegung.

„Bitte, Monsieur Rich, werden Sie heute Abend bei Almack's sein?", fragte die Comtesse.

„Lady Daphne und ich werden beide anwesend sein."

Die Comtesse senkte verführerisch ihre Wimpern. „Dann hoffe ich, dass Sie mit mir Walzer tanzen werden."

„Es wird mir ein Vergnügen sein."

Sie schnalzte mit ihren Zügeln und ihr Pferd

stapfte vorwärts. „Bis heute Abend dann."

Daphne murmelte in sich hinein: „Und auch Ihnen noch einen schönen Tag, Madame la Comtesse."

Jack war ebenfalls der Meinung, dass die Geliebte des Herzogs überaus unhöflich zu Daphne gewesen war. Die Frau war auch unmäßig offensichtlich mit ihrer Aufmerksamkeit ihm gegenüber gewesen. „Sie sagten, die Comtesse würde den Herzog von York ausnutzen. Auf welche Art?"

„Es möge mir fernliegen, sie zu verurteilen, nur weil sie ein Verhältnis mit dem Herzog hat. Wenn sie sich wirklich etwas aus ihm machte, ihr an seinen Gefühlen läge, würde ich sie nie verachten. Aber ihr einziges Interesse an ihm ist der Wert, den seine Verbindungen für sie bei gesellschaftlicher Akzeptanz und Vermögen haben."

„Dann wissen Sie davon, dass sie andere Liebhaber hatte, während sie den Schutz des Herzogs genoss?"

Daphne presste die Lippen aufeinander.

„Ich verstehe, dass Sie nicht gerne die Sünden anderer verraten, aber in diesem Fall müssen Sie es."

Sie nickte. „Sie hatte andere Liebhaber, seit sie sich unter Freddies Schutz begeben hat."

Freddie? Jack erinnerte sich daran, dass der Regent seinen Bruder Freddie genannt hatte. Er hatte bemerkt, dass die beiden Brüder sich sehr nahestanden. Und Daphne, schien es, stand dem Herzog von York sehr nahe. „Es hat vermutlich keine Auswirkung auf den Fall", sagte Jack, „aber ich muss alles wissen."

„Vielleicht kann *Ihre* Ermittlung heute Abend

bei Almack's fortgesetzt werden", sagte sie. „Ich glaube, die Ponsbys werden dort sein. Sie müssen eine Tochter in die Gesellschaft einführen."

Er schüttelte den Kopf. „Wir sind wieder genau da, wo wir begonnen haben. Nichts."

„Ich muss zugeben, dass es sehr ärgerlich scheint." Sie strich sich eine lockige Haarsträhne aus den Augen. „Hat Reginald St. Ryse heute Morgen irgendetwas gesagt, was Sie für verdächtig hätten halten können?"

„Eine Sache war da. Er fragte, wie ich Sie kennengelernt hätte."

Ihre Augen wurden rund. „Das ist wirklich seltsam! Das ist die Art von Frage, die eine Frau stellen würde. Männer haben meiner Erfahrung nach kein Interesse an solchen Dingen."

„Das fand ich auch." Er spürte einen Hauch ihres frischen Minzduftes und eine Welle starker Empfindungen, die er nicht einordnen konnte, überkam ihn.

„Was haben Sie ihm erzählt?", fragte sie.

„Dasselbe, was wir Ihren Eltern erzählt haben. Wir haben uns im Buchladen getroffen."

„Wirkte er überzeugt?"

Jack nickte. „Er sagte, dass das genau die Art von Ort wäre, wo Lady Daphne einen Partner finden würde. Sie haben sich einen Ruf als Blaustrumpf eingehandelt, Mylady."

„Lieber ein Blaustrumpf als ein hübsches, junges Ding", sagte sie ohne Fröhlichkeit in ihrer Stimme.

Inzwischen hatten sie den Park in beide Richtungen durchquert und näherten sich dem Tor. „Ich hoffe, dass unsere Entfremdung uns nicht daran hindern wird, Sie heute Abend zu begleiten", sagte er.

„Aber nicht doch. Ich musste nur etwas erfinden, um Papa davon abzuhalten, sich mit ihren finanziellen Angelegenheiten zu befassen, aber es ist am besten, wenn andere denken, dass wir noch immer sehr verliebt sind."

Er ertappte sich dabei sich zu fragen, ob irgendein anderer Mann je so klug sein würde, derart viel Zeit mit ihr zu verbringen. Wie er diesen Mann beneidete.

Kapitel 20

Die Zwillinge hämmerten an ihre Schlafzimmertür, aber sie weigerte sich, sie zu öffnen, weigerte sich, ihnen zu erlauben, sie so zu sehen. Als sie mit Jack zusammen gewesen war, hatte sie es geschafft, eine eisige Fassade zu errichten, obwohl ihre ganze Seele nach ihm verlangte. Die Tochter des Earls war gut erzogen worden. Erst nach der Ausfahrt in den Park war sie in ihr Zimmer gelaufen, hatte sich aufs Bett geworfen und angefangen, bitterlich zu weinen.

Ihre gemeinsame Zeit an diesem Nachmittag war so schön gewesen und hatte doch eine so klaffende Lücke in ihrem Herz aufgerissen. Sie war ebenso machtlos gewesen, die Flut von Erinnerungen an ihn aufzuhalten wie er, die Kleinigkeiten, die er über sie erfahren hatte, zu vergessen. Sie verstand seine Abneigung gegen Lob, seine Ordnungsliebe; er wusste von ihrer Abscheu, die Missetaten anderer offenzulegen. Und trotz ihrer Entfremdung war keiner von ihnen fähig gewesen, diese Erinnerungen vollständig zu unterdrücken.

Jedoch die Veränderung, die ein Tag bei ihm bewirkt hatte, zerriss ihr das Herz. Sein lässiges Scherzen, sein sinnliches Grinsen und - was am schmerzhaftesten war - seine zärtlichen Berührungen waren alle verschwunden wie der Schnee von gestern. Alles wegen ihrer grausamen Zurückweisung am Abend zuvor.

Sie hatte ihn so gut kennengelernt, dass sie die harte Schale, die er um sich aufgebaut hatte, um sich vor ihrer plötzlichen Kühle zu schützen, durchschauen konnte. Hätte er gebettelt, hätte er gefleht, den Grund für diesen plötzlichen Bruch zu erfahren, hätte sie sich leichter mit ihrem Verlust abfinden können.

Hauptmann Jack Drydens Stolz war das unerschütterliche Banner, das ihre schmerzhafte Entfremdung von ihm forderte. Wegen dieses unbeugsamen Stolzes jedoch hatte sie gewusst, dass sie ihn jetzt abweisen musste - bevor er sein Herz völlig an sie verlor, bevor ihr Vater das Herz, das der unvergleichliche Hauptmann nicht leicht verschenkte, brach.

Statt verletzt zu sein, als er versucht hatte, sie davon zu überzeugen, dass seine Zuneigung nur vorgetäuscht gewesen wäre, wusste sie, dass er gelogen hatte, um seine wahren Gefühle zu verbergen.

Sie kannte ihn gut genug. Die Gewissheit, dass er zärtliche Gefühle für sie hegte, ließ sie in eine neue Welle von Schluchzern ausbrechen.

Mit bitterer Reue wusste sie, dass kein Mann je Hauptmann Jack Dryden in ihrem Herzen würde ersetzen können.

„Lass mich sofort rein!", kreischte Cornelia in ihrem strengsten Herzoginnenton, und die Macht ihrer Schläge erschütterte das Zimmer.

Virginia sprach in ehrfürchtigem Flüstern. „Ich glaube, sie weint."

„Ich sage dir, Daf", schrie Cornelia, „ich schlage die Tür mit der Axt ein, wenn du mich nicht sofort einlässt!"

Wie konnte Daphne ihren verheirateten Schwestern gegenübertreten? Inzwischen hatten sie davon erfahren, dass sie das vollkommenste aller Wesen abgelehnt hatte, und sie war sich nicht sicher, dass sie sie überzeugen könnte, dass sie ihre Meinung geändert hätte. Vor allem nicht, wenn sie ihre roten Augen sahen. Die bloße Tatsache, dass sie *nie* weinte, würde ihre Liebe zu „Mr. Rich" bestätigen.

„Dobbins!", rief Cornelia dem Butler zu, „holen Sie mir eine Axt."

Daphne konnte als pflichtbewusste Tochter nicht das Missfallen ihres Vaters riskieren, wenn sie zuließ, dass ihre Tür aufgebrochen würde. Sie unterdrückte ein Jammern, schleppte sich aus dem Bett und spritzte sich kaltes Wasser ins Gesicht, ging dann zur Tür und riss sie auf, um ihre Schwestern böse anzuschauen.

Die Zwillinge starrten Daphne an, als wäre sie eine von den Toten auferstandene Mumie. Während Cornelia wie erstarrt dort stand, tat Virginia etwas sehr Seltsames: sie warf sich auf Daphne und drückte ihre ältere Schwester an ihren üppigen Busen, während sie ihren Rücken tätschelte und beruhigend gurrte. „Arme Daf. Ich wusste, dass du hart fallen würdest, wenn du endlich dein Herz verlierst."

Merkwürdigerweise fühlte Daphne sich von Virginias beruhigenden Worten getröstet.

Bis sie in den Flur schaute und sah, wie ihre drei jüngsten Schwestern ihre Köpfe aus den Zimmern streckten. Sie winkte den Zwillingen, in ihr Zimmer zu kommen, dann knallte sie die Tür hinter sich zu und verschloss sie.

Cornelia nahm das Stichwort ihrer Zwillingsschwester auf und wurde auch sanfter. „Wirklich, Daf, ich habe dich noch nie weinen sehen."

„Sie muss furchtbar verliebt sein in Mr. Rich", sagte Virginia.

Ärger flammte in Cornelias Auge auf, sie stemmte ihre Hände in die Hüften. „Hat der Mistkerl einen Rückzieher gemacht?"

„Das kann er nicht getan haben!", kreischte Virginia. „Mama sagt, dass es Daphne war, die die Verlobung gelöst hat." Virginia warf Daphne einen verwirrten Blick zu.

„Es ist wirklich so, dass ich einen Rückzieher gemacht habe", sagte Daphne und versuchte, ihre Fassung zu wahren.

Cornelia beäugte Daphne skeptisch. „Warum machst du dann ein solches Theater deshalb?"

Daphne fiel auf ihrem Bett zusammen, die Füße hingen über die Kante, sie zuckte die Achseln. „Ich schätze, ich bin so weit, den beschämenden Gedanken zu akzeptieren, dass ich nie einen Ehemann haben werde."

„Aber du hättest einen haben können!", sagte Virginia nachdrücklich. „Noch dazu einen überaus gutaussehenden. Und ich könnte schwören, dass Mr. Rich sehr von dir eingenommen war."

Daphne starrte in ihren Schoß. „Ich muss zugeben, dass er sehr liebevoll war, aber obwohl ich ihn wirklich verehre, könnte ich es nicht ertragen, in Südafrika zu leben." Sie konnte ihn nicht als denjenigen verunglimpfen, der die Verlobung gelöst hatte. Er war ein zu feiner Mensch.

Die zartbesaitete Virginia fiel neben Daphnes Bett auf dem teppichbelegten Boden auf die Knie und ergriff ihre Hand. „Aber liebste Daf, du kannst dich doch von etwas so Unwichtigem nicht von dem Mann fernhalten lassen, den du liebst."

„Und", fügte Cornelia hinzu, als sie sich neben

Daphne setzte und ihren Arm um ihre viel größere Schwester legte, „ich wage zu behaupten, dass kein Mann dich je so lieben wird wie Mr. Rich. Er ist so klug und so aufrichtig liebevoll dir gegenüber. Er hat uns alle für sich gewonnen."

„Mr. Rich und ich haben es eingehend besprochen", sagte Daphne und versuchte, dramatisch zu wirken, „aber es funktioniert einfach nicht. Die Mine ist seine einzige Einnahmequelle, und um sie erfolgreich zu betreiben, muss er sich persönlich darum kümmern."

Ein breites Lächeln blitze auf Cornelias Gesicht auf. „Dann soll er sie einfach verkaufen!"

Daphne gab ihre beste Imitation von Mrs. Siddons von sich, senkte ihre Wimpern und seufzte. „Das Testament seines Vaters enthält die Bedingung, dass die Mine in der Familie bleiben muss." Sie war recht stolz auf ihr neu entdecktes Talent zur Erfindung von Ausreden.

„Du bist eine solche Gans", sagte Virginia ohne Bosheit in ihrer sanften Stimme. „Du wirst deine Chance auf Glück verlieren, nur weil du uns nicht verlassen willst."

Wenn sie es nur wüssten. Sie würde Jack bis ans Ende der Welt folgen - wenn das nicht hieße, seinen verdammten Stolz mit Füßen zu treten. Daphne zwang sich zu einem strahlenden Lächeln und sagte: „Wir haben uns immer noch sehr gerne. Ich schätze, wir werden uns damit zufriedengeben müssen, Liebesbriefe zu schreiben."

Die Zwillinge tauschten fassungslose Blicke.

Cornelia seufzte verzweifelt, als sie in Daphnes Gesicht sah. „Liebste, du solltest wissen, dass es noch viel ... Schöneres zwischen einem Mann und einer Frau gibt, als Liebesbriefe zu schreiben."

Virginias dunkle Augen blitzten vor Heiterkeit, als sie ihre Zwillingsschwester musterte.

„Erkläre es ihr, Virginia", befahl die Herzogin.

„Erkläre du es ihr", erwiderte Virginia.

„Ich bin zwei Minuten älter als du", sagte Cornelia, „und ich befehle dir, es ihr zu erklären!"

Virginias Augen wurden schmal. *Das* ... kann ich ihr nicht erklären."

Cornelias Lungen entrang sich ein Seufzer. „Oh, schon gut!" Sie griff nach Daphnes freier Hand. „Sich dem Mann, den du liebst, zu schenken, ist eines der schönsten Dinge auf der Welt." Cornelias Blick huschte zu Virginia, deren Brauen sich zusammenzogen, als sie den Kopf schüttelte. „Ich fürchte, du wirst etwas deutlicher sein müssen", schlug Virginia vor.

Cornelia räusperte sich. *„Sich ihm ganz zu schenken*, damit meine ich, ihn zu lieben." Sie holte tief Atem. „Den Mann zu lieben, dem man sein Herz geschenkt hat ... zu spüren, wie sein Körper mit deinem verschmilzt, ist das intensivste Glück der Welt."

Daphne konnte nicht vermeiden, sich Jack über sich gebeugt vorzustellen, seine dunkle, bloße Haut glänzend vor Schweiß, als er sie in die Arme nahm. Sie wollte über ihren Verlust nur weinen.

Ihr Blick fiel auf Virginia, deren braunschwarze Augen funkelten, als sie vor Daphne niederkniete und zu jedem Wort, das ihr Zwilling von sich gab, nickte. Daphne zählte langsam, versuchte, sich zu fassen, versuchte, Jacks Bild aus ihrem Kopf zu vertreiben. Sie musste ihre Schwestern davon überzeugen, dass sie die prüde alte Jungfer war, für die jeder sie hielt. „Aber ich habe meinen

Körper mit Mr. Richs verschmolzen und fand es gar nicht besonders erfreulich."

Ihre Schwestern machten beide große Augen.

„Du hast doch nicht wirklich mit Mr. Rich ...?", fragte eine schockierte Cornelia.

Es fiel Daphne schwer, nicht zu lachen. „Ich denke doch. Ich schätze, du könntest Dobbins fragen. Er hat uns gesehen. Im Foyer."

Wenn es möglich gewesen wäre, hätten die Schwestern ihre Augen noch weiter aufgerissen. „Du hast mit Mr. Rich - im Foyer - vor den Augen des Butlers ...?"

Daphne nickte. „Ich schwöre, unsere Körper waren so dicht beieinander, man hätte kein Blatt Papier zwischen uns schieben können. Und natürlich küssten wir uns. Ist das nicht, was ihr meint?"

„Du ... ihr wart völlig angezogen?", fragte Virginia.

Jetzt sah Daphne schockiert aus. „Natürlich war ich angezogen! Und Mr. Rich auch!"

Die Zwillinge begannen zu kichern. Daphne konnte sich gerade noch davon abhalten, mitzulachen. Stattdessen setzte sie ein strenges Gesicht auf und sagte: „Bitte, was ist so wahnsinnig komisch?"

Schließlich hörten die beiden anderen Damen zu lachen auf.

„Ihr müsst mir sagen, was ihr so erheiternd findet!", sagte Daphne.

Die Zwillinge schauten sich an. „Sag du es ihr", sagte Virginia.

Cornelia strafte ihre Zwillingsschwester mit ihrem bösesten Herzoginnenblick und begann, durch zusammengebissene Zähne zu Daphne zu sprechen. „Ich glaube nicht, Liebste, dass das,

was du und Mr. Rich tatet, tatsächlich als ‚Lieben'
bezeichnet werden könnte."

Daphne schaute ihre Schwester verständnislos
an. „Aber wir *küssten* uns!"

„Küssen, Liebes, ist nur ein Teil des Liebens."

„Bitte", sagte Daphne, „was gehört noch dazu?"

„Das erklärst du ihr", sagte Cornelia zu
Virginia.

„Ich kann doch mit ihr nicht … *darüber* reden."

„Was genau ist *darüber*?", fragte Daphne.

Virginia richtete einen zärtlichen Blick auf
Daphne. „*Das* ist, Liebste, was ein Ehepaar tut,
um ein Kind zu zeugen."

Es wurde immer schwieriger für Daphne, ihren
ernsten Gesichtsausdruck beizubehalten. „Ich
wüsste gerne mehr *darüber*."

Cornelia gab einen weiteren verzweifelten
Seufzer von sich. „Daran ist … ein gewisses
Anhängsel des Mannes beteiligt."

„Du weißt schon", sagte Cornelia, deren Blick
in ihren Schoß fiel. „Dieser Teil, der sich so
deutlich von uns unterscheidet."

Daphne schlug die hohle Hand vor ihren Mund,
dann straffte sie ihre Schultern und sagte
hochmütig: „Ich habe Michelangelos David
gesehen - natürlich nicht in Person. Aber ich habe
Bilder DAVON gesehen."

Cornelia entschlüpfte ein weiterer Seufzer. „Ich
glaube nicht, dass dir die Tatsache bewusst ist,
dass, wenn eine Frau und ihr Mann sich lieben,
dieses männliche Anhängsel in die Frau …
schlüpft?"

Daphne kreischte auf. „*Das* ist aber sicher
nicht, was du als das *intensivste Glück der Welt*
bezeichnest?"

Die Zwillinge wechselten resignierte Blicke.

„Dann scheint es mir", gab Virginia schließlich zu, „dass du Mr. Rich nicht so sehr liebst, wie ich es annahm."

Cornelia schüttelte den Kopf. „Was ich absolut unverständlich finde. Der Mann ist göttlich. Wie könntest du *nicht* wünschen, mit ihm ...?"

Der bloße Gedanken ... *DARAN* ... übergoss Daphnes Innerstes mit glühender Hitze. Während sie Cornelia beobachtete, kam Daphne zu der sicheren Überzeugung, dass Cornelia sich gerne von Jack hätte lieben lassen. Gott, er war einfach unvergleichlich!

„Wirst du ihn wiedersehen?", fragte Cornelia.

„Ja. Er kommt heute Abend mit uns zu Almack's."

* * *

An diesem Abend bei Almack's war Jack deutlich verändert. Sein Verhalten Daphne gegenüber war steif und kühl, anderen Frauen gegenüber zeigte er sich charmant und flirtete. Vor allem mit der Comtesse de Mornet, mit der er zweimal tanzte. Aber auch wenn Jack überaus liebenswürdig zu der Comtesse war und sich den Anschein gab, hungrig auf ihren üppigen Busen zu starren, war Daphne nicht im Geringsten eifersüchtig.

Sie wusste, dass Jack sich nie von einer Frau angezogen fühlen würde, die eine Kurtisane war. Nun, ergänzte Daphne, vielleicht doch angezogen genug, um ihre Röcke für eine schnelle Vereinigung zu heben, aber nicht genug, um sich je in sie zu verlieben.

Daphne lächelte bittersüß. Seine Prüderie war genau eines der Dinge, die sie an ihm liebte. Ihr Atem stockte ihr plötzlich in der Brust. *Liebte?* Das war das erste Mal, dass sie es sich erlaubt hatte zuzugeben, dass sie sich wirklich in den schneidigen Hauptmann verliebt hatte.

Ihre Schultern sanken herab, ihr Herz rutschte tiefer. Es wäre einfacher, Honig aus Marmor zu saugen als ihn zu lieben.

Sie beobachtete, wie er und die Comtesse sich elegant auf der Tanzfläche bewegten und war dankbar für seien Stolz, der ihn Daphne gegenüber gleichgültig auftreten ließ. Sie hätte es nicht ertragen können, Zeugin seiner Verletztheit zu werden.

Selbst nachdem Daphne am Arm von Lord Merriwether auf die Tanzfläche gegangen war, fuhr sie fort, Jack und die Comtesse zu beobachten - und weiter die unfreundlichsten Gefühle gegenüber der Comtesse zu hegen. Nicht nur war das Kleid der Französin unanständig tief ausgeschnitten, Daphne hätte auch schwören können, dass sie durch den dünnen Stoff hindurchsehen konnte. Und die Art, wie sie ihre Wimpern senkte, wenn sie ihre gesamte Aufmerksamkeit auf Jack richtete, war extrem verführerisch.

Als Lord Merriwether Daphne von einer Ecke des Ballsaales in die andere wirbelte, musterte Daphne die Oberschicht ihrer Gesellschaft. Caro Lamb war dort, zusammen mit ihrer Mutter und Lady Hertford. Reginald St. Ryse wirkte unmäßig gelangweilt, als er mit seiner eigenen Frau tanzte.

Daphnes Blick glitt zu Cornelia, die mit Lord Vane tanzte. Obwohl Cornelia es nie zugeben würde, wusste Daphne, dass Lord Vane der neueste Liebhaber ihrer Schwester war.

Wohin Daphne auch schaute, sah sie Ehebrecher. Und sie runzelte die Stirn. Bevor sie Jack kennenlernte, hätte sie nie gewagt, die

Menschen ihrer Klasse zu verurteilen. Bevor sie Jack kennenlernte, hatte sie sich selbstgefällig mit der Dekadenz, die ihre Schicht auszeichnete, abgefunden, aber jetzt schämte sie sich dafür.

Sie senkte den Blick, als sie ihren Kopf zurücklegte und Lord Merriwether erlaubte, sie über den Tanzboden zu geleiten. Die seltsamste Vorstellung stieg vor ihren Augen auf. Sie sah ein farbig gestrichenes, mit Stroh gedecktes Cottage wie das auf einem Bild an der Wand in dem winzigen Schlafzimmer ihrer Zofe. Blumen überwucherten den gewundenen Weg, der zu der oben gerundeten Eingangstür des Cottages führte, Rauch kringelte sich aus dem Schornstein. Daphne wurde von dem starken Wunsch überfallen, in diesem Cottage zu leben, weit weg von ihrer Familie und ihren Freunden.

Mit Jack.

* * *

Nur, weil er entschlossen war, nicht mit Daphne zu tanzen, hieß das nicht, dass er wünschte, die Comtesse möge all seine Zeit in Anspruch nehmen.

Er musste sich mehr unter die Anwesenden mischen. Er musste Lord und Lady Ponsby finden. Er musste sich mit George Lamb bekanntmachen lassen. Und er musste seine Neugier befriedigen, ob Lord Melbourne dem Regenten gegenüber nicht feindselig eingestellt war.

Aber er hatte teuflische Schwierigkeiten, die Französin loszuwerden. „Haben Sie und Lady Daphne sich gestritten?", fragte sie.

Entschlossen, nichts zuzugeben, erstarrte er. „Warum fragen Sie?"

„Frauen sind bei solchen Dingen äußerst

scharfsichtig."

„Meine Gefühle für Lady Daphne haben sich nicht geändert." Was eine Lüge war. Noch nie war er so wütend auf eine Frau gewesen. Warum hatte Daphne mit ihm geflirtet und ihn so innig geküsst, wenn sie kein Interesse an ihm hatte?

Er würde versuchen, seinen Zorn zu zügeln, indem er sich sagte, dass es gut war, dass Daphne die Vertrautheit, die zwischen ihnen entstanden war, aufgegeben hatte. Sie war für ihn ebenso unerreichbar wie jene nichtexistierende Diamantmine in Südafrika.

„Aber mein lieber Monsieur Rich, Sie haben meine Frage nicht beantwortet. Sie und Lady Daphne haben gestritten. Nicht wahr?"

Er zuckte mit den Schultern. „Es gab eine Meinungsverschiedenheit darüber, wo wir leben würden, wenn wir heiraten." Der Duft der Comtesse war fast überwältigend.

„Wie schade." Sie schaute zu ihm auf. „Wenn Sie ... Trost brauchen sollten, würde ich jederzeit überall hin zu Ihnen kommen, mein lieber Monsieur Rich."

„Sie sind zu freundlich."

„Freundlichkeit hat mit meinem Angebot nichts zu tun, Monsieur Rich."

Er wurde steif, als er sah, wie Mr. Bottomworth den Ballsaal betrat und suchend auf die Tanzfläche blickte, bis seine Augen Jacks fanden.

Bottomworth nickte, Jack neigte seinen Kopf.

Nach dem Tanz stellte Bottomworth ihn. „Genau der Mann, den ich gesucht habe!"

Bevor Jack antworten konnte, schlenderte Daphne heran und begrüßte Bottomworth mit überschäumender Begeisterung. Wie zum Donner machte sie das? „Wo ist ihre bezaubernde Frau?", fragte sie.

„Ich glaube, sie holt sich etwas zu trinken", sagte Mr. Bottomworth.

Seiner Beobachtung an diesem Nachmittag nach dachte Jack, dass die Frau dieses Mannes wirkte, als wäre das Beschaffen von Erfrischungen für sie überaus wichtig.

Als sie am Rande der Tanzfläche standen, schloss Lord Sidworth sich ihrer Gruppe an. „Ich sehe, dass Sie und Rich gemeinsame Interessen besprechen, he, Bottomworth?"

„In der Tat. Um genau zu sein", sagte Mr. Bottomworth mit einem Blick auf Jack, „möchte Mrs. Bottomworth unserer Bekanntschaft mit Mr. Rich gerne vertiefen. Würden Sie uns die Ehre erweisen, morgen Abend bei uns zu speisen?"

Daphne rettete Jack davor, eine Antwort finden zu müssen. Sie legte ihre Hand auf seinen Ärmel und sagte: „Wie bedauerlich, dass Sie nicht werden hingehen können, Mr. Rich, aber Sie haben mir versprochen, an diesem Abend bei meiner Tante zu essen."

„Welche Tante sollte das sein?", fragte Lord Sidworth und schaute an seiner Hakennase auf seine Tochter hinab.

„Mamas liebe Schwester", antwortete Daphne und schien über die schlechten Manieren, mit denen ihr Vater eine so wichtige Verabredung vergessen hatte, empört zu sein.

Wenn Jack sich richtig erinnerte, hatte Daphnes Mutter ebenso wie Daphne fünf Schwestern - die alle Stadthäuser in London besaßen.

Daphne schob ihren Arm durch Jacks und schenkte ihm ein strahlendes Lächeln. „Wenigstens bin ich jetzt frei und kann mit dir wie versprochen tanzen."

„Bevor Sie gehen, Rich", sagte Lord Sidworth, „müssen Sie sich auf Hottentottisch verabschieden."

Jacks Blick senkte sich in Bottomworths, der die Brauen hochzog. „Sprechen Sie Hottentottisch, Mr. Bottomworth?"

Der ältere Mann schüttelte den Kopf. „Ein paar Worte Bantu sind alles, was ich zusammenbringe."

Jack zuckte die Achseln. „Uga wen dum." Dann schlenderte er mit Daphne auf die Tanzfläche.

„Sie waren wundervoll!", schwärmte Daphne. „Uga wen dum! Wie absolut genial!", lobte sie ihn.

„Ich komme mir vor wie ein verdammter Narr." Er sah sie an. Obwohl sie wieder ein neues Kleid trug, schienen ihre Brüste verschwunden zu sein. Das musste etwas mit diesem verdammten Korsett zu tun haben! Sein Blick wanderte nach oben und blieb auf ihrem zerzausten Haar hängen. Sie hatte offensichtlich keinen Versuch gemacht, es zu frisieren. Seine erste Reaktion auf ihre Unscheinbarkeit war Erleichterung, dass andere Männer sich nicht von ihr angezogen fühlen würden; seine zweite Reaktion war Abscheu vor sich selbst, weil er immer noch starke Gefühle für sie hegte.

Als sie fehlerlos die Schritte der Quadrille ausführten, hörten sie den Schrei einer Frauenstimme aus dem Untergeschoss. Dann einen Angstschrei. Alle erstarrten. Sofort begannen die Leute auseinanderzulaufen wie aufgestörte Ameisen und Stimmen dröhnten.

Mit Furcht in den Augen schaute Daphne ihn an. „Was ist los?"

Er strengte sich an, einzelne Sätze aus den

Unterhaltungen zu verstehen, dann presste er den Mund zu einem grimmigen Strich zusammen. „Ich glaube, Prinzessin Charlotte wurde schwer verletzt."

Er sah auf und sah den Herzog von York im Eingang des Ballsaals stehen, Tränen auf den Wangen.

Dann hörten sie das Wort *Mörder*.

Kapitel 21

Daphne schob ihre Brille auf den schmalsten Punkt ihrer Nase und musterte ihren Vater. „Bitte, würdet du und Mama in eure Zimmer hinaufgehen. Mr. Rich und ich müssen sehr Wichtiges miteinander besprechen." Ihre Eltern mussten nicht wissen, dass die zu besprechenden Angelegenheiten nichts mit der verkorksten Verlobung zu tun hatten.

Lord und Lady Sidworth tauschten erheiterte Blicke. Kein Zweifel, sie klammerten sich an die Hoffnung, dass ihre hoffnungslos altjüngferliche Tochter sich mit dem unvergleichlichen Ausbund an Männlichkeit, der vor ihnen stand, arrangieren würde. Lady Sidworth konnte ihre Freude kaum verbergen, als sie sich an ihren Mann wandte. „Ich denke, mein Lieber, Mr. Rich ist überaus ehrenhaft."

„Mein Wort darauf", sagte Daphnes Vater nickend, „er ist ein wahrer Gentleman."

Wenn doch ihre Eltern nur ebenso gut über den mittellosen Hauptmann Dryden denken würden wie über Mr. Rich.

Nachdem ihre Eltern den Salon verlassen hatten, sank Daphne auf das Sofa und klopfte auf das Kissen neben sich. Was für ein Abend das gewesen war! Gott sei Dank hatten sie erfahren, noch bevor sie Almack's verließen, dass der Arzt der Prinzessin davon ausging, dass sie sich völlig erholen würde. Es gab keine Menschenseele in der

Gesellschaft, die sich bei dieser Nachricht nicht gefreut hätte.

Bei Almack's war es möglich gewesen, die Einzelheiten des Anschlags auf Prinzessin Charlotte zusammenzufügen. Ein unbekannter Schütze hatte die Tochter des Regenten in den Hals geschossen, als sie am späten Nachmittag Freunde in Windsor besuchte. Die Wachen hatten sich sofort um sie gestellt, um sie zu schützen, aber hatten nicht feststellen können, von wo der Schuss gekommen war.

Die Königin, die bei ihrer Enkelin gewesen war, als sie durch die Musketenkugel getroffen wurde, war mit einem hysterischen Anfall zusammengebrochen - der nicht zuletzt seinen Grund in dem hohen Blutverlust ihrer Enkelin hatte. In kürzester Zeit hatte der Arzt feststellen können, dass die Musketenkugel trotz des reichlichen Blutverlustes den Hals der jungen Prinzessin nur gestreift hatte.

Wieder in ihre deutsche Muttersprache verfallend hatte die zusammengebrochene Königin Charlotte ihrer Überzeugung Ausdruck verliehen, dass sie es war - nicht ihre Enkelin - der der Angriff gegolten hatte.

Die Anwesenden bei Almack's neigten dazu, einig zu versichern, dass eine im Ausland geborene Königin ein wahrscheinlicheres Ziel war als die liebe Prinzessin Charlotte.

Aber Daphne war sich sicher, dass die Prinzessin das gewünschte Opfer war.

„Mein lieber Hauptmann", sagte sie, kaum mehr als im Flüsterton, „Sie müssen erkennen, dass dieser Anschlag auf Prinzessin Charlotte die Dinge in ein völlig anderes Licht rückt."

Er betrachtete sie verwirrt. „In welcher

Hinsicht?"

„Es ist offensichtlich, dass der Attentäter wünscht, den Weg zum Thron freizumachen."

„Also wollen Sie sagen, dass dieser potenziellen Attentäter den König, dann den Regenten und jetzt seine Tochter aus dem Weg schaffen möchte ... wer, bitte, wäre dann der nächste?" Jack schaute sie an als wäre sie eine Kandidatin für das Tollhaus. „Der Herzog von York?"

Daphne biss sich auf die Lippe, als sie geistesabwesend nickte. „Sie haben recht damit, dass Freddie der nächste in der Erbfolge ist, aber ich beginne zu denken, dass unser Attentäter es genau darauf abgesehen haben könnte, Freddie zu seinem - oder ihrem - Zweck auf den Thron zu bringen."

Ein tiefes, bellendes Lachen löste sich aus Jacks Brust.

„Pst", sagte Daphne mit zusammengezogenen Brauen. „Wir wollen doch nicht, dass meine Eltern kommen und an der Türe lauschen."

Sein Lachen brach abrupt ab. „Und worauf, Mylady, gründen Sie diese Meinung, dass der Herzog von York seine Familie auszulöschen beabsichtigt?"

„Etwas Derartiges würde ich nie andeuten!"

„Nein, natürlich nicht gegen Ihren lieben Freddie!", sagte Jack stirnrunzelnd. „An wen denken Sie denn?"

„Ich denke, dass jemand aus Freddies Nähe möchte, dass er König von England wird."

Sie konnte sehen, dass Jack ihre Meinung nicht teilte. In der Tat, wenn sie sich nicht irrte, konnte er seine Ungeduld kaum zügeln. Es geriet ihm zur Ehre, dass er so höflich war, sie um eine Erklärung zu bitten, anstatt sie von vornherein abzulehnen. „Könnten Sie mich über den Denkprozess aufklären, der Sie zu einer solchen Schlussfolgerung brachte?", fragte er.

„Weibliche Intuition."

Einen Moment lang sagte er nichts. „Verzeihen Sie mir, wenn ich dies sage, Mylady, aber in der Regel denken Sie nicht wie irgendeine Frau, die ich je gekannt habe."

„Nichts zu verzeihen", sagte sie mit einem resignierten Schulterzucken. „Das ist die Wahrheit. Trotzdem habe ich instinktive Eingebungen. Und ich sage Ihnen, dass die Comtesse de Mornet hinter diesen Anschlägen steckt."

„Aber sehen Sie, Lady Daphne, nur, weil Sie jemanden nicht mögen, können Sie doch nicht hergehen und ihn der abscheulichsten Verbrechen beschuldigen."

Daphne verschränkte die Arme vor ihrer Brust und sah ihn böse an. „Also hat die Schlampe auch Sie erobert!"

„Mit Sicherheit hat sie das nicht!"

„Am Versuch hat es nicht gefehlt", murmelte Daphne.

Er schüttelte den Kopf. „Ich muss sagen, dass ich Sie bis zu diesem Gespräch immer für intelligent gehalten habe."

„Wie können Sie es wagen! Ich bin intelligent!"

„Meine liebe Lady Daphne, bedenken Sie doch die Unwahrscheinlichkeit ihrer Anschuldigungen! Sie glauben, dass ihre angebliche Attentäterin drei Morde ausführen lassen will, um einen Mann auf den Thron zu bringen, dessen ... dessen ... einen Mann, der eine legitime Ehefrau hat!"

„Nicht drei Morde."

Jack hob eine Braue.

„Es wird nicht erwartet, dass der alte König das Jahr überlebt."

„Das wurde schon letztes Jahr gesagt. Und im Jahr zuvor."

„Mit Sicherheit wird er nicht viel länger leben."

„Dann will ich davon ausgehen, dass der alte König bald stirbt. Sie glauben wirklich, dass die teuflische Comtesse beabsichtigt, den Regenten und seine Tochter zu ermorden?"

„Jemand plant das mit Sicherheit, und meine erste Verdächtige ist die abscheuliche Comtesse."

„Sehen Sie, da geht es wieder los - Sie verunglimpfen die Comtesse, weil Sie sie nicht mögen. Jetzt führen Sie sich auf wie eine Frau!"

Ihre Augen wurden schmal. „Und Sie benehmen sich wie ein vernarrter Mann!"

„Um Himmels willen, ich bin bestimmt nicht in diese Frau vernarrt!"

„Warum tanzen Sie dann nie Quadrille mit ihr - immer nur Walzer?"

Einen Moment lang antwortete er nicht. „Wenn Sie es wissen müssen", sagte er etwas widerwillig, „weil sie mich auffordert."

Daphnes Augen waren nur noch schmale Schlitze. „Das ist genau das, was diese abscheuliche Frau tun würde."

Er brach wieder in Gelächter aus. „Wie eine echte Frau gesprochen! Verzeihen Sie mir, wenn ich Ihre weibliche Empfindsamkeit unterschätzte."

„Hauptmann, ich schwöre, Sie kennen mich gut. Es ist Ihnen mit Sicherheit bekannt, dass der analytische Verstand eines Mannes und die Empfindsamkeit einer Frau in diesem einen recht unweiblichen Körper vereint sind."

Sein Blick wanderte langsam über ihren unweiblichen Körper von ihrem knochigen Hals bis zu ihren Zehenspitzen, was bei ihr viele ärgerliche körperliche Reaktionen auslöste. „Wenn Sie andeuten wollen, dass Ihr Körper männlich wäre", sagte er mit heiserer Stimme, „befinden Sie sich im Irrtum."

Sie konnte nicht mehr atmen. Sie wünschte, er würde aufhören, sie so anzusehen! Wie konnte ein Mädchen auch nur denken, wenn diese schwarzen Augen sich in sie hineinbrannten? Endlich fand sie ihre Stimme wieder. „Vielleicht könnten Sie uns etwas Madeira holen. Ich glaube, er würde unsere Nerven beruhigen, nach all den aufwühlenden Ereignissen des Abends." *Und der Betrachtung durch einen sehr männlichen Mann.* Sie hatte das Gefühl, dass nicht einmal das Heruntergießen einer ganzen Flasche Weinbrand ihre ärgerlichen körperlichen Reaktionen auf diesen Mann würde unterdrücken können.

Einen Moment später kam er mit einem Glas Wein zurück. Sie nippte an ihrem und fragte dann: „Worüber sprachen wir doch?"

„Ich glaube, Sie waren dabei, die Comtesse zu verleumden."

„Oh, ja. Sie müssen über das, was ich annehme, nachdenken. Der alte König steht praktisch an der Schwelle des Todes, der Regent hat seit dem letzten Anschlag auf sein Leben Carlton House nicht verlassen. Der Attentäter könnte guten Grund zur Annahme haben, dass der Regent sich nicht erholen wird. Also - in der widerwärtigen Denkweise dieser Person ist der einzige Mensch, der zwischen Freddie und dem Thron steht, Prinzessin Charlotte."

Jack nickte nachdenklich. „Ich muss zugeben, dass in dem, was Sie sagen, einige Wahrheit liegt, aber Sie selbst sagten, dass Fred..., äh, der Herzog von York eine legitime Ehefrau hat. Warum sollte seine Mätresse sich so viel Mühe geben, wenn sie nie Königin sein kann?"

„Die Mätressen von Königen sind berühmt-berüchtigt - und entsetzlich reich. Derzeit ist es jedoch so, dass Freddie ständig in Schulden steckt."

„Ebenso der Regent, und ich glaube, seine Apanage ist weit größer als die seines Bruders."

„Ah, aber das Einkommen des Königs ist um ein Vielfaches größer als das seiner Kinder zusammen."

„Ob der Herzog von York in Schulden steckt oder nicht, seine Mätresse scheint derzeit recht angenehm zu leben", sagte Jack. „Sie haben im Park ihre elegante Kutsche gesehen und sie scheint sich nach der letzten Mode zu kleiden."

Daphne zuckte die Achseln. „Außer, dass die Comtesse allen Kaufleuten und Schneiderinnen Geld schuldet, hat sie riesige Spielschulden angesammelt und große Summen bei den Juden geliehen."

„Nehmen wir an, Sie hätten recht", sagte Jack und legte den Kopf schräg, um sie intensiv anzusehen, „wie würden Sie es anstellen, das zu beweisen?"

Ihr Blick flog über Jack hinweg, auf ihren Lippen breitete sich ein verträumtes Lächeln aus.

„Oh nein, nicht wieder das!", sagte er.

Sie nickte. „Doch, wieder das. Nur haben wir diesmal nicht die Zeit, dass Sie ihr richtig den Hof machen könnten."

„Ich werde nicht mit der Comtesse schlafen."

„Ich schätze, dazu reicht die Zeit nicht." Daphne begann, an ihrer Unterlippe zu knabbern. Nach einem Moment sah sie zu ihm auf. „Bitte,

Hauptmann, sagen Sie mir, hat die Comtesse je angedeutet, dass Sie sich von Ihnen in gewisser Weise ... angezogen fühlt?"

Sein Blick traf ihren und er nickte langsam.

Ihre Hände flogen hoch und sie klatschte. „Großartig!"

„Ich kann nicht sehen, was daran großartig sein soll", brummte er.

„Sehen Sie nicht, Dummchen, dass uns das viel Zeit spart? Sie müssen ihr Angebot nur annehmen."

„Ich werde nicht mit ihr schlafen."

Er war so edel, so edel, dass er mit der Frau schlafen *würde*, wenn es hieß, das Leben seines Herrschers zu retten. Sie hoffte natürlich, dass es nicht so weit kommen würde. „Das müssen Sie vermutlich nicht."

Er hob die Brauen.

„Wenn meine Vermutung richtig ist, wird sie Ihr edles Angebot ablehnen."

„Jetzt kann ich nicht mehr folgen."

Sie schaute an ihrer aristokratischen Nase entlang zu ihm. „Da Sie ein so puritanischer Mann sind, werden Sie zur Comtesse gehen und ihr sagen, dass Sie sich in sie verliebt haben, aber dass Sie es sich nie erlauben würden, mit ihr zu schlafen, solange sie die Geliebte eines anderen Mannes ist."

„Ich glaube, ich beginne es zu verstehen."

Sie schenkte ihm ein Lächeln. „Sie werden sie bitten, den Herzog aufzugeben, und ihr versprechen, dass Sie sie als ihre Geliebte mit Geld und Juwelen überschütten werden." Sie machte eine Pause. „Vergessen Sie nicht zu betonen, dass Sie ein unglaublich reicher Mann sind."

Er grinste. „Wie könnte ich das vergessen?"

Sie liebte es, wenn er so grinste. Wie könnte die Comtesse einen so sündhaft gutaussehenden Mann abweisen? Unglücklicherweise ertappte Daphne sich dabei, wie sie über seine Unvergleichlichkeit plapperte. „Obwohl Sie unglaublich gut aussehen, wette ich, dass sie Sie rundheraus abweisen wird. Warum sollte sie sich für einen einfachen Gentleman entscheiden, wenn sie die Mätresse eines Königs sein könnte? Außerdem wird sie so stolz auf ihren ekelhaften Plan sein, dass sie ihn vermutlich nicht aufgeben wird."

„Nehmen wir einmal an", sagte er, „dass die Comtesse mein Angebot attraktiv findet?"

Darüber musste Daphne einen Moment nachdenken. Welche Frau würde nicht gerne Jack angehören? Vor allem, wenn die Frau dachte, dass er unermesslich reich wäre? Es sei denn ... „Ich hab's!", quietschte sie. „Dann verlangen Sie, dass sie in Südafrika leben muss. Was würden ihr schöne Kleider und Schmuck und ausgefallene Wagen nützen, wenn sie gezwungen wäre, in Südafrika zu leben? Ja, Hauptmann, ich glaube, ein solches Verlangen würde sicherstellen, dass Sie nicht mit der abscheulichen Comtesse schlafen müssen!"

Bevor Jack antworten konnte, verstrichen einige Minuten. Sie hatte angefangen, sich zu fragen, ob er taub geworden wäre und sie nicht gehört hätte, aber dann nickte er. „Wir können es uns nicht leisten, ihren Vorschlag nicht wenigstens auszuprobieren."

„Ausgezeichnet!", sagte sie. „Sie müssen morgen zu ihr gehen. Und ich gehe nach Windsor."

„Warum wollen Sie nach Windsor gehen?"

„Um Fragen zu stellen. Irgendjemand dort muss etwas gesehen haben, jemanden gesehen haben, der dort nicht hingehört. Ich habe vor herauszufinden, wen."

Er schaute sie böse an. „Sie werden nicht nach Windsor gehen."

„Warum nicht?"

„Weil Sie eine Dame sind. Und weil dieser gefährliche Mensch noch immer dort sein und Ihnen etwas antun könnte."

Sie seufzte. „Ich muss gestehen, ich dachte daran, einen Lakaien zu schicken, aber von Beginn unserer Ermittlungen an waren wir uns einig, dass wir niemandem vertrauen dürfen, nicht einmal meinen Eltern."

„Die Tatsache, dass wir niemandem trauen können, bedeutet nicht, dass ich zulassen würde, wie Sie Ihr Leben in Gefahr bringen."

„Es werde nicht wirklich ich sein."

Er warf ihr wieder einen dieser Blicke zu, mit dem man eine Verrückte betrachten würde. „Ich fürchte, ich kann Ihnen wieder nicht folgen."

„Ich werde die Kleider einer Dienerin borgen."

Er begann zu lachen. „Und dann werden Sie in Dienstbotenkleidern in der großen vierspännigen Kutsche nach Windsor fahren, Mylady?"

„Natürlich nicht! Ich werde ... zu Pferd reiten."

„Ich habe noch keinen Diener gesehen, der seinen eigenen Araber hat."

Sie bedachte ihn mit einem hochnäsigen Blick. „Dann reite ich eben eine Mähre."

„Ohne Anstandsdame?"

„Natürlich. Wer hat schon einmal eine Dienerin mit Anstandsdame gesehen?"

„Aber Sie sind keine Dienerin! Sie sind eine

Vertraute des Prinzregenten. Sie begeben sich in eine Lage, die nicht nur heikel, sondern auch gefährlich ist. Wenn die Person, die hinter all diesen teuflischen Anschlägen steckt, Sie in Windsor erwischt, wird sie Sie nicht nach London zurückkehren lassen. Nicht lebend."

„Oh, na gut. Vielleicht können Sie übermorgen nach Windsor fahren."

„Das ist ein viel besserer Plan."

Sie nippte ihren Madeira. Natürlich würde sie am nächsten Tag nach Windsor fahren. Sie würde es Jack nur nicht erzählen. Jedenfalls nicht vor ihrer Rückkehr.

Kapitel 22

„Sie sollten nicht allein ins East End gehen, Milady", warnte Daphnes Zofe am nächsten Morgen. „Dort könnten Ihnen üble Dinge zustoßen."

Mit einem Lächeln auf den Lippen betrachtete Daphne sich im Spiegel. Pru hatte ihre Sache gut gemacht, indem sie die abgelegten Kleider der Spülmagd eingesammelt hatte. Das verblasste, wollene Kleid war an Manschetten ausgefranst, an den Ellenbogen fadenscheinig und Daphne hielt es für perfekt. Zum Glück war die Spülmagd groß und dünn. Ihre Sachen passten Daphne, als wären sie für sie gemacht. Leider galt das nicht für die sehr abgetragenen Stiefel des Mädchens. Daphne schaffte es kaum, ihre Füße hinein zu quetschen, daher hoffte sie, dass sie nicht sehr weit würde laufen müssen. „Wirklich, Pru, niemand wird mich nich' für eine feine Lady halten, so, wie ich einepuppt bin."

Der sommersprossigen Zofe blieb der Mund offen stehen. „Milady! Wie haben Sie gelernt, wie jemand von uns zu sprechen?"

Daphnes Augen funkelten. „Du glaubst wirklich, ich könnte mich für eine Person niederen Standes ausgeben?"

„Oh ja, Mylady! Allerdings."

„Prachtvoll!" Daphne wandte ihr Gesicht vom Spiegel ab und zu Pru. „Sag mir noch einmal, wie du meinen Eltern meine Abwesenheit erklären willst."

„Ich soll ihnen sagen, dass Sie unterwegs sind, um den Tag bei Ihrer Tante zu verbringen."

Was für ein Glück, dass Daphne nicht weniger als neun Tanten hatte, fünf mütterlicherseits und vier von ihrem Vater. Selbst wenn ihre Eltern sie suchen wollten, würde sie vermutlich wieder zurück sein, bevor sie die Liste der Schwestern ihrer Eltern abgearbeitet hätten. „Wenn du jetzt so nett wärest, mir den Schal zu leihen, den deine Mutter dir gestrickt hat." Daphne genoss ihre Schauspielerei immens.

Pru legte den braunen Schal um Daphnes Schultern. „Es wird scheußlich kalt da draußen sein. Sie sollten wirklich ihren Wollumhang tragen."

Daphne betrachtete Pru mit einem reumütigen Ausdruck auf dem Gesicht. „Du weißt, dass ich das nicht kann - wenn ich arm aussehen muss."

Die Zofe zuckte die Schultern.

„Bete, dass ich nach draußen schleichen kann, ohne gesehen zu werden", sagte Daphne.

„Bitte, seien Sie bloß vorsichtig, Milady. Im East End gibt es Halsabschneider. Ich weiß nicht, was Ihnen in den Sinn gekommen ist, dass Sie dahin gehen wollen, um den Armen zu helfen."

„Ich glaube, es war etwas, das der Pfarrer letzten Sonntag sagte." Daphne ging zur Tür ihres Schlafzimmers.

Als sie die Treppen hinabschlich, bereitete es ihr Schuldgefühle, Pru wegen ihres heutigen Vorhabens angelogen zu haben, aber Spione mussten ihre Geheimnisse wahren. Und Daphne hatte vor, eine gute Spionin zu sein. Wie Jack.

Nein, denk nicht an Jack. Würde sie sich je an den Schmerz, ihn zu verlieren, gewöhnen können?

Sie verließ das Haus - ungesehen - durch den Dienstboteneingang. Als sie in den schlecht sitzenden Stiefeln Richtung Piccadilly humpelte, sinnierte sie über diese neuerlich erworbene Vorliebe für Ausreden. Sie hoffte nur, dass sie sämtliche erfundenen Geschichten auseinanderhalten könnte. Sie hatte Pru gesagt, sie wollte sich verkleiden, um ins East End zu gehen und sich um Arme zu kümmern. Eine feine Dame in einer eleganten Kutsche wäre ein zu leichtes Ziel für Diebe und Mörder. Dann war da die Geschichte für ihre Eltern, dass sie ihre Tante besuchte. Und sie hatte natürlich Jack geradezu angelogen, als sie ihm sagte, dass sie heute nicht nach Windsor fahren würde.

Denn sie war fest entschlossen, an genau diesem Morgen die Postkutsche nach Windsor zu nehmen. Sie war recht aufgeregt beim Gedanken, mit der öffentlichen Kutsche zu fahren. Es wäre eine völlig neue Erfahrung, und sie liebte all die neuen Dinge, die sie erlebte, seit Hauptmann Jack Dryden in ihrer Umgebung aufgetaucht war.

Alle, außer dem gebrochenen Herzen.

* * *

Er hatte sich im Pulteney Hotel unter dem Namen John Rich einquartiert. Jetzt schritt er auf dem türkischen Teppich seiner Zimmer hier auf und ab und wartete auf eine Antwort auf die Nachricht, die er an diesem Morgen an die Comtesse de Mornet geschickt hatte. Aus welchem Grund mochte sie so verdammt lange für ihre Antwort brauchen?

Da die Angelegenheit, die er mit ihr besprechen wollte, privater Natur war, hatte seine Nachricht die Bitte enthalten, mit ihr alleine sein zu dürfen. Ihr den Brief zu schicken schien der beste Weg, schnellstmöglich ein geheimes Treffen zwischen ihnen zu vereinbaren.

An der Tür klopfte es und er lief hinüber, um sie für einen jungen Mann in Livree zu öffnen, der ihm ein Silbertablett hinhielt, auf dem ein gefaltetes Papier lag, das seinen Namen in weiblicher Handschrift trug. Die Antwort der Comtesse. Er gab dem Diener einen Schilling und nahm die Nachricht, um sie am Fenster zu lesen, wo das Licht am hellsten war. Er erbrach das Siegel der Comtesse und überflog den Brief.

Mein lieber Monsieur Rich,

Ich habe meine Diener angewiesen, allen Besuchern zu sagen, dass ich mich heute nicht wohl fühle. Meine Diener haben Befehl, nur Sie einzulassen. Bitte besuchen Sie mich um drei, aber kommen Sie zu Fuß. Ihre Kutsche darf nicht gesehen werden.

Ich muss Ihnen nicht sagen, dass Sie nicht hereinkommen dürfen, wenn die Kutsche des Herzogs vor meiner Wohnung steht. Allerdings erwarte ich ihn nicht.

Mit liebevollen Grüßen
Monique de Mornet

Er lächelte bitter, zerknüllte den Brief und schleuderte ihn ins Feuer.

* * *

Der Weg vom Pulteney zur Comtesse war nur kurz. Als Jack zu dem Abschnitt kam, wo ihr Stadthaus sich befand, merkte er sich die hier stehenden Gefährte. Es waren nur zwei, keines stand vor dem Haus der Comtesse. Am anderen Ende des Blocks stand eine schwarze, mit

Wappen geschmückte Kutsche und nicht ganz gegenüber vom Wohnsitz der Comtesse ein weißfüßiger Kastanienbrauner, der von einem jungen Stallburschen gehalten wurde. Aus langjähriger Gewohnheit ließ Jack seinen Blick auf der Suche nach Verdächtigem die Straße entlangschweifen. Alles schien seinen gewöhnlichen Gang zu nehmen. Dann musterte er das stattliche weiße Stadthaus der Comtesse. An einem Fenster im dritten Stock bewegte sich eine dunkle Gestalt. Wenn Jack sich nicht geirrt hatte, schaute dort ein Mann aus dem Fenster, zog sich aber zurück, bevor Jack ihn wirklich sehen konnte.

Wie seltsam. Es konnte nicht der Herzog von York sein, da dieser Gentleman immer in seiner mit dem königlichen Wappen geschmückten Kutsche herumfuhr. Vielleicht war es nur ein Diener, ein Diener, dem gesagt worden war, dass er um drei Uhr einen Gentleman zu erwarten hätte.

Als der Diener, der auf sein Klopfen antwortete, schwarz trug, war Jack relativ sicher, dass das der Mann gewesen sein musste, der auf ihn wartete, der Mann, der ihn aus einem Raum im dritten Stock ausgespäht hatte. „Ein Mr. Rich, der die Comtesse besuchen möchte", sagte Jack zu ihm.

„Wenn Sie mir bitte folgen würden", sagte der Mann mit schwerem, französischen Akzent.

Jack betrat einen üppig eingerichteten Flur, der mit vergoldeten Spiegeln und glitzernden Kronleuchtern geschmückte war, und folgte dem Butler zuerst eine, dann eine zweite Flucht von Treppen mit eisernem Geländer hinauf. Die erste Tür, zu der sie im dritten Stock kamen, gehörte zum Schlafzimmer der Comtesse.

Er trat in das schwer nach Parfüm riechenden Zimmer ein, hatte aber einige Probleme zu sehen, ob die Comtesse dort war, da die roten Seidenvorhänge, die die Fenster verdeckten, nicht geöffnet waren. Hinter ihm schloss sich die Tür mit einem sanften Geräusch, als Jack etwa zehn Fuß weit in das prachtvolle Zimmer hineinging und eine Bewegung in dem riesigen Himmelbett, das ganz mit rotem Samt verhängt war, bemerkte.

„Monsieur Rich!"

Als er näher kam, sah er die Comtesse in der Mitte des Bettes sitzen, in Berge spitzenverzierter Kissen hinter sich gelehnt, ihre Beine vor sich ausgestreckt. Obwohl sie noch immer ihr Nachtgewand trug - ein hauchdünnes Fähnchen in Scharlachrot - war sie ganz offensichtlich *nicht* eben erst erwacht. Die geschickte Hand eines offensichtlich begabten Friseurs war zugange gewesen, um die goldenen Locken der Comtesse sich um ihr schönes Gesicht ringeln zu lassen.

„Guten Tag, Comtesse", sagte er und kämpfte mit sich, um die Eiseskälte, die diese Frau in ihm hervorrief, aus seiner Stimme zu vertreiben.

„Verzeihen Sie mir, wenn ich nicht vollständig angezogen bin", sagte sie; ihre Stimme war fast ein Schnurren, „aber ich bin nicht vor Morgengrauen ins Bett gekommen."

Er trieb sich dazu, sie verführerisch anzuschauen. „Da ist nichts zu verzeihen. Ich habe Sie nie schöner gesehen."

Sie klopfte neben sich auf die Matratze. „Ich hätte gerne, dass Sie sich neben mich setzen, Monsieur Rich."

Er gönnte ihr ein sinnliches Lächeln, als er sich auf das Bett zubewegte.

„Soll ich nach etwas zu trinken schicken?", fragte sie.

„Vielleicht später." Er grinste sie an. „Es scheint plötzlich sehr heiß hier drinnen."

Ein träges Lächeln spielte um ihren Mund, als ihre Augen über ihn wanderten. „Möchten Sie vielleicht ein Fenster öffnen?"

„Ich ziehe es vor, genau da zu bleiben, wo ich bin." Er ließ einen Finger an ihrem bloßen Arm hinabgleiten.

„Ich gehe davon aus, dass Ihre Lady Daphne entschieden hat, dass sie den südafrikanischen Diamantenminenbesitzer nicht heiraten möchte?", fing sie an.

Er nickte. „Es ist gut so. Ich scheine auch meine Meinung geändert zu haben."

Sie hob die Brauen. „In welcher Art, Cheri?"

„Ich scheine nicht in der Lage zu sein, mir eine äußerst anziehende Comtesse aus dem Kopf zu schlagen."

Sie legte ihre Hand auf seinen Oberschenkel. Was er nicht alles für seinen verflixten Regenten ertragen musste! „Ich freue mich sehr, das zu hören", murmelte sie und ihre Finger bohrten sich in seine Schenkelmuskeln.

Für einige Sekunden hingen ihre Augen aneinander, dann legte Jack seine Hand hinter ihren Hals und senkte sein Gesicht zu ihrem, bis ihre Lippen sich sanft berührten.

Dem Kuss dieser Frau fehlte die Reinheit und süße Kraft von Daphnes Küssen, Küssen, die ihn zu ihrem Sklaven gemacht hatten. Trotzdem, er musste diese Frau vom Gegenteil überzeugen. Er stöhnte vor gespielter Befriedigung, bevor er sich zurückzog und sie mit feuriger Leidenschaft ansah.

Die Comtesse schmollte. „Ich wünschte, sie hätten nicht aufgehört. Ich habe ihre Küsse so genossen, Monsieur Rich."

„Ich muss zugeben, dass es mir schwergefallen ist."

„Sie fürchten, der Herzog von York könnte erscheinen?"

„Das wäre ein kleines Problem."

„Aber Monsieur Rich, ich kann Ihnen versichern, dass das nicht geschehen wird. Der Herzog ist heute der Ehrengast einer offiziellen Einladung der Horse Guards. Ich habe es in der heutigen Zeitung gelesen."

Jack hielt sie mit einem glühenden Blick fest. „Dann stehe ich in der Schuld der Horse Guards."

„Ich hoffe", sagte sie mit einem heiseren Flüstern, als sie näher rutschte, „dass Sie dort weitermachen, wo wir aufgehört haben."

Jack seufzte. „Wenn ich das könnte."

Ihre schönen Augen wurden schmal. „Was soll das bedeuten?"

„Ich war nie gut im Teilen. Nicht einmal als Kind."

Einen Moment lang schwieg sie, dann legte sie eine geschmückte Hand um seine Wange und sprach mit leiser Stimme. „Sie haben etwas dagegen, mich zu teilen? Sie lehnen meine Beziehung zum Herzog ab?"

„Ich lehne ihre Beziehung zum Herzog nicht ab. Was ich ablehne ist, eine Beziehung zu einer Frau zu haben, die nicht meine ist. Ausschließlich." Er nahm ihre beiden Hände und führte sie an seine Lippen, zu etwas, wovon er hoffte, dass es ein zärtlicher Kuss war, und legte sie dann beide wieder in ihren Schoß, ohne seine Hand wegzuziehen. „Ich bin ein sehr reicher Mann,

Monique. Wenn Sie die Meine wären, gäbe es nichts, was ich Ihnen nicht schenken wollte."

„Sie bitten mich, Ihre ... Geliebte zu werden?"

Er holte tief Atem. Dies gehörte nicht zu dem Plan, den Daphne und er ausgearbeitet hatten, aber er war entschlossen, sein Angebot so gut zu machen, dass sie es nicht ablehnen konnte. Es sei denn, dass sie völlig davon besessen war, die Mätresse des Königs von England zu werden. „Ich möchte Sie zu meiner Frau machen."

Sie fiel in ihre Kissen zurück, ihr schöner Mund war leicht geöffnet. „Ihr Angebot ist sehr verlockend, sehr schmeichelhaft und sehr schwer abzulehnen."

Er holte Luft und hoffte, dass sie zum Teufel sein Angebot nicht annehmen würde. Er zwang sich zu einem Lächeln. „Also nehmen Sie es an?"

Sie schüttelte den Kopf. „Das kann ich nicht."

Er musste seinen Seufzer der Erleichterung ersticken und so tun, als wäre er zutiefst enttäuscht. „Sie sind dem königlichen Herzog so verpflichtet?"

„Ich habe ihm ein Versprechen gegeben. Ich habe noch nie so bedauert, dass ich kein Versprechen brechen kann."

Jack erhob sich. „Dann, scheint es, haben wir nichts mehr zu besprechen."

„Ich könnte Ihnen etwas anderes anbieten, aber ich weiß, dass Sie viel zu puritanisch sind, um es anzunehmen."

Sein Blick traf den ihren. „Nicht puritanisch. Ich habe nur meine Prinzipien." Er verbeugte sich und verließ den Raum.

Einige Minuten später wanderte er den Piccadilly entlang Richtung Sidworth House. Also hatte Daphnes weibliche Intuition sich als richtig erwiesen! Keine Kurtisane hätte je eine Gelegenheit versäumt, anständig einen Mann unermesslichen Reichtums zu heiraten, insbesondere, wenn sie sich bereits von diesem Mann angezogen fühlte, dessen er sich bei aller nötigen Bescheidenheit sicher war. Das Einzige, was sie dazu veranlassen könnte, ihn abzuweisen, wäre die Gier, die Mätresse eines Königs zu sein, eine Gier, in die sie bereits viel investiert hatte.

Er fragte sich, wen sie bezahlte, um die Morde auszuführen. Vielleicht einen Landsmann? Einen Diener? Mit Sicherheit nicht einfach jemanden von der Straße. Wer auch immer hinter diesen Anschlägen auf den Regenten und seine Tochter steckte, war absolut diskret gewesen. Trotz der vielen Wochen, die seit den Verletzungen des Regenten vergangen waren, hatte niemand in London etwas von den Anschlägen auf sein Leben erfahren.

Vielleicht, wenn Jack am nächsten Tag nach Westminster führe, würde er etwas in Erfahrung bringen können, das ihn zu dem Mörder führte.

Inzwischen fand er sich vor der Tür von Sidworth House und klopfte. Er war sehr ungeduldig, Daphne mitzuteilen, was er erfahren hatte.

Als der Butler ihm mitteilte, dass Lady Daphne nicht zu Hause wäre, konnte Jack seine Enttäuschung kaum verbergen. „Darf ich eine Nachricht hinterlassen?", fragte er.

Der Butler führte ihn ins Morgenzimmer, wo Jack sich an den Tisch setzte und eine Nachricht kritzelte, die Daphne bat, sich bei ihm zu melden - im Pulteney - sobald sie heimkäme. Er schrieb ihr, dass er ihr interessante Informationen mitzuteilen hätte.

Als er die Nachricht dem Butler übergab, sah Lady Sidworth ihn. „Mr. Rich!"

„Guten Tag, Mylady."

„Ich nehme an, Sie wollten Daphne besuchen."

„Ja."

„Wie schade, dass sie nicht hier ist. Sie ist zu Besuch bei einer ihrer Tanten."

Erst, als Jack bereits den halben Weg zum Pulteney zurückgelegt hatte, erregte Daphnes Verhalten seinen Verdacht. *Einer ihrer Tanten?* Was das nicht die List, die sie anwandte, wenn sie sich absichtlich unbestimmt ausdrücken wollte?

Den Rest des Abends über war er unruhig und hoffte, dass sein Verdacht verdammt noch mal unbegründet sein würde.

Es wurde dunkel, aber Daphne hatte noch immer nicht auf seine Nachricht reagiert.

Sein Ärger wandelte sich zu Furcht. Sie würde doch nicht nach Windsor gefahren sein und sich in Gefahr begeben haben?

Er musste nach Sidworth House gehen und es herausfinden.

Kapitel 23

In gerader Strecke war Windsor nicht weit von London entfernt. Daphne war der Meinung, dass ein Vogel die Strecke in einer Stunde zurücklegen könnte. Leider war sie kein Vogel. Nachdem ihre Postkutsche rund ein halbes Dutzend Mal angehalten hatte, beschloss sie, dass sie öffentliche Kutschen überhaupt nicht mochte.

Trotzdem erreichte sie Windsor vor zehn Uhr morgens und wanderte in Richtung auf das Schloss zu, das auf einem Hang hoch über dem Dorf stand.

In der Hauptstraße begann sie, Fragen zu stellen. „Bitte, Sir, wo war die liebe Prinzessin, als dieser böse Mensch auf se schoss?", fragte Daphne den Gemüsehändler, der den Schmutz aus der Vordertür seines Ladens kehrte. Sie war außerordentlich zufrieden mit der Art, wie sie die Sprechweise der Leute imitierte, deren krankhafte Neugier sie zu Auspeitschungen, Hinrichtungen und allen anderen gruseligen Veranstaltungen zog.

Der Ladeninhaber hielt inne, stützte sich auf seinen Besen und lächelte, als er sie musterte. „Grad' die Straße hinab von hier."

„Ich würde mir den Ort gerne ansehen", sagte Daphne.

„Na, mein Mädchen, dann komm mit mir und ich zeige dir genau, wo es passiert ist."

Er platzte fast vor Selbstgefälligkeit, als er sie

die gepflasterte Straße hinabführte.

„Ham Se die Prinzessin tatsächlich gestern sehen können - nachdem se von der Musketenkugel getroffen wurde?"

„Ich habe es geschafft, aber einfach war es nicht. Da waren Soldaten und ich weiß nicht was, die um sie herumstanden, als das liebe Mädchen da auf der Straße lag und fast zu Tode blutete."

„Wie schrecklich!"

„Sowas Furchtbares hast du noch nie gesehen. Meine Missus hat die Türe abgeschlossen und ist nach oben gerannt, um sich unter dem Bett zu verstecken, ja!"

„Das kann ich mir denken. So furchtbar, wie das gewesen sein muss!"

Er blieb stehen und starrte auf die unebene Pflasterstraße. „Sieh nur, da, man kann das Blut der Prinzessin noch sehen."

Das konnte man tatsächlich. Zum Glück neigte Daphne nicht zu Ohnmachtsanfällen bei einem solchen Anblick, denn nichts war unternommen worden, um das jetzt braune, trockene Blut, das sich dort am vorigen Nachmittag gesammelt hatte, abzuwaschen. Sie beugte sich über den rostfarbenen Flecken und legte ein perverses Interesse an dem schrecklichen Anblick zutage. „Ach du meine Güte, ich kann nich' glauben, dass das Prinzessin Charlottes Blut ist! Möge sie gesund werden."

Der Gemüsehändler stand stolz da wie jemand, der den Schützen, der die Prinzessin verletzt hatte, ganz allein überwältigt hatte. „Es war ein furchtbarer Anblick, wirklich."

„Und niemand hat diesen abscheulichen Kerl gesehen, der der Prinzessin das angetan hat?"

Er schüttelte den Kopf.

Daphne hatte alle Informationen, die sie brauchte, von diesem Mann bekommen. Stellte sie ihm zu viele Fragen, könnte das Verdacht erregen. Sie würde jemand anderen finden, der ihr bei ihren anderen Fragen weiterhalf. „Ham Se die Prinzessin je kennengelernt?", fragte sie, um das Thema zu wechseln.

Er zuckte mit den Schultern. „Nicht wirklich kennengelernt, aber ich habe sie bestimmt ein paar Dutzend Mal aus der Nähe gesehen."

Ihre Augen wurden rund. „Und Se ham auch den König und die Königin aus der Nähe gesehen?"

„Ja, natürlich. Viele Male. Der liebe König George, möge Gott ihn segnen, hat einmal sogar *Hallo* zu mir gesagt."

„Ich würd' in Ohnmacht fallen, bestimmt!"

Er lachte.

„Na, ich danke, dass Se mir diesen schrecklichen Anblick gezeigt haben", sagte sie, „aber ich darf Se nicht so lange von Ihrem Geschäft fernhalten."

„Och, das macht nichts", sagte er und ging zu seinem Laden zurück.

Sie wartete, bis er in seinem Geschäft verschwunden war, dann stand sie bei dem schrecklichen Flecken und sah sich um, versuchte festzustellen, wo der Schütze gestanden haben könnte. Da die Prinzessin von anderen Menschen umgeben gewesen war, hatte der Attentäter sich eine Stellung suchen müssen, von der aus er auf sie herabblicken und eine freie Schussbahn haben konnte.

Daphne sah die Straße hinauf und hinab. Alle Häuser und Geschäfte sahen gleich aus. Alle zwei Stock hoch. Keines war größer. Und es gab keine anderen Gebäude, die die notwendige Höhe hätten bieten können.

Als sie über den Schuss nachdachte, fiel ihr ein, dass der Arzt gesagt hatte, dass die Musketenkugel Prinzessin Charlotte nur gestreift hätte. Würde das nicht bedeuten, dass die Musketenkugel hätte gefunden werden müssen? Vielleicht hatte man sie ja am Vortag gefunden. Vielleicht auch nicht. Sie sah sich gut um. In acht Fuß Entfernung sah sie ein frisches Loch in der verputzten Fassade eines Wohnhauses der Reihe. Sie wusste, dass es frisch war, weil um das Loch herum noch frischer Staub saß.

Aber eine Musketenkugel fand sich nicht. Trotzdem könnte die beschädigte Stelle ihr eine Idee über die Schusslinie geben. Sie wusste, dass die große Prinzessin Charlotte etwa einen Zoll kleiner war als sie selbst, wenn also die Musketenkugel ihren Hals getroffen hatte und der Schütze auf der Straße selbst gestanden hätte, hätte die Einschlagstelle auf gleicher Ebene mit ihrem Hals sein müssen. Das war sie aber nicht. Sie war fünf oder sechs Zoll unterhalb des Halses der Prinzessin. Was Daphnes Theorie bewies, dass der Mörder höher stand. Aber wo?

In diesem Moment kam eine vornüber gebeugte Frau mit einem Schal, der dem Daphnes nicht unähnlich sah, auf den Bürgersteig heraus und schloss eine hellblaue Tür hinter sich.

„Ich bitte um Verzeihung, Ma'am", sagte Daphne zu ihr, „aber meine Missus schickt mir, um nach Wohnungen für ihren frisch verheirateten Bruder zu fragen. Kennen Se vielleicht ein unbewohntes Haus in dieser Straße?"

Die alte Frau dachte einen Moment über die

Frage nach, bevor ihr Gesicht sich aufhellte und sie sagte: „Nun, im Haus von Mr. Knightley hat niemand mehr gewohnt, seit er im September verstarb."

„Und welches is das Haus von Mr. Knightley?"

„Na, das ist direkt gegenüber von meinem."

Daphnes Blick flog zu einem Haus mit einer grünen Tür hinüber. „Das da?"

„Ja."

„Meinen Se, ich könnt' es mir anschauen?"

„Ich denke schon. Bei uns hier wird nichts abgeschlossen. Jeder kennt jeden." Ein Ausruf entschlüpfte der Frau und sie hielt sich die Hand vor den Mund. „Das heißt, bis gestern hatten wir keinen Grund, etwas abzuschließen. Wer weiß, wie das jetzt ist, wenn hier Verrückte herumlaufen und unschuldige Leute umbringen!"

„Schrecklich is das, ganz schrecklich!", stimmte Daphne zu. „Ich würde meine Türen abgeschlossen halten. Da muss wirklich ein Verrückter herumlaufen."

„Das stimmt wohl, Mädel."

Daphne bewegte sich auf Mr. Knightleys verlassenes Haus zu, das passend auf der *anderen* Seite der Straße lag, von wo auf die Prinzessin geschossen worden war. „Wenn Se einen Schrei hören, bin ich das", sagte sie mit einem Lachen.

„Ich würde dir ja anbieten, mit dir hineinzugehen, aber jetzt hast du mir Todesangst gemacht."

„Das is schon in Ordnung", versicherte Daphne ihr. „Dieser Irre is sicher nach London zurückgekehrt - denn von da muss er sein. In der Hauptstadt leben alle Arten verdorbener Leute."

„Ja, so ist es. Hast du von der Lady gehört, die letzte Woche in der Themse gefunden wurde, ihre

Kehle war aufgeschlitzt und sie hatten kein Stück Stoff am Leib?"

Daphne schüttelte entsetzt den Kopf. „Schrecklich, was sich in dieser verruchten Stadt abspielt."

Die Frau sah zu, als Daphne den Türknauf drehte. „Wenn du dich nach Mr. Knightleys Haus erkundigen sollst, werde ich versuchen, die Adresse seines Sohnes in Covington zu finden."

„Das wird nicht nötig sein, bevor meine Missus es nicht selbst gesehen hat", sagte Daphne.

Die Tür knarrte unheimlich, als sie sie aufschob. Sie fragte sich, ob Mr. Knightley hier in diesem muffig riechenden Haus gestorben war. Natürlich hatte es vermutlich nicht muffig gerochen, als er im September noch gelebt hatte.

In dem trüben Erdgeschoss gab es nichts, das sie interessierte. Sie wollte nur herausfinden, ob der Schütze einen der oberen Räume des Hauses benutzt hatte. Gerade, als sie ihren Fuß auf die unterste Stufe setzte, erschreckte sie ein leichtes, plumpsendes Geräusch fast zu Tode. Sie erstarrte. Und sah, wie eine Maus über den Holzboden des Wohnzimmers huschte.

Sie zitterte noch, als sie den zweiten Stock erreichte, aber sie war dankbar dafür, dass dieses Geschoss heller war als das untere. Ihre Aufmerksamkeit wurde sofort von den im Staub des Bodens sichtbaren Fußspuren angezogen. Frischen Fußspuren.

Und von einem Mann.

Natürlich bewies das nichts. Hatte die alte Frau ihr nicht erzählt, dass das Haus nie verschlossen war? Nach einem Blick in die Runde wurde Daphne klar, dass der verstorbene Mr. Knightley hier nichts hinterlassen hatte, was für jemand anderen von Wert sein könnte.

Sie folgte den Fußspuren, die sie direkt zum Fenster eines kleinen Zimmers brachten, das nur mit einem einzelnen Bett und einem aus der Wand herausragenden Kerzenleuchter eingerichtet war. Die Vorhänge des Bettes waren längst fort. Ihr Herz dröhnte, als sie sah, dass ein ramponierter Holzstuhl zum Fenster gezogen worden war. Sie trat hinzu und spähte auf die Straße hinab. High Street. Selbst aus dieser Entfernung von zwanzig Yards konnte sie den Blutfleck der Prinzessin auf dem Kopfsteinpflaster sehen.

Der Schütze musste klare Sicht auf die Prinzessin gehabt haben. Wie lange hatte der üble Kerl hier gesessen und darauf gewartet, dass Prinzessin Charlotte vorbeikam? Hatte er mit dem Gewehr auf dem Schoß gesessen? Was für ein übler, gemeiner Kerl das sein musste!

Sie hatte gefunden, was sie zu suchen gekommen war. Jack würde stolz auf sie sein.

Aber sie musste noch Eines herausfinden, bevor sie nach London zurückfahren konnte.

Sie ging zum Gasthaus - ihre Füße schmerzten bei jedem Schritt in ihren schlechtsitzenden Stiefeln - und wie erwartet, befand sich der Mietstall direkt im nächsten Gebäude. Obwohl eine Frau in einem Mietstall fehl am Platze war, trat Daphne mit einem Selbstvertrauen ein, das nur die Tochter eines Earls haben konnte. Natürlich durfte sie sich nicht benehmen wie die Tochter eines Earls.

Ein junger Stallbursche begrüßte sie zögernd, eine einzelne Braue fragend gehoben. „Haben Sie hier was zu tun, Miss?"

„Nicht wirklich, lieber Sir. Ich soll für meine

Missus was fragen."

So, wie er Daphne anstarrte, war sie überzeugt, dass der arme Junge nie zuvor eine Dame gesehen hatte, die eine Brille trug. „Was sollen Sie den fragen, Miss?"

„Da war ein Gennleman, der kam zu ihr und hat ihr mächtig gute Tränke verkauft ..." Sie holte Atem und beschloss, ein Risiko einzugehen. „Ein Franzmann. Sie wollte mehr von der Arznei kaufen, aber wir ham ihn nich mehr finden können. Ich hab' mir gesagt, dass der Herr vermutlich fort is, und mir überlegt, dass Se das wissen könnten, weil Se sich wahrscheinlich um sein Pferd gekümmert haben."

„Ein Frosch, sagen Sie?"

Sie nickte.

Er antwortete ebenfalls mit einem Nicken. „Wie es aussieht, ist der Gentleman gestern abgereist."

Ihr Herz pochte laut. „Gestern Nachmittag?"

„Ja. Ungefähr zur gleichen Zeit, als diese schreckliche Geschichte mit der Prinzessin anfing."

Also hatte Daphne mit allen drei Dingen recht gehabt. Der Attentäter war Franzose, und er hatte sein Reittier im Mietstall untergestellt. Sie hatte vermutet, dass die Comtesse bei ihren abscheulichen Machenschaften nur einem Landsmann vertrauen würde. Daphne hatte ebenso angenommen, dass der Schütze keinen Verdacht hatte erwecken wollen, indem er sein Pferd vor einem unbewohnten Haus anband. Der dritte Punkt, den sie genau richtig geraten hatte, war, dass er unmittelbar nach dem Schuss aus dem Haus geschlichen war. Er hatte darauf vertraut, vom Tatort fliehen zu können, während sich die hysterischen Leute um die Prinzessin drängten und viel zu entsetzt waren, um nach einem Verdächtigen zu suchen.

„Nur, damit ich sicher bin, dass wir von demselben Mann reden", sagte Daphne, „könnten Se mir sagen, wie er aussah?"

„Er sprach schon wie ein Ausländer, aber er schien ein feiner Gentleman zu sein. Gab mir eine Krone mehr für meine Arbeit."

„War er wie ein Gennleman angezogen?"

„Oh ja, Miss. Und sein Pferd war eine Wucht. Ein Grauer. Kein Ackerpferd, das kann ich Ihnen sagen."

„Wirklich", sagte sie, „Se haben genau den Mann beschrieben, den wir suchen!"

Ihr fiel plötzlich auf, dass sie dastand und befriedigt strahlte. „Liebe Güte", sagte sie, legte ihre Stirn in Falten und ließ ihre Schultern resigniert hängen, „meine Missus wird so enttäuscht sein, aber ich danke für Ihre Antworten."

Eine halbe Stunde später saß sie gedrängt in einer Postkutsche neben einem Mann, der nach Zwiebeln roch. Sie schwor, nie wieder mit der Post zu reisen. Und nie wieder Stiefel zu tragen, die zu klein waren. Sie zerrte sie von den Füßen, sowie sie auf der Bank in der Kutsche saß, dann, ohne dabei ihre Beine vor den Blicken der anderen Passagiere zu entblößen, zog sie diskret ihre Strümpfe aus, wobei sie an ihre Fersen, unter ihrem linken, großen Zeh und oben auf ihren beiden Füßen große Blasen entdeckte. Noch eine neue Erfahrung. Und eine, die sie mit Bestimmtheit nicht wiederholen wollte.

Sie war mit der Arbeit ihres Tages außerordentlich zufrieden. Um drei Uhr war sie wieder in London und begierig, Jack alles mitzuteilen, was sie erfahren hatte. Wenn sie mit ihren blutigen Füßen nur die zehn Block bis Sidworth House laufen konnte.

Jeder Schritt war eine Qual. Kaum drei Block von zu Hause entfernt, brach sie auf einer Treppe, die zu einem eleganten Stadthaus gehörte, zusammen. Zu ihrer Überraschung hielt ein junger Mann auf einem Pferd vor ihr an und tippte sich an den Hut. „Verzeihen Sie mir meine Aufdringlichkeit", sagte er, „aber ich kam hinter Ihnen her und konnte nicht anders, als zu bemerken, wie schlecht Sie gehen können. Bitte erlauben Sie mir doch, Sie auf meinem Pferd an Ihr Ziel zu bringen."

Der junge Mann war eine Antwort auf ihre Gebete! „Ich wäre Ihnen so dankbar", sagte sie, zwang sich, aufzustehen und zu ihm hinüber zu humpeln.

Er stieg ab und half ihr beim Aufsteigen. Da bemerkte sie etwas Seltsames. Der Kastanienbraune des Mannes war schweißbedeckt, als wäre er in hoher Geschwindigkeit von weit her gekommen. Als ob er so weit geritten wäre wie aus Windsor.

Der höfliche Mann sprang auf das Pferd, um sich hinter sie zu setzen und legte einen Arm um Daphnes Taille. „Wohin soll's denn gehen?", fragte er.

„Cavendish Square."

Er nickte und ritt sehr schnell los.

Nur nicht in die Richtung zum Cavendish Square.

Kapitel 24

Die Bestätigung des Butlers, dass Lady Daphne nicht zu Hause wäre, reichte nicht, um Jacks Neugier zu befriedigen. „Dann würde ich gerne mit Lord oder Lady Sidworth sprechen", sagte er.

„Sehr wohl, Sir. Wenn Sie mir bitte folgen würden."

Der Diener führte Jack in Lord Sidworths Bibliothek, wo Daphnes Eltern in dem schwach erleuchteten Raum auf dem Sofa gegenüber dem Feuer saßen. Ihre Köpfe drehten sich blitzschnell zu ihm, als er durch die Türe kam. Dann wurden ihre Gesichter lang. *Sie hatten gehofft, Daphne zu sehen.*

Lord Sidworth stand auf, um Jack zu begrüßen. „Es betrübt mich, Sie allein zu sehen, Rich. Ich hatte gehofft, unsere Tochter wäre mit Ihnen zusammen."

Lady Sidworth brach in Tränen aus und vergrub ihr Gesicht in einem Spitzentaschentuch. Aber so am Boden zerstört sie auch war, hielt ihre Verzweiflung sie doch nicht von dem Versuch ab, ihrer Sorge Ausdruck zu verleihen. „Sie ist heute Morgen früh ausgegangen und ist ..." Ihre Worte lösten sich in einem traurigen Gejammer auf, ihre Schultern zuckten unter ihrem Schluchzen.

„Sie ist seit mehr als zwölf Stunden fort", sagte Lord Sidworth. „Sie hat ihrer Zofe gesagt, sie würde zu ihrer Tante gehen, aber keine ihrer Tanten hat sie heute gesehen."

„Es gibt eine ganze Reihe von Tanten, wenn ich mich recht erinnere", sagte Jack. „Sie haben sie alle befragt?"

Lord Sidworth nickte trüb.

Jack war sicher, dass sie nach Windsor gefahren war. Er betete, dass ihr nichts zugestoßen sein möge, aber sein Bauchgefühl sagte ihm etwas anderes.

Ein leises Klopfen drang durch die Tür zur Bibliothek.

„Was gibt es?", blaffte Lord Sidworth.

Die Tür öffnete sich langsam und eine junge, sommersprossige, als Zofe gekleidete Frau steckte ihren Kopf herein. „Ich muss mit Ihnen sprechen, Milord. Über Lady Daphne."

Lord Sidworths Brauen zogen sich zusammen. „Komm herein, Mädchen!"

Jack nahm an, dass das Mädchen, das zögernd den Raum betrat, Daphnes Zofe war. „Ich habe gelogen", sagte sie und begann zu schluchzen.

„Du hast gelogen darüber, wo meine Tochter hingegangen ist?", fragte Lord Sidworth mit strenger Stimme.

„Ja, Milord." Sie holte tief und stockend Atem. „Lady Daphne wollte es so."

Lady Sidworth, mit vom Weinen rotem Gesicht und geschwollenen Augen, schaute hoffnungsvoll zu dem Mädchen auf. „Bitte, wohin ist sie dann gegangen?"

Die Zofe weinte so heftig, dass sie nicht antworten konnte.

„Bitte, Prudence, wenn du weißt, wo meine Tochter ist, musst du es uns sagen", sagte Lord Sidworth mit einer ruhigen Stimme, die sein verzerrter Gesichtsausdruck Lügen strafte.

„Ich hab' Angst, dass die Halsabschneider sie

erwischt haben", brachte das Mädchen schließlich blubbernd und traurig hervor.

Woraufhin Lady Sidworth aufkreischte.

Und Jack hatte das Gefühl, als hätte man ihm ein Messer in den Bauch gerannt.

„Wo, Mädchen?", flehte Lord Sidworth.

„Im East ..." Sie konnte ihren Satz nicht zu Ende bringen, da eine neue Welle von Schluchzern sie überwältigte.

„Willst du sagen, dass deine Herrin ins East End gegangen ist?", fragte Jack.

Das verzweifelte Mädchen nickte. „Sie wollte den Armen helfen und ist losgegangen, und das hat sie ihr Leben gekostet, ja!"

Während seine Frau in einem hysterischen Anfall zusammenbrach, behielt Lord Sidworth seine Beherrschung. „Willst du mir sagen, dass meine Tochter ins East End gegangen ist, um den Armen zu helfen?"

Sie nickte. „Sie hat Annies Lumpen angehabt."

„Wer zum Teufel ist Annie?", verlangte Lord Sidworth zu wissen.

Lady Sidworth putzte sich die Nase. „Ich glaube, das ist die Spülmagd", sagte sie mit wimmernder Stimme zwischen ihrem Schluchzen.

Das Nicken der Zofe bestätigte es.

„Warum zum Teufel trug meine Tochter die abgelegten Kleider einer Dienerin?", wollte Lord Sidworth wissen.

Die Zofe weinte kläglich. „Damit die Halsabschneider nicht merken, dass sie eine feine Dame ist."

Jacks Zorn kochte wie ein glühender Kessel. Daphne hatte sie alle hinters Licht geführt! „Beschreibe mir bitte genau, was deine Herrin getragen hat", sagte er zu der Zofe.

„Ein bräunliches Wollkleid, schon verblasst, und einen gestrickten, braunen Schal und Stiefel, die aussehen, als wären sie für einen jungen Mann gedacht."

Eine neue Welle von Schluchzen ergriff Lady Sidworth. Es war schlimm genug, dass ihre Tochter verschwunden war, aber in der Kleidung der niedrigsten Dienerin zu verschwinden, war entschieden zu viel für die Empfindsamkeit der Lady.

„Das East End ist groß", sagte Daphnes Vater. „Hast du eine Idee, wo im East End meine Tochter hingegangen ist?", fragte er Prudence.

Bäche von Tränen liefen dem Mädchen über die Wangen, als sie den Kopf schüttelte.

„Bei Gott", sagte Lord Sidworth, „ich werde jeden Diener, den ich habe, losschicken, um im East End von Tür zu Tür zu gehen." Er klingelte nach einem Diener. „Und ich werde die Bow-Street-Männer rufen."

„Ich habe selbst so eine Ahnung", sagte Jack und bewegte sich auf die Tür zu.

Lord Sidworths Augen wurden schmal. „Bitte, Rich, wohin gehen Sie?"

„Ich möchte Ihnen keine Hoffnungen machen", sagte Jack, „aber ich schwöre, Mylord, dass ich alles in meiner Macht Stehende tun werde, alle mir zur Verfügung stehenden Mittel nutzen werde, um Ihnen Ihre Tochter zurückzubringen."

Er verließ sie unter dem kläglichen Weinen der Ladys. Zuletzt hatte er sich an dem Tag so elend gefühlt, als Edwards starb. In diese unsägliche Angst mischte sich sein Wunsch, Daphne zu erwürgen - wenn er sie lebend fände.

Nachdem er sie geküsst hätte.

Obwohl es keinen Mond gab, der den dunklen

Himmel erhellt hätte und obwohl er in Abendkleidung war, beschloss er, direkt nach Windsor zu reiten. Es blieb keine Zeit, ins Pulteney zurückzukehren, um sich umzuziehen. Gott sei Dank hatte er ein gutes Pferd.

Nachdem er aus dem Gedränge Londons heraus war, brauchte er weniger Zeit, als er gedacht hatte - vermutlich, weil nur wenige andere so dumm waren, in einer so dunklen Nacht über diese kurvigen, unebenen Landstraßen zu reiten.

Als er in Windsor ankam, war es etwas zu spät, um an die Türen Fremder zu klopfen, daher ging er zum ersten örtlichen Gasthaus, um mit seinen Ermittlungen zu beginnen. Er schritt zur Bar und bestellte einen Krug Ale. „Verdammt üble Geschichte mit Prinzessin Charlotte", sagte er zu dem Barmann. „War sie weit von hier weg, als das Attentat geschah?"

Der Barmann hörte auf, Bier zu zapfen und musterte Jack. „War kaum drei Block von hier!" Er deutete nach links. „Auf dieser Straße war es." Offensichtlich freute der Mann sich über neues Publikum. „Ich war da, als es passierte. Ich hörte einen Schuss fallen und fragte mich, was das sein könnte, und bevor ich es wusste, gab es mehr Aufruhr, als man sich vorstellen kann, als alle sich um die Prinzessin am Boden scharten."

„Dann haben Sie diese chaotische Szene selbst beobachtet?"

„Und ob!" Er fuhr fort, Jacks Krug zu füllen, dann überreichte er ihn Jack.

„Sie sind jeden Tag hier?", fragte Jack.

„Allerdings bin ich das."

„Vielleicht haben Sie heute ... die Köchin meiner Frau gesehen. Eine junge Frau mit einer

Brille. Ich glaube, sie trug etwas Braunes. Es ist eine vertrackte Angelegenheit. Sie ist einfach verschwunden."

Die Augen des Barmannes blitzten auf. „Die hab' ich gesehen! Ein dünnes Ding hab' ich gesehen, mit einer Brille, direkt durch das Fenster da. Ich habe gesehen, wie sie in den Mietstall gegangen ist."

Mietstall? Warum sollte Daphne ein Pferd mieten wollen? Jack hatte angenommen, dass sie mit der Postkutsche hergekommen wäre. „Wo ist der Stall?"

„Gleich nebenan."

Jack warf sein Geld hin und ging. Er eilte zu dem Mietstall, wo er von einem jungen Mann begrüßt wurde. „Ich habe gehört, dass heute eine junge Frau mit Brille hier herein gekommen ist", sagte Jack zu dem Jungen. „Haben Sie zufällig mit ihr gesprochen?"

Der Stallbursche nickte. „Sie hat nach dem Franzmann gefragt, der gestern abgereist ist."

Franzmann? Guter Gott! Hatte Daphne angenommen, dass der gemietete Mörder der Comtesse einer ihrer Landsleute war? Sein Atem ging schneller. „Und ... konnten Sie der Lady weiterhelfen?"

„Ich hab' ihr gesagt, wie er zu der Zeit weg ist, als ich den ganzen Krach wegen der bedauernswerten Prinzessin gehört habe."

Jacks Brust schwoll vor Stolz über Daphnes Talent beim Spionieren. So erfahren er war, er war noch nicht darauf gekommen, dass der Attentäter Franzose war. „Wie hat dieser Franzmann ausgesehen?"

„Er war ein Gentleman. Ritt ein feines Tier - und war selbst gut angezogen."

„Könnten Sie ihn mir beschreiben?"

„Kein großer Mann, auch nicht jung. Aber wie er auf dem Pferd aufstieg, glatt wie Butter."

„Hat die Lady mit der Brille ein Pferd gemietet?"

Der junge Mann schüttelte den Kopf. „Nein. Sie hat die Postkutsche nach London genommen. Ich hab' gesehen, wie sie darauf gewartet hat, nachdem sie hier raus ist."

Jacks Herz schlug dröhnend. „Haben Sie zufällig gesehen, dass sie tatsächlich eingestiegen ist?"

„Kann ich nicht sagen."

„Danke für die Auskunft", sagte Jack und warf dem Jungen einen Schilling zu.

Als er den Stall verlassen wollte, rief der junge Mann ihm nach. „Sir!"

Jack wirbelte herum.

„Sie sind nicht der Erste, der nach der Frau mit der Brille fragt."

Jacks Herz pochte und er hob fragend eine Braue.

„Ein Kerl, den ich nie zuvor gesehen habe, kam direkt hinter ihr herein und stellte Fragen über sie."

„Welche Art von Fragen?"

„Er wollte wissen, was sie mich gefragt hätte."

„Und Sie haben es ihm gesagt?"

Der Junge nickte.

„Beschreiben Sie ihn für mich, bitte, wie sah dieser Gentleman aus?"

„Also erstmal, das war kein Gentleman. Ein bisschen älter als ich, vielleicht so groß wie Sie. Aber breiter gebaut."

Jacks Herz raste. „Welche Farbe hatte sein Haar? Wie war seine Kleidung?"

„Seine Haare waren dunkelbraun." Der Junge

machte eine Pause. „Kann mich nicht erinnern, was er angehabt hat."

„Aber ich nehme an, dass er nicht wie ein Gentleman gekleidet war."

„Seine Kleider waren nicht besser als meine."

Jacks Blick huschte über die zerlumpten Sachen, die aussahen, als hätten sie mehreren Eigentümern gedient, bevor er sie bekam. Jacks Inneres zog sich zusammen, als er fragte: „Ist er vielleicht mit der Lady in die Postkutsche gestiegen?"

Der Junge schüttelte nachdrücklich den Kopf. „Ich muss zugeben, dass seine Fragen mich neugierig gemacht haben. Ich habe ihm nachgeschaut. Er ritt einen tollen Kastanienbraunen - obwohl er nicht weiter ritt, als bis zum Gasthaus."

„Und das war das Letzte, was du von ihm gesehen hast?"

Der Stallgehilfe rieb sich das Kinn. „Ich habe ihn noch losreiten sehen, als die Postkutsche gerade abgefahren war."

„Als ob er ihr folgen wollte?"

„Ja, könnte sein."

Dann hatte der Mann Daphne nicht erwischt, bevor sie London wieder erreicht hatte. Hölle und Teufel! Daphne zu finden oder den Schläger, der sie gefangen haben musste, in einer so großen Stadt wie London, würde eine Suche nach der Nadel im Heuhaufen bedeuten. „Dann muss ich wohl ein Pferd bei dir mieten", sagte Jack. Er war verdammt enttäuscht, dass er sein gutes Tier in Windsor zurücklassen musste, aber er hatte es in dieser Nacht schon zu sehr angestrengt. Und alles, worauf es wirklich ankam, war, Daphne von dem schändlichen Kerl zu retten, der sie gefangen halten musste. Je früher er sie fand, desto größer war die Chance, dass sie noch am Leben war.

Noch nie war er von größerem Zorn erfasst worden - nicht einmal auf Edwards Mörder. Er hatte noch nie so dringend seine Beute finden müssen wie jetzt.

Und er hatte sich noch nie so machtlos gefühlt.

* * *

Sie fragte sich, ob ihre Handgelenke bluteten. Der raue Hanf des Seils schnitt schmerzhaft in ihre Haut, aber in dem völlig schwarzen Raum hätte sie ihre Hand nicht vor dem Gesicht sehen können. Wenn sie eine freie Hand gehabt hätte, um sie vor ihrem Gesicht zu wedeln.

Obwohl ihr Entführer kein Franzose war, wusste sie doch instinktiv, dass er mit der Comtesse und ihrem gedungenen Mörder zusammengehörte. Es war sehr klug von dem Franzosen gewesen, diesen Mann in Windsor zurückzulassen, um festzustellen, ob ihm jemand auf der Spur war. Sie erwartete, dass sie noch vor Ende der Nacht entweder dem Franzosen oder der Comtesse gegenüberstehen würde. Sie würden natürlich wissen wollen, mit wem sie arbeitete, aber sie würde nie Jack als ihren Partner verraten. Nicht einmal, wenn sie sie folterten.

Sie schluckte. Zumindest hoffte sie, dass sie so stark sein könnte.

Sie hasste es, hilflos zu sein. Es war nicht so, als hätte sie nicht versucht, sich von dem grässlichen Kerl loszureißen, der sie entführt hatte. Und ob. Aber er war viel stärker als sie und der Arm, den er um ihre Taille legte, hatte an diesem Nachmittag ihren energischsten Anstrengungen widerstanden, von seinem rasenden Pferd zu springen. Passanten auf dem

Bürgersteig hatten sich eilig umgedreht, als sie sie auf dem feinen Pferd in hoher Geschwindigkeit vorbeigaloppieren sahen, aber niemand hatte eine Hand gehoben, um ihr zu helfen - obwohl sie ihnen zurief. Es wäre anders gewesen, wenn sie wie eine feine Lady ausgesehen hätte und nicht eine Frau in zerlumpter Kleidung gewesen wäre, das wusste sie. Man hatte sie zweifellos für ein Flittchen gehalten.

Als sie das East End erreichten, kümmerte sich ohnehin niemand mehr um sie.

„Jetzt guck dir diesen Rock an", hatte ein Mann gesagt, dessen Blick Daphne von oben bis unten maß.

Eine zahnlose Frau mit bösartigem Lachen hatte gekreischt: „Was los, Liebchen? Zahlt er nicht für deine Arbeit, wie er sollte?"

Ihr Ritt hatte an einem verlassen aussehenden Lagerhaus aus Backsteinen nahe den Docks geendet. Sie war völlig unvorbereitet, als der scheußliche Mann sein Pferd zügelte und sie hinunterstieß. Dass ihre Hände den Fall auffingen, hatte ihr ernsthafte Verletzungen erspart, aber ihre Handflächen waren geprellt und brannten und ihr pochendes Knie begann anzuschwellen. Der Mann, der sie entführt hatte, stieg schnell ab und warf sie sich über seine stämmigen Schultern, kletterte dann drei Stockwerke die Treppe hinauf und schleuderte sie in eine kalte, dunkle und furchtbar einsame Kammer. Sie sah sofort, dass das einzige Fenster des Raums mit Brettern vernagelt war, und es gab nicht einmal einen Stuhl, auf den sie sich hätte setzen können. Sie kämpfte, als er kam, um ihre Hände mit einem kräftigen Seil zu binden, aber er überwältigte sie leicht. Bevor sie es schaffen konnte, auf die Füße und ihr pochendes Bein zu kommen, war er fort, knallte die Tür hinter sich zu und schloss ab. Mit dem Schließen der Tür breitete sich völlige Dunkelheit im Raum aus.

Gerüche von Werft und Fisch vermischten sich mit dem muffigen Gestank von abgestandener Luft zu einer höchst unwillkommenen Erfahrung, als das trommelnde Laufgeräusch einer Ratte an ihr vorbeiflog. Eiseskälte drang in den Raum. Sie sehnte sich nach Prus Schal, der jetzt drei Stockwerke weiter unten auf dem Bürgersteig lag, aber es gab anderes, wonach sie sich noch mehr sehnte. Dinge, wie etwas zu trinken oder einen Happen zum Essen.

Aber am meisten betete sie darum, dass jemand sie retten möge.

Sie bereute es, dass sie Jack angelogen hatte - und Pru. Niemand wusste, wo sie war. Niemand würde sie finden können.

Noch nie war sie so hilflos gewesen. Sie schien bereits seit Stunden hier zu sein, aber es war schwierig zu sagen, wie viel Zeit tatsächlich vergangen war. Da nichts vorhanden war, um ihre Gedanken zu beschäftigen, könnte ein einziger Augenblick so lange scheinen wie zehn.

Eine Flucht war unmöglich, solange ihre Hände hinter ihr gefesselt waren, und es schien keine Möglichkeit zu geben, sie loszumachen. Sie hatte gehofft, dass sie etwas Scharfes oder Raues finden könnte, um es zu benutzen, das Seil durchzuscheuern, aber ihre Suche erwies sich als fruchtlos. Es gab nichts in diesem Raum.

Seit Ewigkeiten kauerte sie sich inzwischen in einer Ecke zusammen, vor Kälte und Angst zitternd. Sie beklagte, dass sie am Morgen nicht gefrühstückt hatte. Seit sie zuletzt etwas gegessen hatte, waren mehr als vierundzwanzig Stunden vergangen, und sie war ausgehungert. Wenn sie sich nicht vorstellte, wie gut ein Schluck Wasser täte, wünschte sie sich einen der heißen Kuchen der Köchin herbei.

Das Erste, was sie tun würde, wenn sie hier herauskam, würde sein, einen dieser Kuchen zu holen.

Dann wurde ihr plötzlich klar, dass sie hier nicht herauskommen würde.

Kapitel 25

Daphne hatte recht. Spät an diesem Abend dachte sie, dass sie jemanden die Treppen heraufkommen hörte. Sie holt Luft, horchte genau hin und konnte feststellen, dass die Schritte zu mehr als einer Person gehörten. Das könnte ihr Gelegenheit zur Flucht geben! Aber wie? Wie könnte sie irgendwie zwei Menschen überwältigen - von denen einer mit Sicherheit ein Mann war? Und wie könnte sie in den nächsten zwanzig Sekunden einen erfolgreichen Plan entwickeln?

Sie huschte fort, um sich dorthin zu stellen, wo die Tür sie beim Öffnen verbergen würde. Sobald sie ihre Stellung dort erreicht hatte, trampelten die Schritte auf dem Treppenabsatz und Sekunden später wurde ein Schlüssel in das Schloss der Tür gesteckt. Ihr Herz blieb fast stehen, als die Tür knarrend aufging und ein gelber Lichtstrahl in den dunklen Raum drang.

„Wo zum Teufel ist sie?", bellte der Engländer, der sie entführt hatte.

Dann rammte die Tür in sie hinein und stieß sie gegen die Wand. Sie hielt sich aufrecht und schaffte es, auf den Beinen zu bleiben und ihren Entführer anzuspringen, der sich jetzt bewusst war, wo sie sich befand. Ihr Knie kam hoch und traf seine Leistengegend. Er stöhnte, knickte nach vorn und ließ die Kerze fallen, die er gehalten hatte.

Als er für einen Moment außer Gefecht war,

rannte sie durch die Tür.

Aber ein zweiter Mann, der auf Französisch fluchte, sprang auf sie zu und drückte sie draußen im Gang gegen die Wand. Wie der andere Mann es zuvor gemacht hatte, hob dieser Mann sie hoch und warf sie sich über seine Schultern, ging wieder in den Raum und schleuderte sie zu Boden.

Diesmal war sie nicht sicher, ob sie eine ernsthafte Verletzung hatte vermeiden können. Ein heftiger Schmerz durchschoss ihr Knie. Tränen brannten in ihren Augen und sie hätte kein Bein vom Boden heben können, selbst wenn ihre Entführer sie bei weit offener Tür in der Kammer gelassen hätten.

So unerträglich der Schmerz auch war, sie würde es sich nicht anmerken oder diese Männer auf andere Weise ihre Verletzlichkeit erkennen lassen.

Der Mann, den sie angegriffen hatte, beschimpfte sie abscheulich, hob die zu Boden gefallene Kerze auf und stampfte das Feuer aus, das sie auf dem Holzboden entzündet hatte. Der Raum, den sie so verabscheute, war jetzt von Kerzenlicht erleuchtet, was sie nach so vielen Stunden tiefer Dunkelheit seltsam tröstlich fand.

Sie musterte den Franzosen. Er war gar nicht so, wie sie ihn erwartet hatte. Sie hatte gedacht, die Comtesse de Mornet würde einen treuen Diener mit der Ausführung ihrer üblen Pläne beauftragen. Aber dieser Mann war eindeutig kein Diener. An seiner Haltung war etwas Aristokratisches, nicht nur wegen des Schnitts der feinen Kleidung, die er trug. Obwohl er viel kleiner war als der Mann, der sie entführt hatte, strahlte er viel mehr Macht aus, und der

Engländer hatte unverkennbar großen Respekt vor ihm.

Da kam ihr plötzlich der Gedanke, dass dieser Mann nicht die Aufträge der Comtesse ausführte. Die Comtesse führte seine Befehle aus! Daphne fragte sich flüchtig, ob er der Vater der Comtesse sein könnte, denn sie hielt ihn für etwa zwanzig Jahre älter als sie und die Comtesse es waren.

„Nun gut, Miss Chalmers", fing er an und beäugte sie verächtlich, „oder, ich sollte wohl sagen, Lady Daphne." Obwohl er einen starken französischen Akzent hatte, sprach er doch Englisch wie jemand aus der Oberschicht.

Ihr Magen drehte sich um, ihr Herz raste. Woher kannte er ihren wahren Namen? „Ich weiß nich', von was Sie schwätzen", sagte sie mit gespielter Empörung. „Ich 'eiß' 'azel Whitney."

Der Franzose lachte böse. „Miss Hazel Whitney, die am Cavendish Square wohnt?"

Oh, liebe Güte, sie *hatte* dem gemeinen Kerl gesagt, dass sie zum Cavendish Square wollte. Mit Sicherheit nichts, was ein guter Spion getan hätte. Jack würde sehr enttäuscht sein. „Gibt viele Dienstboten am Cavendish Square." Sie hatte nicht vor, Sidworth House zu erwähnen.

Das ledrige Gesicht des Franzosen verzog sich zu einem sadistischen Lächeln. „Wie dem auch sein mag, Lady Daphne, ich finde, es ist ein zu großer Zufall, dass Lord und Lady Sidworth seit einigen Stunden verzweifelt nach ihrer ältesten Tochter suchen."

Sie fühlte sich elend, weil sie ihre Eltern in Angst versetzt hatte. Natürlich fühlte sie sich angesichts ihrer gefährlichen Lage im Moment noch viel elender. „Ich weiß nich', was Sie da schwätzen, aber ja, da ist das Haus von Sidworth direkt auf der anneren Seite vom Haus meiner Leute."

„Kommen Sie, Mylady", sagte der Franzose. „Sie müssen uns schon etwas zutrauen. Es ist ja nicht so, als ob wir Ihren Hauptmann Jack Dryden nicht schon verdächtigt hätten."

Wäre sie von einer Kanonenkugel in den Magen getroffen worden, hätte sie keinen größeren Schock oder Entsetzen verspüren können. Dieser grässliche Mann - und, wie sie geschworen hätte, die Comtesse de Mornet - kannten Jacks echte Identität.

Lieber Gott! Sie würden ihn töten. Und sie auch. „Ich 'ab keine Ahnung, wer das is', Haup'mann Jack Drygoods."

Er lachte. „Sehr gut, Mylady. Die Comtesse sagte, dass Sie sehr klug wären. Aber nicht so klug wie der Herzog d'Arblier."

Den Namen hatte sie schon irgendwo gehört. Sie war sicher, dass er einer von Napoleons Ministern war. Lieber Himmel, war er nach England gekommen, um Jack umzubringen?

Tausend Gedanken schwirrten in ihrem Kopf. Sie musste Jack warnen! Der Herzog würde ihn umbringen, so sicher, wie er hier in einem verlassenen Gebäude nahe der Themse stand. Wie hatte er erfahren, dass Jack in London war? Wie hatte dieser Feind Englands es geschafft, ins Land zu gelangen? Und warum? Um den Regenten und die unschuldige Prinzessin Charlotte zu ermorden? Und den lieben Jack dazu?

Wenn es nur eine Möglichkeit gäbe, Jack all das zu erzählen, was sie erfahren hatte. Nach all diesen Wochen hatten sie endlich den Schuldigen gefunden - oder sie hatte es getan - und sie sah keinen Weg, Jack diese Nachricht mitzuteilen.

Schlimmer noch, sie war außerstande, ihn zu retten.

„Es is' so klar wie die Nase in Ihrem Gesicht", sagte sie dem Herzog, „dass Sie mich mit einer feinen Dame verwechseln, dieser Daffy." Sie lachte laut heraus. „Wenn ich so eine feine Dame wär', dann würde ich mich auch so auspuppen. Möchte vielleicht sogar sowas wie ein Krönchen auf den Kopf 'aben. Und natürlich wollen, dass eine Zofe mein 'aar 'übsch macht." Sie stemmte die Hände in die Hüften. „Ich denke, ich wäre gerne eine Lady. Sie können mich Lady Daffy nennen, wenn's recht ist."

„Es ist mir recht", sagte er höhnisch.

„Aber Euer Gnaden", sprach der jüngere Mann ihn an, „die kann keine Lady nich' sein. Schaun Se sie sich doch an! Sieht echt so aus, als würde sie nur ihrer 'errin 'elfen."

„Du Dummkopf", sagte der Herzog angewidert.

„Tut mir leid, Euer Gnaden", sagte der andere Mann fast flüsternd. „Ich wollt' ja nur 'elfen."

„Also", sagte Daphne zum Herzog, „wenn ich jetzt sag', ich bin diese Lady Daffy, was soll ich dann machen?"

Ein sadistisches Lächeln legte sich über das Gesicht des Herzogs, der sagte: „Nichts. Sie bleiben heute Nacht hier. Ich denke, wenn Ihr galanter Hauptmann Dryden erfährt, dass wir Sie haben, wird er nur zu gerne sein Leben für das Ihre geben."

Ihr Herz setzte einen Schlag aus. Also sollte sie das Mittel zu Jacks Tod werden.

* * *

Da die Comtesse und ihre Komplizen einen Mann in Windsor zurückgelassen hatten, betrachtete Jack den Feind jetzt mit Respekt. Es war so klug gewesen, dass er nicht länger glauben konnte, dass die Comtesse selbst den Plan für das Attentat erdacht hatte. Dahinter stand jemand, der weit schlauerer war als sie.

Er konnte nicht sicher sein, ob ihr Haus nicht beobachtet wurde - von außen wie von innen. Hatte nicht an diesem Nachmittag ein Mann ihn aus einem der Fenster im dritten Stock beobachtet? Unter diesen Umständen beschloss er, ihr Haus durch den Hintereingang zu betreten. Nach Stunden, in denen er während seines Ritts nach Windsor und zurück die mondlose Nacht verflucht hatte, war er jetzt dankbar, dass kein Mond ihn beschien, als er sich im Dunkeln zum Dienstboteneingang schlich.

Die Tür quietschte, als er sie öffnete. Er stand dort einige Sekunden wie erstarrt, als keine Reaktion erfolgte, huschte er in das dunkle Haus. Mit einem Lächeln auf seinen Lippen ging er direkt zur Treppe, erfreut, dass er genau wusste, welches Schlafzimmer der Comtesse gehörte.

Da es nach Mitternacht war, befanden sich keine Lakaien in den Gängen - wofür er zutiefst dankbar war. Er begann, die Stufen hinaufzuschleichen - leider nicht völlig geräuschlos. Ganz gleich, wie vorsichtig er auftrat, konnte er nicht verhindern, dass es einige Laute gab, da die Holzstufen knarrten. Wäre er die Treppe normal hinaufgegangen, würde man ihn bemerkt haben. Aber indem er einen Fuß sacht auf eine Stufe setzte und einige Sekunden wartete, bevor er weiterging, war er relativ sicher, dass er keine Aufmerksamkeit erregen würde.

Er war auch sicher, dass er sich nicht beeilen musste, nach oben zu kommen.

Augenblicke später erreichte er das

Schlafzimmer der Comtesse und zog seine Pistole, bevor er die Tür öffnete. Der Raum wurde von einem Feuer und einer Öllampe neben ihrem Bett beleuchtet. Er schloss leise die Tür und bewegte sich durch das Zimmer, seinen Blick auf das Bett gerichtet. Die Decken waren völlig glatt. Sie war noch nicht daheim. *Hölle und Teufel.*

Er würde warten. Hauptmann Jack Dryden hatte jahrelange Übung darin, jemandem aufzulauern.

Sein Blick überflog das Zimmer nach einem geeigneten Ort, sich hinzusetzen. Er wählte einen Sessel, der nicht gesehen werden konnte, wenn man den Raum betrat.

Während er dort mit gespannter Pistole saß, gingen seine Gedanken zu Daphne. Er betete, dass sie noch am Leben wäre. Er hoffte verzweifelt, dass sie nicht verletzt worden wäre. Und verdammt, er musste sie finden. Schnell.

Er versuchte sich vorzustellen, was für eine Gefangene sie sein würde. Würde sie verängstigt sein? Nachgiebig? Würde sie ihre Entführer verspotten? Oder ihnen sagen, dass sie ihren Plan, den Regenten zu töten, kannte? Würde sie ihre Verbindung zu Jack verraten? Er schüttelt den Kopf, als er dort im Dunkel saß. Nein, Daphne würde nichts von diesen Dingen tun. Sie war zu klug und zu anständig. Verdammt!

Das Ticken der Uhr auf dem Kaminsims der Comtesse und das Zischen des Feuers waren während der nächsten beiden Stunden die einzigen Geräusche im Raum. Um drei Uhr hört er das Klappern von Pferdehufen auf der Straße unten und glitt leise zum Fenster, um hinauszuspähen, gerade rechtzeitig, um die Comtesse aus der Kutsche des Herzogs von York aussteigen zu sehen. Jack zog sich vom Fenster zurück, um auf sie zu warten.

Nach ein paar Minuten kam sie in ihr Zimmer. Im Sitzen wartete er, bis sie ihr Cape auf den Stuhl werfen wollte, auf dem er saß. Ihr Mund öffnete sich und sie stieß einen Schrei aus.

„Wenn Sie nicht wollen, dass ich diese Pistole benutze", sagte er leise, „machen Sie besser kein weiteres Geräusch."

Ihre Augen weiteten sich vor Angst; sie nickte.

Er kam auf die Beine und befahl ihr, das Band aus ihrem Kleid zu entfernen.

Sie zitterte, als sie tat, was er ihr anwies. Dann befahl er ihr, sich auf den Boden zu legen.

„Warum?", fragte sie mit zitternder Stimme.

Er wedelt ungeduldig mit seiner Pistole. „Tun Sie es einfach."

Sie ging erst auf die Knie, dann streckte sie sich langsam auf dem Teppich aus.

Er legte die Pistole weg und setzte sich auf sie, um ihr die Hände mit dem Band zu binden - was sich als keine kleine Aufgabe erwies, da sie trat und sich wehrte und jammerte. Lieber Gott, wenn sie noch mehr Krach machte, würde mit Sicherheit ein Diener nachschauen kommen. Er schaffte es, das Band um ihre Hände zu befestigen und machte einen Doppelknoten. Er hätte ihr auch gerne den Mund zugebunden, aber nicht, bevor er nicht die Auskunft hätte, die er brauchte.

Nachdem er wieder aufgestanden war und seine Pistole aufgehoben hatte, sagte er: „Sie können jetzt aufstehen, wenn Sie möchten.

Sie erhob sich mit hasserfüllten Augen.

„Wenn Sie mir nicht sagen, wo eine gewisse Lady ist, die am Cavendish Square wohnt", sagte er mit unergründlicher Stimme, „werde ich Sie umbringen. Gleich hier. Heute Nacht."

„Ich ... weiß nicht, wovon Sie reden."

„Sie lügen."

Verachtung blitzte in ihren Augen, sie starrte ihn an, verteidigte sich aber nicht gegen seine Beschuldigung. War sie so dumm, dass sie dachte, sie könnte bluffen?

Offensichtlich nicht, denn sie ließ ihre Schultern hängen und sagte: „Ich weiß ehrlich nicht, wohin sie sie gebracht haben. Irgendwo ins East End. In ein verlassenes Lagerhaus, glaube ich, aber ich kann Ihnen nicht sagen, wo es ist."

Er neigte dazu, ihr zu glauben. „Dann werden wir dieses Zimmer nicht verlassen, bis Ihr ... bis der Mann, der Ihnen Ihre Befehle gibt, auftaucht." Kaum hatte er diese Worte ausgesprochen, wurde ihm etwas deutlich klar. Nicht nur war die Comtesse das Werkzeug eines viel intelligenteren Landsmannes, alles an diesem Plan deutete darauf hin, dass er tadellos von einem sehr schlauen Mann entworfen sein musste.

Und Jack kannte nur einen solchen Mann. Seine Brust wurde eng. Sein Inneres brannte vor Hass. „Wann dürfen wir den Herzog d'Arblier erwarten?"

Die Tür sprang auf. „Jetzt", sagte der Franzose.

Kapitel 26

Sie hatte es bedauert, ihre Entführer gehen zu sehen, denn das hieß, dass sie zu Jack gingen. Ihre Brust wurde eng. Sie würden Jack töten. Ihretwegen. Obwohl sie nicht die Schuld daran trug, dass Jacks wahre Identität herausgekommen war, war es doch ihre Schuld, dass sie so dumm gewesen war, sich fangen zu lassen. Sie hätte nicht nach Windsor gehen dürfen. Sie hätte nicht darüber lügen dürfen, dass sie alleine nach Windsor fahren wollte. Und sie hätte sich nicht so dumm dem Mann anvertrauen dürfen, der sie entführt hatte.

Weil sie hatte beweisen wollen, dass sie eine gute Spionin war, hatte sie nur bewiesen, wie unfähig sie war. Ihre Unfähigkeit würde jetzt nicht nur ihr, sondern auch Jacks Leben kosten.

Wenn sie nicht wäre - selbst, wenn der Herzog Jacks wahre Identität kannte - hätte Jack gute Chancen gehabt, seinen Feind zu überlisten. Aber sie hatte Jack die Gelegenheit geraubt, den üblen Herzog zu fangen.

Jede Zelle in ihrem Körper schmerzte vor Liebe zu Jack, und alles, was sie über den Mann, den sie liebte, wusste, überzeugte sie davon, wie teuer sie ihm war. In seiner Eile, sie zu retten, würde er sein Leben opfern.

Eine Flucht war unmöglich. Es gab keinen Weg, den Strick an ihren Handgelenken loszuwerden. Es gab keinen Weg, wie sie die

Bretter, die das einzige Fenster dieses elenden Raums verbarrikadierten, entfernen könnte. Es gab keinen Weg, wie sie irgendwie die verschlossene Tür öffnen könnte. Sie konnte nur warten, bis der Herzog zurückkam und sie tötete.

In völliger Dunkelheit kauerte sie sich in die feuchte, muffige Ecke ihres Gefängnisses, das nach nassem Schmutz roch, und versuchte, sich so warmzuhalten. Alle ihre Gedanken waren bei Jack, so wie Moschus, der an jeder Faser haftet. Sie beschloss, ihre letzten paar Stunden auf Erden damit zu verbringen, sich all die schönen Zeiten in Erinnerung zu rufen, die sie zusammen verbracht hatten. Obwohl ihre gegenwärtige Umgebung sich kaum von den Tiefen eines Bergwerks unterschied, erlaubte sie sich, an die schönen Nachmittage zu denken, als Jack und sie im Park spazieren gefahren waren, und bald umhüllte die Wärme der Erinnerung an jene Tage sie wie eine Umarmung von Jack selbst.

Als ihre letzten Stunden vorbeitickten, wurde sie von Reue übermannt darüber, wie sie den Mann, den sie liebte, behandelt hatte. Könnte sie alles noch einmal tun, würde sie sich zu ihrer Liebe zu ihm bekennen. Sie würde entweder ihre Familie dazu zwingen, ihn zu akzeptieren, oder sich von ihrer Bindung an sie lösen. Ihr Herz schlug schneller. Sie würde ihn lieben.

Jetzt würde sie ins Grab gehen, ohne jemals das Gefühl gekannt zu haben, wie ihr Liebster neben ihr lag oder wie sie ihren Liebsten in sich aufnahm.

Die Erinnerungen an Jacks hohe Moral brachten ein zärtliches Lächeln auf ihre Lippen. Hätte sie ihm ihren Körper angeboten, würde er abgelehnt haben. Ihr wundervoller, ehrenhafter, sündhaft gutaussehender, schmerzhaft anziehender Hauptmann Jack Dryden hätte niemals den Ruf der Frau in Gefahr gebracht, die er so tief zu lieben gelernt hatte.

Sie erlaubte sich den quälenden Gedanken an das Gefühl seiner Lippen auf ihren, das süße Streicheln seiner Zunge an ihrer, und sie hätte vor Verlangen nach ihm in ihrem tiefen Bedauern laut aufschreien können.

Könnte sie ihn doch nur sehen ... ihn berühren ... ein letztes Mal vor ihrem Tod.

* * *

Hölle und Teufel! Er hatte den Herzog nicht kommen hören. Der Kampf mit der sich wehrenden Comtesse, als Jack versuchte, ihre Hände zu binden, musste jedes Geräusch übertönt haben. Dies war der eine Moment, wo Jack *nicht* wie normal die Hände des Feindes vor dem Verhör hätte fesseln sollen. Verdammt noch mal, es war ja nicht so, als hätte sie ihn überwältigen können!

Seine verdammte Unvorsichtigkeit wurde noch durch seinen lockeren Griff um die Pistole verschlimmert. D'Arblier war im Raum und mit seiner eigenen Pistole nur wenige Fuß von Jacks Kopf entfernt, bevor Jack auf seine Gegenwart reagierte - viel zu spät, um einen erfolgreichen Gegenangriff zu starten.

„Wenn Sie Lady Daphne retten wollen", sagte der Herzog, „legen Sie Ihre Pistole weg."

„Wenn Sie die Comtesse retten wollen, sollten *Sie Ihre* Pistole weglegen", erwiderte Jack und betrachtete mit eisigen Augen seinen Erzfeind.

Mit einem bösartigen Gesichtsausdruck begann d'Arblier zu lachen. „Sie bedeutet mir nichts. Nur zu."

Die Comtesse kreischte.

„Wenn ein Schuss fällt, werden die Diener kommen", entgegnete Jack.

Wieder ertönte das böse Lachen des Herzogs. „Sollen sie doch! Sie stehen alle in meinen Diensten."

Natürlich taten sie das, erkannte Jack. In der Tat war jeder Schritt, mit dem die Comtesse den Herzog von York an sich gefesselt hatte, von d'Arblier inszeniert worden. „Dann haben wir anscheinend ein Patt", sagte Jack.

„Ich glaube nicht", sagte der Herzog. „Patt gibt es bei Gegnern, die gleich stark sind, und so sehr ich Sie in diesen Jahren bewundert habe, Hauptmann, sind wir doch nicht gleichstark. Meine Stärke ist mein völliges Losgelöstsein von menschlichen Bindungen. Ihre Schwäche ist die Neigung zu menschlichen Bindungen: zuerst Edwards und jetzt Lady Daphne Chalmers."

Jack zuckte die Achseln. „Lady Daphne bedeutet mir nichts."

„Das ist nicht wahr!", protestierte die Comtesse. „Das weiß ich mit Sicherheit."

Jetzt lachte Jack. „Ich versichere Ihnen, dass mein Geschmack an Frauen weit verfeinerter ist, als dass ich mich auf ein bebrilltes Frauenzimmer einließe, das zu dünn ist, als das man auch nur ein wenig im Arm hätte."

In diesem Moment tat der Herzog etwas sehr Seltsames. „Klingele nach einem Diener", befahl er der Comtesse.

„Aber meine Hände sind gebunden!"

„Nimm die Zähne", befahl der Herzog.

Die Comtesse gehorchte sofort, bemerkte Jack, als sie ging, um ihren Mund an die Klingelschnur zu legen und dieser einen festen Ruck zu geben.

Einen Moment später betrat der Butler, der am Nachmittag Jack eingelassen hatte, den Raum, seine Kleidung nur übergeworfen, seine Haare ungekämmt und ein Gähnen unterdrückend. Aber anstatt die Comtesse anzusehen, richtete er seine respektvolle Aufmerksamkeit auf den Herzog. „Ihr habt geläutet, Euer Gnaden?"

„Ja. Ich möchte, dass du zu dem Lagerhaus in der Compton Street gehst und die Dame tötest, die dort eingesperrt ist. Campbell hat den Schlüssel."

„Nein!", zischte Jack und warf seine Pistole weg.

Als der Butler sich die Waffe schnappte, nickte der Herzog lächelnd. „Du kannst ins Bett zurückgehen, Chassay, sobald du die Hände der Comtesse losgebunden hast. Wie du sehen kannst, habe ich gerade etwas anderes zu tun."

Jacks Erleichterung war von kurzer Dauer, denn er wusste, dass sie Daphne nicht am Leben lassen wollten. Er hatte ihr nur mehr Zeit verschafft.

Diesmal war Jack vermutlich seinem eigenen Tod näher als je zuvor, aber er würde es seinem verhassten Feind nicht gönnen, seine Angst zu sehen. Lächelnd schaut er den Herzog an. „Mein Glückwunsch, Euer Gnaden. Wie haben Sie erfahren, dass ich in England bin? Ich kann Ihnen versichern, dass es ein gut gehütetes Geheimnis war. Nicht einmal Lady Daphne kennt meine wahre Identität." Er hoffte verdammt, dass er den Herzog und die Comtesse davon überzeugen könnte, dass Daphne von ihrem abscheulichen Plan absolut keine Ahnung hatte.

„Das glaube ich nicht", sagte der Herzog. „Die Lady bemühte sich eindeutig, Ihnen zu helfen."

Jack kicherte. „Die Lady handelte völlig auf eigene Faust, wie ich Ihnen versichern kann. Sie war empört, dass niemand in der Lage gewesen war, den Mann zu finden, der auf Prinzessin Charlotte geschossen hatte und sagte mir, wenn niemand sich die Mühe machen wollte, den Schuldigen zu finden, würde sie das tun. Natürlich habe ich sie gedrängt, das nicht zu tun." Er zuckte mit den Schultern. „Ich glaubte nicht, dass sie ihren albernen Plan wirklich umsetzen würde."

„Es könnte sein, dass er die Wahrheit sagt", meinte die Comtesse und sah den Herzog an.

„Er lügt", sagte der Herzog. „Ich glaube, dass der Regent nicht nur nach seinem besten Spion auf der Halbinsel geschickt, sondern auch Lady Daphne zur Unterstützung des Hauptmanns gewonnen hat."

Jack lachte wieder. „Sie enttäuschen mich, Herzog. Können Sie sich nicht etwas Plausibleres ausdenken? Warum sollte der Regent einer Frau vertrauen? Haben Sie je eine kennengelernt, die ein so faszinierendes Geheimnis bewahren könnte?"

„Das ist ein Argument", sagte die Comtesse.

„Aber du, meine Liebe, hast deine Geheimnisse gut gehütet", sagte der Herzog zu ihr.

„Sie haben meine Frage nicht beantwortet", sagte Jack. „Woher wussten Sie, dass ich in London war?"

„Eigentlich wusste ich das bis zum heutigen Nachmittag nicht mit Sicherheit."

Jacks Magen drehte sich um. „Also waren Sie es, der oben aus dem Fenster spähte?"

„Ich habe befürchtet, dass Sie mich gesehen haben."

„Nicht gut genug, um Sie zu erkennen. Andernfalls hätte ich dieses Haus nicht verlassen, ohne Sie zu töten."

„Sie überschätzen Ihre Fähigkeiten, Hauptmann."

„Ich muss zugeben, dass Sie mich jetzt in Ihrer Gewalt haben. Bevor ich sterbe, werde ich Ihnen alles verraten. Ich werde Ihnen jeden nennen, der über die Angaben zu Ihrer Verschwörung verfügt - unter einer Bedingung."

„Dass ich Lady Daphne freilasse?"

Jack versuchte verzweifelt, sie zu retten. „Ja."

„Das kann ich nicht tun."

„Es ist Ihnen bekannt, dass ich gerade in Windsor war?", fragte Jack. „Und es ist Ihnen ebenso bekannt, dass ich, bevor ich hierher kam, dem Regenten und dem Herzog von York eine Nachricht schickte, in der ich Sie als den Attentäter benannte? Ein überaus freundlicher Stallbursche in dem Mietstall von Windsor machte eine Aussage, die Sie eindeutig als den Mann identifiziert, der auf die Prinzessin geschossen hat."

Die Comtesse und der Herzog sahen sich an.

„Ich schlage vor, wir schicken Campbell nach Windsor, um den jungen Kerl zum Schweigen zu bringen.

„Das wird nicht helfen", sagte Jack. „Inzwischen dürften der Regent und sein Bruder die Botschaften bereits erhalten haben. Nur schade, dass mein Brief Sie nicht mit der Comtesse in Verbindung bringt. In diesem Fall würden sie bereits hier sein."

„Auch wenn Ihre Geschichte sehr überzeugend klingt", sagte der Herzog und näherte sich Jack, „verzeihen Sie mir, wenn ich sie nicht glaube."

Jack zuckte die Achseln. „Das ist mit gleichgültig."

Der Herzog ließ die Comtesse erneut die Klingel betätigen.

Als der schläfrige Butler wiederkam, wies d'Arblier ihn an, die Kutsche aus dem Stall holen zu lassen. Die auf Jacks Kopf gerichtete Pistole wich nicht für einen Augenblick von ihrem Ziel ab.

Nachdem der Butler fort war, musterte der Herzog Jack. „Es wird Zeit, dass wir Sie wieder mit Ihrer Lady Daphne vereinen."

Jacks Herz sank.

„Und du, meine Liebe", sagte der Herzog zu der Comtesse, „musst die Hände des Hauptmanns mit deinem Band fesseln.

„Töten Sie mich", sagte Jack, „aber ich bitte, dass Sie Lady Daphne freilassen. Sie weiß nichts über Ihre Pläne."

„Ach, Hauptmann, es ist eine Schande, dass Sie sich von ihrer Liebe zu anderen so beeinflussen lassen." Der Herzog sah zu, wie sie Jacks Hände fesselte. „Es wird mir gefallen, Ihnen eine letzte Nacht mit der Dame zu gewähren, die Sie lieben."

Wenig später stiegen die Comtesse und Jack, letzterer noch immer mit der Pistole des Herzogs im Rücken, in die elegante Kutsche der Comtesse, die die drei ins East End brachte. Da die Straßen völlig leer waren, dauerte die Fahrt nur ein paar Minuten.

Als sie bei dem Lagerhaus in der Compton Street ankamen, begrüßte der Herzog einen bulligen Engländer, der vor der Tür Wache stand. Jack nahm an, dass das Campbell war. Der Herzog befahl Jack, auszusteigen und seine Beine zu spreizen. „Jetzt, Madame, werden Sie den

Hauptmann von dem Messer befreien, das er, und da bin ich mir sicher, an seinem Körper befestigt hat."

Schnell fand sie ein kleines, äußerst scharfes Messer in seiner Scheide, die an Jacks Oberschenkel festgeschnallt war. „Sie werden Ihre Hosen ausziehen müssen, Hauptmann", sagte sie lächelnd.

„Und wie schlagen Sie vor, dass ich das mit meinen hinter mir gefesselten Händen anstelle?"

„Die Comtesse ist recht geschickt darin, die Hosen von Gentlemen zu lockern, glaube ich", sagte der Herzog.

Sie kicherte, zu einem höchst unpassenden Zeitpunkt, wie Jack fand, und begann, an seinen Hosen zu zerren. Nachdem sie unter seinen Knien hingen, löste sie den Riemen und nahm das Messer an sich.

Jack fluchte, als sie seine Kleidung wieder in Ordnung brachte.

„Jetzt werde ich Ihnen und der Lady nach oben folgen", sagte der Herzog.

Als sie die wackelige Treppe hinaufstiegen, schien es Jack unglaublich, dass das Gebäude überhaupt benutzt werden könnte, nicht einmal vorübergehend. Es schien seit vielen Jahren verlassen, das Holz verfaulte und die fehlenden Fenster setzten das frühere Lagerhaus den Elementen aus. Und den Nagetieren. Er hasste es, daran zu denken, dass Daphne in einem so stinkenden Loch festsaß.

Er hasste es noch mehr, an das ihr bevorstehende Schicksal zu denken. Und er hasste sich selbst dafür, dass er dem Regenten erlaubt hatte, sie in diese äußerst gefährliche Angelegenheit zu verwickeln.

Als die Tür zu dem Zimmer, in dem sie festgehalten wurde, sich öffnete, blinzelte sie im Kerzenlicht, das ins Zimmer drang.

Jack sah sich schnell im Raum um. Das einzige Fenster war mit Brettern vernagelt, und obwohl die dicke Holztür sehr verwittert war, wurde sie doch von einem glänzenden neuen Schloss versperrt.

„Kannst du die Frau identifizieren?", fragte der Herzog die Comtesse.

Sie nickte. „Das ist Lady Daphne Chalmers."

„Sie hätten mich nicht anlügen sollen", sagte der Herzog zu Daphne. Dann drehte er sich um, richtete seine Pistole auf Jack und nickte in die Kammer hinein, in der Daphne sich befand. „Rein da", befahl er mit einer Kopfbewegung.

Sobald Jack den dunklen Raum betreten hatte, knallte der Herzog die Tür zu. Jack warf sich gegen die Tür, als er hörte, wie ein Schlüssel im Schloss gedreht wurde.

Von draußen aus dem Gang sprach der Herzog zu seinen Gefangenen. „Sie heute Nacht zu töten, wäre zu einfach, Hauptmann. Ich habe sehr lange auf das Vergnügen gewartet, Sie zu töten. Mein Genuss wird sich um das Zehnfache vergrößern, wenn ich bis zum Vormittag warte, da ich dann weiß, dass Sie sich in den nächsten paar Stunden mit dem Gedanken an Ihren bevorstehenden Tod herumquälen werden."

Jack stand an der Tür und lauschte, als der Herzog und die Comtesse die knarrenden Treppenstufen hinabstiegen.

Dann drehte er sich zu Daphne. Obwohl er in der völligen Dunkelheit, die sie umgab, nichts sehen konnte, spürte er, wie Daphne näherkam und wurde von einer Woge zärtlicher Gefühle überschwemmt. Seine Sinne erwachten bei dem intensiven Geruch ihrer Minze. Sie lehnte sich an ihn und begann zu flüstern, während sein Verlangen ihn übermannte.

„Oh, mein geliebter Hauptmann", sagte sie in einer zum ersten Mal zerbrechlichen Stimme, „ich bin so froh, dass ich noch einmal mit Ihnen zusammen sein kann, bevor ich sterbe. Es gibt so viel, was ich Ihnen sagen will."

Wären seine Hände nicht gebunden gewesen, hätte er sich an dem Gefühl, sie in den Armen zu halten, berauschen können. Er begnügte sich damit, sein Gesicht in ihren Haaren zu vergraben, während ihr Körper sich an seinen schmiegte. Er hätte vor Freude weinen können. „Über die Ermittlungen?", fragte er atemlos.

Ihr Gesicht hob sich zu seinem. „Über uns", flüsterte sie. „Darüber, dass ich Sie immer geliebt habe. Und Sie ewig lieben werde."

Alle Gedanken an den Tod, daran, den Tod ihres Herrschers zu verhindern, an ihre frühere Abweisung, verflogen, als er sich an sie lehnte und sie gierig küsste.

Kapitel 27

Ein verzehrendes, lähmendes Verlangen durchfuhr ihn, als ihre Zungen sich umschlangen, als ihr Körper sich wie ein feuchtes Blatt an seinen drückte. Er vergaß, dass er sie nicht in seine Arme nehmen konnte. Er vergaß, dass sie in einem muffigen Raum waren, der sich wie eine feuchte Höhle anfühlte. Er vergaß beinahe, dass sie am Morgen sterben würden. Tiefe Freude erfüllte seine Seele. *Sie liebt mich!*

Und, bei Gott, er liebte sie!

„Meine liebste, allerliebste Daphne", brachte er endlich atemlos heraus, „du hast deine Zuneigung aber gut versteckt."

Sie legte ihre Wange auf seine Schulter. „Nur, weil ich dich liebe."

„Ich fürchte", flüsterte er und übersäte ihre Haare mit sanften Küssen, „dass ich dir nicht folgen kann."

„Mein Vater ist ein solcher Snob, ich hätte es nicht ertragen, wenn er dich brüskiert hätte - was er mit Sicherheit der Fall gewesen wäre, sobald er herausgefunden hätte, dass du nicht der reiche Mr. Rich bist."

„Dir ist es gleichgültig, dass ich kein Geld und keine Aussichten habe?" Was zur Hölle dachte er? Was spielte all das noch für eine Rolle? Morgen würden sie tot sein.

„Es gibt keinen wunderbareren Mann als dich. Ich könnte deiner nie würdig sein."

„Oh, Gott, Daphne." Seine Lippen knabberten an ihrem Hals. „Wie ich dich liebe."

„Ich weiß, mein Liebster. Ich verstehe zwar nicht, wie jemand so Unscheinbares wie ich deine Zuneigung erringen konnte, aber ich wusste, dass du dabei warst, dich in mich zu verlieben, und ich wollte lieber mir selbst wehtun als dir Unglück zu bringen."

Er begann sie zu küssen, hinterließ eine feuchte Spur entlang ihrer Brust. „Du bist *nicht* unscheinbar. Du bist mit jedem Tag, den ich dich kannte, schöner geworden. Ein sehr großer Hauptmann konnte allein durch den Anblick deines schlanken Körpers oder deines widerspenstigen Haares - oder sogar dieser Brille auf einer sehr perfekten Nase - zu einem völligen Schwächling werden. Ganz ehrlich, noch nie hat eine Frau diesen bestimmten Hauptmann so berührt wie du."

Sie begann zu weinen. Leises Weinen zuerst, dann tiefe, laute Schluchzer. Er wünschte bei Gott, dass es etwas gäbe, was er tun könnte, nicht nur, um ihre Tränen zu stillen, sondern auch ihre Leben zu verlängern. „Ich weiß, meine Liebste", murmelte er und wünschte, er könnte sie an sich ziehen. „Ein Jammer, dass wir all die Zeit verschwendeten, die wir hatten."

„Oh, Ja-a-a-a-ck", jammerte sie. „Lass mich nicht als Jungfrau sterben."

„Lieber Gott, Daphne, weinst du deshalb?"

„Ja", sagte sie schniefend. „Ich will, d-d-dass du mich liebst."

„Ich habe nie etwas so sehr gewollt, aber ich fürchte, es geht nicht."

Ihr Schluchzen wurde lauter. „Das ist jetzt nicht die Zeit für Anstand, Hauptmann Jack

Dryden!"

Ein tiefes, herzhaftes Lachen entrang sich seiner Brust.

„Was ist so lustig?", wollte sie wissen.

„Du, meine süße Unschuld. Falls du es vergessen hast, unsere Hände sind gefesselt. Ich kann dich nicht lieben, weil ich nicht aus meinen Hosen herauskomme!"

„Ich würde meinen, dass so eine Kleinigkeit doch den schlausten Spion seiner Majestät nicht aufhalten könnte. Mit Sicherheit kannst du dir etwas einfallen lassen." Ihre Stimme überschlug sich. „Du möchtest mich lieben, nicht wahr?"

Er lachte wieder. „Natürlich möchte ich dich lieben! Wenn du mehr wüsstest über ... die männliche Anatomie, würde dir das klar sein!"

„Natürlich weiß ich über die männliche Anatomie Bescheid! Dein ... dein Ding ist leider in der Hose versteckt. Diese Hose, von der du nicht weißt, wie du sie ausziehen sollst."

Lieber Gott! Sie wusste es wirklich nicht! „Ich spreche nicht von dem Ort, wo mein ... Ding ist. Ich denke daran, was mit meinem ... Ding geschieht, wenn ich daran denke, dich zu lieben."

„Etwas geschieht mit deinem ... Ding?"

Er wünschte wirklich, ihm fiele ein besserer Name dafür ein. „Ja."

„Was, sag bitte?"

Wie konnte er das einer solchen Unschuld erklären? „Es wird größer." Er schluckte. „Und es neigt dazu, nach vorne abzustehen."

„Du meinst ... wie eine Kanone?"

Es gefiel ihm gar nicht, dieses Teil seiner Anatomie mit einem Stück Artillerie verglichen zu sehen. Sein Gesicht näherte sich ihrem und er saugte ihre Unterlippe in seinen Mund. „Viel weniger zerstörerisch als eine Kanone", murmelte er.

„Ich wünschte, ich könnte es spüren!"

„Ich auch, meine Liebste", sagte er erstickt. Wie zum Teufel konnte es hier drinnen so verdammt heiß geworden sein? Als er ankam, war es in der Kammer eisig gewesen.

„Ist es wirklich groß geworden? Wegen mir?"

„Das ist nicht das erste Mal, dass du diese Wirkung auf mich hast, du kleines Biest."

Sie stampfte mit dem Fuß auf. „Ich bedauere alle Stunden sooo sehr, die wir nie wieder zurückbekommen können, Stunden, in denen wir uns hätten lieben können."

„Aber es nicht getan hätten."

„Weil unsere Verbindung nicht gesegnet war und weil du zu verdammt anständig warst, um die Frau, die du liebst, zu kompromittieren?"

„Beides mal ja."

Wieder weinte sie leise.

Die Wirklichkeit hob ihr Haupt. Nachdem sie sich jetzt ihre Liebe erklärt hatten, erinnerten sie sich daran, dass sie am Morgen sterben würden. Was hatten sie beide je getan, dass das Leben sie so bös betrog? „Es tut mir leid, wegen allem."

Sie schnüffelte. „Ich hätte gerne ein Baby von dir bekommen."

Leider durfte ein Mann nicht weinen. „Denk nicht daran." Er legte seine Lippen auf ihre zu einem hauchzarten Kuss. „Komm, Liebes, setzen wir uns."

„Ich warne dich, es ist schmutzig."

„Das habe ich vermutet." Er wünschte, er könnte seine Jacke ausziehen und auf den Schmutz legen, wo Daphne sich hinsetzte. Er fiel zu Boden. Es roch nach nassem Schmutz.

Als er dort lag, nahmen seine Gedanken eine seltsame Wendung. Anstatt an die Frau zu denken, die er liebte, dachte er an den nassen Boden. Er war nicht nur feucht. Er war nass. Warum zum Teufel war der Raum so verdammt nass? Das fehlende Fenster war mit Brettern vernagelt. Der Regen konnte dort nicht eingedrungen sein.

Plötzlich schoss er hoch. Könnte es sein, dass das Dach undicht war? Daphnes Entführer hatten sich für schlau gehalten, dass sie sie in den dritten Stock brachten, wo der Klang ihrer Schreie weiter von der Straße entfernt sein würde. Aber ihre Entführer hatten vergessen zu berücksichtigen, dass es dort einen anderen Weg nach draußen geben könnte!

„Was ist los?", fragte sie. „Denkst du dasselbe wie ich?"

„Nun, wie sollte ich das wissen?"

„Ich dachte daran, wie wir unsere Hände befreien könnten."

Sobald sie sprach, wurde auch ihm klar, wie das gehen könnte. Wäre er nicht so verdammt mit ihr beschäftigt, würde er als Spion viel mehr taugen. Wie konnte er das ganz Offensichtliche übersehen haben? „Ja, meine Liebste", log er. „Ich möchte, dass deine schlanken Finger mein Band aufknoten."

Noch im Sitzen drehten sie sich um, Rücken an Rücken, und sie macht sich an das mühsame Werk, die Knoten aufzuknüpfen. Als sie fertig war, löste er ihre Fesseln.

„Jetzt können wir uns lieben?", fragte sie.

„Nicht jetzt, Liebes. Wenn ich mich recht erinnere, ist die Decke in diesem Raum ziemlich niedrig."

„Sie ist niedrig. Nicht viel über deinem Kopf, aber was soll das alles?"

„Ich werde uns aus diesem verdammten Lager herausbringen. Ich werden mich hinknien wie ein Hund und möchte, dass du auf meinen Rücken steigst. Ich hoffe, dass du an die Decke schlagen kannst."

Er nahm eine Hundestellung ein und sie kletterte auf ihn hinauf. „Oh, verflixt! Ich bin nicht groß genug", sagte sie, „aber ich glaube, du bist es."

„Ich kann mich nicht auf deinen Rücken stellen."

„Natürlich kannst du das."

„Ich weiß, dass *ich* das könnte, aber du, meine Liebste, könntest mein Gewicht nicht tragen."

„Versuch es."

„Ich könnte dich verletzen."

„Wie wäre es, wenn ich anstatt wie ein Hund zu knien, mich hinstelle, meinen Kopf auf die Knie lege und du auf mein Hinterteil steigst?"

Das klang weniger gefährlich. „Ich vermute, es ist einen Versuch wert, aber du musst mir versprechen, dass du mir sagst, wenn ich dir wehtue."

„Warum? Ich würde lieber mit einem verletzten Rücken leben als mit einem gesunden zu sterben."

„Da hast du auch recht."

„Dann versuchen wir es?"

„Ja."

Er lauschte, als sie sich in Position brachte. „Fertig, Liebling."

In diesem Moment erkannte er, dass es verflixt schwierig war, irgendwo hinaufzuklettern, wenn man seine Augen nicht benutzen konnte. Zuerst stieß er an ihr Hinterteil, herauszufinden, wo genau sie stand, dann trat er zurück. Nur gut, dass er sehr lange Beine hatte. „Du wirst versuchen müssen, nicht zusammenzubrechen, wenn ich mein Gewicht auf dich verlagere." Er setzte einen Stiefel auf ihren kleinen, muskulösen Po und legte dann sein Gewicht darauf.

Sie fielen beide um.

„Ich verspreche, es beim nächsten Mal besser zu machen", sagte sie. Sie stand sofort wieder auf und stellte sich wieder hin. „Ich bin bereit."

Er wiederholte seinen Versuch. Und diesmal blieben sie beide stehen. Als er sich auf ihrem Hinterteil stehend aufrichtete, berührte sein Kopf das Dach. Ein fester Stoß mit all seiner Kraft und er durchbrach das verfaulende Dach!

Kapitel 28

Dieser eine Spalt im Dach reichte aus, um einen Strahl blassen Lichts in den Raum zu lassen. Als sie ihn anschaute und da stehen sah, sein geliebtes Gesicht wie von einem leuchtenden Heiligenschein umrahmt, wurde sie von tiefer Freude erfüllt. Alles, was sie sich je vom Leben hätte wünschen können, war direkt hier in dieser muffigen Kammer. Sie hätte in ihrer innigen Zufriedenheit zum Himmel singen können. Jack liebte sie. Jack würde sie retten. Er war wahrhaft der größte Spion der Welt. Selbst, wenn er nicht wollte, dass sie in Superlativen über ihn dachte.

„Oh, Jack, du hast es geschafft!", quietschte sie, nachdem er auf dem knarrenden Holzboden gelandet war.

Er zuckte mit den Schultern. „Aber was jetzt?"

„Wir schlagen weiter daran, bis es einfällt."

„Und dann?"

„Schreien wir um Hilfe?"

„Niemand würde uns hören, nur dieser verdammte Wächter auf dem Bürgersteig unten. Hast du nicht gesehen, wie verlassen diese Gegend ist?"

„Dann müssen wir uns einfach etwas ausdenken, was wir mit den Holzbalken vom Dach tun, wenn sie herunterkommen."

Ihr Blick löste sich nicht von seinem, als er auf sie zu kam. Selbst in diesem trüben Morgenlicht konnte sie die Liebe aus seinen Augen leuchten sehen. Als seine Augen so nahe kamen, dass sie fast zu ihr selbst zu gehören schienen und sein Mund sich auf ihren legte, entstand in ihr das unerschütterliche Gefühl, dass sie zwei Teile eines Ganzen wären. „Du bist brillant!", sagte er und dann küsste er sie.

Die nächste halbe Stunde verbrachte er damit, auf ihren Po zu springen, auf das einsackende Dach einzuschlagen und dann wieder nach unten zu hüpfen. Sie wagte nicht, ihm zu sagen, wie schlimm ihr Knie pochte oder wie die Prellungen an ihrem Hinterteil schmerzten. Er war viel zu besorgt wegen der Holzsplitter, die sie getroffen hatten. Obwohl sie es geschafft hatten, ein großes Loch ins Dach zu schlagen, begann sie zu verzweifeln, weil sie noch keine größeren Holzstücke hatten herausbrechen können, als plötzlich ein größeres Stück des verbleibenden Daches stöhnte und dann in den Raum herabstürzte. Jack schaffte es kaum, sie aus dem Weg zu stoßen.

Als sich alles beruhigt hatte, sprach sie ihn an. „Und was, mein liebster Hauptmann, schlägst du jetzt vor?"

Er lächelte sie an. „Wir hoffen, dass die Tür so verfault ist wie das Dach."

Jetzt verstand sie. Er wollte den riesigen Sparren gegen die alte Tür rammen. „Kann ich dir helfen?"

„Ich versuche es erst einmal alleine." Er hob den gefallenen Balken auf, bis er genau senkrecht zur Tür stand, dann begann er, das acht Fuß lange Stück gegen die Tür zu schlagen. Nichts. Aber die Tür *hatte* gestöhnt. Er benutzte seine Füße, um das Holz zurückzuschieben, dann rammte er es wieder hinein. Ein lauteres

Geräusch.

Er versuchte es wieder. Diesmal splitterte Holz. Beim nächsten Anlauf wurde der Spalt größer. Und noch tiefer beim nächsten Mal. Fünf Versuche mehr, und der Balken durchbrach die alte Tür, das Loch, das er hinterließ, war groß genug, dass ein kleines Kind sich hindurchquetschen konnte.

Inzwischen füllte das Morgengrauen den Raum mit trübem Licht und sie sah hilflos zu, als Jack tief einatmete, seine Stirn schweißüberströmt. Sie ging schweigend zur Tür und trat gegen die gezackten Ecken der Öffnung, um sie zu vergrößern, dann drehte sie sich zu ihm. „Du warst wundervoll!"

Er stand auf. „Nichts wie weg hier."

Sie hob ihre Brille auf und das Band, mit dem Jack gebunden gewesen war. „Das brauchen wir vielleicht."

Er nickte und winkte ihr dann, als Erste durch die Öffnung zu gehen. Die scharfen Kanten des gesplitterten Holzes zerrten an ihrem Kleid, und als sie ihr Gewicht auf ihr rechtes Knie legte, knickte es ein. Sie wollte nicht, dass Jack sich um sie sorgte, und verlagerte schnell all ihr Gewicht auf das linke Bein. Während er sich hinter ihr hindurchzwängte, begann sie, die kaum erleuchtete Treppe hinab zu hinken.

„Vorsicht mit den Stufen", warnte er. „Sie dürften angefault sein und ich möchte dich nicht jetzt noch verlieren."

Sie drehte sich um und schaute zu ihm auf, Liebe schwoll in ihrer Brust an, als er dort stand und zu ihr herabsah.

„Wie sollen wir an dem Wächter vorbeikommen?", fragte sie, ihre Stimme war nur noch ein heiseres Flüstern.

„Ich werde ihn überrumpeln."

„Aber er ist vermutlich bewaffnet, und du, Liebster, hast keine Waffe."

„Dafür habe ich die Überraschung auf meiner Seite."

Ihre Brauen zogen sich zusammen. „Bitte, sei vorsichtig."

Er bewegte sich bereits verstohlen die knarrende Treppe hinunter, den Zeigefinger auf die Lippen gelegt.

Als sie am Fuß der Treppe ankamen, sagte sie: „Erlaube mir, zuerst hinauszugehen. Er wird mir nichts tun. Wenn ich ihn abgelenkt habe, kannst du herausspringen und ihn erledigen."

Jack nickte lächelnd.

Daphne schob die Tür auf und hinkte in die Morgendämmerung hinaus.

„Verdammt, was zum Teufel?", schrie ihr Entführer, als er zu ihr aufsah.

Sie beachtete ihn nicht, sondern ging auf sein angebundenes Pferd zu, um zu versuchen, seine Aufmerksamkeit von der Tür abzulenken.

Ihr Trick funktionierte. Kaum, dass er der Tür den Rücken gewandt hatte, stürmte Jack heraus, warf sich auf den Mann und schleuderte ihn zu Boden. Obwohl Jack ein großer Mann war, befand er sich seinem Gegner gegenüber nicht im Vorteil - eine Tatsache, die Daphne erschreckte, als sie zuschaute, wie die beiden aufeinander einschlugen und sich prügelten. Sie konnte sich nicht von dem schrecklichen Anblick abwenden. Was, wenn sie eingreifen musste, um Jack zu retten? Was, wenn der Mistkerl ein Messer zog?

Je länger sie zusah, desto zuversichtlicher wurde sie wegen Jacks Überlegenheit. Geschickt drückte er den anderen Mann zu Boden, hielt den wie wild zuckenden, sich windenden Körper fest, indem er sich darauf setzte.

Sie holte tief Atem. Wenn der Mann das Messer nicht herausziehen konnte, von dem sie wusste, dass er es bei sich haben musste, würde Jack diesen Kampf gewinnen. Sie trat näher. „Wenn du seine Hände festhalten kannst, könnte ich sie zusammenbinden."

„Ich kann noch immer dein Gesicht einschlagen", knurrte der Gegner Daphne an; in seinen grünen Augen blitzte Hass auf, als er seinen Blick auf sie richtete. Er war ein starker Mann, er würde sich von Jack nicht überwältigen lassen. Sie konnte es nicht ertragen zu beobachten, wie seine Fäuste auf Jack einschlugen.

Vielleicht konnte sie helfen. Sie näherte sich ihm und packte seine linke Hand mit ihren beiden Händen, drückte sie dann fest neben ihm auf den Boden und setzte sich auf seinen Arm, eine Handlung, die ihm eine Reihe scheußlicher Schimpfworte entlockte. Während der Mistkerl seinen ausgesprochen schmutzigen verbalen Angriff fortsetzte, machte sie sich daran, das Band um seine Handgelenke zu knoten.

„Durchsuch seine Taschen und sieh nach, welche Schlüssel er hat", wies Jack sie an.

Zuerst erleichterte sie den Mann um ein hässlich aussehendes Messer, aber die Durchsuchung seiner Taschen brachten nur einen Schlüssel zum Vorschein. Nachdem er derjenige gewesen war, der sie hinter der jetzt zerstörten Tür gestern Nachmittag eingeschlossen hatte, wusste sie, dass dieser Schüssel jetzt nutzlos sein würde. „Nur ein Schlüssel", sagte sie.

„Hat er dich gestern hier eingeschlossen?", fragte Jack.

Sie nickte. „Wenn wir ihn also nicht einsperren können, was schlägst du vor, was wir mit ihm tun?"

Jack dachte einen Moment darüber nach. „Meinst du, du kannst nach oben gehen und das Seil holen? Wir könnten es benutzen, um ihm die Füße zusammenzubinden."

Aus dem am Boden liegenden Mann brachen noch üblere Worte heraus.

Ein paar Minuten später kam sie mit dem Seil zurück und Jack sicherte seine Füße, zog ihn dann in das verlassene Gebäude, wo er ihn auf dem Fußboden liegen ließ.

Sie schloss die Tür hinter ihnen und blickte dann Jack an. „Was nun?"

„Ich gehe zur Comtesse, während du zum Carlton House gehst, um dem Regenten alles zu erzählen. Lass ihn die Horse Guards zu ihrem Haus schicken."

Daphnes Herz blieb stehen. „Du kannst nicht alleine dahingehen! Dieser böse Herzog wird dich umbringen!"

„Das habe ich ihm schon früher nicht erlaubt."

„Aber diesmal bist du nicht bewaffnet."

Er trat zu ihr und legte seine Hände auf ihre Schultern. „Ich bin nicht so dumm, dass ich unbewaffnet dort hingehen würde."

Ihre Wut auf diesen dickköpfigen Mann wuchs. „Warum kannst du nicht warten und zusammen mit den Soldaten des Prinzen kommen?"

„Weil ich schon sehr lange darauf warte, den Herzog d'Arblier zu fangen. Verdirb mir dieses Vergnügen nicht."

„Das ist lächerlich! Was für einen Unterschied

macht es, wenn du ihn im Alleingang gefangen nimmst?"

„Ihn vor Angst zittern zu sehen, wird mir große Freude bereiten."

„Wie kannst du so dumm sein? Du willst deine eigene Sicherheit aufs Spiel setzen, nur, um einen Moment der Schadenfreude zu genießen?"

„Ich werde meine Sicherheit nicht aufs Spiel setzen, Daphne."

Sie konnte sehen, dass sie bei ihm nichts ausrichten konnte. „Du versprichst mir, dass du das Haus nicht ohne Waffe betreten wirst?"

„Versprochen." Er ging zu dem Pferd hinüber und band es los, half dann Daphne hinauf, bevor er aufstieg und sich hinter sie setzte.

Als sein Arm sich um sie legte, konnte sie die Erinnerung an den Ritt am Nachmittag zuvor nicht verscheuchen, als ihr gemeiner Entführer mit ihr zum East End fortgeritten war. Was für eine völlige Närrin sie gewesen war!

Da zu dieser frühen Stunde noch keine große Geschäftigkeit herrschte, konnten sie sich schnell durch die leeren Straßen bewegen.

Als sie am Hotel ankamen, küsste er sie und sprang vom Pferd. „Ich werde Schwert und Messer holen, dann ist es nur ein kurzer Weg zur Comtesse."

„Sei vorsichtig", sagte sie.

„Beeile dich."

* * *

Zehn Minuten später eilte Jack, den Säbel an der Seite, ein Messer im Stiefel um seinen Knöchel geschnallt, zum Stadthaus der Comtesse. Er hatte nicht vor, sich wieder durch die Hintertür hineinzuschleichen. Er konnte nicht erwarten, dass die Tür ein zweites Mal unverschlossen sein würde. Stattdessen stieg er dreist die Stufen hinauf und klopfte an die Vordertür.

Wegen der frühen Stunde dauerte es ein paar Minuten, bis ein verschlafener Diener die Tür öffnete. Jack stellte einen Stiefel in die Tür und trat ein. „Ich will zu Ihrer Herrin."

„Sie können sie nicht zu dieser Stunde besuchen!"

„Oh, und ob ich das kann." Jack schritt auf die Treppe zu. „Ich kenne den Weg."

Er marschierte die erste Treppe hinauf, dann die zweite, und dort am Ende stand der Herzog d'Arblier - mit einem Lächeln auf dem Gesicht und einem Schwert in seiner Hand.

Kapitel 29

„Erlauben Sie mir zu sagen, wie erfreut ich über dieses Zusammentreffen bin", sagte Jack und zog seinen Säbel. Er würde sehr im Nachteil sein, wenn der Herzog auf ihn zuspränge, was Jack zwingen würde, auf den Stufen rückwärts zu gehen, aber Jack hatte völliges Vertrauen in seine eigenen Fähigkeiten. Niemand hatte ihn bis jetzt besiegt.

„*En garde*", sagte Jack, sprang zwei Stufen hinauf und stürzte sich auf den Herzog, der mit seinem Schwert schneller war, als Jack gedacht hätte, wenn man bedachte, dass der Franzose zehn Jahre älter als er war und sein Schwert wesentlich schwerer als Jacks Säbel.

Der Herzog wehrte Jacks Angriff ab, ohne seine Augen von Jack zu wenden, und trat einen Schritt zurück.

Jack stieg zwei Stufen höher. Er würde einen Vorteil gewinnen, wenn er seinen Gegner zum Treppenabsatz hinauf drängen könnte.

Die beiden Männer beäugten sich einen Moment lang. „Sie sind gut, Hauptmann, aber nicht so gut wie ich." Anmutig wie ein Tänzer kam der Herzog nach vorn, seine Klinge zielte auf Jacks Herz.

Jack parierte den Schlag, war aber gezwungen, zwei Stufen zurückzuweichen. Er hoffte nur, dass er nicht hintenüberfallen würde. Er stellte sich wieder auf und beschäftigte den Herzog mit einer

Reihe von schnellen Stößen und Paraden. Zum Glück war Jack um einiges größer als sein Gegner, so dass er in der Lage war, ihn die Stufen wieder hinaufzutreiben, obwohl der Herzog eineinhalb Fuß höher auf der Treppe stand.

Obwohl der Herzog ein versierter Fechter war, lag seine Schwäche beim Rückwärtsgehen - eine Schwäche, die Jack zu seinem Vorteil auszunutzen gedachte.

Ein weiterer Vorteil, den Jack nutzen wollte, war seine eigene Schnelligkeit. Zehn Jahre zuvor mochte der Herzog ebenso schnell gewesen sein wie er, aber jetzt nicht mehr.

Mit einer Reihe rascher Angriffe, die der Herzog abzuwehren vermochte, trieb Jack ihn die Treppe hinauf, zwang seinen Widersacher, ständig rückwärts zu gehen. Jedes Mal, wenn der Herzog sprang, blockierte Jack ihn und trieb ihn weiter zurück.

Als sie sich beide dem oberen Ende der Treppe näherten, wirbelte der Franzose herum und sprang mit einer fließenden Bewegung in den Gang.

In sechs Schritten folgte Jack ihm und stand ihm in fünf Fuß Abstand gegenüber, die Feinde nun auf gleicher Ebene. Dies war das erste Mal, dass Jack kämpfte, um zu töten, aber nichts anderes als der Tod des Herzogs würde ihn zufriedenstellen. Das musste er für Edwards tun.

Nachdem Jack sich kurz umgeschaut hatte, beschloss er, seinen Gegner in eine reich getäfelte Ecke zu treiben. Und dann zum entscheidenden Schlag auszuholen.

Seine Füße und Hände so schnell wie die eines Panthers, griff Jack erneut an. Und wieder parierte der Herzog. Aber nicht so schnell wie zuvor. Jack machte den Mann müde; er hatte vor, ihn bis zum Äußersten zu bringen. Beim nächsten Angriff riss Jacks Säbel den Rock des Franzosen auf. Blut sickerte aus seiner Seite.

Jack gab nicht nach. Er sprang wieder vor, und diesmal, als der Herzog versuchte, einen Treffer zu verhindern, stolperte er rückwärts und blieb mit dem Heft seines Schwertes hängen, als er auf den Holzboden fiel und versuchte, von Jack wegzukriechen.

„Erwarten Sie keine Gnade", sagte Jack und stellte einen Stiefel auf die Brust des gestürzten Herzogs, den anderen auf das Handgelenk des Franzosen, nur zollbreit neben dessen Schwert. „Sie werden genau das bekommen, was Sie Edwards gaben. Er durfte nicht in einem ehrlichen Kampf sterben. Sie lockten ihn in einen Hinterhalt und ermordeten ihn."

Der Franzose sah finster zu Jack auf. „Aber es war immer mein Ziel, Sie zu töten, Hauptmann."

Als Jack seinen Säbel in das Herz seines Gegners senken wollte, stürzte eine Truppe von stämmigen Dienern - alle bewaffnet - auf ihn ein, einer von ihnen hielt einen Dolch an seinen Hals, bis er blutete.

„Nehmen Sie Ihren Fuß von seiner Gnaden herunter, s'il vous plaît", sagte der Mann, der den Dolch hielt, mit schwerem Akzent.

Sich gegen ein halbes Dutzend bewaffneter Männer verteidigen zu wollen, wäre völliger Wahnsinn gewesen, aber nichts zu tun hätte auch den sicheren Tod bedeutet.

Er folgte der Aufforderung des Franzosen.

Die Frage, ob er sein Schwert loslassen sollte oder nicht, wurde ihm beantwortet, als die Vordertür aufgestoßen wurde und bewaffnete

Horse Guards über das erste Stockwerk herfielen, die Hälfte kam die Stufen herauf, mit gezogenen Schwertern. Das hatte die Wirkung, dass die französischen Raufbolde um ihn herum sich zerstreuten.

Jack hörte Daphnes Stimme und drehte sich um.

„Tut dem Mann in Blau nichts!", schrie sie, als sie die Treppe heraufflog. „Er gehört zu uns."

Als Jack sich umwandte, war der Herzog verschwunden. Hölle und Teufel! Er konnte doch nicht so nahe daran gewesen sein und den Sieg nicht schmecken dürfen! Auf dem Boden, wo der Herzog gelegen hatte, sah Jack Flecken frischen, roten Bluts. Das Blut des Herzogs. Er folgte den roten Tropfen die Dienstbotentreppe hinab, wo sie zur Hintertür führten.

Daphne folgte ihm schnell auf den Fersen. „Du bist verletzt!", rief sie aus, als sie seine blutige Krawatte sah.

„Es geht mir gut. Ich muss hinter d'Arblier her!"

„Es geht dir nicht gut! Du blutest."

Inzwischen waren ein Dutzend Gardisten die Dienstbotentreppe herabgestürmt.

„Verfolgt den Franzosen!", befahl sie ihnen, um dann Jack böse anzuschauen. „Du gehst nirgendwo hin, bis diese Wunde nicht untersucht wurde."

Er wollte sie beiseite schieben. „Es geht mir gut, sage ich dir."

Aber die Gardisten waren nicht seiner Meinung. Während die Hälfte von ihnen den Franzosen verfolgten, umringte die andere Hälfte Jack und begann, trotz seiner heftigsten Proteste seine Krawatte abzunehmen.

„Hören Sie nicht auf ihn", wies Daphne sie an. „Dieser Mann ist für England lebenswichtig. Wenn Sie mir nicht glauben, fragen Sie den Prinzregenten."

„So ist es", sagte der Regent.

Aller Augen wandten sich dem Prinzregenten zu, der mühsam die Stufen heraufkam. „Hauptmann Dryden ist der beste Spion seiner Majestät."

Kapitel 30

Daphnes Hand griff nach Jacks, als sie zusammen bei ihrem Herrscher in seinem prachtvollen dunkelblauen Samtzimmer in Carlton Hause saßen, und ihr Magen zog sich vor Furcht zusammen. Der Regent hatte nach ihren Eltern geschickt. Alle ihre Lügen würden ans Tageslicht kommen. Mehr noch fürchtete sie, dass ihr Vater Jack beleidigen würde, weil er nicht hochstehend genug für seine Tochter war.

Ganz gleich, was ihre Eltern sagen würden, sie war entschlossen, ihn zu heiraten. Aber sie wollte Jack nicht um den Preis, ihre Familie zu verlieren.

Sie und Jack waren einander so nahegekommen, dass er den Aufruhr erkannte, der in ihr tobte. Ungeachtet der Anwesenheit des Prinzregenten küsste Jack ihre Hand. „Du weißt, dass ich nicht gut genug für dich bin. Ich habe fast alles verdorben, verdammt."

„Unfug!", sagte der Regent. „Dank Ihnen konnten wir diese abscheuliche Französin und all die Verräter verhaften, die für sie arbeiteten. Dank Ihnen kann ich jetzt Carlton House wieder verlassen und die Bedrohung für meine Tochter und mich hat ein Ende."

Jack runzelte die Stirn. „Aber d'Arblier ist noch immer auf freiem Fuß!"

Der Regent zuckte mit den Schultern. „Ich wage zu behaupten, dass er auf halbem Weg nach Frankreich ist, während wir hier reden. Zu schade, dass wir seine Jacht nicht erreicht haben, bevor sie die Themse hinabsegelte." Der Prinz musterte Jack mitfühlend. „Sie können sicher sein, Hauptmann, dass er es nicht wagen wird, je wieder einen Fuß auf britischen Boden zu setzen."

„Ich bin mir sicher, Liebster", sagte Daphne zu Jack, „dass du das Letzte von diesem widerwärtigen Mann gesehen hast." Sie erlaubte sich, dem geliebten Mann einen Blick zuzuwerfen. Dunkles Rot befleckte den dicken Leinenstreifen, der seine Krawatte ersetzt hatte. Sie würde nie die lähmende Angst vergessen, die sie überfallen hatte, als sie Jack am oberen Ende der Treppe bei der Comtesse hatte stehen sehen, den Säbel in der Hand, während das Blut aus seinem Hals floss. Selbst jetzt, nachdem die Ärzte ihr und dem Regenten versichert hatten, dass Jacks Wunde oberflächlich war, stieg Sorge in ihm auf.

„Wenn ich das glauben könnte", murrte Jack. „Ich habe die ganze Sache verpfuscht."

„Ganz sicher nicht!", protestierte sie.

„Du hast gehört, wie die Comtesse sich darüber lustig machte, dass sie mich überlistet hätte", sagte Jack.

„Es ist ganz allein mein Fehler, dass du nicht wusstest, dass es in Südafrika keine Stadt namens Rotterdam gibt."

„Ich glaube, sie sagte Rotterwahl", ergänzte Jack. „Nicht, dass es darauf ankäme. Eine solche Stadt gibt es nicht. Es war nur eine Frage der Frau, um festzustellen, ob ich Südafrika wirklich kenne."

„Aber du, mit deinen unendlichen Fähigkeiten als Spion, hättest niemals Südafrika als deinen Herkunftsort angegeben", entgegnete Daphne. „Ich habe dich mit diesem albernen Hintergrund belastet, eine Tatsache, die dich damals sehr gestört hat. Ich habe alles verpfuscht, ich ließ mich so törichterweise gefangen nehmen und ich habe uns in den fast sicheren Tod geführt - einen Tod, den *du* geschickt vereitelt hast!"

„Keiner von Ihnen hat irgendetwas verpfuscht", sagte der Regent und betrachtete sie wie ein liebevoller Vater. „Denken Sie an die unsterblichen Worte William Shakespeares: *Ende gut, alles gut.*"

Jack und Daphne tauschten reumütige Blicke.

„Tatsächlich", fügte der Regent hinzu, „haben sich die Dinge überragend entwickelt. Als ich Sie sah, Hauptmann, wusste ich, dass Sie genau der richtige Mann für Lady Daphne wären."

Daphne konnte noch kaum glauben, dass sie Seiner Königlichen Hoheit ihr Herz ausgeschüttet hatte, aber sie hatte es getan. Sie hatte ihm alles erzählt. Natürlich hatte Jacks übergroße Sorge über ihr verletztes Knie dem Regenten ebenso viel verraten wie ein Kuss. Um Jacks Ängste zu besänftigen, hatte der Regent Daphnes Bein von seinem Arzt untersuchen lassen, der eine Verstauchung feststellte und sie anwies, eine Woche lang nicht aufzutreten.

„Ich glaube, Königliche Hoheit, Lady Daphne könnte es besser treffen."

„Unsinn, mein lieber Mann. Sie *sind* der beste Spion in der Armee Seiner Majestät."

Ein breites Lächeln belebte Daphnes Gesicht. „Siehst du, Liebster, du bist wirklich der beste! Du kannst unserem Regenten nicht widersprechen!"

In diesem Augenblick kündigte ein Diener in königlicher Livree Lord und Lady Sidworth an, die in den Raum geeilt kamen.

Daphnes Herz zuckte, als sie sah, wie zerzaust

ihre Mutter aussah. Jack hatte ihr erzählt, wie verzweifelt ihre Eltern am Tag zuvor wegen ihres Verschwindens gewesen waren. Jetzt war offensichtlich, dass keiner der beiden geschlafen hatte, dass sie noch immer in den Kleidern steckten, die sie am Vortag getragen hatten.

Lady Sidworths Augen wurden nass, als sie Daphne sah, und sie flog durch den Raum, um ihre Tochter zu umarmen. „Ich war vor Sorge außer mir", sagte sie zu Daphne. Dann wandte sie sich an den Regenten. „Schulden wir es Ihnen, Königliche Hoheit, dass wir unsere Tochter wiederbekommen haben?"

„Ich schulde Ihrer Tochter etwas", sagte der Prinz. „Sie und dieser junge Mann haben ganz allein England gerettet."

Ihre Eltern tauschten mit vor Staunen weit geöffneten Augen fragende Blicke. „Wie kann das sein, Königliche Hoheit?", fragte Lord Sidworth.

„Nachdem zwei Anschläge auf mein Leben verübt worden waren, habe ich den besten Spion in der Armee Seiner Majestät von der Halbinsel rufen lassen. Wellesley hat diesem Mann geschickt." Der Regent nickte Jack zu.

Lord Sidworths Augen wurden schmal. „Wollen Sie mir sagen, dass dieser Mann nicht Mr. Rich ist?"

„Mein Name ist Hauptmann Jack Dryden, Mylord", sagte Jack. „Ich bin der zweite Sohn eines Landjunkers aus Sussex mit relativ bescheidenen Mitteln."

„Weil dieser großartige Offizier nicht ... zur feinen Gesellschaft gehörte", erklärte der Regent, „beschloss ich, ihm eine junge Dame zur Seite zu stellen, deren Intelligenz und Diskretion ich sehr bewundere. Diese junge Dame ist Ihre Tochter.

Während die beiden sich mit dieser elenden Angelegenheit befassten, wurde der Versuch unternommen, meine Tochter zu ermorden."

Lady Sidworth schrie auf.

„Prinzessin Charlotte wird sich glücklicherweise erholen. Der Angriff auf meine Tochter machte Lady Daphne und Hauptmann Dryden auf die wahre Schuldige aufmerksam, die Comtesse de Mornet, die, wie Sie vielleicht wissen, die Mätresse meines Bruders ist, des Herzogs von York.

„Lieber Gott!", rief Lord Sidworth aus. „Die Französin war töricht genug zu glauben, dass sie Ihren Bruder dazu bringen könnte, sein Land zu verraten, wenn er auf den Thron käme?"

Der Regent zuckte mit den Schultern. „Sie kannte Freddie offensichtlich nicht so gut wie wir."

Lady Sidworth rückte näher an ihre Tochter und den Kapitän heran. „Soll das bedeuteten, dass all die Zuneigung, die Sie beide einander zeigten, nur gespielt war?"

Daphne schüttelte den Kopf. „Natürlich war das nicht nur gespielt! Welche Frau würde sich nicht in einen so unvergleichlichen Mann wie Hauptmann Jack Dryden verlieben?"

Lady Sidworth musterte den Hauptmann.

„Es war keine Verstellung notwendig", sagte Jack. „Ich habe mich von ganzem Herzen in Ihre Tochter verliebt."

Lord Sidworth sah von Jack zu Daphne zum Prinzregenten. „Also sagen Sie, Hauptmann Dryden sei der beste Spion der gesamten Armee, Königliche Hoheit?"

„Zweifellos."

„Darf ich dann vorschlagen, dass Sie ihn zum Oberst ernennen? Kann meine Tochter doch nicht einen bloßen Hauptmann heiraten lassen."

Daphne sprang von ihrem Stuhl auf und warf die Arme um ihres Vaters Hals.

Kapitel 31

Daphne und Jack lasen am nächsten Morgen in allen Zeitungen Londons von ihren Heldentaten. Die Zeitungen hatten über den teuflischen Plan, den Regenten und seine Tochter zu ermorden, berichtet, es waren jedoch unwahre Ergänzungen hinzugefügt worden - sowohl auf Jacks als auch auf das Drängen des Regenten hin. Das Lob für die Vereitelung des Komplotts ging an den Herzog von York, von dem die Zeitungen berichteten, dass er begonnen hatte, die Comtesse de Mornet zu verdächtigen und einen ungenannten Oberst beauftragte, ihr eine Falle zu stellen.

Nachdem Lord und Lady Sidworth sich vom Regenten verabschiedet hatten, sagte dieser, er müsse etwas Vertrauliches mit ihnen besprechen. Er senkte seine Stimme. „Ich möchte Sie beide zu meiner Verfügung haben, um Dinge zu untersuchen, die unser Land bedrohen. Sie verstehen, dass das geheim wäre. Niemand sonst - außer höchste Regierungsbeamte - würde von dieser Vereinbarung wissen."

Zwischen Jacks Augen entstand eine Falte. „Heißt das, dass ich nicht auf die Halbinsel zurückkehren werde?"

„Wenn die Fähigkeiten, die Sie und Lady Daphne haben, hier benötigt werden, dann nicht. Aber Sie würden in London bleiben. In meiner Nähe. Sie beide wären ein enormer Gewinn für unser Land."

Jack war zu geschmeichelt und zu verblüfft, um abzulehnen.

Und Daphne war überglücklich.

In den Zeitungen des nächsten Morgens erschien eine Nachricht über Lady Daphne Chalmers und Hauptmann Jack Dryden: eine Verlobungsanzeige.

Später am Tag schob Jack Daphne in ihrem Rollstuhl durch die Gärten von Carlton House. Sie sah zu Jack auf und lächelte. „Oh, mein Liebling, ich bin so stolz auf dich."

„Du warst es, die den ersten Verdacht bei der Comtesse hatte."

„Nicht deshalb, mein Liebster. Ich bin so stolz auf dich, dass du dich geweigert hast, den Titel anzunehmen, den der Regent dir verleihen wollte."

Jack zuckte die Achseln. „Ich weiß nicht, was gut daran sein soll, Viscount zu sein, wenn man weder Geld noch Land hat."

„Trotzdem war das eines der edelsten Dinge, die du getan hast, vor allem, wenn man bedenkt, dass mein Vater die Absicht hat, dir eine großzügige Mitgift anzubieten. Ich könnte schwören, dass kein anderer Mann im Königreich eine solche Ehre ablehnen würde. Nur ein Mann mit deinem enormen Selbstbewusstsein würde einen Titel ablehnen."

„Ich wünschte, du würdest nicht immer solch große Worte verwenden, wenn du über mich sprichst."

„Aber Liebster, kannst du leugnen, dass der Prinzregent selbst sagte, dass du der Beste wärest?"

„Als meiner Frau", sagte er energisch, „werde ich dir verbieten, so über mich zu sprechen."

„Was immer du wünschst, Liebster. Ich habe vor, eine sehr gehorsame Frau zu sein."

Einen Moment später sagte er: „Ich werde das Geld deines Vaters nicht annehmen."

„Oh, aber das musst du. Wie sonst könnten wir es uns leisten, in der Nähe meiner wundervollen Eltern zu leben?"

Jacks Augen wurden unter seiner gerunzelten Stirn schmal. „Darüber diskutieren wir später."

„Ich liebe es, wie sich das anhört", sagte Daphne mit einem Seufzer.

Er hob den Kopf und spitzt die Ohren. „Wie sich was anhört?"

„Hauptmann und Mrs. Jack Dryden."

Er konnte ein Grinsen nicht unterdrücken. „Das hört sich tatsächlich recht gut an."

„Bist du schrecklich enttäuscht, dass du nicht auf die Halbinsel zurückkehren wirst?"

„Jetzt nicht. Wegen der Bitte des Regenten."

„Weißt du, mein liebster Jack, ich glaube, der Regent hat schon etwas im Sinn."

„Dann wage ich zu sagen, dass das stimmt, denn ich habe gelernt, dass du - wie nanntest du es doch – weibliche Intuition hast?"

„Oh, Jack, du hast das beste Gedächtnis von allen ..." Sie sah seinen bösen Blick. „Schon gut. Ich werde nicht sagen, dass dein Gedächtnis das *alleralerbeste* ist, obwohl das stimmt. Ich habe vor, eine sehr gehorsame Frau zu sein."

Er murmelte in sich hinein. „Warum bin ich davon nicht überzeugt?"

Anmerkung der Autorin:

Obwohl das Mordkomplott gegen den

Prinzregenten und seine Tochter reine Fiktion ist, haben viele der in diesem Roman beschriebenen Personen tatsächlich gelebt. Natürlich nicht Hauptmann Jack Dryden oder Lady Daphne Chalmers. Aber der Prinzregent (der spätere König George IV.) und seine von ihm getrennt lebende Frau, Prinzessin Caroline, werden hier entsprechend historischen Berichten geschildert.

Der Bruder des Regenten, der Herzog von York, hatte bekanntlich verschiedene Geliebte, die Comtesse de Mornet gehörte jedoch nicht dazu. Sie ist eine reine Romanfigur.

Die meisten Frauen, von denen auf diesen Seiten geschrieben wird, dass sie die Geliebte des Regenten gewesen wären, sind als solche bekannt - beziehungsweise im Fall von Mrs. Fitzherbert, als seine illegitime Gemahlin. Als der spätere Regent 1785 noch Prince of Wales war, heiratete er in einer anglikanischen Zeremonie Mrs. Fitzherbert, was einen Verstoß gegen das Königliche Ehegesetz darstellte. Ein Jahrzehnt später wurde der Prince of Wales ihr untreu und nahm sich Lady (Frances) Jersey zur Mätresse. Unter dem Einfluss Lady Jerseys erklärte der Prinz sich einverstanden, seine Cousine zu heiraten, gegen die Zahlung seiner astronomisch hohen Schulden. Selbst, als die Hochzeit näher rückte, sehnte sich der Prinz danach, seine Beziehung zu Mrs. Fitzherbert wieder aufzunehmen. Zehn Jahre, nachdem sie wieder vereint waren, begann seine Affäre mit Lady Hertford und im folgenden Jahr wurde er Regent.

Die Regentschaft dauerte beinahe ein Jahrzehnt; nach dem Tode seines Vaters im Jahr 1820 wurde der Prinz als König George IV. gekrönt, verbannte seine legitime Frau, Prinzessin

Caroline, aber von dieser Zeremonie. (Ihrer beider Tochter, Prinzessin Charlotte, war 1817 im Kindbett gestorben.) Als George IV. zehn Jahre nach seinem Vater starb, trug er ein winziges Porträt Mrs. Fitzherberts um seinen Hals.

Der Regent lebte in seinem ständig weiter ausgebauten Carlton House in Pall Mall in großem Stil, nachdem er König wurde, zog er jedoch in Buckingham House ein. Derselbe Eifer, der zuvor seine Bemühungen um Carlton House geleitet hatte, richtete sich dann darauf, seine neue Residenz zu dem Palast zu machen, der dieser heute ist. Leider ließ er das von einem Brand beschädigte Carlton House, das einmal der Mutter seines Vaters gehört hatte, zerstören.

Ende

Die Serie „Im Auftrag des Regenten"

In jedem Krimi eine neue Liebesgeschichte!

Wenn Ihnen *Mit der Hilfe seiner Lady* gefallen hat, möchten Sie vielleicht auch die anderen Teile dieser Krimiserie aus der Regency-Zeit mit Hauptmann Jack Dryden und Lady Daphne Chalmers lesen.

Eine äußerst diskrete Ermittlung (Buch 2, Im Auftrag des Regenten)

„In diesem zweiten Band von Bolens Regency-Krimis wird Hauptmann Jack Dryden wieder vom Prinzregenten dringend zu Hilfe gerufen – an Jacks Hochzeitstag ...

Wird Jack die vermissten Unterlagen finden, bevor d'Arblier ihn findet? Wird Daphne eine fähige Haushälterin finden, bevor sie verhungern? Und werden Daphne und Jack je Zeit für ihre Hochzeitsnacht haben?

Lesen Sie *Eine äußerst diskrete Ermittlung,* um die Antworten zu finden und ein neues Abenteuer mit den bezauberndsten Regency-Detektiven zu genießen." 5 STERNE. – *In Print*

„Wieder einmal beschert und Ms. Bolen ein humorvolles und romantisches Buch voller Aktion und Spannung." – L. Sims, *Top Amazon Reviewer*

* * *

Es fing ganz unschuldig an, als Lady Daphne Chalmers' herzogliche Schwester zu ihrer detektivisch veranlagten großen Schwester kam, weil sie Hilfe brauchte, um die Liebesbriefe, die sie an den inzwischen verstorbenen Major Styles geschrieben hatte, wiederzubekommen. Aber als Daphne und ihr Liebster, Hauptmann Jack Dryden von den Husaren Seiner Majestät sich zusammentun, um die Briefe zu finden, geraten sie auf einen Weg von Verrat und Mord, der das gesamt Königreich bedroht.

The Theft Before Christmas
(Buch 3, Im Auftrag des Regenten)

„Mit ihrer üblichen geschickten Art mischt Bolen echte historische Figuren mit ihrer eigenen Reihe bemerkenswerter Charaktere. Dazu ein Rätsel in einem verschlossenen Raum, eine Rundfahrt durch das London der Regency-Epoche und eine zarte Romanze zwischen zwei Freunden, die durch Daphnes und Jacks Ermittlungen zusammengebracht werden, und man hat einen weiteren bezaubernden Regency-Krimi für die Festtage." —*In Print*

* * *

Da der Diebstahl des Michelangelo des Regenten das Potenzial hat, einen internationalen Zwischenfall zu verursachen, glaubt dieser, dass die beste Aussicht, ihn vor dem Weihnachtsabend wiederzubeschaffen, darin besteht, seine besten Ermittler herbeizurufen: Hauptmann Dryden und dessen Frau, Lady Daphne.

Dieser schöne Krimi bietet auch eine reizende Liebesgeschichte als Nebenhandlung, um weihnachtliche Gefühle beizusteuern.

An Egyptian Affair
(Buch 4, Im Auftrag des Regenten)

Während Hauptmann Jack Dryden sein Leben für den Regenten geben würde, ist für ihn jedoch die Grenze dort erreicht, wo er seine Frau den Gefahren der dunklen Gassen von Kairo aussetzen müsste – dem Ort, wo der Freund und Antiquitätenaufkäufer des Regenten verschwunden ist.

Aber Lady Daphne Dryden will sich die Gelegenheit, wogende Palmen, zerfallende Säulen und hohe Pyramiden im exotischen Ägypten zu sehen, nicht verderben lassen. Sie besteht sogar darauf, ihre jüngste Schwester, Rosemary, mitzunehmen, die in alles Orientalische verliebt ist. Der Regent besteht darauf, Stanton Maxwell, Englands größten Fachmann für Ägyptologie, als Dolmetscher und seine eigenen Soldaten zum Schutz mitzuschicken.

In Kairo angekommen beginnen Jack und Daphne mit ihren Ermittlungen, die mit einiger Sicherheit den Mord an einer Frau und die Entführung Lady Rosemarys verursachen. Wird Jacks Klugheit – und der unerwartete Mut Mr. Maxwells – ausreichen, um sie vor der Gefahr zu retten und die Übeltäter zu entlarven?

Cheryl Bolen Biografie

Cheryl Bolen ist eine New York Times- und USA Today-Bestsellerautorin und hat mehr als zwei Dutzend historischer Liebesromane geschrieben, von denen die meisten in der Regency-Zeit spielen. Ihre Bücher wurden in acht Sprachen übersetzt und erlangten Platzierungen in verschiedenen Schreibwettbewerben, so etwa auch im Daphne du Maurier Wettbewerb. 1999 wurde Cheryl als "Notable New Author" ausgezeichnet und gewann im Jahr 2006 die Holt Medallion in der Kategorie "Bester historischer Kurzroman". 2012 gewann sie den International Digital Award – eine Auszeichnung speziell für E-Bücher – im Bereich "Bester historischer Roman", und im Jahr darauf erzielte eine ihrer Novellen den ersten Platz in der Kategorie "Beste historische Novelle". Zahlreiche ihrer Bücher wurden zu Bestsellern bei Barnes & Noble und auf Amazon.

Sie ist eine ehemalige Journalistin mit einer Faszination für tote englische Damen und schreibt regelmäßig Beiträge für The Regency Plume, The Regency Reader und The Quizzing Glass. Viele ihrer Artikel kann man auch auf ihrer Webseite (www.CherylBolen.com) finden sowie auf ihrem Blog (www.CherylsRegencyRamblings.wordpress.com), wo sie ihre aktuellen Artikel einstellt. Leser sind an beiden Orten ganz herzlich willkommen.